큰 글
한국문학선집

이광수 장편소설

단종애사

일러두기

1. 읽는 독자들에게 가독성을 높이기 위해 이름이나 날짜, 수를 나타내는 단위 등에서 붙여쓰기를 하였다.
   예) 김 종서 ⇨ 김종서, 십 이일 ⇨ 십이일 등
2. 1928년 11월부터 1929년 12월까지 동아일보에 연재된 작품을 원본으로 삼았다.
3. 일부 한자어들은 번역하기도 하였다.
4. 반복된 한자(이름, 지명, 관직명… 등)는 삭제하였다.
5. 이 책(큰글한국문학선집 054: 이광수 장편소설)은 제작 의도에 따라(큰글로 편집) 분량이 많은 관계로 큰글한국문학선집 054-1에는 고명편과 실국편을, 054-2에는 충의편과 혈루편을 실었다.

목 차

큰글한국문학선집 054-1
: 이광수 장편소설

단종애사

(고명편·실국편)

고명편

(顧命篇)

지금부터 사백구십년 전 조선을, 가장 잘 사랑하시고 한글과 음악과 시표(時表)[1]를 지으시기로 유명하신 세종대왕(世宗大王) 이십삼년 칠월 이십삼일. 이날에 경복궁 안 자선당(資善堂)[2]에서 큰 슬픔의 주인 될 이가 탄생하시니 그는 세종대왕의 맏손자님이시고, 장차 단종대왕이 되실 아기시었다. 아기가 탄생하시기는 진시[3] 초였다. 첫가을 아침볕이 경회루 연당의 갓 피는 연꽃에 넘칠 때에 자선당에서는 아기의 첫 울음 소리가 난 것이다.

궁녀는 이 기쁜 기별을 일각이 바쁘게 대전마마께 아뢸 양으로 깁소매 남치마를 펄펄 날리며 달음질로 경회

1) 시계.
2) 동궁이 거처하시던 집.
3) 오전 7~9시까지.

루로 달려 왔다. 이때에 왕께서는 매양 하시던 습관으로 집현전(集賢殿)에 입직(入直)[4]하는 학사들을 데리시고 경회루 밑에서 연꽃을 보시고 계시었다. 이날에 왕을 모신 학사는 신숙주(申叔舟)와 성삼문(成三問) 두 사람 이었었다.

왕은 연꽃을 보시면서도 자선당에서 기별이 오기를 고대하시었다. 세자빈(世子嬪)께옵서는 지난밤 술시부터 아기를 비르지시와[5] 밤새도록 심히 신고하시었다. 왕께서는 옷을 끄르지 아니하시고 때때로 나인(內人)을 보내시와 물으시고 친히 내의(內醫)를 부르시와 약을 마련하시며 거의 밤을 새이시었다.

두 나인이 달려오는 것을 먼저 본이는 왕이시었다. 아직도 젊은 두 학사는 연꽃 보기와 글 짓기에 정신이 팔리어 있었다.

나인들이 가까이 오는 것을 바라보시고 용안에는 근심되는 긴장한 빛이 보였다.

"상감마마 세자빈께옵서 시방 순산하시어 계십니다."
하고 앞선 늙은 상궁(尙宮)이 읍하고 허리를 굽힐 때에야

4) 관아에 들어가 차례로 숙직함. 또는 차례로 당직함.
5) 비릇다: 진통을 하면서 아이를 낳으려는 기미를 보이다.

비로소 용안(龍顔)이 풀리시며 웃음이 돌았다.

"매우 신고하옵시다가 옥 같으신 아들 아기를 탄생하시옵고는 세자빈께옵서는 곧 잠이 듭시고 아기씨는 자선당이 쩡쩡 울리도록 기운차게 우시옵니다."

왕께서는 원손(元孫)이 나시었다는 기별에 매우 만족하시와 용안에 웃음이 가득하시어 두 학사를 돌아보시며,

"이해에 경사가 많구나. 종서가 육진(六鎭)[6]을 진정하고 돌아오고, 또 원손이 났으니 이런 경사가 또 있느냐."

"막비[7] 성덕이시옵니다."

하고 숙주, 삼문이 허리를 굽힌다.

"내 몸에 무슨 덕이 있을꼬. 막비 조종의 성덕이시라. 하늘이 큰 복을 이 나라에 내리심이로다. 이봐라. 그래 아기가 크더냐?"

"네 크옵시오."

하고 한 상궁이 아뢰니 다른 상궁이,

"갓 납신 아기로 뵈옵기 어렵삽고 몸이 크옵심이나 울음 소리 웅장하옵심이나 삼칠일은 지나신 듯하옵니다."

---

6) 조선시대에 지금의 함경북도 북변을 개척하여 설치한 여섯 개의 진. 세종 때 둔 것으로 경원, 경흥, 부령, 온성, 종성, 회령의 진을 이른다.

7) 幕裨: 비장(裨將). 조선시대에 감사(監司)·유수(留守)·병사(兵使)·수사(水使)·견외사신(使臣)을 따라다니며 일을 돕던 무관 벼슬.

왕께서는 만족하신 듯이 고개를 끄덕이더니 두 학자를 돌보시며,

“어떠할꼬? 오늘로 국내에 대사를 내리어 팔도 죄수를 다 놓아 주려 하나 어떠할꼬. 법도에 어그러짐이나 없을까?”

하심은 혹시나 그릇됨이 있을까 삼가시는 성인의 뜻이시다.

신숙주가 나서며,

“대사를 내리심은 하해 같은 성은이시니 어찌 법도에 어그러짐이 있사오리까. 또 국가에 원자 원손이 나옵시면 죄인을 대사하옵고 환과고독(鰥寡孤獨)[8]을 진휼(賑恤)[9]하옵심은 열성조(列聖[10]祖)의 유범(遺範)[11]이신 줄로 아뢰오.”

한즉 왕은 다시 성삼문을 보신다. 무슨 다른 의견이 있는가 하심이다.

삼문도 왕의 뜻을 살피고 국궁하며,

---

8) 늙은 홀아비와 홀어미, 고아 및 늙어서 의지할 데 없는 사람을 (비유적으로) 이르는 말이다.

9) (옛날에) 흉년에 곤궁한 백성을 구원하여 도와줌.

10) 대대의 여러 임금이나 성인.

11) 고인이 남긴 모범(模範).

"하해 같으신 성은으로 대사를 내리시옵고 환과고독을 진휼하옵심이 지당하온 줄로 아뢰오."
한다. 왕은 두 학사의 말이 일치함을 기꺼하시어 고개를 끄덕이시었다.

왕은 오늘 조회(朝會)에 어떤 모양으로 여러 신하의 하례를 받고 어떤 모양으로 팔도 죄수에게 일제히 대사령을 내리실 것을 생각하시면서 새로운 기쁨을 가지시고 연당가으로 옥보(玉步)[12]를 옮기신다.

수은 같은 이슬방울을 얹고 밝은 가을 물 위에 뜬 연잎과 금시에 아침 하늘에서 내려 온 듯한 우뚝우뚝한 향기로운 분홍 꽃, 다 핀 꽃, 덜 핀 꽃, 있다가 필 봉오리 이따금 꿈틀꿈틀 물결 일으키는 물고기. 늙은 솔나무와 무성한 나무숲 사이로 불어오는 첫가을 아침나절의 서늘한 바람, 그것에 날려 오는 새소리. 연당가으로 걸어 돌아가는 대로 눈에 뜨이는 중남산(終南山), 인왕산(仁旺山), 백악(白嶽). 파랗게 맑은 하늘에 활짝 날아 오를듯한 근정전(勤政殿)[13]의 가초[14] 끝. 어느 것이나 태평성대의

12) 임금이나 왕후의 걸음을 높여 이르는 말.

13) 경복궁 안에 있는 정전(正殿). 조선 초부터 국왕의 즉위식이나 기타 공식적인 대례(大禮)를 거행하던 곳이다.

14) 추녀.

기쁨을 아뢰지 아니함이 없었다.

게다가 보산(寶算)15)이 겨우 사십오 세 밖에 아니 되신 영기와 총명이 겸비한 임금과 그를 모신 이십칠팔 세 되는 충성 있고 재주 있는 두 신하.

왕은 문득 거니시던 발을 멈추신다. 두 학사는 무슨 말씀이 계실 것을 살피고 왕의 좌우로 한 걸음쯤 뒤떨어지어 선다.

왕은 몸을 돌리어 두 학사를 이윽히 바라보시더니,

"경들에게 어린 손자를 부탁한다. 나를 섬기던 너의 충성으로 이 어린 손자를 섬겼다."고 하신다. 그 어성은 심히 무겁고도 슬픈 빛을 띠었다. 왕의 두 눈에는 눈물까지 빛나는 듯하였다.

젊은 두 학사는 왕의 말씀에 전신이 찌르르하여 굽힌 허리를 오려 들지 못할 뿐이요, 목이 메어 말이 나오지를 아니하였다.

왕은 두 신화의 분명한 대답을 들으려 하였다.

"숙주야."

하고 왕은 숙주를 먼저 돌아보시었다. 숙주는 삼문보다

15) 임금의 나이를 높여 이르는 말.

나이 위이므로 왕은 언제나 삼문보다 숙주를 먼저 하신다. 그것도 장유의 차례를 소홀히 아니하시는 깊으신 뜻이었다.

"네."

하고 숙주는 더욱 감격하여 왕의 앞에 두 손으로 땅을 짚고 엎드렸다.

"어린 손자를 부탁한다. 내가 천추만세한 후에라도 내 부탁을 잊지 말아라."

숙주는 이마를 조아리며,

"상감마마. 성상을 섬기옵고 남는 목숨이 있사옵거던 백 번 고쳐 죽사와도 원손께 견마의 역을 다하옵기를 천지신명 전에 맹세하옵나이다."

이렇게 아뢰는 숙주의 눈에서도 눈물이 흘러 엎디인 박석(薄石)16)을 적시었다.

왕은 다시 삼문을 향하여 같은 부탁을 하시니, 삼문은 다만 땅에 엎드려 느껴울 따름이요, 대답이 없다.

왕은 두 학사의 충성된 맹세를 들으시고 만족하시나 용안에는 추연한 빛이 맺히어 풀리지를 아니하였다.

---

16) 얇은 돌.

"일어나거라. 진시 중이 되었을 듯하니 조회가 늦어서야 되겠느냐. 오늘 일을 기록하여 후세에 전하여라." 하시고 걸음을 내전으로 옮기시었다.

왕께서 내전에 듭심을 허리 굽히어 지송하고 숙주, 삼문 두 사람은 서로 눈물에 젖은 얼굴 바라보며 맥맥히 말이 없었다. 살이 죽이 되고 뼈가 가루가 되더라도 새로 나신 아기에게 충성을 다하리라고 천지신명에게 속으로 거듭거듭 맹세한 것은 물론이다.

땅땅하는 쇠소리가 들리는 것은 벌써 내불당(內佛堂)[17]에서 아기의 수명장수를 축원하는 발원을 함인가.

왕께서 이렇게 아기의 전도를 근심하시는 데는 여러 가지 이유가 있다.

첫째는 세자궁(世子宮)께서 병약하심이다. 세자궁은 이제 삼십밖에 안 도신 젊으신 몸이시지마는 나면서부터 포유지질(蒲柳之質)[18]이신데다가 연전에 한 일년 동안 이름 모를 병환으로 누워 계신 뒤로부터는 더욱 몸이 연약하여서 성한 날보다 앓는 날이 항상 많으시었다.

그러한데다가 동궁은 효성이 지극하여 부왕이신 세종

17) 조선 태종 때 경복궁 안에 세운 절.
18) 사람의 체질이 허약하거나 나이보다 일찍 노쇠함.

께 혼정신성을 권함이 없으심은 물론이거니와 조석 수라를 숩실[19] 때에는 반드시 곁에 읍하고 서서 수라 끝나시기를 기다리시고 또 밤에도 자리에 모시면 아무리 밤이 깊더라도 '물러가거라'는 명이 계신 뒤에야 물러나시었다.

이 모양으로 낮에 온종일을 부왕께 모시고 나서 밤 깊어 자선당(資善堂)에 돌아오신 뒤에도 곧 침소에 듭시는 것이 아니라, 늦게 저녁 수라를 숩시기가 바쁘게 좌필선(左弼善)[20] 정인지(鄭麟趾)와 우문학(右文學)[21] 최만리(崔萬理) 두 사람을 비롯하여 신숙주, 성삼문, 유성원(柳誠源), 이개(李塏), 최항(崔恒), 이계전(李季甸), 박팽년(朴彭年), 하위지(河緯地) 같은 젊은 어학우(御學友)들을 부르시와 삼경이 넘도록 성리(性理)를 토론하시고 민정을 들으시었다.

그중에 정인지는 스승으로, 신숙주 성삼문은 벗으로 가장 경해하시와 오경[22]이 되도록 붙드신 일이 가끔이었다. 이러한 일이 모두 세자의 건강을 해한 것은 물론이다.

---

19) 잡수신다는 뜻
20) 고려 때 동궁의 4품 벼슬로 공양왕 2(1390)년에 두었다.
21) 고려 때 동국의 5품 벼슬.
22) 새벽 3~5시

세자께서 형제에 대하여 우애지경이 지극하심도 내외가 다 감격의 눈물을 흘리던 바다.

세자께서 세종대왕의 맏아드님이시고 같은 모후(母后) 심씨(沈氏)를 어머니로, 둘째가 후일에 세조대왕이 되실 수양대군(首陽大君)이시고, 셋째가 풍채와 문장과 글씨로 일세를 진동한 안평대군(安平大君)이시고, 그 밖에 후일에 단종대왕을 회복하려다가 청주(淸州)옥에서 돌아간 금성대군(錦城大君), 세종께서 가장 사랑하시었던 영응대군(永膺大君) 같으신 이들이 계시어 팔 대군(八大君), 이 공주(二公主), 십 군(十君), 이 옹주(二翁主)나 동기가 있으시었다.

세자께서는 한 달에 몇 번씩은 반드시 이 여러 형제들을 번갈아 부르시와 우애하는 뜻을 표하시었고 여러 아우님들도 무슨 어려운 일이 있을 때에는 반드시 형님 되시는 세자궁께 달려와서 청하였다.

열여덟 아우님 중에 가장 말썽꾸러기로 부왕께 걱정을 듣는 이는 수양대군과 안평대군 두 분이었다. 수양은 호협하고 안평은 방탕하였다. 수양은 열네 살에 남의 집 유부녀의 방에서 자다가 본서방에게 들키어 발로 뒷벽을 차서 무너뜨리고 달아나기를 십리나 하였고, 열여섯 살

적에는 왕방산 사냥에 하루에 노루와 사슴을 스무 마리나 쏘아 잡아서 전신이 피투성이가 되어 이영기(李英奇)로 하여금,

"뜻밖에 태조대왕(太祖大王)의 신무(神武)를 다시 뵈옵니다."

하고 눈물을 흘리게 하였다.

세종께서는 수양대군이 너무 날래고 날뛰는 것을 지르기 위하여 항상 소매 넓은 웃옷과 가랑이 넓은 바지를 입히시고,

"너같이 날랜 사람은 넓은 옷을 입어야 쓴다."

하여 경계하시었다.

이렇게 수양대군은 부왕께는 걱정거리가 되고 궁중에서는 웃음거리가 되었으나 세자께서는 그것이 가엾어서 더욱 이 아우님을 돌아보시었다. 그래서 한번은 수양대군의 피 묻은 활에다가,

"철석기궁(鐵石其弓)이요, 벽력기시(霹靂其矢)로다. 오견기장(吾見其張)이나 미견기이(未見其弛)호라."[23)]

라고 쓰시었다.

23) 활은 철석같고 화살은 벽력같도다. 내 그 팽팽함을 보았으나 늦춤을 보지 못하노라.

안평대군은 소절(小節)[24]을 돌아보지 아니하고 주색을 즐겨하였으나 수양대군과 같이 우락부락하고 왁살스러워 말썽군은 아니었다. 다만 세상이 무에라거나 나는 술이나 마시련다 하는 태도였었다. 그렇지만은 안평대군에게도 숨길 수 없는 영웅의 기상이 있는 것은 말할 수 없었다.

그 밖에 금성대군은 사리에 밝고 의리가 있고, 영응대군은 얌전하고…… 이 모양으로 여덟 분 대군이 모두 한 가지 특색을 가지시었다. 그러나 이 여러 가지 성미를 가진 아우님들을 한결 같은 우애로 사랑하시는 세자에게는 성인의 도량과 인자함이 있으시었다.

이러한 모든 사정을 생각할 때에 세종께서 아기의 전도를 염려하심은 당연하다고 하지 아니할 수 없다.

세종께서 세자를 사랑하시고 아끼느니만큼 세자의 병약하심이 더욱 가슴에 찔렸고 남이 생각하는 것보다 더욱 세자의 수명이 얼마 남지 아니한 것같이 생각하였다.

아드님 팔 형제(적지만) 중에서 다른 아드님 다 건장하신 중에 세자 한 분이 가장 어지시면서 병약하심이 아버

24) 대수롭지 않은 예절. 작은 절조.

지의 마음에 더욱 애처로왔다.

게다가 세자께서는 삼십이 되시도록 자녀간 생육됨이 없었다. 휘빈 김씨(徽嬪金氏)와 순빈 봉씨(純嬪峯氏)가 다 생산이 없이 폐함을 당하고 지금 아기를 낳으신 현덕빈 권씨(顯德嬪權氏)도 열네 살에 양제(良娣)[25]로 동궁에 들어와 오년 전에 양원(良媛)[26]으로 봉함이 되어 처음으로 잉태하시매 세자빈에 봉함을 받아 경혜공주(敬惠公主)를 낳으시고는 다섯 살 터울로 이제 원손을 낳으시니 세자의 기쁨인들 어떠하며 세자빈의 기쁨이야 더욱 말할 것도 없지마는 세자를 애처롭게 생각하시는 왕께서 기뻐하심이 결코 심상할 것이 아니다.

불행히 세자는 비록 왕위에 올라 보지도 못하고 돌아가시는 일이 있다 하더라도 아기가 자라면 그 뒤를 이을 것이라 하여 왕의 마음은 기쁘시었다.

그러나 위에 말한 바와 같이 수양대군, 안평대군 이하 '칠 대군이 강성하여' 하고 일컫는 여러 대군들이 있고, 그중에도 수양대군 같은 패기만만(覇氣滿滿)한 이가 있으니, 원천석(元天錫)의 말과 같이 장차 형님 되시는 세자

---

25) 조선시대 세자궁에 속한 종2품 내명부 품계.
26) 조선시대 세자궁에 속한 종3품 내명부 품계.

를 극(克)하려는 기미도 있거든, 하물며 세자마저 돌아가시고 어린 아기가 등극하시게 되면 필시 무슨 불길한 사단이 있을 것은 누구나 상상하기 어렵지 아니한 일일뿐더러 더구나 이 아드님 저 아드님의 성미와 장처 단처를 잘 아시는 명철하신 부왕의 마음이시랴.

왕이 신숙주, 성삼문에게 아기를 부탁하심도 이 때문이다. 숙주, 삼문이 지금은 비록 나이가 어리고 벼슬도 낮지마는 아기가 자라 왕위에 오르실 때에는 황희(黃喜), 황보인(皇甫仁), 정분(鄭笨), 김종서(金宗瑞) 같은 이들은 벌써 늙어 죽거나 살아 있더라도 권세에서 물러났을 것이다.

이렇게 왕께서 생각하신 것이다.

그러나 더욱 든든히 하기 위하여 그날 조회가 끝난 뒤에 황희, 황보인, 김종서, 정분, 정인지 다섯 사람을 머물리시고 다시 아기의 후사를 부탁하시었다.

사흘 안에 대사의 은명이 팔도에 다 돌아 여러 천명 죄수들이 일제히 청천백일을 바라보게 되고 전국 백성들은 국가에 원손이 탄생하시었다는 것보다도 인자하고 병약하신 세자궁께서 아드님을 얻으심을 진정으로 송축하였다.

불쌍한 환과 고독들은 넉넉히 진휼함을 받았고, 벼슬아치들은 일품씩 가자[27]를 받았고, 전국 각 대찰에서는 일제히 새로 나신 원손의 수명장수를 축원하는 큰 재를 베풀어 중들과 거지들이 배를 불리게 되었다.

왕께서 불도를 숭상하시므로 아기 나신 날부터 칠월 이십오일까지 사흘 동안 일체 짐승을 죽이지 말라시는 전교를 내리시어 금수까지도 아기의 은혜를 찬송하게 되었다. 진실로 팔도강산에 귀신과 사람과 짐승이 한가지로 이 아기 나심을 기뻐하였다. 이렇게 축복받아 나는 이가 세상에 몇이나 되랴.

그러하건마는 아기에게는 벌써부터 슬픔이 오기 시작하였다.

아기가 나신 이튿날, 칠월 이십사일에 아기의 어머니 되시는 세자빈 권씨는 사랑하는 아기에게 젖꼭지 한 번도 물려 보지 못하고 세상을 떠나시었다. 아기의 첫 울음소리를 들으신 때부터 꼭 일주야 동안 아기를 만져 보시었다. 고통이 심하고 기운이 탈진항 도저히 살지 못할 줄을 알으신 때에 세자빈께서는 그의 친정어머니 되는

27) 관원들의 임기가 찼거나 근무 성적이 좋은 경우 품계를 올려주던 일.

화산부 부인 최씨(花山府夫人崔氏)와 세종대왕께 모시어 한남군(漢南君), 영풍군(永豊君) 두 아드님을 낳고 장차 아기에게 진유(進乳)할 혜빈 양씨(惠嬪楊氏)에게 아기를 부탁하시었다.

세상에 나오신 지 일주야 만에 어머님을 여의신 아기는 혜빈 양씨의 젖으로 자라나시었다.

혜빈은 본래 천한 집 딸로서 인물이 아름다운 까닭으로 열세 살에 나인으로 뽑히어 들어와 중전마마의 귀염을 받으며 궁중에서 자라났다. 십오륙 세가 되매 대단히 자색이 아름답고 또 영리하여서 점점 왕의 총애하심을 받게 되어 열여덟 살에는 한남군(漢南君)을 낳았고 스물네 살인 작년에는 둘째로 영풍군(永豊君)을 낳았다. 영풍군은 아직 돌을 바라보는 어린 아기로서 원손 아기와 젖을 나누어 먹게 된 것이다.

처음에는 아기를 위하여 따로 유모를 구하려 하였으나 왕께서는 특별하신 처분으로 총애하시는 혜빈으로 하여금 아기에게 젖을 드리게 분부하시었다. 혜빈도 세자궁과 동갑일 뿐 아니라 혜빈이 지체가 낮다 하여 궐내에서 항상 휘둘려 지낼 때에 세자빈께서는 부왕이 사랑하시는 서모로 정답게 대접하시었음을 매양 감격하게 여기던 차라 왕의 분부가 계시기 전에도 아기에게 젖을 드릴 생각을 가지고 있었던 것이다. 왕의 뜻이나 혜빈의 뜻이니 비록 기출[28] 되는 영풍군에게 다른 유모의 젖을 드리더라도 아기에게는 남의 젖을 아니 드릴 결심이었다.

그러나 우애지심이 많으신 세자께서는 아드님 되시는 아기를 위하여 아우님 되시는 영풍으로 하여금 어머니의 젖을 잃게 하기를 차마 하지 못하시와 혜빈의 젖을 두 아기에게 같이 나누어 드리도록 분부가 계시었다. 그 때문에 따로 유모 하나를 가리어 부족한 젖을 채워 두 아기에게 드리기로 하였다.

이렇게 되매 혜빈은 한 달이면 이십일은 동궁인 자선당에 거처하게 되었다. 그래서 아기는 마치 혜빈의 친아들과 같은 사랑을 받고 길렀고, 서삼촌 되는 영풍군과 아기와는 마치 쌍둥이와 같았다. 후일에 영풍군이 단종대왕을 위하여 목숨을 버린 것도 오랜 인연이라 할 것이다.

하루에 한 번씩 세자께서는 반드시 아기를 부르시와 안아 주시었다. 세자께서는 아기를 안으실 때마다 돌아가신 세자빈을 생각하시와 낙루하시는[29] 일도 있었다.

---

28) 己出: 자기가 낳은 자식.

29) 落淚하다: 눈물을 흘리다.

세자께서 아기를 불러 안으실 때에는 반드시 영풍군도 안아 주시고 그 귀애하심이 조금도 차별이 없으신 듯하였다.

다섯 살 되는 경혜 아기는 반은 동궁에 있고, 반은 외조모 최씨를 따라 있었다.

최씨는 외마님인 세자빈이 국모(國母)라는 존칭도 못 받아 보고 한창 살 나이에 돌아가신 것을 슬퍼하여 아직 육십도 다 못되었건마는 갑자기 눈이 어두워질 지경이었다. 부인은 늦어도 열흘에 한 번씩은 궐내에 들어와 외손자 되시는 어린 아기를 안고는 눈물을 흘렸다.

이것이 세자의 특별한 주선인 것은 물론이다.

"눈 모습이, 눈 모습이……"

하고는 말이 맺지 못하여 목이 메었다. 아기의 눈 모습이 천연 그 어머니 되시는 세자빈 권씨였다.

그러나 이 아기가 자라시면 장차 세자궁이 되시고 상감마마가 되실 것을 생각하면 슬픈 중에도 희망과 기쁨이 있었다.

'그렇지만 내가 웬걸 이 아기 상감님 되시는 것을 보고 죽으리?' 하고 부인은 입 밖에 말을 내지는 못하나 아기를 대할 때마다 늘 혼자 한숨을 쉬었다. 십칠년 후에 자기도 이 외손자 때문에 참혹한 죽음을 당한 것은 뜻도 못하였을 것이다.

어머니를 여윈 아기와 그 단 한 분 동기 되는 누님 경혜 아기는 남달리 인자하신 아버지와 늙은 외조모와 혜빈 양씨의 사랑 속에-- 또 조부님 되시는 왕의 특별하신 자애 속에서 모락모락 자랐다. 삼칠일, 백일 다 지내시와 아바마마께 안기실 때에는 그 기르신 수염을 잡아 뜯게 되시었다.

이렇게 아기가 목을 가누고 사람을 알아보게 되신 때부터 세종대왕께서는 가끔 아기를 데려 오라 하시와 몸소 품에 안으시고 대궐 뜰로 거니시기를 자주 하시었다.

한번은 아기를 안으신 채로 집현전으로 행차하시었더니 마침 입직하던 신숙주와 성삼문이 버선발로 뛰어나와 지영[30]하는 것을 보시고,

"이 애를 부탁한다."

고 한 번 다시 말씀하시었다. 두 사람은 지난해 경회루 하교를 생각하고 황송하여 땅에 엎드려 눈물을 흘리었다.

---

30) 祗迎: 백관(百官)이 임금의 환행을 공경하여 맞음.

어느덧 십이년이 지났다.

아기가 자라나시어 왕세손(王世孫)이 되시고 왕세자가 되시었다가 임신(壬申)년[31] 오월 십사일에 등극하시와 왕이 되시니 이 양반이 이 슬픈 이야기의 주인공이 되시는 단종대왕(端宗大王)이시다.

그렇게 조선을 위하여 큰일을 많이 하신 세종대왕께서 경오(庚午)년 이월에 승하하신 지 삼 년이 지나서 지난 이월에 대상이 지나고, 그 후 석 달이 못되어 임신 오월 십사일에 우리가 지금껏 세자라고 불러 오던 문종대왕께서 승하하시어 이제 열두 살 되시는 아기께서 왕위에 앉으신 것이다.

오년 내에 연해 세 번(오년 전에는 소헌왕후(昭憲王后) 승하) 국상이 나고 어리신 임금이 등극하시니 국내는 슬픔과 근심에 찼다. 장차 큰 폭풍우가 오려는 천지와 같이 조선 팔도는 암담한 구름에 싸였다.

처음 세종대왕께서 승하하시매 세자께서는 부왕의 영구(靈柩)[32] 앞에서 왕위에 오르시었다. 왕께선 애통하시는 양은 진실로 차마 뵈올 수 없었다. 때는 이월이라 중

31) 1452년.
32) 시체를 담은 관.

춘절후라 할 만하건마는 그해 따라 늦추위가 심하여서 세종께서 승하하신 때에는 풀리었던 한강이 다시 붙을 지경이었다.

그러하건마는 왕께서는 병약하신 옥체도 돌아보지 아니하시고 잠시도 여막을 떠나심이 없으시었다. 아무리 신하들이 추운 동안 방에 듭시기를 청하여도 왕은 우시고 듣지 아니하시었다. 본래 병약하신 몸인 데다가 지난 일년 동안 등에 큰 종처를 앓으시와 아직 합창[33]이 덜 된 몸이시니 가까운 신하들이 염려함은 물론이어니와 누구나 이 일을 아는 이는 인자하시고 병약하시고 효성이 출천하신 왕을 위하여 근심하지 아니할 수 없었다.

세종대왕께서도 오십이 가까우시며부터 매양 옥체 미명하신 날이 많으시와 승하하시기 육년 전 을축년부터는 세자께 참결서무(參決庶務[34])하랍신 하교가 계시어, 이래 육년 간 세자께서는 부왕을 대리하시와 군국대사[35]를 참결하시었다. 이렇게 낮에 종일 정사를 보시고도 밤이면 부왕의 곁을 모시어 시탕[36]의 정성을 다하시었다.

---

33) 종기나 상처에 새살이 돋아나서 아묾.

34) 종사에 참여하여 중요한 결정을 내리는 일.

35) 軍國大事: 군사상의 기밀과 국가에 대한 아주 중요한 일.

36) 어버이의 병환에 약시중을 드는 일.

밤이 늦더라도 왕께서 두세 번 물러나라시는 분부가 계시기 전에는 물러나시는 일이 없으시었다.

더구나 세종께서 승하하시기 전 두어 달 동안은 세자께서는 거의 하루도 옷을 끄르고 편안히 쉬신 적이 없으시었다.

이리하여 왕이 되신 뒤에도 첫째는 혼전[37]에 모시기에, 둘째는 만기(萬機)[38]를 친재(親裁)[39]하시기에, 셋째는 학문을 연구하시고 민정을 살피시기에 잠시도 한가하신 적이 없으시었다.

그렇게 병약하신 몸으로 그렇게 번극하게 일을 보시니 건강은 갈수록 더욱 쇠약하실 수밖에 없었다.

그래서 판서(判書) 민신(閔伸) 같은 이는 간일시사(間日視事)를 주장하였다. 자세히 말하면 왕께서 하루는 쉬시고 하루는 정사를 보시게 하자는 뜻이다. 당시 영의정(領議政)이던 황희(黃喜)도 민신의 뜻에 찬성하였고 다른 노신(老臣)들도 왕을 사랑하는 진정으로 속으로는 민신의 말에 찬성하였다. 그래서 가끔 왕께 간일시사하시고 이

---

37) 魂殿: 위패를 종묘에 봉안할 때까지 3년 동안 신주와 혼백을 모시는 방)
38) 임금이 보는 여러 가지 정무.
39) 임금이 직접 재결함.

양정신(頤養精神)[40]하시기를 간하였으나 왕은,

"임금이 게으르면 천년을 사들 무엇하리. 부지런히 정성을 다하면 일년만 살아도 족하다."

하시고 듣지 아니하시었다. 게다가 정인지 일파는 임금이 정사를 게을리하심은 나라를 망하게 하는 일이라 하여 민신 일파의 의견에 반대하였다. 이리되면 기운 없는 늙은 이들은 성인의 뜻을 내세우는 정인지 일파의 의견을 반대하고 기어코 왕을 휴양하시게 할 용기가 없었다.

이래서 왕께서는 부왕의 거상을 다 벗자마자 그렇게도 지극히 사모하시던 부왕의 뒤를 따르시게 된 것이다. 이를테면 하늘이 왕의 효성을 보사 삼년상을 마칠 수명을 왕에게 허하신 것이다.

현덕왕후(顯德王后) 승하하신 뒤로 십년이 넘도록 문종대왕은 다시 왕후를 책봉하신 일이 없으시고 지존[41]의 몸으로 혼자 계시었다. 세종대왕 승하 전에 세종께서도 세자비 책립(冊立)[42]에 대하여 근심이 계시었으나 세자께서 장남하실뿐더러 덕이 높으심을 아시므로 굳이 혼인

40) 마음을 가다듬어 고요하게 정신을 수양하다.
41) 至尊: 임금의 높임말.
42) 황태자나 황후를 황제의 명령으로 봉하여 세우던 일.

을 하시도록 명하심도 없으시었고 혹 근신(近臣)[43]이 그러한 뜻을 여쭈오면 왕은,

"남녀와 음식은 사람의 욕심 중에 가장 큰 것이지마는 나같이 병약한 사람은 그것이 다 긴치 않으이."

하고 웃으실 뿐이었다.

왕은 두 분 아기(세자와 경혜공주)를 지극히 사랑하시었다. 정사가 끝나시고 내전에 드옵시면 두 분 아기를 부르시어 그날그날 배운 글도 외우라 하시고 온종일 무엇하고 논 것을 아뢰라 하시와 칭찬하시고 책망하실 것이 있으면 앞에 불러 세우시고 엄숙하고도 인자한 낯빛과 말소리로 책망하시었다. 그리하되 과도히 익애(溺愛)[44]하심도 없고 과도히 엄히 하심도 없으시었다.

아기들도 아바마마 한 분을 아버지 겸 어머니 겸으로 사모하고 따르시어 아무리 장난에 정신이 없으시더라도 왕께서 내전으로 들어오실 시각이 되면 먼저 들어와서 부왕이 듭시기를 기다리었다.

그러다가 작년에 경혜공주가 참판(參判)[45] 정충경의

---

43) 임금을 가까이에서 모시는 신하.

44) 지나치게 사랑하거나 귀여워함.

45) 6조의 종2품으로 현대의 중앙부처 차관 정도의 벼슬이다. 6조의 장관은 판서로 정2품이다.

아들 영양위(寧陽尉) 정종에게로 시집 간 뒤에는 오직 세자 한 분만을 곁에 두시고 사랑하시었다.

이 모양으로 왕은 다만 병약하실 뿐 아니라 가정지락이 없으시었다. 동궁으로 계실 때에 두 번이나 세자빈을 폐하게 된 것도 물론 왕의 뜻은 아니었다.

초취[46]이신 휘빈(徽嬪) 김씨는 상호군(上護軍)[47] 김오문(金五文)의 딸로 심히 자색이 아름다웠다. 그때 세자의 나이 열다섯 휘빈도 동갑이었다. 세자는 어려서부터 골격이 강대하시고 얼굴이 동탕하시어[48] 이 어린 신랑 신부는 마치 빚어 놓은 듯이 아름다우시다고 근시하는[49] 사람들이 혀를 찼었다.

두 분의 첫사랑은 자못 깊으시어 세자께서 공부를 폐하시는 난이 있고 얼굴에 핏기가 적어지신다고 수근거릴 지경이었다. 가례(嘉禮)[50] 후 이태를 지나서 두 분이 열일곱 살이 되어 세자는 남자다운 기상이 더욱 씩씩하시

---

46) 처음으로 장가가서 맞이한 아내.
47) 조선시대 오위(五衛)에 속하는 정3품 무관. 보직이 없는 문관과 무관 또는 음관(蔭官)으로 채웠음.
48) 얼굴이 두툼하고 잘생기다.
49) 가까이 모시다.
50) 5례, 경사스러운 예식. 길례(吉禮), 흉례(凶禮), 군례(軍禮), 빈례(賓禮), 가례(嘉禮)의 하나로 혼례를 가리킴.

고 휘빈은 아침 이슬 받은 함박꽃같이 환하게 피실 때였었다.

이렇게 아름답고 서로 사랑하는 젊은 한 쌍을 축복하는 이보다도 새우는[51] 이가 많았으니, 그중에 가장 심하게 새운 이가 세자의 모후(母后)이신 소헌왕후(昭憲王后) 심씨(沈氏)이시었음은 물론이다. 며느리 귀애하는 시어머니 없다고 하거니와 원체 기승하시기로 호랑이같이 두려움을 받으시는 왕후께서는 아드님이신 세자를 대단하게 사랑하시느니 만큼 그 아름다운 며느님을 미워하시었다. 중전께서 세자빈을 미워하시는 눈치를 본 궁녀들은 나도 나도 하고 휘빈의 있는 흉 없는 흉을 중전마마께 아뢰어 바치었고 원체 며느님이 미우신 왕비께서는 며느님을 흉보는 말이면 다 옳게 들으시었다.

문종(文宗), 세조(世祖) 두 분 대왕과 그에 지지 않는 안평대군, 금성대군 같으신 영걸을 낳으신 그가 결코 범상한 아낙네가 아닐 것은 물론이요, 동방의 요순(堯舜)[52] 이라고 부르는 세종대왕을 도우실 만할진댄 덕으로도 부족하시지 아니하련마는 휘빈을 미워하실 때에는 오직

51) 샘을 내다.
52) 중국 고대 성천자(聖天子)인 요임금과 순임금.

시기뿐인 범상한 아낙네시었다.

마침내 자선당에서 요기로운[53] 것을 찾았다. 김씨가 이것으로 세자를 혹하게 하였다 하여 어떤 물건을 휘빈 방에서 집어다가 중전께 바친 궁녀가 있었다. 이것이 휘빈이 열여덟 살적 일인데 그것이 이유가 되어 휘빈은 폐함이 되었다.

휘빈이 세자를 호리기에 썼다는 요물이란 것은 부적이었다. 이 부적을 한 장은 몸에 지니고, 한 장은 남편의 옷 속에 넣고, 한 장은 내외가 자는 방바닥에 감추고, 한 장은 땅속에 묻고, 한 장은 불에 살라 하늘로 올려 보내면 남편의 마음이 그 아내에게 혹하여 다른 계집에게로 가게를 못하는 것이라고 궁중에 출입하는 어떤 늙은 승이 중전마마께 설명을 하였다.

이러한 요기로운 부적이 휘빈의 방에서 드러났다 하여 궁중은 간 곳마다 수군거리고 휘빈에게 대한 흠담은 더욱 많아지어 그 말을 다 듣고 보면 휘빈은 마치 세상에 무서운 요물인 듯하였고, 어떤 간사한 궁녀는 휘빈이 구미호(九尾狐)의 화신이어서 밤이면은 어디를 나갔다가는

53) 요사스럽고 기이하다.

이슬에 폭 젖어서 들어오는 것을 보았다는 년까지도 있었다.

마침내 세종께서는 중전마마와 자리를 같이 하시와 며느님인 휘빈을 부르시와 전후시말[54]을 물었다. 여러 날 괴로움에 잠을 이루지 못하여 초췌한 세자빈의 모양은 참으로 가련하였다. 시아버님 되시는 왕께서는 본래 휘빈을 귀애하시던 터이라, 마음에 측은히 여기시어 이 소문이 사실이 아니기를 바라시었다.

"아가 듣거라. 네가 요기로운 부적을 몸에 지녔다 하니 그런 일이 있느냐. 만일 그렇다 하면 그것은 용서할 수 없는 큰 죄로다. 필부의 집에서도 괴변이라 하려든 후일에 일국의 국모가 될 자리에 있어서 말이 되느냐. 고래로 이런 일은 애매한 누명을 쓰는 수가 많은 것이니 네 바른 대로 아뢰어라."

하고 마음에 느끼시는 자애지정을 억제하시고 가장 엄숙하게 말씀하시었다.

만일 왕께서 휘빈을 특별한 자애가 없으시면 이만한 일이면 휘빈은 대궐 마당에서 무서운 국문(鞠問)[55]을 피

---

54) 자초지종(처음부터 끝까지).

55) 임금이 중대한 죄인을 국청(鞠廳)에서 신문하던 일.

하지 못하였을 것이다. 그리 되면 좌우에 많은 사람들이 늘어서서 그 부끄럽고 욕됨이 비할 데 없을 것이다. 이번에는 중전과 궁녀들은 물론이거니와 승정원(承政院), 사헌부(司憲府), 사간원(司諫院)의 말썽 좋아하는 신하들도 세자빈을 엄하게 국문할 것을 주장한 것이다.

휘빈은 부왕의 물으심에 대하여 다만 느껴울 뿐이더니 겨우 정신을 수습하여 한 번 일어 절하고 들릴락 말락 가늘고 떨리는 소리로,

"상감마마 모두 미천한 소신이 덕이 없는 탓이옵니다."

이 말에 중전이 펄쩍 뛰며,

"흥, 그래 네가 애매하단 말이냐. 상감께옵서 인자하신 것을 믿고 그렇게나 말씀 사뢰서 네 죄를 면해 보려고? 천지신명이 다 아시고 미워하시려든!"

하고 독한 눈매로 마루 위에 엎드린 휘빈을 노려보았다.

왕은 중전의 성나신 양을 보시고 잠깐 양미간을 찡그리시더니,

"듣거라. 말 한 마디에 네 목숨이 달렸으니 분명히 대답을 하여라. 네 방에서 요기로운 부적이 나왔다 하니 그것이 진실로 네가 지녔던 것이냐, 아주 모르는 것이냐."

휘빈은 입술을 물어 울음을 참고 이윽히 생각하더니 잠깐 눈물 어린 눈을 들어 중전을 우러러 보고,

"신명을 그일지언정[56] 어찌 상감마마를 그이리이까. 부적은 몸에 지닌 적이 없사옵고 그것이 무엇인지 한 번 본 적도 없사옵니다."

하고 느껴울었다.

이 말에 중전은 뛰어 일어서서 분을 이기지 못하는 듯이 펄펄 뛰며,

"오, 요망한 것이 이제는 나를 잡으려 드는구나. 내가 너를 해하려고 이 일을 꾸며 내었다는 말이로구나. 상감께서 밝히 살피시오."

하고 얼굴이 파랗게 질리고 사내바람[57]이 나서 부르르 떠신다.

왕은 부적을 찾았다는 궁녀를 불러 세자빈과 대질을 시키려 하였으나 세자빈은 다시는 입을 열지 아니하고 울지도 아니하였다. 일이 이렇게 되면 도리어 벗어나지 못할 줄을 알았던 것이다.

그러나 휘빈의 이 태도는 부왕은 물론이거니와 세상

56) 뜻을 어길지언정.

57) 산후바람. 아이를 낳은 뒤에 한기가 들어 떨고 식은땀을 흘리며 앓는 병.

사람의 동정을 끌어서 중전의 비위를 맞추려는 간사한 무리들을 제하고는 대개는 휘빈의 애매함을 불쌍히 여기었다.

그때 세자는 세자빈을 사랑하시는 정이 더욱 깊으시었으나 열여덟 살 되신 세자로는 어찌할 도리도 없었다.

아버지 되시는 왕의 특별하신 처분으로 국문을 당하기를 면하고 휘빈은 영광스러운 세자빈의 지위에서 쫓겨나한 죄인 김씨가 되어 한 깊은 눈물을 뿌리고 그날 밤이 들기를 기다려 겨우 시녀 두 사람을 데리고 궁녀 타는 가마에 앉아 말 없는 무리의 손가락질을 받으며 건춘문(建春門)을 나서 삼청동(三淸洞) 아버지의 집으로 돌아왔다. 그날에 친정에서도 곡성이 진동한 것을 말할 것도 없다.

휘빈이 폐함이 되어 동궁에서 쫓겨나감으로부터 세자는 며칠 동안 침식을 폐하시고 휘빈을 생각하시었다. 그러나 모래 위에 엎지른 물은 다시 담을 길이 없었다.

이 일이 있은 뒤로 그렇게 쾌활하시던 세자의 용모와 태도에는 침울한 빛이 돌게 되고 매사에 비감하고 상심하시는 일이 많게 되었다. 그 뒤에 뜻을 나라 다스리는 큰일에 두시었으나 이 인생의 첫 비극의 쓰린 기억은 세자의 일생을 어둡게 하였다.

휘빈이 폐함이 된 뒤에 곧 다시 간택(揀擇)이 계시어 종부사 소윤(宗簿寺少尹) 봉려(奉礪)의 딸과 둘째 번 가례를 이루시니 이 이가 순빈(純嬪)이시다.

순빈은 중전의 영지(令旨)[58]로 고르신 재색이 아름답지 아니한 어른이었다. 얼굴만 수수한 것이 아니라 마음도 영리하다 하기보다는 어리석한 편이었다. 아름답고 재주 있는 휘빈에게 데이신 까닭이다.

순빈 봉씨는 아무 일이 없이 무사히 지내기는 하였으나 세자빈으로 계신지 팔년 동안에 한 번도 성태[59]함이 없으니 이것이 큰 걱정이었다. 그래서 중전께서는 여러 번 근시하는 사람들을 시키시어 세자께 후사(後嗣)[60]를 구하심이 마땅하단 말씀을 사뢰고 세자빈이 성태를 못하시니 다른 여자를 가까이하실 것을 권하며 여러 번 자색 있는 나인을 거천하였다.

그러나 세자는 원래 여색에 마음이 적으신데다가 정실 밖에 다른 여자를 가까이함이 가도(家道)[61]를 어지럽게

58) 왕비, 왕대비, 황태자, 왕세자가 내리던 사령장(辭令狀), 고신(告身).
59) 임신.
60) 대를 잇는 자식.
61) 집 안에서 마땅히 행해야 할 도덕이나 규율.

하는 것이라 하여 이러한 꾀임에 응하지 아니하시었다.

마침내 중전께서는 참다못하여 직접 세자를 부르시와 속히 다른 여자를 들이어 후사를 얻으시기를 권하실 때에 그 간절하심이 명령이나 다름이 없었다.

"동궁은 내 말도 아니 들으려나?"

하실 때에는 효성이 깊으신 세자는 더 거역할 도리가 없으시었다.

중전의 근심하심도 결코 무리한 일은 아니다. 사삿집에서도 아들이 삼십을 바라보도록 손자를 못 보면 근심이 되려는 하물며 왕가이랴. 더구나 세종대왕께서 항상 미령하신 때가 많으시니 언제 세자께서 즉위하실는지 미리 헤아릴 수 없는 일이다. 세자께서 즉위하시어 왕이 되시면 다시 세자를 책립하시어야 할 것이니 그렇지 아니하면 궁중에 항상 불안이 있는 것이다. 언제 어떠한 음모가 일어나 어떠한 상서롭지 못한 사단이 있을는지도 모르는 것이다.

이 때문에 세자빈이신 순빈께서 생산을 못하심은 다만 중전마마의 걱정이 될뿐더러 대전께서도 근심하시는 바가 되었다. 말하자면 내외분이 걱정하신 결과로 중전께서 동궁께 재촉하시는 것이다.

이리하여 수칙(守則) 양씨(楊氏)가 뽑히어 세자의 침석을 모시게 되었다.

양씨는 자색으로 이름이 높았다. 이렇게 아름다운 양씨를 택한 것은 이유가 있다. 순빈이 너무도 자색이 없으시기 때문에 세자께서 예전 휘빈 때 모양으로 그 방에 듭시는 일이 드물다는 까닭이다. 그래서 아무쪼록 아름아운 여자를 택하노라 한 것이 곧 수칙 양씨였다.

양씨가 동궁에 들어온 뒤로 순빈 봉씨의 태도는 돌변하였다. 그렇게 순하고 어리숙해 보이는 순빈의 마음속에는 사람들을 놀랠 만한 질투의 불이 들어 있었다.

세자께서 양씨와 자리를 같이하신 날이면 순빈은 온종일을 울음으로 지내고 좌우에 모시는 시녀들을 까닭 없이 못 견디게 굴었다.

이렇게 되면 순빈과 수칙 양씨와는 아기 낳기 경쟁을 하게 된다. 순빈 편으로 보면 아무리 자기가 지금은 세자빈이라 하더라도 후사 될 아기를 낳지 못하면 장래가 캄캄하고 아무리 시방은 종이나 다름없는 양씨라도 세자빈보다 먼저 사내 아기만 낳아 놓으면 비록 당장에 세자빈으로 승차는 못한다 하더라도 생전 융숭한 대접을 받을뿐더러 그 아기가 자라 임금이 되시는 날에는 그의 영화가 그지없을 것이요, 잘 된다면 왕후로 추숭을 받을는지도 모르는 것이다.

양씨의 자색은 젊으신 세자의 마음을 끌었다. 아무리 남녀에 담박하신 세자께서도 품속에 들어온 어리고 아리따운 양씨를 떠밀어 내일 아무 까닭도 없었다. 점점 순빈께 발이 머시고 양씨에게 발이 잦으시었다.

게다가 양씨가 동궁을 모신 지 일년쯤 되어 세자와 금술이 한창 좋을 때에 양씨가 잉태했다는 소문이 궁중에 퍼지었다. 이 소문은 대전마마, 중전마마께도 들리었다. 이것이 기쁜 소문인 것은 물론이다.

양씨가 입맛이 제치고 머리가 아프고 구역을 하여 눕게 된 때 상감께서는 친히 내의를 명하시와 태모에 좋은 약을 쓰게 하시고 중전마마께서는 하루 두 번씩 궁녀를 동궁으로 보내시와 보약을 달이게 하고 양씨에게 여러 가지로 고마우신 말씀을 내리시었다.

이렇게 되면 세력을 따르는 동궁에 있는 궁녀들은 하나씩 둘씩 거의 다 양씨를 가까이하고 순빈은 우습게 여기게 되었다. '시집 온 지 팔년이 되어도 성태 못하는 사람이 인제 성태할라고' 하는 것이 여러 궁녀들의 의견이었다. 또 능하지 못하신 순빈은 평소에 궁녀들의 마음을 살 줄도 몰랐다. 고마운 말 마디, 피륙 자, 먹다 남은 음식 부스러기…… 이런 것들이 의리 없고 욕심 있는 무리의 혼까지 사는 줄을 순빈은 모르시었다.

순빈은 분한 생각과 질투에 몸이 타는 듯하였다.

이때에 순빈의 친정어머니 되는 이씨는 옳은 말을 따님 되시는 순빈에게 가르치었다.

그 말은 이러하다.

"성태 못하는 것도 천생 팔자지요. 아무리 자녀를 많이 낳더라도 여편네로 태어나서 시앗을 보는 것은 사삿집에서도 면치 못할 일이어든 하물며 궁중일까 보오리까. 국모(國母)가 되려면 삼천 궁녀를 다 시앗으로 알고 거느려 갈 도량이 없으면 아니 되는 것이요. 질투는 사삿집에서도 칠거지악에 돌거든 하물며 궁중이오리요. 질투하는 빛이 드러나기만 하면 실덕(失德)이라 하여 물러날 것이니 애시에 그러한 빛도 보이지 마시오. 여편네로 태어났으면 참는 것이 일생으로 아시오."

이렇게 우는 딸을 간곡히 권하고 나중에는,

"양씨에게 날마다 사람을 보내어 물어 보고 이따금 맛나는 음식도 만들어서 보내되 어머니가 딸에게 하듯 하시오. 그러하면 인자하신 세자께서 그 덕에 감동하시와 정을 물리실 것이요. 대전 중전께옵서도 칭찬하실 것이니 이러하면 비록 일생에 잉태하지 못하더라도 그 지위가 위태하지 아니하오리다.”
고까지 하였다.

그러나 순빈은 이 말대로 실행할 만만 능력이 없었고 게다가 순빈의 비위를 맞추어 꾀이는 사람이 있었다. 어머니의 지혜로운 계책보다도 간사한 꾀임이 질투로 흐린 순빈의 마음에 잘 들어왔다.

간사한 꾀임이라 함은 궁녀 수규 홍씨(守閨洪氏)의 꾀임이다.

홍씨는 얼굴이 아름답기로 남도 알아주었거니와 저도 믿었다. 열다섯 살에 궁녀로 들어와서부터 동궁에 있었다. 그가 궁중에 들어 올 적에 그의 부모(아비는 늙은 별감이다)와 이 옷은 다 얼마 아니하여 반드시 영화를 누리리라고 믿었다. 홍씨가 집에서 자라날 때에 그를 보는 사람이야 누구나 그의 아름다움을 칭찬하지 아니하였을까.

그러나 동궁에 모신지 십년이 되도록 아직 좋은 운수가 돌아오지 아니하였다. 휘빈이 생존하신 동안에야 어느 누가 감히 세자를 눈걸어 보았으랴. 후궁 삼천을 다 모아 놓더라도 휘빈의 아름다움을 당할 사람은 없었다. 그러나 휘빈이 나가시고 순빈이 들어오신 때부터는 적이 아름다운 자색에 자신이 있는 동궁 궁녀들은 혹시나 세자의 눈에 들어 볼까 하고 외기러기 짝사랑을 바치는 이도 한둘만이 아니었다. 홍씨가 그중에서 자색으로나 세자께 가까이 모시기로나 으뜸이었다. 그러나 세자께서는 누구에게나 다정하시면서도 누구에게나 엄정하시었다. 좌우에 모시는 어린 궁녀들을 마치 동생같이, 자식같이 귀애하시었다. 그렇지마는 세자께서는 어느 궁녀의 손목 한 번 아니 잡으시기로 유명하시었다.

세종대왕께서는 아주 색에 범연하신[62] 양반은 아니시어서 귀여운 궁녀를 보시면 가까이 부르시기도 하고, 농담도 하시고, 혹 손목을 만지시기도 하고, 마음에 듭시면 잠자리도 모시게 하시었다. 그래 그들의 몸에 아드님 열 분, 따님 두 분(살아서 자란 이만)이나 두시었다.

그러나 세자께서는 영 그런 일이 없으시었다.

그래도 홍씨는 기어코 세자의 마음에 들려고 결심을 하였다. 비록 나이는 스물다섯이나 되었건마는 아직도

62) 차근차근한 맛이 없이 데면데면하다.

처녀로 있는 그는 세 살은 넉넉히 젊어 보이었다. 여자로는 익을 대로 익은 시대였다. 피부에 기름은 오를 대로 오르고 윤택은 날 대로 났다. 그렇지마는 앞으로 이삼ㄴㄴ만 지나면 이 꽃은 아주 쇠어버리고 만다. 홍씨는 그런 줄을 알기 때문에 마음이 조급하였다.

이때에 수칙 양씨의 사촌 되는 지밀나인[63] 양씨가 이제 겨우 열일곱 살이면서 왕의 귀여움을 받아 거의 밤마다 왕을 모시게 되어 단박에 상침(尙寢)[64]이 되었다. 중년이 되신 왕께서는 남은 사랑을 온통으로 어린 양씨에게 쏟으시는 듯하였다. 중전께서는 왕이 어린 양씨에게 혹하신 것을 보고 중년된 부인의 질투로 불같이 화를 내시었으나 어찌할 수 없었다. 이이가 장차 우리 불쌍하신 어린 임금 단종대왕께 젖을 드리고 마침내 그 어른 때문에 목숨까지 버리게 된 혜빈(惠嬪) 양씨다.

이런 것을 보면 홍씨의 심중이 자못 조급하다. '모두 양씨 판인가' 이렇게 궁중에서는 수군거리었다.

그런데 수칙 양씨가 세자를 모시어 아기를 배었다. 인제는 홍씨의 운수는 영영 가버린 것이다. 홍씨는 한껏

---

63) 궁중 침실에서 대전, 내전을 모시는 나인.

64) 조선시대 내명부에 속한 정6품 벼슬.

슬프고 한껏 분하였다. 저도 상감을 모시는 궁녀만 되었더라면 벌써 사랑을 받아 아들딸도 낳고 빈(嬪)도 봉함이 되었을 것을 어찌어찌하여 자선당(資善當) 시녀가 되어 부처님 같은 동궁을 만난 탓으로 꽃 같은 인생을 허송하게 되었다. 마지막 기회를 빼앗아 가는 양씨를 곱게 둘 내가 아니다. 홍씨는 이렇게 생각하였다.

"마마!"

하고 홍씨는 울고 앉아 있는 순빈 앞에 읍하고 섰다. 순빈은 혹시나 아침에나 세자께서 자선당으로 들어오실까 하고 몸을 꾸미고 계시다가 해가 높아도 소식이 없으시매 우시는 것이다.

홍씨의 눈에는 눈물이 있었다.

"왜 그러느냐. 양가년이 뒈졌단 기별이나 있느냐?"

하고 순빈은 눈물에 젖은 낯을 들었다. 그 눈에는 원망과 독이 가득 찬 듯하였다.

"양씨는 오늘부터 적이 입맛도 나서 아침진지는 이제 한 주발을 다 자시고 있다가 점심에 드린다고 시방일변 곰국을 끓이고 일변 녹용을 달이노라고 눈코 뜰 새 없사옵고 상감마마, 중전마마께옵서도 여러 가지 음식을 하사하시와 마치 잔치나 벌어진 듯하옵니다."

"잘들 하는구나. 그래 동궁마마는 또 양가년한테 계시더냐?"

"네, 마침 동궁마마께옵서는 양씨의 머리와 손을 만지고 여러 가지 정다운 말씀을 하시는 모양을 뵈오니 자연 분하고 비감하와 눈물이 흘렀습니다."

순빈은 이를 뽀드득 갈았다. 그렇게 순한 순빈의 속에 어디 그러한 독이 들었던고 하고 홍씨도 놀랐다.

순빈은 벌떡 일어나 미친 듯이 뛰어 나가려 하였다.

홍씨는 꿇어 앉아 순빈의 옷소매를 잡았다.

"놓아라. 왜 붙잡느냐. 내가 동궁마마 앞에서 양가년과 사생결단을 할란다. 밤새도록 불어 자고도 무엇이 부족하여 아침에도 놓지를 못한다더냐. 인자하신 동궁마마께옵서야 그렇게 야멸치게 나를 잊으실 리가 있겠느냐마는 그 여우 같은 양가년이 동궁마마를 흐리는구나. 에라 놓아라, 내가 고년을 물어뜯어서라도 죽여 버리고 말란다."

"순빈마마. 분을 참으시고 진정하시겨오. 이렇게 뛰어 가시면 남이라도 웃고 옳으신 일도 그르게 됩니다. 궁중에서는 이러한 법이 없습니다. 진정하시겨오."

"그러면 어찌하란 말이냐. 이 터지는 가슴을 어떻게 참으란 말이냐. 고년 양가년을 살려 두고야 내가 어떻게 몰인들 목에 넘긴단 말이냐."
하고 방바닥에 주저앉아서 몸부림을 한다. 곁에서 보면 나인들은 고개를 몰리어서 입을 삐쭉댄다.

홍씨는 순빈을 뒤로 안아 일으키는 서슬에 입을 순빈의 귀에 가까이 대고 얼른,

"마마. 이년이 양가년을 없이 해 드리리다."
하였다. 홍씨는 다른 궁녀들이 다 나가고 없는 틈을 타서,

"마마. 양가년 하나를 없애기야 어려울 것이 있습니까. 그까짓 년 하나 소리도 없이 없애기는 여반장입니다. 소인이 팔년 동안 순빈마마를 모시와 하는 같으신 은혜를 지었사오니 마마를 위하여서야 목숨인들 아끼오리까. 만일 마마께옵서 하라고만 하옵시면 사흘 내에 양가년을 짹 소리도 못하게 없애버리겠습니다."
하였다. 없엔단 말에 순빈은 깜짝 놀라며,

"없애다니? 사람을 어찌 죽이기야 하느냐."

"양씨가 살아 있으면 마마께옵서는 앞날이 어찌 되시올지 생각만 하와도 가슴이 아프옵니다."

"그러하기는 하다마는 사람을 죽이기야 어이하라. 그저 고년이 동궁마마를 꼼짝 못하시게 호리지만 못하게 하였으면 좋겠다."

"아기는 낳아도 상관이 없습니까?"

순빈은 이윽히 생각하더니,

"밴 아기를 아니 낳게 할 수야 있느냐?"

"양씨는 아들을 낳고 마마께옵서는 성태를 못하시면 어찌 되올지."

순빈의 마음은 괴로웠다.

"그러면 어찌할꼬?"

"양씨를 두고 동궁마마를 도로 찾으려 하심은 나무를 세워 두고 그늘만 없이 하렴과 같사옵니다."

"그러면 어찌할꼬?

"여쭙기 황송하옵니다."

"아나 무슨 말이나 하여라. 내가 지금에 너 하나 밖에 머 믿을 데가 있느냐. 동궁마마는 양가년한테 홀리시어 저 모양이시고, 중전마마께옵서는 인제는 나를 돌보아 주시지 아니하시는 모양이시고 내가 누구를 믿으랴. 아무 런 말이라도 하여라. 나를 살려 주려무나."

홍씨는 일어나 옆방과 좌우를 둘러보고 순빈 곁으로 가까이 와서 입을 순빈의 귀에 대고,

"한 범을 잡는 것과 두 빈을 잡는 것과 어느 것이 쉬웁니까?"

"하나 잡는 것이 쉽지."

"그와 같습니다."

하고 홍씨는 뜻 있게 웃었다.

순빈은 그래도 못 알아듣고,

"그와 같다니?"

하고 눈이 둥그렇다.

"양씨 속에 듭신 아기가 납시면 마마 편이 되리까. 양씨 편이 되리까."

"양씨 편이 되지."

하고 그제야 홍씨의 말을 알아들은 듯이 순빈은 입맛을 다시고 고개를 끄덕이었다.

홍씨는 그리 힘들이지 아니하고 비상(砒霜)[65] 한 봉지를 구하였다.

이런 무서운 약을 구하기는 심히 어려운 것 같지마는 궁중에서 살아가는 여자로는 다 길이 있었다. 언제 무슨 일이 생기어서 내 몸이 죽어야 될지도 모르고 또 언제 내 원수 될 사람을 죽여야 될지도 모르고 또 시녀의 몸이 되어서는 언제 자기가 직접 모시는 상전을 위하여 남을

65) 비석(砒石)에 열을 가하여 승화시켜 얻은 결정체로, 거담제와 학질 치료제로 썼으나 독성 때문에 현재는 쓰지 않는다. 궁에서 은밀히 독약으로 쓰이었다.

죽일 준비를 할지 모르는 것이다. 더구나 세력 있는 어른을 가장 가깝게 모시는 궁녀일수록에 그러한 것이다.

위로서 미운 사람을 죽이려면 미친 개 잡듯이 철여의(鐵如意)66) 하나로 후려갈겨서 거적에 싸서 내어던지면 그만이지마는 아무 세력도 없고 미천한 목숨 하나만 가진 나인 따위로서 힘 있는 사람을 죽이려면 방자질67)을 하거나 음식에 독약을 치거나 하는 길 밖에 없다. 궁중에 있는 사람들의 이러한 요구에 응하기 위하여 서울장에 여러 가지 사람들이 여러 가지 직업을 하여 먹고 산다. 중, 무당, 태주, 도사(道士), 의원, 방물장사 이런 등속들.

홍씨도 이런 무리에게 많은 재물과 혹은 몸까지도 내어 주어서(이것이 여자로는 가장 유력한 수단이다) 이 비상한 봉지를 구한 것이다. 비록 이것으로 목적을 달한다 하더라도 그는 두고 두고 이 비밀을 말은 사람에게 입을 틀어막을 뇌물을 끊임없이 대어주거나 이로 그것을 당해 낼 수가 없으면 이 비밀을 가진 자까지 없애버리는 수밖에 없는 것이다. 이리하여 이러한 일과 이러한 약은 더욱더욱 횡행하게 되는 것이다.

---

66) 쇠로 만든 채찍.
67) 남을 못되게 하거나 재앙을 받게 하려고 신에게 빌거나 방술을 쓰는 짓.

홍씨는 그 비상 한 봉지를 품에 품고 수칙 양씨에게 먹일 기회를 엿보았다.

순빈은 그래도 사람을 죽인다면 벌벌 떨고 겁을 내어서 아무리 양씨가 밉더라도 목숨은 죽이지 말고 세자를 호리지만 못하게 하기를 원하였다. 홍씨는 속으로 픽 웃으면서도 네, 네 하였다.

"이애. 그 약을 먹이면 어떻게 되느냐?"

하고 순빈이 물을 때에 홍씨는,

"이것을 먹으면 낯바닥[68]과 은 몸뚱이가 푸르둥둥해진다고 합니다."

"살빛이?"

"네."

"그러면 미워지겠지?"

"낯바닥이 죽은 년의 낯바닥같이 되면 그년을 누가 거들떠보기나 하겠습니까."

순빈은 끄덕끄덕하시었다.

만일 모든 모험을 무릅쓰고 양씨 죽는 것만을 목적으로 한다 하면 그러한 기회를 얻기는 그다지 어렵지 아니

68) '낯(얼굴)'을 속되게 이르는 말.

할 것이지마는 저는 살고 양씨만 죽이자니 기회를 타기가 심히 어려운 것이다. 나 한 몸 잘 되어 보자고 하는 일이니 섣불리 하여 발각이 되어 내 몸 하나만 없어지면 아무리 양씨 죽이는 일은 성공한다 하더라도 그런 싱거운 일은 없을 것이다. 이렇게 생각하므로 홍씨는 고양이 것을 훔치려는 쥐와 같이 조심조심하여 물 부어 샐 틈 없이 일을 하기로 매를 썼다.

홍씨는 양씨가 거처하는 여경당(餘慶堂)에를 하루에 한 번씩 갔다. 겉으로는 동궁빈마마의 뜻을 받아 양씨의 문안을 왔다는 것이 핑계이지마는 기실은 양씨 먹는 음식에 독약을 치자는 것이 목적이었다.

"저것이 왜 요새는 날마다 와?"

"무슨 낌새를 보러 온 게지. 그 여우 같은 것이."

이렇게 여경당 시녀들이 홍씨를 보고는 눈을 흘기었다.

여경당 뒤 툇마루에는 날마다 시녀 하나가 양씨 먹을 보약을 달이느라고 지키어 앉았다.

중전마마의 특별한 분부라 하여 약 맡은 시녀는 잠시도 탕관 곁을 떠나지 아니하였다. 홍씨가 유심하게 엿본 것은 이 약탕관이다.

열 사람이 지키어도 한 도둑을 못 당한다고 마침내 홍

씨는 엿보던 틈을 얻었다.

하루는 홍씨가 여경당에를 가서 양씨에게 문안을 하고 물러 나와 뒷 툇마루에 혼자 앉아서 약을 달이는 중전 시녀와 무심한 이야기를 속삭이고 있었다.

이야기는 요사이 어디서나 그러한 모양으로 왕의 사랑을 한 몸에 모두어 일년이 못하여 상침(尙寢)을 봉함이 된 양씨(장차 혜빈이 될)의 이야기와 한 번 궁에서 나잘 때마다 한 번씩 오입을 하여, 장안에 예쁘장한 계집을 둔 사나이가 마음을 놓지 못한다는 수양대군의 이야기였다.

한참 이야기에 꽃이 피다가 약 달이던 나인이,

"약 넘지 않나 잠깐만 보아 주오."

하고 뒷간으로 가버리었다. 여러 날 동안에 홍씨에게 대하여 여편네들 사이에 흔히 보는 얕은 정이 든 것이다. 홍씨는,

"응, 얼른 오우. 내가 은지가 너무 오랬으니깐 곧 가야 하겠어. 또 제조(提調尙宮=여러 나인을 감독하는 나인)이 쨍쨍거리게."

하고 홍씨는 가장 바쁜 태도를 보이었다.

홍씨는 빠른 눈으로 사방을 둘러보았다. 거기는 아무

도 없었다. 홍씨의 가슴은 두근거렸다. 큰일을 저지른다는 생각이 천 근이나 무거운 들 모양으로 전신을 내리 눌렀으나 오랫동안 별러 오던 뜻을 갑자기 변할 힘은 없어서 그의 손은 운명적으로 허리춤 속으로 들어갔다. 그 속에서 초록 명주 헝겊에 싸인 봉지가 나와서 노르끄무레한 가루를 김이 나는 약탕 판 속에 뿌리었다. 그 모든 행동이 실로 번갯불 같았다. 홍씨는 초록 헝겊을 마루 구멍에 집어 넣어버리고 아무 일도 없는 듯이 시치미 떼고 앉아서 약탕관에 김이 오르는 것을 바라보았다. 그러나 무엇이라고 형용할 수 없이 가슴이 설레는 것을 금할 수가 없었다.

약 달이던 나인이 뛰어 와서,

"에그, 오래 지체해서 미안하우. 약이 끓어 넘지는 안 했수?"

하고 약탕관에 가만히 귀를 기울이더니 안심한 듯이 제 자리에 앉았다.

홍씨는 후끈거리는 자기의 낯빛이 혹시나 이상해 보일까 보아,

"그럼, 난 가우."

하고 한 번 웃어 보이고 일어섰다. 다리가 마음대로 놓이

지를 아니하고 힘없이 떨리었다.

자선당(資善堂)에 다다르매 홍씨는 마음이 턱 놓이었다. 아무러한 일을 저질렀더라도 이곳에만 들어오면 안심이 되던 옛 습관이 있는 까닭이다.

홍씨는 눈으로 '되었다'는 뜻을 순빈께 고하였다. 순빈의 낯빛은 갑자기 변하였다. 겁이 나신 것이다. 그러나 모래 위에 엎지른 물이라 다시 주워 담을 수는 없다. 인제는 다만 던지어진 윷가락이 도가 되어 떨어지나 모가 되어 떨어지나를 기다릴 뿐이다. 이렇게 생각하면 마음이 모질어지고 진정이 되었다.

순빈은 두통이 난다는 핑계로 근시하는 나인들을 다 물리고 혼자 자리에 드러누웠다. 무슨 큰 변이 생기는고 하고 순빈은 문 밖에서 들리는 소리를 하나도 빼놓지 아니하고 다 엿들었다. 모든 발자취 소리와 말소리가 다 자기의 죄를 나토는[69] 것만 같아서 아직도 삼월 선선한 때언마는 전신에 땀이 쫙 흘렀다.

홍씨도 다른 나인들과 함께 웃고 이야기하고 돌아다니건마는 그 태연한 듯한 것이 도리어 태연치 못하고 조그

---

69) 속뜻이나 진실을 드러내보이다.

마한 소리에도 가슴을 두근거리었다. 그래서 될 수 있는 대로는 기둥 뒤 벽 모퉁이에 몸을 숨기고는 제 손으로 제 얼굴을 만지었다.

"아, 쉽지 아니한 일이다."

이렇게 한탄하였다. 일각일각마다 십년 살 목숨은 줄어드는 듯하였다.

그러나 순빈과 나인 홍씨가 오래 마음을 줄일 사이도 없이 중전께서 수칙 양씨에게 내리신 보양에 독약이 들어간 것은 곧 발각이 되었다.

양씨가 약 그릇을 당기어 마시려다가 문득 너무 뜨겁지나 아니한가 하는 생각이 나서 왼손 무명지로 약을 저어 보았다. 그러한 때에 양씨의 운수가 좋아서 그 손가락에 끼었던 은가락지에 약이 묻었다. 묻자마자 은가락지는 연빛으로 변하여 버렸다.

"에그머니!"

하고 양씨는 약 그릇에 떨어뜨리었다.

"누가 내 약에 독을 쳤네."

하고 양씨는 얼굴이 파랗게 질리며 소리를 질렀다.

곁에 섰던 약 달이던 나인은 입을 버리고 사지를 떨었다. 다른 나인들도 놀래어 약 그릇 가까이로 모여 들었

다. 양씨 앞에는 까만 약이 흥건히 고이어 있고 약 그릇에도 엎지르고 남은 약이 말없이 번적거렸다.70)

“누가 나 먹는 약에다가 독을 쳤어?”

하고 양씨는 약 달이던 중전 나인을 흘겨보았다. 다른 나인들의 눈도 그 나인한테로 모이었다.

“나는 애매하오.”

하고 중전 나인은 겨우 떨리는 입을 벌리었다. 그러나 이약에 만일 독이 든 것이 사실이라 하면 도저히 자기가 그 죄를 벗어날 수 없는 줄을 깨닫고 얼른 양씨가 엎지르고 남은 약을 들어 마시었다.

그러나 약을 먹어 보지 아니하더라도 은가락지가 까맣게 죽는다 하면 독이 든 것은 분명하다 하여 곧 동궁마마께 이 연유를 아뢰었다.

동궁은 그때에 집현전에서 여러 학자들과 글 토론을 하시다가 이 놀라운 기별을 들으시고 곧 여경당(餘慶堂) 양씨의 처소로 오시었다.

동궁은 양씨와 나인들에게서 전후시말을 들으시고 엎지른 약과 죽은 은가락지를 낱낱이 보시옵고 남은 약을

---

70) 큰 빛이 잇따라 잠깐 나타났다가 사라지다.

먹었다는 중전 나인을 부르시었다.

중전 나인은 이때에 벌써 복통이 난다고 괴로워하고 입술이 파랗게 되었었다.

인자하신 동궁도 이 일에는 대단히 진노하시와 높은 어성으로,

"이봐라, 인명이 지중하거든 네 무슨 연유로 약에 독을 넣었어?"

하고 중전 나인을 노려보시었다.

중전나인은 마루에 엎드려 고개를 들지 못하고 떨리는 소리로,

"동궁마마 살피시오. 소인이 수칙 양씨와 아무 은원[71]이 없살거든 약에 독을 칠 리가 있사오리까. 과연 애매하옵니다."

하고 하소하였다.

이 일이 인명에 관계 있는 중대한 일일뿐더러 독약을 친 혐의를 받은 나인이 모후(母后) 궁에 속하였은즉 동궁이 자의로 처결할 수 없고 또 이러한 일이 동궁에서 생긴 것은 동궁의 덕이 부족하여 부모 두 분 마마께 걱정을

---

71) 恩怨: 은혜와 원한을 아울러 이르는 말.

끼침이니 불효막심하다 하여 우선 대전 내전에 사람을 보내어 사연을 아뢰고 뒤따라 동궁이 몸소 양전에 입시[72]하여 석고대죄(席藁待罪)[73]하기로 하시었다.

이렇게 되니 동궁이 크게 소동하여 다만 서로 마주 볼 뿐이요, 감히 입을 열어 말하는 이가 없었다. 이런 때에 입 한 번 잘못 놀리었다가는 어느 귀신이 잡아가는지 모르게 목이 날아가는 줄을 궁중에 살아 본 사람들은 누구나 다 아는 까닭이다.

파조(罷朝)[74] 후에 상감께서는 내전(內殿)에 듭시와 중전으로 더불어 독약 사건에 대하여 이윽히 말씀이 계신 뒤에 곧 약 달이던 나인을 잡아들이어 내전에서 친국(親鞫)[75]하시기로 하였다.

약 달이던 나인은 독약을 먹었으나 분량이 적었기 때문에 아직 죽지는 아니하고 일지만 못하고 있었다. 누운 대로 널쪽이 담아다가 내전 뜰에 내려놓았다.

양전께서는 대청 정면에 좌정하시옵고 곁에는 동궁이 읍하고 서 계시고 이십여 명 궁녀가 좌우로 옹위하고

---

72) 入侍: 대궐에 들어가서 임금을 뵙던 일.
73) 거적을 깔고 엎드려서 임금의 처분이나 명령을 기다리던 일.
74) 신하가 조정에 나아가 임금을 뵙는 일을 마침.
75) 임금이 직접 중죄인을 신문함.

계상에는 근시하는 내시들이 대령하고 계하에는 철녀의든 관노 네 명이 호랑이라도 때려잡을 듯이 벼르고 갈라서 있고 뜰 한가운데 널쭉 위에는 얼추 다 죽은 나인이 엎드려 있다.

상감께서는 어성을 높이시와,

"듣거라. 네 무슨 연유로 태중에 있는 아기를 해하려고 약탕관에 독약을 넣었어?"

하시니 내전이 뜨르르 우는 듯하였다.

"상감마마, 소인(小人)이 하늘 같은 성은을 입사옵거든 무엇이 부족하여 태중에 계옵신 아기씨를 해할 생각을 하오리까. 천지신명이 내려다보시거니와 소인은 진실로 애매하옵니다."

목과 입이 부어 어음은 분명치 아니하나 독이 난 때라 말소리는 힘 있게 들렸다.

"어쩐 말이냐. 그러면 네가 치지 아니한 독이 어떻게 약에 들어간단 말이냐. 바로 아뢰어라."

하시니 계상에 선 내시들이,

"바로 아뢰어라."

하고 소리를 길게 뽑는다.

"생각하오면 소인이 죽을죄로 잠깐 남더러 약을 보라

하옵고 자리를 떠난 일이 있사오나 그 밖에는 아무 죄도 없사옵니다."

"남더러 보라 하였다니, 남이란 누구냐?"

"자선당 나인이요."

이 말에 중전은 무릎을 치시었다. 생각하던 바와 같다는 뜻이다.

곧 내시와 관노가 자선당으로 달려가서 발이 땅에 붙지 않게 홍씨를 끌어다가 약 달이던 나인 곁에 엎드리게 하였다.

홍씨는 얼굴이 약간 상기는 하였으나 태연하였다.

상감께서는 홍씨의 아름다운 자색을 이윽히 바라보시더니,

"네가 약 달이는 것을 맡아 본 일이 있느냐?"

하고 물으시었다.

"네."

하고 홍씨의 대답은 싸늘하였다.

"그 약에다 독약을 친 일이 있느냐?"

"과연 소인이 그 약에다 비상을 탔습니다."

양전께서와 세자궁께서와 좌우가 다 놀라고 약 달이던 나인도 놀라서 고개를 들어 홍씨를 바라보았다. 독약을

친 것이 놀라운 것보다 쳤노라고 실토하는 것이 놀랍던 것이다.

한참 동안은 서로바라보고 몸들도 꼼짝 아니하였다.

"네 무슨 연유로 약에다가 비상을 타서 인명을 해하려 하였어."

하고 왕은 얼마 뒤에야 물으시었다.

"소인이 죽사온들 하늘 같으옵신 상감마마를 어찌 그 이오리까. 이실직고(以實直告)하오리다. 소인이 궁중에 들어와 동궁마마를 모시온 지 십년이 되옵거니와 천한 몸이 분수를 아지 못하옵고 매양 동궁마마께옵서 돌아보시와 거두어 주시옵기를 고대하오나 동궁마마는 성인이시라 일체 여색에 뜻을 두시지 아니하시오니 소인은 금생에 이루지 못할 소원을 품고 지내옵더니 천만 뜻밖에 수칙 양씨가 밖으로서 들어와 동궁마마의 고이심을 받는 것을 보오니 미련한 계집의 맘이라 새우는 마음을 누를 길이 없사옵고 또 근래에 동궁마마께옵서 양씨만 귀애하시옵고 빈마마를 돌아보시지 아니하와 빈마마께옵서 주야에 눈물로 지내시오니 이것이 다 양씨의 소위로 생각하옵고 차라리 양씨를 죽여 빈마마와 소인의 분한 마음을 풀까 하와 이런 일을 저질러 상감마마 성려(聖慮)76)를 끼치시게 하였사오니 소인의 죄는 만사무석(萬死無惜)[77] 이옵니다."

하는 홍씨의 어성은 아름답고도 분명하고 조금 떨리는 빛도 없었다. 그러나 말이 끝나고는 참았던 울음이 터지는 듯이 등을 들먹거려 울었다.

이 말에 상감은 중전을 보시고 웃으시며 처음부터 고개를 숙이고 계시던 세자궁께서도 고개를 드시와 홍씨를 바라보시고는 더욱 고개를 숙이시었다.

이리하여 독약 사건은 판명이 되었다.

그러나 중전은 이것만으로 만족하지 못하고 기어이 이것이 순빈이 시킨 것이라는 판명이 되기까지 알고야 말려 하였다. 예전 휘빈(徽嬪) 김씨는 너무 아름답고 영리한 것이 미웠지마는 이번 순빈(純嬪) 봉씨는 너무 못나고 어리석은 것이 미웠다. 게다가 팔년이 넘도록 잉태를 못하니 중전의 눈에 날대로 났다. 그래서 이번 기회에는 폐하여 버릴 생각이 드신 것이다

그것은 어렵지 아니하였다. 중전은 순빈이 정직하고 어리석음을 알기 때문에 한 번 불러 물어보기만 하면

---

76) 임금의 염려.
77) 만 번 죽어도 아깝지 않을 만큼 죄가 무거움.

곧 실토하리라고 생각하여 독약 변이 있은 지 며칠 후에 순빈을 내전으로 불렀다.

순빈은 두 마디도 기다리지 아니하고 실토를 하였다. 그러나 양씨를 죽이자는 것이 아니라 얼굴이 미워지고 남자를 혹하게 하는 재주만 없어지게 하려 한 것이라고 말하였다. 이것이 사실이지마는 세상에 그 말을 믿어 줄 사람이 없었다. 홍씨는 벌써 때려 죽여 버렸으니 순빈의 말을 증거하여 줄 이는 이 세상에 없다.

순빈은 당연히 '실덕(失德)'[78]이란 죄명으로 폐함이 되었다.

"무자(無子)[79]함도 칠거지악(七去之惡)[80]에 들거든 질투하고 살인하고……."

이것은 중전의 순빈을 면책하신 말씀이다.

순빈은 울면서 모든 수치를 당하고 마침내 궁중에서 쫓겨 나간 때에는 체면불고하고 '아이고 아이고' 목을 놓아 울었다. 한 번 더 동궁마마의 낯을 뵙게 해달라고

78) 덕의(德義)에 어긋나는 행위를 함.

79) 무자식.

80) 예전에 아내를 내쫓을 수 있는 이유가 되었던 일곱 가지 허물. 시부모에게 불손함, 자식이 없음, 행실이 음탕함, 투기함, 몹쓸 병을 지님, 말이 지나치게 많음, 도둑질을 함 따위이다.

애걸하듯이 간청하였으나 이미 죄를 짓고 폐하여진 세자빈의 말을 들어 주는 이는 없었다.

이렇게 순빈 봉씨도 폐함을 당하였다. 세자궁은 이 일을 퍽 슬프게 생각하였다. 그렇게 일심으로 자기를 따르던 순빈이 울고 나가는 것이 불쌍하였다. 그러나 부모의 하시는 일은 자식으로 어찌할 도리가 없었고 다만 얼마 동안 순빈을 돌아보지 아니하여 그렇게 일을 저지르게 한 것을 후회하는 생각이 날 뿐이었다.

그 후 두 달이 못되어 양원 권씨(良媛權氏)를 세자빈으로 봉하니 이가 나중 경혜공주와 단종대왕 두 분을 낳으시고 후에 현덕왕후(顯德王后)라고 추숭(追崇)[81]을 받은 양반이시다.

현덕빈(顯德嬪) 권씨는 한성부판윤(漢城府判尹) 권전(權專)의 따님으로 열세 살에 나인으로도 동궁에 뽑히어 들어와서 양반집 따님인 까닭으로 곧 승휘(承徽)[82]로 봉함이 되고 얼마 아니하여 양원(良媛)이 되고 처음 들어온 지 칠년 만에 열아홉 살에 봉씨가 폐한 뒤를 이어 세자빈이 되시고 되시자마자 잉태하시어 경혜공주를 낳으시고

81) 왕위에 오르지 못하고 죽은 이에게 제왕(帝王)의 칭호를 올림.
82) 세자궁에 딸린 내명부 종4품. 나인에게 줌.

스물네 살 되는 해에 단종대왕 되실 왕손을 낳으시고 그 이튿날 승하(昇遐)하신 것이다.

동궁빈으로 계신지 만 오년에 그 사나우신 심 중전께도 아무 탈을 잡히지 아니하시고 유덕하시다는 칭찬 속에 지내시었다.

현덕빈 권씨가 돌아가신 뒤에 세자궁의 아까와하시고 슬퍼하심은 밖에까지 들리었다. 세자께서는 다시 여자를 가까이 하시지 아니하시고 경혜공주와 왕세손(王世孫) 두 분 아기를 어루만지시며 일생을 지내시었다.

수칙 양씨도 순빈이 폐함을 당하던 때에 따님 경숙옹주(敬肅翁主)를 낳고는 이내 동궁을 모시어 보지 못하고 말았다.

세자는 개인으로 이만큼 행복되지 못한 어른이시었다. 남달리 감정이 예민하시고 인자하신, 성품이 많으신, 세자는 가만히 일생을 회고하면 비감이 항상 많았었다. 왕위에 오르신 후 이 개년 남짓한 동안에도 십에 팔구는 병환으로 계시고 웬일인지 민간에도 기근(饑饉)[83]과 여역(癘疫)[84]이 많아 국사에도 근심되는 일만 많았다. 세

83) 흉년으로 먹을 양식이 모자라 굶주림.
84) 전염성이나 열병을 통틀어 이르는 말.

자궁으로 수년간 대리(代理)하시는 동안이나 왕으로 이 개년 계시는 동안이나 이러한 모든 불행을 다 당신의 허물로 여기시어 슬퍼하시었다.

문종대왕께서 부왕이신 세종대왕의 대상(大祥)[85]을 지내 탄상하신 임신(壬申)년 이월 그믐께 왕의 병환은 심상치 아니하시었다. 정월 이래로 오후가 되면 한열이 왕래 하고 구미가 없어지고 밤에도 잠이 잘 드시지 아니 하시와 신고하시던 것을 그 추운 날에 대상을 치르고 나시어 부터는 열기도 더 오르고 구미도 더욱 없어지게 되어 사오일 내에 눈에 띄게 용안(龍顔)에 초췌하신 빛이 보였다.

그러나 부왕도 승하하시고 모후 되시는 심 중전은 부왕보다도 2년 전에 돌아가시고 세자빈도 아니 계시고 경혜공주도 작년에 하가(下嫁)[86]하시니 나인과 내시 밖에는 가까이 왕의 기거 범절을 돌아보아 드릴 이가 없었다. 오직 혜빈 양씨가 뒤에서 나인을 시키어 간접으로 왕의 잡수시고 입으시는 것을 돌아보아 드리었을 뿐이다.

혜빈 양씨는 (돌아가신) 현덕 왕후 권씨 동궁빈으로

---

85) 사람이 죽은 뒤 두 돌 만에 지내는 제사.

86) 지체가 낮은 데로 시집간다(공주나 옹주가 귀족이나 신하에게 시집감)는 뜻.

유촉(遺囑)[87]을 받은 이래로 어린 왕세손(王世孫=아기가 아홉 살 되시던 때에 세종대왕께서 왕세손을 봉하시었다)을 친기출[88]이나 다름없이 젖을 드리고 양육하였다. 젖도 왕세손을 드리고 남는 것이 있어야 기출인 영풍군을 먹이었다. 어느 친어머닌들 이에서 더 하랴 하고 그렇게 혜빈을 미워하시던 심 중전조차 승하하실 때에 특히 혜빈을 부르시와 칭찬하는 말씀을 하시었고 세종대왕께서 승하하실 때에는 세자궁과 다른 여러 아드님들이 모시어 앉은 곳에서 혜빈을 앞에 부르시와,

"혜빈이 비록 친한 집에 생장하였으나 내가 사랑하던 배요, 십년 동안 왕세손을 양육하였고 또 부덕(婦德)[89]이 있으니 왕후의 예로써 공경하여라."

하시는 어명(御命)까지 계시었다.

이러하므로 원래 효성이 지극하신 문종대왕께서는 그때부터 혜빈을 공경함이 모후를 대함과 같으시었고 혜빈도 미령하신 왕과 어리신 세자를 위하여서는 목숨을 아니 아끼기를 스스로 맹세한 것이다. 경혜공주 하가(下嫁)

87) 죽은 뒤 일을 부탁함.
88) 親己出: 자신이 친히 나은 자식.
89) 여자가 지켜야 할 도리.

시에도 혜빈이 어머니의 할 일을 다한 것은 말할 것도 없었다.

왕의 환후(患候)가 더욱 침중하여 갈수록 혜빈의 근심함은 여간이 아니었으나 친근히 모실 도리가 없어 오직 심복되는 궁녀를 시켜 범절을 보살피게 하니 매양 마음에 차지 아니하여 애를 썼다.

그렇지마는 왕은 당신의 병환을 염려하시지는 아니하는 듯하였다. 이번 병환이 심상치 아니한 줄을 모르심이 아니지마는 왕은 죽고 사는 것은 도시[90] 천명이라 하여 사는 것을 욕심내지도 아니하시는 동시에 죽는 것을 두려워하시지도 아니하였다.

그러나 아무리 모든 것에 초탈하신 왕이시라도 외아드님 되시는 어린 세자궁을 위하여서는 마음을 아끼지 아니하실 수가 없었다. 더구나 당신의 수명이 얼마 남지 아니함을 깨달을 때에 그러하였다. 열두 살 되시는 어린 세자가 세상모르고 내시들과 나인들을 따라 뛰놀고 장난하는 양을 보실 때에는 장차 국왕이라는 높고 위태한 자리에 앉아 수 없는 시기와 음모의 표적이 될 것이 무한

90) 도무지.

히 가엾으시었다. 귀신 아닌 바에 앞날에 일어날 모든 슬픈 일을 미리 내다 보지는 못하더라도 사랑하는 아버지의 눈은 그 아기의 전도가 험한 것만 같아서 마치 풍랑 많은 바다에 일엽주[91]를 태워 내어보내는 것만 같았다.

며칠 밤 뜬눈으로 밝히신 끝에 이월 그믐께 어느 날 잔치를 베푸시고 집현전 여러 신하를 내전으로 부르시었다.

신숙주, 성삼문, 박팽년, 최항 이하 이십 명 집현전 학사와 왕이 세자궁으로 계신 동안 날마다 번갈아 시강(侍講)[92]하던 좌필선(左弼善) 정인지, 우문학(右文學) 최만리(崔萬理)가 자리에 모시었다. 이때에 정인지는 우참찬(右參贊)이요, 최만리는 부제학(副提學)으로 다 높은 벼슬에 있었다.

왕은 병환 중 초췌하시었으나 평소에 친구같이 사랑하고 믿으시는 집현전 제신이 한자리에 모여 즐겁게 담론함을 보시고는 기쁨을 금치 못하시는 듯하시었다.

그러나 일래로 병색이 더욱 현저하신 용안을 우러러볼 때에 뜻 있는 몇 신하는 마음이 놓이지를 아니하여 이

91) 一葉舟: 일엽편주(한 척의 조그마한 배).
92) 임금 앞에서 글을 강론함.

잔치가 곧 파하기를 바랐다.

이 자리에 모인 이십 명 집현전 제학사(諸學士)는 세종대왕이 필생의 정성을 다하여 기르신 국가의 보배다. 비복 아직 사십이 못 된 젊은 사람들이지마는 세종께서는 그들을 가장 존경하고 가장 믿었다. 왕이 무슨 일을 하시려다가도 집현전 학사가 '못하십니다' 하고 간하면 아니하실 만큼 소중히 여기시니 이것은 후세 자손들로 하여금 어진 선비의 말을 좇게 하는 본을 보이려 하심이다.

한 번은 이러한 일까지 있었다.

세종께서 불도(佛道)를 중하시와 대내(大內)[93]에 내불당(內佛堂)이란 것을 두고 때로 중을 부르시와 법문도 들으시고 몸소 불전에 예배도 하시었다.

집현전 학사들은 대내에 불당을 둠이 태조대왕의 유교입국(儒敎立國)의 뜻에 어그러진다는 이유로 내불당을 폐하고 궁중에 일체 승니(僧尼)[94]를 들이시지 맙소서 하고 아뢰었다.

그러나 대대로 불도를 존중하던 것이 골수에 젖어 차마 내불당을 폐하실 뜻이 없으실뿐더러 왕후 심씨가 더

---

93) 임금이 거처하는 곳.

94) 비구(중)와 비구니(여승)를 아울러 이르는 말.

욱 들지 아니하시므로 세종께서는 이때 처음 집현전 제신의 말을 듣지 아니하시었다.

이리하기를 세 번이나 한 뒤에 집현전 학사들은 일제히 물러나가 사흘 동안 다시 입시하지 아니하였다.

"상감께옵서 신등의 간함을 아니 쓰실진대 신 등이 무엇하러 국록을 먹사오리이까. 상감께서 버리시오니 신 등은 물러가나이다."

함이었다.

이때에 세종대왕은 수상(首相)[95] 황희(黃喜)를 돌아보시고,

"이 사람들이 나를 버리고 가는가."

하고 우시었다.

이러한 집현전이다. 사헌부와 사간원보다도 높아서 삼사(三司)의 수위(首位)[96]에 처하였고 직접 왕의 뜻을 좌우하는 데는 정부(政府)[97]와 정원(政院)[98]보다도 유력한 것이니 이렇게 되도록 세종대왕께서 만드신 것이다.

문종대왕도 삼십년 세자로 계시어 부왕의 뜻을 뜻으로

95) 내각의 우두머리. 조선시대 의정부의 으뜸 벼슬인 영의정을 말한다.
96) 등급(等級), 직위(職位) 등의 첫째나 우두머리 자리.
97) 의정부.
98) 승정원.

하시게 되어 집현전 제신을 가장 존중하시와 좋은 음식이 있더라도 반드시 집현전에 하사(下賜)하시고 만사에 반드시 집현전에 하문(下問)하시었다. 집현전 학사를 부르실 때에는 친구의 예로 자(字)를 부르시는 일조차 있었고 세자로 계실 때에는 때로 밤에 집현전에 미행하시와,

"근보(謹甫)."

하고 부르시어 입직하는 학사를 놀라게 하시는 일이 있었다. 근보는 성삼문의 자이다.

그래서 입직하는 학사들은 언제 부르심을 받을지 몰라서 관복(冠服)을 끄르지 못하고 입은 채로 누워 잘 지경이었다.

이러한 집현전이다.

이 집현전은 다만 정치(政治)와 도덕(道德)으로만 가장 높은 데가 아니라 모든 학문--천문학(天文學), 기상학(氣象學), 역사학(歷史學), 지리학(地理學), 문학(文學), 예술(藝術), 철학(哲學), 의학(醫學), 본초학(本草學), 농학(農學), 역학(譯學=語學)에도 최고 학부(學部)였었다.

조선이 보배요, 자랑이 되는 훈민정음(訓民正音)도 집현전 학사들의 손으로 된 것이다. 그중에도 신숙주, 성삼문이 자초지종으로 전력하여 세종대왕이 승하하시기 사

년 전에 발표하신 것이다.

문종대왕은 집현전의 어느 학사보다도 학식이 많으시었다. 경사(經史)[99]는 말할 것도 없거니와 시문서화(詩文書畵)에 능하시어 그림의 매화와 글씨의 초서는 당대에 으뜸이었고 학술 중에는 천문학을 가장 잘하시와 우레와 소나기가 올 방향과 시간을 예언하시었다고 한다.

그러므로 집현전 제신들은 문종대왕께 대하여는 다만 군신지의(君臣之毅)[100]가 있을 뿐 아니라 모두 수십 년간 거의 매일 대한 벗이요, 동창이었다. 그처럼 사사 정분도 두터웠던 것이다.

이날의 잔치는 극히 검소하였으나 좋은 벗 좋은 술, 좋은 풍악으로 십분 즐기었다.

밖에는 봄눈이 펄펄 날리고 바람조차 불었으나 내건 대청인 사찬장(賜餐[101]場)에는 사방에 숯불을 피워 훈훈한 것이 꽃 피는 봄날과 같았다.

정면에 옥좌(玉座)가 있고 옥좌 좌우에 늙은 상궁 한쌍, 젊은 궁녀 한쌍이 모시어 서고 그 좌우로는 반쯤 핀 매화

---

99) 경서(經書)와 사기(史記)를 아울러 이르는 말.
100) 임금과 신하 간의 굳셈(강인함, 용맹스러움).
101) 임금이 신하를 초대해서 음식을 대접함. 또는 그 연회.

두 분이 담한 향기를 토하고 있다.

매화 분에서 시작하여 옥좌의 왼편 줄에는 수양대군이 수석이 되고, 그 다음에 정인지가 앉고 오른 줄에는 안평대군이 수석이 되고 그 다음에 대제학(大提學) 신석조(辛碩祖)와 최만리가 앉고 그리고는 박팽년, 하위지, 신숙주, 원호(元昊), 권절(權節), 성삼문, 최항, 유성원, 이개가 늘어 앉았다.

신석조, 정인지, 최만리 세 사람은 백발이 성성한 중로(中老)이거니와 기타는 대개 사십 이하의 장년이었다.

비록 병중에 계시더라도 여러 신하들을 부르실 때에 왕의 위의(威儀)[102]를 갖추시기를 소홀히 아니하시어 익선관(翼善冠)[103]을 쓰시고 곤룡포(袞龍袍)[104]를 입으시었다. 초췌는 하시었을망정 원래 좋으신 풍신이시라 위풍이 늠름하시고 그러면서도 웃으실 때와 말씀하실 때에는 춘풍 같은 화기를 발하시었다.

순배와 달론이 끝날 바를 몰라 벌써 날이 저물어 내시들이 분주히, 그러나 발자국 소리 하나 없이 안팎에 등촉

102) 예법에 맞는 몸가짐.
103) 왕과 왕세자가 곤룡포를 입고 집무할 때 쓰던 관.
104) 임금이 입던 정복. 누런빛이나 붉은빛의 비단으로 지었으며, 가슴과 등과 어깨에 용의 무늬를 수놓았다.

을 밝히어 낮과 같이 휘황하게 되매 임금이나 신하나 홍은 밤으로 더불어 깊어 가는 듯하였다.

장식(掌食)나인[105]은 말없이 음식을 나르고 주궁(奏宮), 주상(奏商), 주각(奏角), 주변치(奏變緻), 주치(奏徵), 주우(奏羽), 주변궁(奏變宮)[106]의 노랫말은 일곱 쌍 궁녀들은 아름다운 목소리로 만세락(萬歲樂), 가빈곡(嘉賓曲) 같은 여러 가지 노래를 부르고 악기 맡은 내시들은 금석관현(金石管絃)의 여러 가지 풍악을 아뢰었다.

술이 취하고 풍악이 울리더라도 과도히 질탕함이 없음이 군자의 잔치였다.

그러나 아무도 이때에 왕의 가슴속에 있는 무거운 근심을 알아보는 이는 없었다. 어린 세자에게 나라를 맡기는 근심--이 근심을 말씀하시려고 이 잔치를 하시는 줄을 알지 못하는 그들은 그저 즐거워하는 이가 많았다.

왕의 부르심을 받아 세자궁께서는 복건, 청포의 평복으로 두 협시(夾侍)[107]의 부액[108]을 받아 대청으로 들어오시와 부왕의 옥좌 곁에 읍하고 서신다. 열두 살로는

105) 세자궁에 딸린 내명부로서 종9품 벼슬이다.
106) 주궁, 주상, 주각, 주변치, 주치, 주우, 주변궁은 모두 내명부 종9품 궁인직이다.
107) 임금을 곁에서 모시던 내시.
108) 扶腋: 부축.

키가 크신 편이나 몸은 호리호리하게 가느시었다. 남아답다기보다는 아름다우신 편이었다.

일동은 일제히 일어나 국궁하여 세자를 지영하였고 왕께서도 웃음을 머금으시고 고개를 돌리시어 세자를 바라보시었다.

왕은 어탑(御榻)[109]에서 내리시와 평좌(平坐)[110]하시고 세자를 부르시와 앞에 앉히시고 세자의 등을 만지시며 눈을 드시와 수양대군과 정인지에서부터 성삼문, 신숙주, 박팽년, 최항, 하위지, 유성원, 이개 등을 차례로 보시와 최만리, 신석조와 안평대군까지 둘 살피신 뒤에 약간 떨리는 듯한 음성으로,

"경들에게 이 아이를 부탁하오."

하시었다.

이때에 수양, 안평 두 분 대군을 비롯하여 모든 신하들은 일제히 엎드리어 그 넓은 방안에는 먼지 하나 움직이지 아니하는 듯 고요하고 오직 촛불만 춤을 추어 분벽에 그림자를 흔들었다.

왕의 이 말씀에 여러 신하들은 취하였던 술이 일시에

---

109) 임금이 앉는 상탑.

110) 예절을 차리지 않고 편하게 앉음.

깨는 듯하였다.

왕은 다시 말씀을 이으시와,

"내 병이 심상치 아니한 줄을 알매 오늘 경들에게 이 부탁을 한다."

하시었다.

비장(悲壯)[111]이라고 할 만한 엄숙한, 무거운 기운이 온 방안을 내려눌러서 사람들은 숙인 고개를 치어들 힘이 없었다. 모두 돌로 깎아 놓은 사람같이 고요하고 오직 왕의 초췌한 해쓱한 모양만이 움직이는 듯하였다. 어리신 세자궁조차 약간 고개를 숙인 대로 꼼짝하지 아니하시었다. 궁녀들의 얼굴에는 벌써 눈물이 흐르는 이 조차 있었다. 이 인자하시고도 병약하신 임금은 궁녀들의 애틋하게 사모하는 정을 한몸에 모으시었다. 문종대왕이 등극하신 이래로 일찍 어느 궁녀 하나를 죽이기는커녕 때리신 일도 없으시었다. 왕은 오직 관대하시어 모든 것을 용서하시었고 더구나 불쌍한 궁녀와 내시들을 어여삐 여기시와 그 잘한 것은 칭찬하시되 잘못한 것은 못 본 체하시었다.

111) 슬프면서도 마음을 억눌려 씩씩함.

세종대왕께서는 그렇지 아니하시었다. 그 어른은 엄하심이 있어서 궁녀나 내시나 잘못한 것이 눈에 뜨이면 때리기도 하고 죽이기도 하시었다. 그러므로 세종대왕은 무서웠다. 그러나 문종대왕은 무서운 어른은 아니시었다. 이것이 왕의 지극히 인자하신 특장도 되지마는 동시에 제왕으로는 흠점일는지도 모른다. 수양대군의 말을 빌면 왕은 무능하시었다. 왕이 너무 위엄을 아니 부리시기 때문에 기강(紀綱)이 해이(解弛)해지는 것이다. 왕이 벽력과 같은 위엄을 부리시어 신하들이 벌벌 떨어야 나라 일이 되어 간다는 것이 수양대군의 의견이다.

"이놈의 말에도 귀를 기웃, 저놈의 말에도 귀를 기웃, 이러니까 조정의 위엄이 없어지고 신하들이 기를 펴는 것입니다."

하고 수양대군은 왕께 아뢴 일까지 있었다.

그때에는 왕은,

"경의 말이 옳다."

하고 칭찬까지 하신 일이 있었다.

오늘같이 주둥이만 까고 아무 힘 없는 선비(이것이 집현전 제신에게 대한 수양대군의 의견이다)들을 모아가지고 과공이라 할만치 정중한 대우를 하는 것도 긴치 아니한 일이라고 수양대군은 내심에 불평하였다. 진실로 궁녀로 하여금 술을 치고 가무를 하게 함은 종친(宗親)을 모은 연락과 다름이 없는 것이다. 만일 이 무리들을 시킬 것이 있거든,

"이리이리하여라, 하면 상을 주마 아니하면 죽이리라."

한 마디면 족할 것이지 이렇게 융숭하게 저 못난 무리들을 대접할 것은 없는 것이다. 만일 어린 세자를 부탁하겠거든 수양대군 자기에게만 부탁하면 그만이 아닌가. 이렇게 수양대군은 생각하고 형님 되시는 왕의 하시는 일이 모두 부질없이만 보인다.

수양대군이 이 잔치에 불평을 품는 이유는 또 하나 있다. 그것은 이러하다.

형님 되시는 왕과 아우님 되는 안평대군은 다 어느 학자에게 지지 않는 문장과 학식이 있기 때문에 모인 신하들과 말이 어울리지마는 유독 수양대군은 율(律) 한 수 지을 줄 모르고 저 무리가 뀐 듯이 떠드는 한(漢), 당(唐), 송(宋)의 곰팡내 나는 옛 이야기는 알지도 못할뿐더러, 듣고 있자면 골치만 아파질 뿐이다. 그런 고린 소리는 묵은 책 좀먹는 집현전 구석에서나 할 것이지 한 나라를

다스리는 왕의 궁전에서 할 것은 아니라고 수양대군은 본다.

"이러고 나라 일이 어찌 되나."

하고 수양대군은 문종 즉위 이래로 형님이신 왕의 하시는 일이 매양 볼만 하였다. 왕이 상제 노릇하시느라고 세월의 대부분을 허비하시는 것도 못마땅하였다. 왕이란 그런 헛된 일에 세월을 보낼 것이 아니라고 생각하였다. 효자가 반드시 좋은 왕이 아니다.

이것이 형님을 빈정대는 수양대군의 생각이다.

"거상은 일년이면 족하다."

이렇게 수양대군이 주장하는 것도 형님께 대한 반감이 가장 큰 원인이다.

형님 되시는 왕의 문약(文弱)[112]을 볼만히 여기는 수양대군은 자연히 문학과 풍류를 좋아하는 아우님 안평대군이 미웠다. 더구나 안평대군이 근래에 와서 명망이 크게 떨치어 그 외 한강(漢江) 정자인 담담정(淡淡亭)과 자하문(紫霞門) 밖 무이정사(武夷精舍)에는 날마다 천하의 문

112) 글만 받들고 실천과는 떨어져 나약함.

장재사(文章才士)와 풍류호걸(風流豪傑)들이 모여들어 질탕히 놀므로 세상에서 안평대군 있는 줄은 알고 수양대군 있는 줄은 모르는 것이 분하였고, 더구나 형제분이 혹시 서로 대할 때면 안평이 형님 되시는 수양을 가볍게 보는 빛이 있을 때에 분하였다.

한 번은 무슨 말 끝에 안평이,

"형님이 무얼 아신다고 그러시오? 형님은 산에 가서 토끼나 잡으시오."

하고 수양대군이 활 쏘는 것밖에 능이 없는 것을 빈정거릴 때에 수양은 분노하여,

"요 주둥이만 깐 것이."

하고 벽에 걸린 활을 벗겨 든 일까지 있었다. 그 후부터 수양은 안평을 만나려고 아니하다가 왕께서(세자로 계실 때에) 들으시고 두 아우님을 부르시어 화의를 붙이시었다. 그렇지마는 패기만만하여 안하에 무인한 두 분이 진심으로 화합할 리는 없었다.

이 연락의 자리에서도 수양, 안평 두 분 대군은 가끔 힐끗힐끗 서로 눈이 마주칠 때마다 불꽃이 이는 듯하였다. 모든 사람들은 그 눈치를 알기 때문에 이상한 흥미를 가지고 가끔 두 대군을 바라보았다.

그러나 왕이 옥좌에서 내려앉으시고 세자의 등을 만지시며 슬픈 부탁을 하실 때에는 아무리 철석같은 수양대군이라도 진심으로 고개를 숙였다.

일동이 엎드렸던 고개를 들기를 기다려서 왕은 한층 더 힘 있는 어성으로 세자를 바라보시고,

"너는 평생에 여기 모인 여러 현인(賢人)들을 고굉(股肱)[113]과 감이 믿고 스승과 같이 공경하여라. 이 사람들은 다 나의 옛 친구들이니 네게는 부집(父執)[114]이니라. 군신지분(君臣之分)[115]이 있다고 하여 교만한 마음을 가지지 말아라. 수양, 안평 등 여러 숙부가 있고 이 모든 현신(賢臣)[116]이 있으니, 비록 네가 어리더라도 염려 없을 것이다. 부디 오늘 일과 내가 한 말을 잊지 말아라." 하고 다시 한 번 세자의 등을 만지시고 낙루하심을 금치 못하신다.

세자는 일어나 부왕의 앞에 절하고 엎디며 낭랑한 목소리로,

"아바마마, 소신이 비록 어리고 몽매하오나 하교를 지

113) 股肱之臣의 준말. 임금이 가장 중히 여기는 신하.
114) 父執尊長의 준말. 아버지의 친구로 나이가 아버지와 비슷한 어른.
115) 임금과 신하의 분수.
116) 어진 신하.

어버리지 아니하오리이다. 아바마마, 천추만세 후에라도 수양, 안평 숙부를 주공(周公)과 같이 믿삽고 집현전 모든 부집을 스승으로 공경하려 하옵니다."
하시었다.

어린 세자의 이 말씀은 모인 사람들이 폐부를 뚫는 듯하였다. 성삼문 같은 이는 느낌을 겨우 억제하였고 수양대군도 자기에게 세자를 부탁만 하면 주공이 되어 보리라 하였다.

세자가 영민하시다 함은 전부터 소문이 있는 바이어니와 오늘에 비로소 모든 사람이 목전에 그 총명하심을 뵈옵고 감격하였다. 젊은 학사들은 '마정방종(磨頂方踵)[117]을 하더라도 세자를 도와 요순 같으신 성군이 되시게 하리라.' 하고 속으로 맹세하였다.

왕은 눈물을 거두시고 잔을 올리라 하시와 친히 잔을 들어,

"오늘 내가 경들과 큰 언약을 하였으니 손수 사례의 술을 권하리라. 인생이 덧없으니, 뉘라 목숨의 조석을 알리오. 이렇게 군신이 모여 즐김도 늘 있지 못할 성사

117) 정수리부터 발꿈치까지 모두 닳는다는 뜻(온몸을 다하여 희생함을 이르는 말).

라, 경들은 내가 권하는 술을 받아 온 밤이 맞도록 취하여 즐기지 아니하려는가."
하고 손에 드신 잔을 먼저 수양대군에게 주시었다.

수양대군은 황감하여 꿇어서 어전에 나아가 두 손으로 어사하시는 잔을 받자왔다. 이 모양으로 잔을 받을 때마다 장진주(將進酒)118) 노래가 울어났다.

술은 취하고 밤은 깊어 간다. 촛농은 흘러내리고 불꽃은 튀었다. 비단 장을 두른 대궐 안에도 찬바람이 휘돈다. 밖에는 여전히 눈이 내린다. 대궐 지붕과 마당에 눈이 한 뼘이나 쌓였다.

사람들의 취한 눈은 촛불 빛에 빛났다.

왕은 아무리 흥이 깊으시더라도 늙은 신하의 사정을 잊으실 리가 없다.

"학역재(學易齋), 나가오."
하시었다. 학역재는 정인지의 호다. 정인지는 왕이 세자궁으로 계실 때에 좌필선으로 있었기 때문에 스승 대접을 하여 부르실 때에는 반드시 학역재라는 호로써 하였다. 스승을 존경하시는 뜻이다.

118) 정철의 사설시조 장진주사를 얹어 부르는, 여창 가곡의 한 변형곡.

정인지는 이때에 벼슬이 의정부(議政府) 우참찬이요, 나이 쉰일곱이었다. 몸은 작으나 기품이 좋아서 백발은 있어도 아랫수염이 조금 있는 얼굴에는 아직 주름이 없고 목소리가 쨍쨍하여 쇳소리와 같았다.

위인이 하턱이 빠르고 코가 날카롭고 얼른 보기에 작고 간사한 듯하지마는 성품은 자못 호매(豪邁)하고[119] 자부심이 많았다. 그는 일찍 술이 취하여 말하기를 자기가 만일 공자의 제자가 되었으면 안자(顏子), 증자(曾子)는 바라지 못하여도 자유(子游), 자하(子夏)만큼은 되었으리라고 장담하였다. 좀 경망스러운 흠이 있지마는 모략과 수완이 있어서 세종대왕의 칭찬을 받았고 특별히 교제를 잘하므로 명나라 사신이 올 때며 매양 관반(館伴)[120]이 되었다.

그때에는 소위 천사(天使)의 접반은 어려운 일 중에도 어려운 일이었던 것이다. 명나라 사신 예겸(倪謙)이가 왔을 때에도 그 관반이 되어 조금도 꿀림 없이 직분을 다하여 예겸으로 하여금 탄복케 하였으니 그의 득의를 짐작

119) 성격이 호탕하고 인품이 뛰어나다.
120) 고려시대 서울에 묵고 있는 외국 사신을 접대하기 위하여 임시로 임명하던 정3품 벼슬 또는 벼슬아치. 관반사.

한 것이다.

그의 재주는 무서웠다. 열아홉 살에 태종(太宗) 갑오(甲午) 문과(文科)에 장원(壯元)이 되고 서른세 살에 중시(重試)에 또 장원이 되어 재명이 일세에 진동하였다. 글을 알기로나 짓기로나 당대 일류였으나 실제 정치에 더욱 흥미가 있었다. 그러나 세종대왕에게 인지는 재승(才勝)하다는 비평을 받은 것처럼 그는 덕이 재보다 부족하다는 말을 흔히 들었다.

어찌하였으나 문종대왕이 왕자(王者)의 학을 배운 것은 정인지에게서다. 그러므로 왕이 정인지를 공경하시고 소중히 여기심이 진실로 극진하시었다.

인지의 늙음을 생각하시와 먼저 물러나가라는 하교를 내리심은 진실로 황송한 일이어서 모두 정인지를 위하여 영광으로 알았다.

정인지는 황송하신 왕명을 받자와 탑전[121]에 엎드리어 이마를 조아리고 다시 세자궁 앞에 국궁으로 하직하는 예를 행하였다.

왕은 기립하여 정인지의 부복례(俯伏禮)를 받으시고 세

121) 榻前: 임금의 자리 앞을 이르는 말.

자는 정인지의 국궁함을 읍함으로써 대답하시며,

"선생(先生), 추우시겠소."

하시었다. 부왕이 정인지를 공경하는 뜻을 본받은 것이어니와 또한 세자(世子) 빈객(賓客)에 대한 예도 되는 것이다.

정인지가 왕과 세자의 융숭한 대우를 황송히 생각하면서 최만리와 함께 어전에서 물려나왔다.

정인지가 물러난 뒤에도 수 없이 순배가 돌아 밤이 자정이 넘을 때쯤 하여서는 하나씩 둘씩 칠팔인이나 상감 앞에 쓰러지었다. 겨우 쓰러지지나 아니한 사람들도 눈이 내려 감기고 혀가 얼어 이야기한다는 것이 팔과 고개만 내어 젓고 속으로는 어전인 줄 알면서도 입이 말을 아니 들어 허허하고 너털웃음을 막지 못하는 이조차 있었다.

신하들이 술이 대취하여 몸을 거누지 못하여 모로 쓰러질 때마다 왕은 궁녀를 시키어 벨 것과 덮을 것을 주라 하시었다.

몇 번 눈을 떠서는 어전인 줄 알고 황송하여 정신을 차리려고 몸을 들먹거리다가는 그만 아주 코를 골아버리는 이도 있었다.

제일 먼저 코를 곤 이는 최항이었다. 통통하고 키가 조그마하고 수염이 한 개도 없는 최승지(崔承旨)는 술도 사람 갑절 먹고 떠들기도 사람 갑절 떠들었으나 그 대신 맨 먼저 코를 골아버렸다.

왕은 최항이 코 고는 것을 보시고 웃으시며,

"저 사람은 본래 잠으로 유명하거든."

하시고 목침을 주라 하시었다.

최항이 잠으로 유명하다는 왕의 말씀에는 이유가 있다.

선조(先祖) 세종대왕께서 장차 과거를 보이려 하시던 어떤 날 꿈에 성균관(成均館) 서정(西亭) 잣나무 밑에 용 한 마리가 서리어 있음을 보시고 이상히 여기시어 곧 무감(武監)을 보내시어 보고 오라 하시었다. 무감이 달려가 본즉, 어떤 통통하고 작달만한 작자가 보따리를 베고 누워 자는데 한 다리를 잣나무에 뻗고 자는 것을 보고 그대로 왕께 고하였더니 이튿날 과거에 장원한 사람을 보니 그 사람인데 이것이 최항이래서 유명한 이야기거리가 되고 성균관 잣나무까지 이름이 나서 장원 나무라고 부르게 되었다. 이러한 일이 있기 때문에 세종께서 특히 최항을 사랑하시어 과거한 지 몇 해가 아니하여 집현전 직제학(直提學)을 하이시고 십사년 만에 정묘년 중시(重

試)에 입격하매 부제학을 삼으시어 강설(講說), 사명(詞命), 편찬(編纂), 제술(製述)을 다 주관하게 하시었고 그중에도 명나라에 보내는 소위 사대표전(事大表箋)은 도맡아하였다.

문종대왕도 부왕의 사랑하시던 신하라 하여 최항을 사랑하시와 즉위하시는 머리에 우승지(右丞旨)를 삼으시었다.

이러한 옛일을 생각하시고 '잠으로 유명하다' 하신 것이다.

제신은 이 뜻을 알기 때문에 웃었다.

평시 같으면 남보다 삼갑절[122] 먹고 삼갑절 떠들 성삼문이 오늘은 매우 조심하는지 꼬빡꼬빡하면서도 좀체로 쓰러지지 아니하였다. 눈초리가 쑥 올라간 큼직한 눈은 보기만 해도 쾌활하였다. 더구나 왕이 주시는 술을 사양할 수 없어 받아먹고도 아니 취하려고 애를 써서 졸음이 매어달리는 커다란 눈을 더욱이 크게 뜨고 두리번거리는 양은 우스울 만하였다.

곁에 앉은 신숙주는 가느단 눈으로 성삼문을 곁눈질해 보고 웃었다. 집현전 여러 학사들 중에 성삼문과 가장

122) 3배.

절친하기는 신숙주였다. 성삼문과 신숙주와는 서로 같은 점보다도 서로 다른 점이 더욱 많았다. 삼문은 키가 크고 눈이 크고 숙주는 그와 반대로 키도 작고 눈도 작았다. 삼문은 눈초리가 봉의 눈인데 숙주는 팔자눈인 것같이 반대요, 성질로 보더라도 삼문은 서글서글하나 아무렇게나 하는 점이 있으되 숙주는 집으로 서글서글한 체하면서도 속은 매우 깐깐하여 이해타산을 분명히 하였다. 삼문이 아무리 재주가 있다 하더라도 일을 도모하기에는 도저히 숙주와 겨를 수가 없었다. 그러므로 삼문은 무엇에나 일에는 항상 수주에게 졌다. 삼문은 속에 무엇을 하루를 숨겨 두지 못하는 성미나 숙주는 필요로만 생각하면 일생이라도 마음에 감출 수가 있었다. 그러므로 삼문의 속은 숙주가 빤히 들여다보지마는 숙주의 속을 삼문은 삼문지 일도 알지 못하였다.

"요 눈 조꼬맹이[123]가 또 무슨 꾀를 부려."

하고 삼문은 숙주를 노려보았다.

그러면서도 두 사람은 더할 수 없이 친하였다.

신숙주, 성삼문이 다 취하여 쓰러지되 아직도 까딱없

123) (북한어) 조그마한 사람을 낮잡아 이르는 말.

기는 점잖기로 유명한 박팽년과 가냘프기로 유명한 이개다. 그렇게 근엄(謹嚴)한 하위지도 쓰러지고 말았건마는 핏기 한 땀도 없고 불면 넘어갈 듯한 이개가 버티고 있는 것을 왕은 이상하게 보시고 웃으시며,

"조상의 힘이로군."

하시었다. 이는 이개가 이목은(李牧隱)의 증손인 것을 말씀하심이다.

마침내 이들조차 쓰러지고 말았다. 오직 왕이 홀로 깨어 취한 눈으로 여러 신하들을 돌아보시었다.

왕은 내시(內侍)를 시키어 이 사람들을 문짝에 담아 입직청(入直廳)으로 옮겨다 누이라 하시고 침전 이불을 내어 주라 하시고 그도 부족하여 왕의 잘두루마기[124]까지 내어 손수 덮어 주시었다.

신숙주가 잠을 깬 것은 벌써 해가 높은 때였다. 이상한 향기가 들리기로 돌아본즉 몸에 덮은 것은 상감의 잘두루마기였다.

숙주는 벌떡 일어나 꿇어앉아서 잘두루마기를 두 손으로 받들고 감격한 눈물을 흘리었다.

---

124) 검은담비의 털을 안에 대어 지은 두루마기.

"이 임금 위하여 몸을 아니 바치면 어디다 바치리."
하였다. 그러고 어젯밤 왕이 자기들을 어떻게 융숭하게 대접한 것을 아울러 생각할 때에 더욱 감격함이 깊었다.

곁에 자던 성삼문도 그 커다란 눈을 뻔히 떠서 숙주의 하는 양을 보았다. 살펴본즉 자기가 덮은 것도 왕의 갖옷이었다. 숙주보다도 감격성이 더 많은 삼문은 그 갖옷을 안고 소리를 내어 울었다.

"범옹(泛翁)이, 이런 일도 있는가."
하고 삼문은 어찌할 줄 모르는 동생이 철난 형을 바라보는 모양으로 숙주를 바라보았다. 범옹은 숙주의 자다.

삼문의 이 말에 숙주는 잠깐 고개를 들어 삼문을 바라보았다. 삼문의 얼굴에 눈물이 종횡하였다.

그러고는 말이 없이 맥맥히 마주보고만 있었다.

이것은 신숙주, 성삼문 두 사람의 일만이 아니다.

정인지, 최항 같은 이도 이와 같은 감격을 가지었다. 그 증거로는 이 일이 있은 지 며칠이 아니하여 정인지가 그의 심복되는 승지 최항을 통하여 왕께 수양대군이 녹록한 사람이 아니요, 근래에 사람 사귀는 모양이 수상하니 지금에 수양을 제어하는 것이 후환이 없으리란 뜻을 아뢰인 것이다.

물론 왕이 이 말을 들으실 리는 만무하다. 비록 수양대군이 딴 뜻을 품은 줄을 정확히 알았다 하더라도 왕의 맘으로는 굴욕을 해할 수가 없으려니와 형제간에 우애지정이 지극하신 왕으로는 도저히 수양대군이 딴 뜻을 품으리라고 생각할 수도 없는 일이었다.

"상감께 사뢰었나?"

"네, 그 이튿날."

"상감께서 무에라 하시던가."

"빙그레 웃으시고는 다른 말씀을 하십데다."

"상감께서 너무 마음이 약하시니까 웬 걸 들으실라고."

이러한 담화가 며칠 뒤에 정인지 최항 사이에 교환되었다. 그 끝에 정인지는 무엇을 목전에 보는 것이,

"허, 허."

하고 한탄인지 비웃음인지 알 수 없는 웃음을 웃고는 최항더러,

"발설 말게."

하고 당부하였다. 그 뒤부터는 정인지는 다시는 수양대군에 관하여 아무 말이 없었다. 정인지는 이런 말을 낸 것을 깊이 후회하였던 것이다.

이 일이 있은 뒤로부터 왕의 병환은 더욱 친중하시와

오월 이십사 일에 마침내 어리신 동궁에게 나라를 맡기시고 승하하시었다.

왕이 승하하시기 전날 마침내 회춘 못하실 줄 아시고 영의정 황보인, 우의정(右議政) 김종서(金宗瑞), 좌찬성(左贊成) 정분(鄭笨), 우찬성(右贊成) 이양(李穰), 이조판서(吏曹判書) 이사철(李思哲), 호조판서(戶曹判書) 윤형(尹泂), 예조판서(禮曹判書) 이승손(李承孫), 병조판서(兵曹判書) 민신(閔伸), 지신사(知申事) 강맹경(姜孟卿), 집현전 제학(諸學) 신석조(辛碩祖) 등을 부르시와 세자를 보위(輔佐)하기를 고명(顧命)[125]하시었다.

왕은 경복궁(景福宮) 천추전(千秋澱) 동녘 방(지금으로 이르면 동은돌)에 누우시고 방 안에는 세자와 공주와 혜빈 양씨와 지밀나인(至密內人) 두엇이 모시고 대청에는 승정원이 주야로 입직하고 정부와 육조(六曹)의 대관들도 때때로 입시하였다.

고명이 계신 날에 신숙주, 성삼문은 승지(承旨)로 입직하여 있었다.

왕은 겨우 손을 드시어 수상(首相)을 부르시와 황보인

125) 임금이 신하에게 유언으로 뒷일을 부탁함.

이 병석 앞에 엎드린 때에 세자의 등을 만지시면서,

"부탁하오."

한 마디를 하시고는 기운이 없으시어 다시 말씀이 없으시었다. 무슨 하실 말씀이 있는 듯이 입을 움직이시는 모양이나 어성은 들리지 아니하였다.

왕의 입술과 눈은 움직이시어도 말씀이 없으시고 세자의 등을 만지시던 손이 두어 번 세자의 등을 가볍게 만지시고는 흘러 내려오는 것을 보고 황보인은 떨리는 늙은 음성으로,

"상감, 염려 부리시겨오. 소신 등이 충성을 다하여 세자궁을 보좌하오리이다."

하였다. 이 말이 들리신 모양인지 왕은 약간 고개를 끄덕이시는 듯하여 그 기신 용수(龍鬚)[126]가 가슴 위에서 흔들리었다.

김종서, 이양, 민신 같은 노신들은 왕이 뼈만 남고 핏기 없으신 얼굴을 우러러 뵈옵고 그 곁에 고개를 숙이고 앉아서 느껴우는 세자궁을 뵈옵고 울음을 머금고 눈물을 떨어뜨렸다.

---

126) 용의 수염이란 뜻으로, 임금의 수염을 높여 이르는 말.

도승지(都承旨) 강맹경, 입직 승지 신숙주, 성삼문은 곧 어전에 필목을 들어 이 날에 고명 받은 사람의 이름을 정원일기(政院日記)127)에 기록하였다.

고명하심이 끝난 뒤에 얼마 아니하여 수양대군과 각 대군이 입시하였다. 왕이 부르신 것이다. 마지막으로 사랑하시던 아우님들을 한 번 보시려 함이다. 세자는 수양대군이 들어옴을 보시고 일어나 수양의 소매를 잡으며,

"숙부, 어찌하오?"

하고 우시었다.

대군들이 왕의 곁에 꿇어 앉아 왕이 정신 드시기를 기다린 지 이윽하여 왕은 한 번 눈을 뜨시었다. 오랜 병환에 기운은 더할 수 없이 쇠약하시었으나 정신은 끝까지 분명하시었다.

두 번째 눈을 뜨시었을 때에 왕은 적이 기운을 회복하시는 모양으로 방 안에 둘러앉은 대군들을 돌아보시었다. 돌아보시던 눈이 양녕대군(讓寧大君)에 미칠 때에 왕은 고개를 드시려는 뜻을 보이시었다. 상시에 양녕대군이 들어오면 왕께서는 반드시 일어나시던 습관이 있기

127) 승정원일기(조선시대 승정원에서 취급한 문서와 사건을 기록한 일기).

때문이다. 그러나 고개가 움직여지지 아니한 때에 왕은 다시 눈을 감으시고 한숨을 쉬시었다.

육십이 가까운 양녕대군은 귀 밑과 수염이 눈같이 희였다. 양녕대군은 태종대왕의 맏아드님이요, 세종대왕의 형님이요 문종대왕의 백부요 따라서 종친 중에는 가장 항렬이 높은 어른이다. 태종대왕께서 위(位)를 셋째 아드님이신 충녕대군(忠寧大君)에 전하실 뜻이 있으심을 보고 당시 세자로 있던 양녕대군은 거짓술 미치광이가 되어 일생을 술에 취하지 아니하면 산수 간에 방랑하기에 보낸 양반이다. 그래서 충녕대군이 태종대왕의 뒤를 이어 세종대왕이 되시고 당연히 왕이 될 양녕대군은 지금은 한 늙은 선비로 행세를 할 뿐이다.

양녕대군이 왕위를 피한 것에는 또 한 가지 이유가 있다. 그는 조부 되시는 태조대왕과 아버지 되시는 태종대왕과의 부자분이 보기 싫게 싸우는 것과 정종대왕(定宗大王)과 태종대왕 간의 왕위의 이동과 방간(芳幹)의 변과 이러한 모든 피비린내나는 사변을 목도하였다. 이것은 모두 왕위를 위한 다툼이니 자기가 왕이 되어도 반드시 패기만만한 셋째 아우님 충녕대군이 가만히 있을 리가 없을 것을 알았고 또 한 번 세사를 달관할진대 그까진 왕위란 그리 탐낼 것도 아니었다. 차라리 좋은 산수를 찾아 경개 보기로 낙을 삼고 달 아래 꽃 아래 술이 취하여 미친 노래를 부르는 것이 인생의 낙사라고 생각한 것이다. 이를테면 태조대왕의 정치의 야심과 천재를 받은 이가 세종대왕이시오, 그 어른의 염세적(厭世的), 초세간적(超世間的)인 방면을 이은 이가 양녕대군이라 할 것이다.

양녕대군은 뢰 위에 새덫을 놓고 글을 배우다가도 새가 걸리는 것을 보고 새덫으로 뛰어갔다는 것으로 유명하고, 또 양녕대군이 장차 폐함이 되려 할 때에 그 바로 아우님 되는 효령대군(孝寧大君)이 아마 자기가 세자가 되는 줄 아로 갑자기 얌전하게 되어서 글 공부하는 것을 보고 발로 그 등을 차며 '충녕이 성덕이 있지 아니한가' 하고 웃었고 효령은 그제야 깨닫고 책을 집어 던지고 문밖 절로 뛰어나가 북을 치고 염불을 하여 하루 새에 북가죽이 노닥노닥 떨어지었기로 유명하다.

이러한 내력을 가진 이이기 때문에 평소에 궁중에 출입함이 없었으나 문종대왕의 임종에 소명(召命)을 받아 들어와 천명이 장차 전하려는 왕과 그 곁에 울고 계신 세자를 대할 때에는 그의 흉중에 태조대왕 이래의 보든 광경이 구름 일 듯 일어나와 실로 마음을 진정할 수가 없었다. 양녕대군의 늙은 눈에 맺힌 한 방울 눈물--그 속에 끝없는 감회가 들어 있었다. 강성한 대군을 어린 임금, 이렇게--생각할 때에 양녕대군의 경험 많고 지혜 많은 생각에는 수 없는 어려운 일, 슬픈 일이 역력히 떠돌았다.

양녕대군은 고개를 들어 세자궁을 뵈옵고 다시 수양(首陽), 안평(安平), 광평(廣平), 금성(錦城), 평원(平原), 영응(永膺) 등 여섯 대군을 차례로 둘러보았다.

양녕대군이 여러 대군을 돌아보매 여러 대군은 다 근심된 얼굴로 잠깐 눈을 들어 왕과 세자를 바라보고는 다시 고개를 숙이어 왕의 입이 열리어 무슨 말씀이 내리기를 기다렸다.

그러나 산전수전 다 지낸 양녕대군의 눈은 이 여섯 대군의 속을 꿰뚫어 보는 듯하였다. (임영대군은 이때에 벌써 작고하였다.) '일은 이 속에서 나는구나.' 하고 양녕은 생각한다. '다만 이 중에 어느 사람이 일의 장본인이 될는지가 문제다.' 세상은 안평대군을 말한다. 안평이 남호(南湖) 담담정(淡淡亭)과 자하문 밖 무이정사(武夷精舍)에 수없는 문객을 모은다 하여 혹 딴 뜻이나 품은 것이 아닌가 하고 어떤 사람은 의심한다. 안평을 해치는 이러한 소리는 근래에 수양대군 궁에 출입하는 사람들의 입에서 더욱 많이 나오게 되었다. 그 말의 장본인은 아마도 수양대군의 심복인 권람(權擥)이다. 비록 안평대군에게 호의를 가진 이라도 왕자의 처지로서 문하에 사람을 많이 모으는 것이 도리에 합당하지 않다는 비난은 한다. 그렇지마는 양녕대군은 안평의 뜻을 잘 안다.

"안평은 흉한 생각을 할 사람은 아니야."

하고 지혜로운 양녕의 눈이 보는 것이다. 그 까닭은 안평대군이 반드시 대의를 중히 여기어서 그런다는 것보다도 양녕대군 자기 모양으로 귀찮은 권세의 자리를 즐겨하지 아니하기 때문이다. 양녕이 보기에 안평은 왕이 되라고 하면 달아날 사람이었다.

제일 마음 놓이지 아니하는 이가 수양대군이다. '암만해도 가만히 있지 아니할 걸.' 하고 양녕대군은 수양대군의 어리었을 때 일을 생각한다. 원천석(元天錫)이 '이 아이 모습이 내조(乃祖)128)와 흡사하오' 하던 말도 생각한다. 내조라는 태종대왕은 곧 양녕대군 자신의 아버지시어니와 태종대왕과 같다고 한 말에는 형을 극하고 아버

128) '네 할아비' 또는 '이 할아비'라는 뜻으로 주로 편지글에서 할아버지가 손자에게 자신 스스로를 이르는 1인칭대명사.

지를 극한 것도 포함된 것이다. 문종대왕이 오래 사시었더면 수양은 형을 극하였을는지 모르고 세종대왕이 오래 사시었더면 아버지까지라도 극하였을는지 모른다. 그런데 아버지이신 세종도 돌아가시고 형님이신 문종도 돌아가시었으니 수양이 아비와 형을 극하였단 말은 들을 기회가 없이 되었지마는 앞에 당할 것이 어린 조카--열두 살 되시는 세자--장차는 어린 임금을 순순히 섬길까. 이렇게 생가하면 양녕대군은 머리를 흔들고 속으로, '아니! 안될 말!' 하고 수양대군의 붉은 광채 나는 살기등등한 눈을 한 번 더 아니 볼 수 없었다. '만일에 수양이 무슨 일을 저지른다. 하면 또 늙은 몸이 서울을 떠나서 종적을 감추어버리는 것이 상책이겠군.'

양녕대군은 이렇게 생각하고 자기의 신세를 웃는다. 세종대왕께서 양녕대군을 형님으로 극진히 대접하였건마는 그래도 양녕대군은 세종대왕 생전에는 아무쪼록 도성에 들기를 피하다가 세종대왕 승하 후에는 마음 놓고 서울에 자리를 잡고 있었던 것이다. 그렇지마는 궁중에 다시 무슨 변이 생긴다 하면 종실의 어른으로 간참 아니할 수 없고, 한다 하면 모두 뒤숭숭하고 위태한 일 뿐이다--이렇게 양녕대군은 벌써부터 보신책을 생각한 것이다. '그러면 누가 수양을 당해낼고?' 대군의 생각과 눈은 다시 육 대군 위로 돌아간다.

임영(臨瀛)이 덕이 있었으나 불행 조사하고, 광평(廣平)은 나이 지긋하였으나 수야, 안평에 비길 수가 없는 인물들이요, 평원(平原), 영응(永膺)은 아직도 이십 세 내외의 약관이니 장차 날개가 돋고 톱이 나면 몰라도 아직은 수양에 비기면 수리와 병아리 격이다. 그러면 안평이냐. 안평은 명망으로나 실력으로나 적어도 수양을 누를 만하지만은 그러할 뜻이 없으니 반드시 수양의 손에 없어질 것이요, 오직 하나 금성대군이 아직 삼십 미만이로되 기개로나 식견으로나 수양대군의 적수가 되려면 되겠지마는 그는 아직 나이 젊고 명망과 우익이 부족하다.

양녕대군은 여기까지 생각하고는 한숨을 쉬었다.

육 대군 외에도 장남한 군(君)이 여러분 되지마는 별로 뛰어나게 잘난 이도 없었거니와 설사 잘난 이가 있다 하더라도 성명이 없을 것이다. 톱날 같은 대군들이 살아 있는 동안 군으로는 궁중에서 그렇다 하면 종실 중에는 수양의 적수가 없다. 수양이 하려고만 들면 무슨 일이나 될 형편이다.

그러면 신하 중에는 어떠한가.

양녕대군은 신하들을 생각해 본다.

황희(黃喜)가 팔십 세만 되었으면야 아무도 감히 조정을 배반하여 고개를 둔 생념을 못할 것이지마는 나이 구십이니 아무리 황희인들 무엇하랴. 게다가 근래에는 병으로 눕고 귀가 절벽이 되어 손바닥에 글자를 써서 겨우 의사를 통하는 형편이다.

다음에는 영의정 황보인이어니와 나이 칠십이 넘어 늙기도 하였거니와 본래 세종대왕 같은 명군(明君) 밑에서 임금이 시키는 대로 예 예 하기나 할 호인들이지 수완이 있거나 아귀통이 센 인물은 아니다. 난 대로 있는 황보정승이란 별명은 못난이란 뜻이다. 온후겸양의 덕은 있다 하더라도 난세에 다스릴 힘은 바랄 수가 없다.

좌의정(左議政) 남지(南智)는 식견이 있으나 몸을 아끼어 국가사보다도 일신일가의 안전을 더 중히 여기는 사람이니 어려운 일에 믿을 수는 없다. 벌써 무슨 기미를 보았는지 남지는 병탈하고 집에 누워 있다. 그러나 그 병이란 게 얼마나한 병인지 알 수 없다. 그는 안평대군이 혼사 청하는 것을 거절하도록 조심하는 사람이다. 안평대군이 강청하므로 부득이 그 아들 우직(友直)을 사위를 삼았다가 나중 우직이 그 아버지와 함께 죽임이 되는 통에 시호

(諡號) 하나를 믿지었으나 몸은 온전함을 얻었다.

"에익 얄밉게 약은 것!"

하고 양녕대군은 가만히 남지를 향하여 혀를 채었다.

삼공(三公) 중에 가장 믿을 만하기는 우의정 김종서(金宗瑞)라고 양녕은 생각하였다. 그 아래 위 똑 자르고 가운데 토막만 남겨 놓은 듯한 조그맣고 몽톡한 몸--그것은 도시 충분(忠憤)[129] 덩어리요, 달 덩어리다. 동그란 눈을 흡뜨고 소리를 지를 때에는 그 소리가 벽력같다고 한다. '호랑이'라는 그의 별명은 어느 점으로 보거나 합당하였다. 두만강(豆萬江)가의 표한한 야인(野人)들의 무리도 이 호랑이의 벽력같은 소리에 벌벌 떨고 달아난 것이다. '장차 나라에 무슨 어려운 일이 있다 하면 믿을 사람은 절재(節齋) 하나야.' 하고 양녕은 생각한다. 절재는 김종서의 당호다.

그 밖에는 늙은이는 기력이 없고 그렇지 아니하면 세력을 따라 사제사초(事齊事楚)[130]를 예사로 할 무리들이다. 따는 그렇기도 할 게다. 제 아비, 한 아비도 왕씨(王

129) 충의로 인하여 일어나는 분한 마음.

130) 제나라도 섬기고, 초나라도 섬긴다는 말로 둘 사이에서 이러지도 저러지도 못하여 난감한 상황을 말한다.

氏)의 녹을 대대로 먹다가 일시에 이씨(李氏)의 녹을 바라고 무릎을 꿇지 아니하였다. 그렇게 변통 잘하는 정신은 처세(處世)의 비결로 자여손에게 전하여 오는 것이다. 이렇게 생각하고 양녕대군은 '응' 하고 구린 것을 입에 넣었던 것같이 입맛을 다시었다.

이때에 왕은 다시 눈을 뜨시어 여러 대군들을 돌아보시었다. 돌로 깎아 놓은 듯이 가만히 있던 대군들은 바람에 흔들리는 풀잎 모양으로 몸을 움직이었다.

수양대군이 특별히 왕의 입이 열리기를 기다리는 것은 까닭이 있다. 만일 세자의 제숙부(諸叔父) 중에서 특별히 섭정(攝政)[131]의 고명을 받는다 하면 그것은 수양대군을 두고는 다시 없을 것을 아는 까닭이다. 안평대군이 비록 명성이 있다 하나 항렬로나 정치적 수완으로나 도저히 자기를 당하지 못하리라고 생각할뿐더러 왕은 어려서 모양으로 자기를 신임할 것을 믿었다. 요전 집현전에서도 자기에게 특별한 고명이 계실 것을 고대하다가 실망하였거니와 이번 임종의 소명에는 반드시 그 뜻이 있으리라고 믿은 것이다.

131) 군주가 직접 통치할 수 없을 때에 군주를 대신하여 나라를 다스림. 또는 그런 사람.

이것은 수양대군뿐 아니라 다른 대군들도 혹시나 하고 생각하였던 것이다.

어젯밤 권람이가,

"나으리, 장차 크게 운수가 트이시오."

하고 수양대군을 보고 유심히 웃을 때에,

"그 무슨 말인고?"

하고 수양이 시치미를 떼었으나 속으로는 은근히 큰일을 기약하였던 것이다. 세자가 성년이 되시기까지 섭정의 고명을 받거나 그렇지는 못하더라도 세자를 보도(補導)[132]하는 무슨 직함은 반드시 내리리라고 생각하여 그 밤에 잠을 잘 이루지 못하고 낙랑부(樂浪附) 대부인(大夫人)[133] 윤씨도 반드시 무슨 좋은 일이 있을 것을 믿었다. 권세에 대한 야심으로는 부인이 도리어 수양대군보다 성하였다.

'주공(周公)과 성왕(成王)'

이것이 수양대군이 그윽히 혼자 생각하고 자부하는 바였다. 군국대사(軍國大事)를 한 손에 쥐고 천하에 호령하는 것--이것이 수양대군이 몽매에 잊지 못하는 야심이

---

132) 도와서 올바른 데로 이끌어감.

133) 수양대군의 부인.

다. 그 야심은 바로 목전에 달하여질 것 같았다.

그러나 왕은 느껴 우시는 세자의 등을 또 한 번 만지시고 들릴락 말락한 어음으로,

"이 아이를 경들에게 부탁한다."

하고 세자에게,

"제숙부(諸叔父) 있으니 무슨 염려 있느냐."

하시고는 이내 수양대군에게는 아무 특별한 고명도 없으시고 말았다.

이것이 왕의 마지막 말씀이시었다. 그 뒤에 몇 번 눈을 뜨시었으나 말씀은 못하시고 운명하시었다.

이날에 수양대군의 실망이 어떻게 컸던 것은 궁에 돌아오는 길로 사모를 벗어 동댕이를 치어서 모각(帽角)이 부러진 것을 보아 알 것이다. 부인 윤씨도 낯빛이 변하였다.

더구나 대군들이 입시하기 전에 벌써 영의정 황보인 이하에게 보좌의 고명이 계시었음을 들은 때에 수양은 시안을 치며 통분히 여기었다.

큰 기회는 가버리었다. 지금껏 마음에 그리었던 공중누각은 무너져버리고 말았다.

수양대군 궁 사랑에서 대군이 궁중에서 돌아오기를 기다리고 낮잠을 자고 있던 권람이가 밖에서 떠들썩하는

소리에 잠을 깨어 머리맡에 놓인 냉수 그릇을 잡아당기어 벌꺽 벌꺽 들이켜고 가만히 귀를 기울이었다. 안으로 대군의 성난 소리가 들리었다.

"틀린 게로군."

하고 권람은 혼자 픽 웃었다. 그렇게 자존심 많고 성미 급한 수양대군이 궁중에서 실망하고 분통이 터지는 양이 눈에 보이는 듯하였다. 그것이 우스웠다. 그러나 자기가 나설 날이 왔다. 만일 쉽사리 권세가 수양대군의 손에 돌아올진댄 자기는 수양대군에게 아무 공로도 세우지 못할 것이다. 그러나 이로부터 자기는 수양대군에 가장 긴한 사람이 될 것이라고 권람은 혼자 기뻐하였다.

안으로서는 수양대군이 또 한 번 소리 지르는 것이 들린다. 아마 애꿎은 어떤 궁인이 애매한 분풀이를 당하는 모양이다. 권람은 또 한 번 픽 웃고 일어나서 마른 손으로 얼굴과 목덜미를 세수하듯이 두루 비비고 망건과 갓을 바로 잡고 툇마루에 나가 앉아서 난간에 기대어 마당으로 가래침을 퉤 뱉고는 소매로 입을 씻었다. 그러고는 왼장치고 앉아서 두 손으로 두 발을 만지며 몸을 흔들었다.

나이는 삼십사오 세 밖에 아니 되었으나 십칠팔 세부터 부족증이 있어서 몸에는 살이 없고 얼굴은 움에서 나온 듯이 희었다. 오직 영채 있는 두 눈이 그의 목숨을 부지하는 듯하였다. 모시 두루마기는 까맣게 때가 묻고 버선 끝은 더구나 고린내가 날 듯하였다. 궁한 샌님인 것은 얼른 보아도 알았다.

그는 유명한 권근(權近)의 손자요, 권제(權制)의 아들이다. 권근은 고려조(高麗朝)의 명대부(名大夫)로서 계룡산(鷄龍山)에서 태조대왕께 올린 송덕표[134] 한 장으로 태조의 충신이 된 사람이다.

“공은 고려 말의 명대부라. 만일 당시에 유방(流放)으로 만족하였던들 그 문장명론(文章名論)이 어찌 목은(牧隱) 같은 이들만 못하였으리요마는(계룡산에서 한 송덕표가 문득) 그를 개국총신(開國寵臣)을 만들었으니 슬프도다. 이미 항복한 뒤에도 벼슬이 삼사(三司)에 차지 못하고 나이는 육십을 넘기지 못하였으니 그 얻은 바도 적도다. 오직 그 자손이 서로 이어 벼슬이 끊이지 아니하여 지금까지 성한 고로 사람이 다 양촌(陽村) 양촌하거니와, (권근이) 덕행이 있는 듯이 말하는 이가 있거니와, 심하다, 그 도명(盜名)함이여!”

134) 頌德表: 공덕을 기리는 글.

이렇게 상촌(象村)은 말하였다.

권근이 태조대왕에게 절개를 변하기까지는 전국 선비들이 글을 종(宗)으로 삼아 명성이 삼은(三隱)에 내리지 아니하였다. 태조가 개국하신 뒤에도 야은(冶隱) 길재(吉再)와 목은(牧隱) 이색(李穡) 같은 이와 다름없이 그의 시골인 충주(忠州)에 숨어 있어 고려를 위하여 절을 지키었다. 태조는 사림(士林)의 뜻을 거두는 것이 민심을 거두는데 심히 요긴함을 알므로 여말의 여러 문신들을 비사후폐로, 혹은 군신(君臣)의 예로 아니하고 빈례(賓禮)135) 로까지 하여 청하였으나 목은, 야은 같은 이들은 준결하게 거절하여 버리었다. 그래서 태조, 태종 두 분 대왕께서는 마침내 그네의 절을 꺾지 못할 줄을 알고 가만히 여생을 마치도록 내버려두는 것을 상책으로 알게 되었다.

권근도 이러한 사람 중에 하나였다. 태조는 그의 문장과 지식과 명망을 알므로 아무리 하여서라도 그를 유혹할 결심을 하고 우선 근의 아버지 희(僖)를 달래어 그가 데리고 있던 손자 즉 근위 아들인 규를 태조대왕의 손녀 되는 태종대왕의 따님(나중에 경안 공주(慶安公主)될 이)

135) 예의를 갖추어 손님을 대접함.

과 혼인을 하게 하고 다시 희를 달래 어근을 서울로 불러 올리게 하였다. 이는 왕의 힘으로는 근을 움직일 수 없는 줄 태조대왕이 생각한 때문이요, 또 행여 근에게 서울에 올 핑계를 얻게 하고자 함이다. 근은 부명을 어길 수 없다 하여 마침내 서울로 올라오게 되니 이것이 벌써 훼절의 시초다. 연로 관원의 대우가 융숭하였다. 그래도 근은 차마 바로 서울로 들어올 면목이 없어서 이리저리로 길을 돌아 간신히 수원(水原)까지 왔을 때에 희가 사람을 수원까지 보내어 성화같이 근을 재촉하고 근은 또 부명을 거스를 수 없다 하여 곧 서울을 향하여 한강(漢江)에 다다랐다. 아비 희는 한강까지 친히 마중 나와서 근과 함께 밀실에서 종일 무슨 이야기를 하였다. 그리고 근이 곧 서울로 들어가는 만에 대궐로 향하여 빈례(賓禮)로 태조께 뵈오니 이것은 무론 첫 번뿐이요, 둘째 번부터는 조그마한 벼슬아치로 칭신(稱臣)[136]하고 무릎을 꿇었다. 그러고는 태조대왕이 청하시는 대로 전국 명승지에 기(記)를 지어 올리고 고려 왕조의 역사를 편술한다는 핑계로 지제교(知製敎)[137]라는 벼슬을 받았다.

136) 신복하여 임금의 명령에 복종함.
137) 조선시대 왕에게 교서 따위의 글을 기초하여 바치는 일을 맡아보던 벼슬.

이렇게 권근은 절을 헐었다. 이 일이 있은 뒤로부터 사람은 다 권근에게서 얼굴을 돌리고 침을 뱉었다. 그의 친구인 운곡(耘谷) 원천석(元天錫)은 그의 훼절을 평하는 시를 지었는데 후에 그 자손이 후환을 무서워하여 불에 던진 것이 기구만 타버리고 나머지 세 짝만 남은 것이 이러하다고 한다.

……贊奔楊雄草太玄 自首陽村談義理 世間何代不生賢.

이리하여 권근은 예문관(藝文館) 대제학까지 되어 태조, 태종 두 분 대왕의 충실한 대서인(代書人)[138]이 되었다.

그러한 권근의 손자요, 권제의 아들이다. 그 아버지 권제도 세종의 사랑을 받아 일생 대제학을 내어 놓지 아니하였다.

그러나 권근이나 권제나 다 벼슬은 좋아도 재산은 없었다. 재산이라고는 남산 밑 비서감(祕書監) 동편에 태조대왕께서 권근에게 하사하신 집 하나가 덩그렇게 있을

138) 남을 대신하여 공문서를 작성하는 사람.

뿐이다. 이 집은 찾아오는 사람 없기로 유명한 집이다. 권근이 한 번 절개를 굽히어 전국 선비가 고개를 돌린 뒤로부터 권근을 이 집에 찾는 사람이 없었다. 충주(忠州) 모옥(茅屋)에는 문전여시(門前如市)[139]하더니 장안갑제(長安甲第)[140]에는 찾는 이가 없다고 세상은 권근을 비웃었다.

아무리 왕의 세력이 커도 인심은 어찌할 수 없었다.

장안에 벼슬하는 사람들 치고 누구는 고려 왕씨의 신하 아닌 이가 있으리요마는 다른 사람 훼절한 것은 그다지 심히 책망함이 없으면서 하필 권근을 책망함이 그리 심한가. 그는 두 가지 이유가 있다. 첫째는 세상에서 평소에 권근에게 바라던 바가 큰 것이다. 비록 대세가 다변한 뒤에 그가 독력으로 천운을 만회할 수는 없다 하더라도 모든 권세와 유혹과 위협을 물리치고 하늘은 무너질지언정 끝끝내 고절(苦節)을 지키다가 죽기를 바랐던 것이다.

둘째는 그가 예사 정치가나 관료가 아니요, 천하에 대

139) 문 앞이 시장과 같다는 말로 권력이나 재산을 가진 집안에 늘 많은 사람이 찾는 모습을 으르는 사자성어. 문전성시(門前成市).

140) 서울에서 제일가는 아주 좋은 집.

의명분(大義名分)을 가르치던 사람인 까닭이다. '머리 허연 양촌(陽村)이 의리를 말한다면' 하고 운곡(耘谷)이 빈정댄 것이 이것을 가리킨 것이다.

이런 연유로 남산 밑 권근의 구택인 후조당(後凋堂)은 권근의 생전에도 친구 아니 찾기로 유명하였거니와 그 아들 권제도 대제학이라는 맑은 벼슬을 하기는 하나 집현전에서는 잘 고개를 들지 못하였고, 세상에서도 될 수 있는 대로 널리 교제하기를 꺼려 여전히 그 집은 찾는 사람 없는 일종의 흉가가 되었었고, 또 그 아들 권람에 이르러서는 더욱 그러하였다.

권람으로 말하면 권근의 손자라, 권근 때부터 삼대나 지났으니 세상이 권근의 일을 잊을 만도 하건마는 그렇지를 아니하였다. 전하고자 하는 공명은 곧 잊혀지어도 잊어 주었으면 하는 허물은 전하는 것이다. 권람도 재주 있고 글 잘하고 하건마는 선비를 틈에 끼어지지를 아니하여 매우 고격하게 살았다.

그뿐더러 세종께서 병환이 계시어 정사를 친히 보시지 못하게 된 때로부터는 권람을 권근의 손자라 하여 특별히 끌어 올릴 사람도 없고 또 웬일인지 나이 삼십오 세나 되도록 과거에는 연하여 낙제를 하게 되어 권람의 신세

는 더욱 궁하게 되었다. 그 친구 서거정(徐居正)이 일찍,

"옛날 맹교(孟郊)가 낙제를 하고서 출문즉유애(出門卽有碍)하니 수위천지관(誰謂天地寬)고[141] 하여 몸 둘 곳이 없는 듯이 슬퍼하더니 자네 지금 신세가 꼭 그러이그려." 한 적이 있었다.

그 말에 권람은 웃으며,

"팔잔 걸 어찌하나." 하고 태연하였다.

권람은 결코 녹록한 장부가 아니라고 서거정이 탄복하였다고 한다.

권람은 별로 찾아오는 사람도 없고 또 찾아 갈 곳도 없어서 자기 집인 후조당 벼랑 위에다가 조그맣게 초당 한 채를 짓고 소한당(所閑堂)이라고 부르고 거기서 혼자 글 읽기로 일을 삼았다.

이 소한당은 후일에 세조대왕이 임행한 일까지 있은 곳이다.

그러다가 어찌어찌하여 수양대군과 사귀게 되어 저주 수양대군 궁에 출입하게 되었다.

피차에 뜻이 맞아 수양대군은 때때로 궁노(宮奴)를 시

141) 出門卽有碍 誰謂天地寬: 문을 나서면 장애가 있거늘, 누가 하늘과 땅이 드넓다 하였나?

키어 남산골 권 생원(權生員) 댁에 시량을 보내었다. 권 생원이라 함은 물론 권람을 가리킨 것이다.

이번 문종대왕 임종에 소명이 내렸을 때에도 수양대군은 권람에게 미리 말을 하였고 권람도 그 하회를 기다리노라고 사랑에서 낮잠을 자고 있던 것이다.

이윽고 수양대군이 장히 불쾌한 얼굴로 사랑으로 나왔다. 원체 기골이나 몸집이나 남보다 큰이지마는 무슨 일에 성이 나서 밖으로서 들어올 때에는 몸이 더 커지어 방에 그득 차는 듯하였다.

권람은 일어서서 읍하여 대군을 맞이하며, '벌써 대궐에서 나오이었소? 상감 환후 어떠하오시니까?' 하고 슬쩍 눈치를 살피었다.

수양대군은 상감 환후에 대해서는 대답도 없고,

"늙은 것들한테 보좌(輔佐)의 고명(顧命)을 내립시었다네."

하고 아랫목에 앉는다.

"늙은 것들이라시니 누구를 말씀이오니까?"

"황보인, 남지(南知), 김종서 이런 것들이지 누구여?"

"황보인은 영의정이요, 남지는 좌의정이요, 김종서는 우의정이니 삼공(三公)이 보좌의 명을 받잡는 것이 당연하지 아니하오니까."

하고 권람은 슬쩍 한 번 수양대군의 비위를 건드리고 하회가 어찌되는가 하고 수양의 뒤룩뒤룩하는 눈자위를 본다.

수양은 벌떡 일어설 듯이 몸짓을 하며,

"이 사람, 자네마저 그런 소리를 한단 말인가--자네마저 그 늙은 것들의 편당이란 말인가. 그따위 귀신 다된 것들이 무엇을 한단 말인가."

하고 소리소리 지르며 펄펄 뛴다.

권람은 수양이 자기의 놓은 덫에 걸린 것을 보고 속으로 웃으며, 그러나 겉으로는 가장 엄숙하게 무릎을 다시 꿇으며,

"아니요, 소인이 황보인의 편당이 되는 것이 아니외다마는 달리는 그만한 중임을 맡을 사람이 없길래 그리된 것이란 말씀이요."

하고 또 한 번 단단히 수양대군의 간을 건드리었다.

수양대군은 그제야 권람의 말뜻을 알아듣는 듯이,

"이 사람아, 글쎄 상감께서 그리하시는 일을 어찌한단 말인가."

하고 푹 누그러지며 권람을 바라본다.

“글쎄외다. 나으리 모르시는 일을 소인이 어찌 아오리까마는 막비 천명이니 천명을 상감께선들 어찌하오리까. 모두 어수선한 일이요, 또 소인 같은 무리가 알 바는 아니나 나으리가 작히나 잘 알으시겠소. 이런 때에 여러 말하는 것이 다 긴하지 아니한 일이요. 또 소인이 소간사도 좀 있으니, 소인 물러가오.”
하고 권람이 벌떡 일어나서 읍하고 물러나가려 한다.

권람의 말이 황당해서 무슨 소린지 알 수는 없으나 그래도 무슨 깊은 의미가 있는 것을 수양이 모를 리가 없다. ‘천명을 상감께선들 어찌하랴’ 하는 말이 수상하였다. 또 겉으로는 아무렇게 구는 듯한 권람의 일언일동[142]에는 다 무슨 의미가 있는 줄을 수양대군은 미리부터 잘 알거니와 오늘은 특별히 권람의 말이 무슨 참언(讖言)같이 들리었다.

“이 사람 앉게.”

“아니요 일후 또 오지요.”

수양대군의 만류도 묻지 아니하고 권람이가 부득부득 신을 신는 것을 보고 성급한 수양대군이 참다못하여 벌

142) 一言一動: 하나하나의 말과 움직임. 또는 사소한 말과 행동.

떡 일어나서 권람의 소매를 끌어당기어서,

"정경(正卿)이, 오늘 내가 꼭 자네를 붙들어야만 할 일이 있네."

한다. 정경(正卿)은 권람의 자다.

권람은 부득이한 듯이 수양대군에게 끌리어 들어갔다.

수양대군은 권람을 끌고 큰 사랑을 지나 안사랑 가장 조용한 방으로 들어갔다. 권람은 수양이 끄는 대로 끌리어 들어갔다. 권람이 말없는 술책은 생각하던 바와 같이 효과를 생하여 수양대군의 흉중에는 자못 알 수 없이 풍랑이 일어난 모양이다. 무른 이 술책은 오늘에 시작된 것은 아니다.

수양대군은 술을 내오라 명하고는 좌우를 물리고 권람과 단 둘이 마주 앉았다. 두 사람은 한참 동안 서로 마주 볼 뿐이요, 아무도 먼저 입을 열지 아니하였다. 수양대군은 권람이가 먼저 입을 열기를 바랐으나 권람은 아주 무심한 듯이 벽에 걸린 서화와 활과 전통, 검(劒) 등 속을 이것저것 돌아보고 있었다. 그렇다고 권람이가 진실로 무심할 리는 만무하다. 다만 수양대군의 비위를 가장 힘있게 건드리어 성급한 그의 오장이 부글부글 끓어오르기를 기다릴 뿐이다.

장차 조선 팔도를 흔들려는 큰 뇌성벽력과 폭풍광랑이 지금 이 자리에서 비롯되는 것이다. 벽상에 걸린 활시위가 스르릉 우는 듯한 것은 듣는 사람이 헛들음인가.

"여보게, 자네가 내게 할 말이 있지 아니한가. 있거든 하게."

하고 수양대군이 마침내 입을 열었다. 이렇게 말하는 수양대군의 사색은 매우 은근하였다.

권람은 무엇을 주저하는 듯이 잠시 눈을 감았다가 뜨며,

"모든 것은 나으리 마음에 있사외다."

하고 대답하였다.

"하면 된다는 말인가?"

"그러하오이다. 잘하면 된다는 말씀이외다."

"자네가 나를 도우려는가?"

수양대군의 이 말에 권람은 대답이 없다.

수양대군은 초조한 듯이 권람이 손을 잡아당기며,

"자네? 오늘 나허구 맹학하려나 나는 오직 자네를 믿으니 자네가 나를 도우려는가?"

그래도 권람은 대답이 없다.

수양대군은 다른 손으로 권람의 다른 손을 마주 잡으며,

"왜 대답이 없는가? 내 인물이 부족하다는가, 또는 내

정성이 못미쳐 그러함인가."

수양대군의 사색은 더욱 간절하여졌다. 그제야 권람이 수양대군 앞에서 자리를 피하여 앉으며,

"나으리께서 그처럼 소인을 믿으신다면 인생(人生)이 감의기(感義氣)143)라니 소인이 견마지역(犬馬之役)144)을 다하오리이다."

하였다. 권람의 허락하는 대답을 듣고 수양대군은 극히 만족하여 다시 한 번 권람의 손을 힘 있게 잡고는 이내 주안을 대하여 술을 마시었다. 큰일을 생각하면서도 만사를 잊은 듯이 술을 마시는데 수양대군이나 권람은 행내기145) 아닌 기상이 있다.

상감이시오, 수양대군에게는 친형님이 되시는 이의 목숨이 정각에 있는 이때에 술을 마시고 취흥이 도도하다 함은 심히 불충부제(不忠不悌)한 일이어니와 수양대군이나 권람은 그런 것을 교계하도록 양심이 예민한 사람은 아니었다. 그러나 그 동기에 이르러서는 두 사람이 다 달랐다. 수양대군은 충효(忠孝) 같은 것은 남이 내게 대

---

143) 오직 의와 기만을 생각할 뿐.

144) 견마지로(犬馬之勞). 개나 말 정도의 하찮은 힘이라는 뜻으로, 윗사람에게 충성을 다하는 자신의 노력을 낮춰 하는 말.

145) '보통내기'의 잘못.

하여 가지기를 바랄 것이지마는 내가 남에게 대하여 가질 것은 아니라고 생각한다. 그런데 권람은 충효란 것은 할 형편이 되면 하여도 좋고 못할 형편이 되면 말아도 좋은 것같이 생각한다. 이를테면 충효란 술과 같은 것이다. 먹어도 좋고 안 먹어도 좋은 것이다. 그러니까 권람의 생각에는 남이 내게 불충불효를 하더라도 '그러면 어떠냐' 하고 치지도외(置之度外)[146]하겠지마는 수양대군은 그렇지 아니하여 자기의 불충불효는 용서하더라도 남이 내게 대한 불충불효는 추호만큼도 용서할 수 없는 것이다.

아무리 술을 마신다기로 가슴에 큰일을 생각하는 사람이 속까지 취할 리는 없었다. 그래서 겉으로 취한 눈을 무심히 굴리는 듯하면서도 피차에 서로 저편의 눈치를 엿보고 일시의 해학(諧謔)같이 나오는 말 한 마디에서도 피차의 속을 들어다 보려고 칼날 같은 마음이 저편의 가슴 깊은 속으로 들락날락하는 것이다.

"무릇 큰일을 하는 법이 선살후생(先殺後生)이요, 먼저 살(殺)하는 후에 생하는 법이외다. 죽이는 일이 첫일 이

146) 내버려두고 상대하지 않음.

외다."

"꼭지를 먼저 따는 것이지요."

"나으리께서 사냥을 아시니 만사가 사냥과 같습니다. 먼저 몸을 숨기어 가만히 엿본 뒤에 분명히 겨누어 번개같이 활을 당기는 것이요. 살이 맞은 뒤에는 크게 소리를 치는 것이요."

이러한 말을 권람이가 수양대군에게 한 것도 물론 취담에 섞였었다. 이런 기회 저런 기회에 지나가는 소리를 한 마디씩 권람이가 던지면 수양대군은 듣는 체 만체하는 동안에 다 귀담아 듣는 것이다.

위선 몇 사람을 죽일 것, 죽일 때에는 꼭지 되는 큰 사람부터 먼저 할 것, 죽이되 가만히 죽이고는 질풍같이 몰아들어 갈 것--이런 뜻을 수양대군은 권람이가 지나가는 말로 던지는 말 속에서 다 알아 들었다. 그뿐 아니라 그 먼저 죽여야 할 꼭지가 김종서인 것까지 이 자리에서 모르는 결에 말이 다 되었다. 수양대군은 처음에는 황보인을 죽일 사람이 꼭지로 알았었다. 황보 이이 영의정이니 그렇게 생각하는 것이 당연한 일이다.

이에 대하여 권람은 '양호유환(養虎遺患)'[147]이란 말을 슬쩍 한 마디 던지었다. 김종서의 별명이 '호랑이'이다.

이만하면 수양대군은 김종서가 죽일 사람의 꼭지란 뜻을 알아들었다. 실상 무섭기는 김종서 하나다.

점점 이야기가 노골하게 되어 서로 꺼림이 없이 된다.

"이 일에는 세 가지 사람이 있어야 하오. 첫째는 모략(謀略) 있는 사람이요, 둘째는 용력(勇力) 있는 사람이니, 이 두 가지 사람은 일을 이루는 데 쓰오. 그러나 일이란 이루기보다도 지키기가 어려운 것이요. 수성(守成)이 창업(創業)보다 어렵다[148]는 것이 이를 두고 이른 것이요. 그런데 모사(謀士)와 용사(勇士)는 창업에 쓰지마는 수성지재는 따로 있는 것이요."

하며 어떠한 사람을 구하여야 할 것도 말하였다.

"모사야 자네를 두고 달리 구하겠나마는 용사와 치평지재(治平之材)는 어떻게 구할꼬? 이것도 자네 방촌(方寸)[149]에는 있을 것이니 아끼지 말고 말하소."

하고 수양대군은 다시 권람의 손을 잡았다.

---

147) 범을 길러 화근을 남긴다는 뜻으로 스스로 화를 자초했다는 말이다(은혜를 베풀어 준 이로부터 도리어 해를 입게 됨을 이름).

148) 수성(守成)이 창업(創業)보다 어렵다: 이 말은 천하를 정복하여 나라를 세우기는 용이하지만 그것을 지키기란 어렵다는 뜻.

149) 한 치 사방의 넓이. 사람의 마음은 가슴속의 한 치 사방에 넓이에 깃들어 있다는 뜻으로 '마음'을 달리 이르는 말.

수양대군의 말에 권람은,

"나으리 아시는 바에 소인 같은 썩은 선비가 무슨 모략이 있으리까. 그뿐 아니라 매양 몸이 성치 못하니 모든 일이 다 귀찮을 뿐이외다. 남산 밑에 가만히 누워 있는 것이 소인의 일이외다."

이런 말로 한 번 슬쩍 몸을 빼었다.

"그 웬 말인고? 자네는 천하 호걸이 많이 교유(交遊)하니까 사람을 많이 알 것이니 내게 말을 하게. 내가 오직 자네만을 믿는 뜻을 자네가 모르겠나. 만일 사양하는 말로나 모피하면 그것은 친구에게 대한 도리가 아닐세. 자네 말이 세 가지 사람이 요긴하다고 하였으니 심중에 먹은 사람이 없을 리가 있겠나. 자네 마음에 쓸 만한 사람이면 내가 쓸 것이요, 자네가 믿는 사람이면 내가 믿을 것일세. 원체 이런 일을 시작하려는 것이 자네 말을 듣고 하는 것이니까 무엇은 자네 말을 아니 듣겠나. 언청계종(言聽計從)150)할 것일세."

권람의 목적은 수양대군의 입에서 이러한 말이 나오게

150) 언청계용(言聽計用: 이야기하면 들어주고 계책을 세우면 쓴다는 뜻으로, 매우 신임함을 비유적으로 이르는 말). 남의 인격이나 계책을 깊이 믿어서 그를 따라하자는 대로 함.

하자는 것이다. 지금까지도 수양대군이 자기를 믿지 아니한 것은 아니지만 그래도 수양대군 자신의 높은 지위를 더 많이 믿었었다. 그러나 이미 보좌의 고명이 황보인, 남지, 김종서 등에게 내리었으니 이제 문종대왕이 승하하시고 세자궁이 즉위하시는 날이면 수양대군은 일개 권세 없는 종친에 불과할 것이다. 어제부터는 수양대군은 자기 지위를 지혜와 힘으로 획득할 길 밖에 없으니 이리되면 권람은 수양대군에게 있어서 가일층(加一層)[151] 중요한 인물이 되는 것이다. 이런 관계를 수양대군의 입으로 한 번 선언하게 하는 것이 권람 자신의 지위를 확립하기 위하여서나 장차 일을 하여 갈 때에 자기의 말이 수양대군에게 큰 위력이 되기 위하여서나 긴요하다고 권람이 생각하였던 것이다. 이를테면 수양대군은 완전히 권람의 수중에 쥐어진 것이다.

이만하면 권람도 만족이다. 권람의 눈 앞에는 자기의 부귀가 번쩍번쩍 빛나는 듯하였다.

"나으리가 그처럼 소인을 믿으시니 소인도 생각하는 바를 아뢰오리다. 첫째 모략 있는 사람으로는 한명회(韓

151) 한층 더.

明澮)만한 이가 없소이다."
하는 권람의 말에 수양대군은,
"한명회, 그 뉘 아들인가?"
하고 묻는다.
"한상질(韓尙質)의 손자오이다."
"나이는 몇 살이나 되었나?"
"지금 서른여덟이외다."
"무슨 벼슬을 하나."
"경덕궁직(敬德宮直)이요."
"어? 경덕궁직?"
하고 수양대군은,
"이 사람아, 나이가 서른여덟에 벼슬이 겨우 궁직이야? 허허허."
하고 대소하기를 그치지 아니하였다.
권람은 정색하고 수양대군이 웃기를 그치기까지 가만히 있었다. 수양대군은 한참 웃다가 권람에게 대하여 미안한 생각이 나서 웃음을 그치고,
"그래, 그 한 무슨 횐가가 그렇게 모략이 용하단 말인가. 자네가 그만큼 칭찬하는 것을 보면 엄연하겠나마는 어떻게 출세가 늦은가?"

하고 아직도 수양대군의 입 언저리에는 억지로 누른 웃음이 늠실거리고 남아 있다.

권람은 그제야 말을 이어,

"한생(韓生)의 재주는 옛날 관중(管仲)에나 비길까 지금에는 비길 사람이 없소이다. 나으리가 만일 치평대업(治平大業)을 하시려거든 한생이 아니면 불가하외다."

하였다. 수양대군은 곧 송도(松都)에 사람을 보내어 한명회를 불러올리라 하고 다시 권람을 향하여,

"지금 공경(公卿)으로 있는 사람 중에는 쓸 만한 사람이 없을까?"

"우의정 김종서 한 사람이요. 하지마는 김종서는 호랑이니까 호랑이는 길드는 법이 없소이다. 정분(鄭笨)이가 있으나 무해 무익하니 말할 것 없고, 혹 반연이 있으시거든 정인지를 끌어 보시겨오. 첫째 인지는 명(明)나라 대관 중에 안면이 넓고 집현전에도 최항 이하로 인지의 당여(黨與)[152]가 있으니 끌어 둘 만하외다."

"인지가 내게로 끌릴까?"

하는 수양대군의 말에 권람은 웃으며,

152) 한편이 되는 당류(黨類). 같은 편에 속하는 사람들.

"인지는 절개보다도 부귀를 중히 여기는 사람이외다."
하였다. 수양대군도 고개를 끄덕끄덕하였다.

실국편

(失國篇)

경덕궁직(儆德宮直) 한명회는 벼슬을 미미하지마는 송도에서 아는 사람은 알았다.

"어 그 녀석한테 걸렸다가는 큰 코 떼네."
하는 것이 송도 사람들의 한명회 평이었다.

경덕궁 기와를 벗기어 팔아먹는다는 둥, 궁 후원 나무를 찍어 팔아먹는다는 둥 하는 소문도 한명회가 궁직으로 온 지 석 달이 못하여 나기 시작하였다. 그 소문이 결코 헛소문은 아니었었다. '탐재기주색(貪財嗜酒色)'153) 이라는 그의 특색은 이때부터 드러났었다.

한명회의 아내는 민중추 대생(閔中樞大生)의 딸이다. 민대생의 사위가 넷이나 되는 중에 셋째인 한명회는 다

153) 재물을 탐하고 주색(술과 여자)을 좋아하다.

른 동서들에게 업수이여김을 받는 것은 말할 것도 없거니와 그 장모 되는 민대생 부인도 다른 사위와 같이 귀애하지를 아니하고 매양 쓴 외 보듯[154] 하였다. 명회가 이렇게 장모와 동서들에게 푸대접을 받은 까닭은 여러 가지 있거니와 그중에 가장 중요한 것은 그의 용모가 괴상하게 생긴 것이다.

한명회는 그 어머니가 잉태한 지 일곱 달 만에 나왔다. 그 어머니가 명회를 잉태하고 그가 나기까지 일곱 달 동안을 죽도록 신고하여 말하자면 더 참을 수 없어서 일곱 달 만에 지레 낳아버린 것이다.

나은 것을 보니 사람의 새끼 비슷하기는 하나 '사체유미형성(四體猶未形成)'이라 하도록 아직 사람 꼴이 되지를 아니하여서 그까진 것을 젖을 먹이려고 애쓸 것도 없이 내다가 버리자고 하는 것을 그 집에 있던 할멈 하나가 주워다가 솜에 싸서 더운 방 속에 두어 길러내었다고 한다. 명신록(名臣錄)을 보면 '시생월수년 방시성형(始生越數年方始成形)'이라고 하였으니 난 지 이삼 년이 지나서야 비로소 사람같이 형성이 되었단 말이다.

154) 쓴 오이를 보듯 남을 미워하고 멸시하는 것을 말한다.

그러하던 것이 자라서 한명회가 되었다. 얼굴이 아래가 퍼지고 위가 빠르고 코가 크고 눈은 크나 사팔뜨기요, 머리는 뾰족하게 잡아 뽑은 듯하였다. 이것을 보고 영통사(靈通寺)에서 어느 늙은 중이 '광혁첨(光赫尖)'이니 귀히 될 징조라고 하였다. 어찌하였으나 날 때에는 병신스러웠고 자라매 괴물 같았지마는 재주도 있고 엉큼하여 범상치 아니하게 보는 사람은 보았다. 그 종조부 한상덕(韓尙德)이가 '이 아이는 내 집 천리구(千里駒)[155]야' 하여 데려다가 양육한 것이나 중추 민 대생이 사위를 삼은 것이나 다 그를 범상하지 않게 본 까닭이다. 진실로 한명회는 열 달을 못 채우고 지레 낳을 때에 선악을 가리는 양심 하나를 잊어버리고는 다른 것은 다 찾아 가지고 나온 것이다.

이리하니 장모가 귀에 할 리가 없고 처남과 동서들이 비웃지 아니할 리가 없었다. 그러나 명회는 그런 것들은 다 부족괘치라고 생각하는 듯이 태연하였다. 그렇게 명회는 뱃심이 있었거니와 명회를 미워하는 사람에게는 그 배심 좋은 것이 더욱 미웠다.

155) 천리마(千里馬). 뛰어나게 잘난 자제를 칭찬하는 말.

다른 동서들 중에는 옥관자 붙인 사람까지 있어도 명회는 집을 이루지 못하여 조부 되는 문렬공(文烈公)의 자당이 있는 집도 비어버리고 아내는 처가에 갖다가 맡겨두고 이따금 생각이 나면 가서 만나보고 사기는 이 사랑 저 사랑으로 돌아다니었다. 그중에 가장 많이 가 있던 곳은 권람의 집이였었다.

명회는 권람의 집을 자기 집과 같이 여기어서 만일 어떤 친구와 만날 일이 있으면 권람의 집을 지정하였고 권람의 집에서도 한명회를 한집 식구로 알아서 아침밥은 아니하여도 저녁밥은 차려 놓았다. 그러면 흔히 명회는 밤이 깊어서 술이 잔뜩 취하여 무어라고 혼자 지껄이고 웃고는 권람의 집으로 돌아와 밤을 찾아 먹고 아직도 기운이 남으면 권람과 무슨 이야기를 하고 떠들다가는 탈당도 아니하고 이튿날 밤이 기울도록 코를 골고 잤다. 그러면 아침 밥상은 부엌에서 그대로 늙었다.

명회가 돌아다니는 곳은 아는 사람이 없었다. 그렇게 형제 이상으로 절친한 권람도 명회가 사귀는 사람을 다 알지는 못하였다. 다만 가끔 권람의 집 사람으로 데려오는 사람의 꼴을 보아 그가 한량(閑良), 술객(術客) 등속과도 추축하는 줄은 알았다.

한번은 권람이가,

"여보게 자준(子濬)이, 자네 무슨 술(術)을 배우나?"
하고 물은 일이 있다. 자준(子濬)이라 함은 명회의 자다.

명회는 너털웃음을 치며,

"왜? 내 눈에 벌써 신기로운 빛이 나타나나?"
하고 그 사팔뜨기 눈을 번득거리며 되짚어 권람에게 묻는다. 따는 그 눈이 술객의 눈과도 같다고 권람은 생각하였다. 어찌 보면 청맹인가 싶으면서도 자세히 보면 그 눈에는 일종의 광채가 있었다.

권람은 웃으며,

"과연 자네 눈에는 신기(神氣)156)는커녕 귀기(鬼氣)157)가 있네."

"어, 거 무슨 소린고 귀기가 있다니. 내 눈이 이래보여도 천강성(天强星) 정기를 받은 눈이야. 자네 눈보다는 나으이."
하고 명회는 어떤 도인(道人)이라는 자가 자기의 상을 보고 하던 소리를 옮기었다.

권람은 그래도 조부 이래로 유가서(儒家書)158)를 존숭

156) 신비롭고 불가사의한 운기.
157) 귀신이 나올 듯한 무시무시한 기운.

하는 집에서 자라났으므로 술이란 것을 믿지 아니하였으나 명회는 사실상 잡술을 좋아하였다. 그래서 어느 술객에게서 얻어 들은 소리를 가장 제가 할 줄이나 아는 듯이 흉내를 내고는 웃었다.

한 번은 명회가 어떤 술객 하나를 데리고 권람의 집으로 달려 왔다. 그때에는 조선에 도사(道士)라는 것이 많아서 무슨 풍운조화나 부리는 재주가 있는 듯이 사람의 마음을 혹하게 하고 돌아다니었다.

그 술객이란 자가 권람의 상을 보더니,

"십년 내에 배상(拜相)하시겠소."

하고 능청스럽게 일어나 권람에게 절을 하였다. 권람도 너무나 기뻐서 부지불각에 일어나 마주 절을 하였다. 그것을 보고 명회는 웃었다.

술객은 불출 수년에 조선에 큰 정변(政變)이 일어난다는 말과 인명이 많이 상할 것과 그 일을 맡을 사람이 한명회, 권람 두 사람인 듯하게 말하였다. 명회를 보고는,

"귀하시기로 말하면 영의정을 삼십년은 지내시겠소마는 눈에 살기가 많으니까 인명을 많이 해하겠고 혹시

---

158) 유교의 서적.

검난(劍難)[159]이 있다 하겠지마는 생전에는 염려 없소." 하였다.

이날에 권람과 한명회는 희불자승[160]하여 온종일 술을 마시고 즐기었다. 그리고 이날에 두 사람은 문경지교(刎頸之交)[161]를 맺었다. 그리고 일생을 관중포숙(管仲鮑淑)으로 자처하였다.

"상감은 승하하시면 세궁은 유충(幼沖)하시어[162] 반드시 수양(首陽)과 안평(安平)이 무슨 일을 내고야 말 것일세. 그런데 안평은 지금 명성이 높지마는 의리를 아는 체하고 문하에 사람이 없으니 무슨 일을 하겠나. 수양은 인물이나 명망이나 안평만은 못하지마는 사람이 영악은 하니까 인정이고 의리고 얽맬 사람은 아니요, 자네와 나와 우리 둘만 붙으면 반드시 성사가 될 것일세. 그리되면 우리 둘이 십년 내에 정승(政丞)이 된다는 말도 그럴 듯하지 아니한가. 문장도덕(文章道德)으로야 내가 자네를 당하겠나마는 사업을 경륜하는 데는 과히 자네만 못지아니할 것일세. 마침 자네가 지금 수양대군 궁에 긴히 다니

159) 칼로 말미암은 재난.
160) 喜不自勝: 어찌할 바를 모를 만큼 매우 기쁨.
161) '목을 벨 수 있는 벗'이라는 뜻으로 생사를 같이 할 수 있는 매우 소중한 벗.
162) 나이가 어리다.

니 이것이 다 천의야. 내가 부탁 아니하기로 어련하렸나마는 기회를 잃지 말고 수양대군을 바싹 경마를 들고 나를 천거만 하게. 내가 수양을 만난 뒤에야 만사가 다 내 장중에 있으니까.”

이것은 한명회가 월전 다니러 상경하였을 때에 권람에게 하고 간 말이다.

명회가 말한 바와 같이 문장 도덕은 권람이가 명회보다 승하였으나 모략으로는 명회가 권람보다 훨씬 상수였다. 권람이나 명회에게 도덕이란 것도 우습지마는 그래도 권람은 선악을 변별할 줄은 알았다. 어떤 것은 인정에 맞는 일이요, 어떤 것은 인정에 맞지 않는 일이요, 어떤 것은 세상에서 옳다고 하고 어떤 것은 세상에서 마땅하지 못하게 여길 것임을 잘 알았다. 다만 그까짓 것을 그다지 요긴한 것으로 알지 아니하였을 뿐이다.

그렇지마는 명회는 전혀 선악을 별별하는 양심이 없다. 그에게는 오직 욕심과 그 욕심을 달하려는 한량없는 꾀가 있을 뿐이었다. 어느 놈의 돈을 먹으리라 하면 반드시 먹었고 어느 계집을 내 것을 만들리라 하면 반드시 만들었다. 그래서 정보(鄭保)의 서매(庶妹)가 자색이 있는 줄을 알고는 곧 정보와 친한 체하여 마침내 그 서매를 첩으로 얻었다. 그것도 석 달 안에. 그러고는 충신(忠臣) 정몽주(鄭夢周)의 손녀를 첩으로 삼았노라고 제배간에 대언장담하였다. 썩은 선비들이 충신이라 떠들고 종사(宗師)[163]라고 존중하는 정몽주의 손녀를 첩으로 삼아 그 이름을 짓밟는 것이 쾌하였던 것이다.

누구나 도덕적 양심만 떼어 놓으면 상당히 꾀가 나오는 법이지마는 한명회의 계교는 실로 무궁무진하였다. 그는 체면이라든지 선악이라든지 인정이라든지를 전연히 몰아볼 줄 모르기 때문에 아무러한 짓이라도 목적을 위하여서는 가리지 아니하였다. 후일에 세조대왕이,

"한명회는 내 자방(子房)이야."

하고 누누이 칭찬한 것이 다 이 꾀 때문이다.

그러므로 사람을 사귈 때에도 그는 도덕 있는 사람을 구하지 아니하였다. 상놈이거나 깍정이[164]거나 도둑놈이거나 죄인이거나 어떠한 사람이든지 자기의 욕심을 달하기에 필요하다고만 생각하면 사귀었고 필요만 하면 도덕 있는 사람이라도 사귀기를 사양하지 아니하였다.

집현전 여러 학사들 중에 후일에 가장 상적한[165] 이는

163) 모든 사람들이 높이 우러러보는 스승.

164) 포도청에서 심부름을 하며 도둑을 잡는 것을 거들던 어린아이.

신숙주였었다. 그것은 신숙주가 도덕지사인 까닭은 물론 아니요. 도리어 그가 목적을 위하여서는 수단을 가리지 아니하는 것이 자기와 서로 합하였던 까닭이다.

명회가 경덕궁직으로 있을 때에도 그의 곁을 떠나지 아니하고 따라 다닌 사람 셋이 있다.

그것은 양정(楊汀)과 유수(柳洙)와 임운(林芸)이다. 세 사람은 다 골격이 장대하고 여력이 과인하여 모두 고향에서 사람깨나 때려죽이고 혹은 옥을 깨뜨리고 혹은 대로변에서 행인을 엄습하여 돈을 빼앗아 먹고 살던 무리다. 그들은 한명회가 두호하여 숨겨 주는 은혜를 감격하여 죽기로써 명회의 명에 복종하기를 맹세하였다. 그중에도 임운 한 사람은 명회의 구종이 되어 상시에 명회의 시중을 들고, 양정, 유수 두 사람도 명회가 가는 곳이면 그림자 모양으로 따라 다니다가 만일 어느 누구가 명회를 건드리려고나 하면 맹호같이 내달아서 그 사람을 반주검을 만들었다. 송도 사람들이 명회를 무서워하는 것은 그의 뿌죽한 머리나 사팔뜨기 눈이 아니요, 실로 명회의 곁을 떠나지 아니하는 흉물 세 사람이었다.

---

165) 상적하다: 양편의 실력이나 처지가 서로 걸맞거나 비슷하다.

명회도 세 사람에게는 극진하였다. 그렇게 궁한 신세로도 생기는 것이 있으면 반드시 세 사람에게 나누어 주었다. 경덕궁직으로 받는 요도 받는 날로 세 사람에게 나누어 주었다.

명회가 경덕궁 기와를 벗기어 파는 것도 이렇게 자기 분에 상당하지 아니한 부하를 세 사람이나 기르는 까닭이다.

양정과 유수는 자기네와 같은 무리를 많이 알았다. 그 무리들은 대개 귀신 모양으로 낮에는 숨고 밤에만 나와 다니는 무리들이다. 다 사람깨나 죽이고 포도청 출입을 예사로 아는 무리들이었다. 그들의 겨레는 모래판에 무뿌리 모양으로 얼키설키 끝 간 데를 몰라 조선 전국에 편만하여 있다. 그들은 일종의 도적 나라를 건설하여 신라, 고려는 바뀌되 이 나라만은 영세 불변할 듯하였다. 양정, 유수는 이 도적 나라 백성이었다.

양정과 유수는 한명회가 종시 곤궁한 것을 보고 도적의 굴혈에 들어가서 거기 두령이 되기를 권하고 만일 그러한 뜻만 있으면 자기네가 앞장을 서마고까지 말하였다.

"가만 있게. 경덕궁 기와나 벗겨 먹어 가며 좀 더 기다려 보세."

하고 명회는 두 사람의 권함을 아직 거절하였다. 그렇지마는 만사가 다 불여의하면 양양(讓陽)으로 들어가면 그만이라고 생각하였다. 강원도 양양 어느 산골짜기에 도적 나라의 대두령이 있단 말을 들은 까닭이다.

그리고 자주 권람에게 편지를 부쳐 기회를 잃지 말 것을 당부하고 일변 임운(林芸)을 시키어 안평대군 궁과 수양대군 궁의 동정을 정탐하게 하였다. 그것은 임운의 일가 되는 사람이 수양대군 궁 궁노로 있던 까닭이다. 또 양정과 유수도 장안에 돌아다니는 끄나풀을 통하여 명회가 시키는 대로 이 사람 저 사람의 행동을 정탐하였다. 이렇게 정탐을 당하는 사람들 중에는 정승도 있고 관서도 있고 집현전 문신들도 있고 수령 방백도 있었다.

명회는 손에 여러 백 명 되는 사람의 명부를 만들어 가지고는 양정과 유수와 임운이 정탐하여 보하는 대로 각각 이름 밑에다 적어 넣었다.

"아무 달 아무 날 밤 안평대군이 담담정(淡淡亭)에서 시회(詩會)를 열었는데 모인 것은 누구누구요, 한 이야기는 무엇무엇이요."

"누구가 누구를 심방하였소."

"어느 벼슬이 갈리고 누구가 망에 올랐소."

모두 이런 것들인데 열 가지에 한 가지도 들을 만한 것이 없건마는 그대로 명회는 인일이 명부록에 깨알 같은 잔 글자로 적어 넣었다. 그 보고들 중에 종성부사(鐘成府使) 이경유(李耕睬)가 이번 서울 올라오는 길에 함길도(咸吉道) 절제사(節制使) 이징옥(李澄玉)이가 우의정 김종서에게 보낸 선물 야인이 쓰던 활 하나를 가져 왔다는 소문도 있었다. 이 보고를 듣고 명회는 무슨 보물이나 얻은 듯이 기뻐하였다.

"그런 것은 다 아시어서 무얼 하시오?"

하고 양정이나 유수가 물으면 명회는,

"심심파적일세."

하고 웃거나,

"내가 장차 염라대왕(閻羅大王)이 될 터이니까 모두 알아 두는 것이야."

하기도 하였다.

양정이나 유순은 힘 쓰고 날랜 것 밖에 별로 아는 것도 없고 꾀도 없는 무부들이다. 명회가 자기네보다 모략이 많은 것을 잘 알고 반복하는 바이어니와 아직도 명회가 무슨 큰일을 낼 사람이라고까지는 생각지 아니하였다.

바로 요전 번 단옷날 일이다. 유수부(留守俯) 벼슬아치들이 만월대(滿月臺)에다 잔치를 베풀고 하루를 즐거이 놀았다. 그 끝에 누가 말하기를 우리는 다 서울 친구로서 같이 옛 서울에 벼슬을 사는 터이니 오늘을 기회로 하여 계(契)를 모아 오래 두고 서로 사귐이 어떠한가 하여 만좌가 다 찬성하였다. 그때에 명회도 자리에 있다가,

"그거 좋은 말이요. 나도 넣어 주시오."

하였다. 사람들이 보니 경덕궁직 한명회이므로 모두 입을 비쭉거리고 아무도 명회를 입참시키자는 이가 없어서 톡톡히 망신을 당하였다. 명회는 이 말을 양, 유 양인에게도 하지 아니하고 다만 혼자 마음에 새기어 언제 한번이 분풀이를 하리라고 맹세할 뿐이었다.

명회가 말하지 아니하더라도 이 말은 송도에 짜아하게 퍼지었다. '그놈 밉더니' '그놈 껍죽대더니' 하고 모두 잘코사니[166]하였다. 오직 이 말을 듣고 분히 여긴 것은 양, 유, 임 세 사람이었다. 양정은 발을 구르고 임운은 울고 유수는 당장에 그놈들을 모두 때려죽인다고 야료를 하였다.

명회는 웃으며,

166) 고소하게 여겨지는 일. 주로 미운 사람이 불행을 당한 경우에 하는 말.

"잠깐만 참으소. 다 그럴 날이 있네."
하고 가까스로 무마하였다.

"참기는 언제까지나 참으란 말이요. 이러다가는 밤낮 마찬가지지."
하고 세 사람은 좀체로 불평을 거두지 아니하고 어서 양양으로 가서 도적이 되기를 조르고 만일 명회가 안 들으면 자기네는 달아날 뜻까지 보이었다.

이러한 때에 문종대왕이 승하하시고 세자궁이 즉위하시었다는 소문이 송도에 들리었다.

명회는 이 소문을 듣고 발을 동동 굴렀다.

"이 사람이 과단이 부족하여."
하고 권람을 원망하였다.

명회 생각에는 세자궁이 즉위하시기 전에 수양대군으로 하여금 왕위를 계승하게 하고자 함이었다. 그때나 자기가 좌명(佐命) 원훈(元勳)이 되어 볼까 함이었다. 그랬는데 새 임금이 등극하였으니 큰일은 모두 틀려버리고 말았다.

"내가 서울에만 있었다면 이렇게는 안 되는 걸."
하고 명회는 이를 갈았다.

세자궁이 즉위하기 전에 수양대군을 들여앉히기는 용

이한 일이지마는 한 번 세자가 왕이 된 이상 그 왕이 승하하시기 전에 왕을 바꾸기는 여간 어려운 일이 아니다. 까딱 잘못하면 역적이 되고 마는 것이다.

명회는 차라리 도적 속에 들어가 전국에 있는 도적의 무리를 몰아 가지고 한 번 설레어 보다가 잘 되면 조선왕이라도 한 번 되어 복 못 되더라도 일신이 안락하게 살아 볼까 하고 양정과 유수를 불러 도적의 일을 자세히 물어 보았다. 양, 유 양인은 인제야 명회가 바른 길로 들어가려 하는 것을 기꺼하여 자기네가 아는 대로 도적에 관한 이야기를 하고 도적의 대두목이 되면 서울 장안에 고루 거각에 앉아서 처첩, 비복 거느리고 영화를 누릴 수가 있다는 말을 하여 명회의 비위를 끌기를 힘썼다.

그렇지마는 정승, 판서의 높은 벼슬--이를테면 이조 판서, 병조판서의 푸른, 서슬 영의정, 좌·우의정(左·右議政)까지는 못 바라더라도 의정부 좌우(左右) 찬성(贊成)의 높고 귀함, 그 좋은 권세--이런 것을 단념하기가 심히 어려웠다. 그래서 하룻밤을 이럴까 저럴까로 새우고 새벽에 편지 한 장을 닦아 임운(林芸)을 주어 성화같이 서울 권람에게로 보내었다. 그 편지에는 이러한 구절이 있었다.

시세 이와 같고, 안평대군이 임금의 자리를 엿보니, 화란이 일어날 것이 아침이 아니면 저녁이라. 그대 홀로이 생각을 못하는가…… 화란을 평정함엔 제세발란의 힘이 있는 임금이 아니면 불가하거늘, 수양대군은 활달함이 한 고조와 같고, 영무하기 당 태종과 같으니, 천명이 있는 곳을 소연히 알지라. 이제 그대 가까이 모시거늘 어찌 종용히 건백하여 늦기 전에 결단케 하지 아니하나뇨.

이 편지를 보면 명회는 분명히 조금도 꺼림도 없이 수양대군으로 하여금 왕위를 찬탈하게 하기를 권한 것이니 이것은 권람도 감히 발설 못한 바요, 수양대군도 감히 자주 생각하지 못한 바다.

명회는 권람이가 이 편지를 반드시 수양대군에게 보일 것을 알고 수양대군이 이 편지를 보면 반드시 크게 구미가 동하고 기뻐할 줄을 안다. 그러므로 이 편지는 권람이가 보기 위하여 하느니보다 수양대군이 보기 위하여 한 것이다.

얼마쯤 만시지탄[167]이 없지 아니하지마는 지금부터라

167) 晩時之歎(晩時之嘆): '때늦은 한탄'이라는 뜻으로, 시기가 늦어 기회를 놓친 것이 원통해서 탄식함을 이르는 말.

도 수양대군을 충동하는 것이 자기의 욕심을 달하는 길이라고 믿은 것이다.

수양대군을 한 고조와 당 태종에 비긴 것은 다만 아첨뿐이라고만 할 수 없으나 안평대군이 신기를 엿본다고 한 것은 전혀 명회가 지어낸 말이로되 수양대군을 움직이기에 가장 큰 힘이 있는 말이다. 첫째는 수양대군이 안평대군을 미워하는 심리를 이용한 것이요, 둘째로는 수양대군이 거사할 좋은 평계를 장만하여 드린 것이다.

"안평이 신기를 엿보기로 부득이 하여."

수양대군이 일어나서 새 임금을 옹호하는 파를 안평대군의 당으로 몰아 없애버리고 수양대군이 정권을 잡는 날이면 일은 칠분이나 성공이 되는 것이다. 그 후사는 더 되면 좋고 안 되더라도 한명회가 이조판서 한 자리는 떼어 놓은 당상이라고 생각한 것이다.

"안평이 애매하지마는 나 같은 사람을 만난 것이 팔자이지."

하고 명회는 혼자 웃었다.

이 편지를 주어 임운을 서울로 떼어 보내고 명회는 자못 신기가 불평하였다.

이 편지는 최후 수단이다. 말일 이 편지에 무슨 향기로운 회답이 없으면 자기는 영영 궁직으로 늙어 죽을 수밖에는 없는 것 같았다. 나이 벌써 삼십팔, 사십이 근당하였으니 이제 다시 과거를 보러 다닐 면목도 없을뿐더러 글짓기는 본래 싫어하는데다가 그것도 놓아버린 지가 오래어서 붓대를 들면 골치부터 먼저 아프니 제 힘으로 과거(科擧)에 급제할 가망도 없고 그렇다고 조정에 자기를 알아 남행으로 원한 자리라도 시켜 줄 사람도 없으니 인제는 꼼짝 없이 일생을 망쳐버리고 만 것이다.

정당한 길을 밟으려면 경덕궁직으로 그냥 있어서 어떻게 좋은 기회를 기다리는 것이 좋지마는 그것도 지나간 사오 삭[168]에 진절머리가 나고 말았다. 기왓장 벗기어 술값을 벌고 마루청 널을 뜯어 볼 때일 나무를 삼는 것이 겉으로는 웃고 하는 일이지마는 속으로는 그리 즐거울 리는 만무하였다.

더구나 지난 단오에 부료(府僚)들한테 망신을 당한 뒤로는 송도(松都)[169]라는 곳이 지긋지긋하였다. 길에 나서 다니면 모두 뒤로 손가락질하는 것 같았고 사실상 만월대 망신이 있은 뒤로는 송도 사람들은 명회를 미워

168) 개월.

169) 지금의 개성(경기도 서북부에 있는 시). 고려의 수도였다.

하기만 하지 아니하고 멸시하기까지 하여 길에서 마주칠 때에는 분명히 비웃는 눈살을 보이었다.

송도 와서 소득은 정 포은 선생의 손녀를 첩으로 삼은 것이어니와 그도 이렇게 일생을 궁하게만 산다 하면 귀찮을 것이다.

이렇게 생각하면 돌아갈 곳은 양양 밖에 없는 듯하였다. 자기만한 모략을 가지고 도적청에만 들어가면 곧 한목 메는 두목이 될 것이요, 지금 대두령이 어떤 놈인지 모르나 몇 해 동안이면 그까진 놈 하나 치어버리고 자기가 대신 들어앉기는 땅 짚고 헤엄하는 것 같았다.

그러나 이렇게 낮에 자고 밤에 다니는 사람이 되기에는 이 세상이 너무나 아까왔다.

이렇게 명회의 번뇌한 생각은 개미 쳇바퀴 돌듯이 뱅뱅 돌았다.

이때에 명회의 첩 정씨가 밖으로서 황황히 들어오며,

"여보시오. 서울서 사람이 왔어요."

한다. 정씨는 이제 열여덟 살, 분홍치마 연두저고리에 계집애 모양으로 어리게 차리었다. 그러나 가난한 살림에 손수 아침저녁 동자를 짓노라고 손이 거칠고 앞치마는 거뭇거뭇 때가 묻었다. 송도서 사는 명회의 가정은 실로 우스웠다. 명회, 양정, 유수, 임운 합하여 사내가 넷에 여편네라고는 정씨 모녀뿐. 마치 막벌이군 치는 주막집 같았다.

"서울서 사람이?"

하고 명회는 대문으로 뛰어 나갔다. 거기는 낯익은 권람의 집 종 바람쇠가 서 있다가 명회를 보고 반가운 듯이 허리를 굽히고는 품속으로서 서간 한 장을 내어 명회에게 준다.

밖에서 두런두런하는 소리에 사랑에 있던 양정과 유수도 뛰어 나와서 멀거니 명회와 바람쇠를 번갈아 바라본다. 바람쇠는 전에도 두어 번 편지를 가지고 왔었으므로 두 사람을 잘 안다. 그러나 그 전 편지도 별 신통이 없었으므로 이번 것도 그저 그러리라고 생각하고 두 사람은 실망한 듯이 혹은 방으로 들어가고 혹은 밖으로 나가버리었다. 두 사람의 꼴은 기름장수와 같이 꾀죄죄 흘렀고 얼굴은 낮잠을 과히 잠인지 부석부석하였다. 혹은 즐기는 비지를 좀 과식하였는지도 모른다.

명회는 비처 방에도 들어오기 전에 권람의 편지를 떼었다. 처음에는 예사로 읽더니 차차 눈이 종이에 꼭 들이박히고 발이 마당에 꽉 붙었다. 명회는 다시금 편지를 보아 자기 눈이 잘못 본 것이 아닌 줄을 확실히 안 뒤에는 편지를 한 손에다 꽉 쥐고 껄껄껄 웃기를 금치 못하였다. 명회는 한 번 크게 에헴 하여 가래를 뱉고 마루에 올라섰다.

"무슨 좋은 기별이 있어요?"

하고 정씨도 남편이 근래에 드물게 기뻐하는 양을 보고 창으로 내다보며 물었다.

명회는 정씨가 묻는 말에는 대답도 아니하고 정씨더러,

"이봐, 내가 급히 상경할 일이 생겼으니 의복 내어 놓게."

하고는 사랑으로 나가려 한다.

정씨는 놀라는 듯이 일어나 나오며,

"아니, 서울을 가시다니. 오늘 가시오?"

하고 말로 명회를 붙든다.

"옷이나 내어 놓으라면 내어 놓아. 무엇을 안다고 참견이야."

하고 핀잔을 주고는 사랑으로 들어가 버린다.

남편이 상경하는 데는 두 가지 일이 있다. 한 가지는 귀하게 되어 좋은 벼슬로나 올라가는 일이니, 그렇다 하면 작히나 좋으랴. 정씨 자기도 덩실덩실 춤이라도 출

일이지마는 궁상이 덕지덕지한 남편의 꼬락서니에 무슨 좋은 일이 생길 것 같지도 아니하고 그렇다 하면 이번 서울 올라가는 것은 자기 집 일로 가는 것이요, 집 일로 간다하면 본마누라 민씨를 만나러 가는 것이다. 민씨도 나이 사십이 되었으니 서방을 빼앗길까 보아서 겁날 것도 없지마는 그래도 여편네 마음이라 자기는 첩이고 다른 데 본 마누라가 있어서 남편이 그리로 간다면 비록 제삿날 제사 참례를 가더라도 싫었다. 그래서 정씨는 반닫이 열쇠를 든 채로 눈물을 흘리었다.

명회가 사랑에 들어오는 것을 보고 양정과 유수 두 사람은 장기판을 밀어 놓고 명회의 자리를 내었다.

명회의 시치미 떼는 얼굴에는 아무리 하여도 숨길 수 없는 기쁨이 있었다.

"서울서 무슨 기별 있소?"

하고 양정이가 잠자코 있기가 미안한 모양으로 그러나 그다지 흥미 없는 어성으로, 이를테면 명회의 얼굴을 보아 물은 것이다. 유수는 지금까지 두던 장기 수만 생각하고 있었다.

명회는 양정이가 묻는 말을 기회로 의기양양하게,

"나는 오늘 곧 서울로 가야 하겠네."

하고 대단히 바쁜 듯이 벽장문을 열었다 닫았다 한다. 집은 전조적 집이 되어서 큼직하지마는 안에는 거미줄뿐이라 벽장문을 연대야 케케 앉은 먼지밖에 있을 것이 없고 혹 있다면 양가 유가의 발 고린내 나는 버선 짝일 것이다.

명회가 서울 길을 떠나게 되었단 말에 두 사람은 좀 놀래었다. 그러면 바람쇠가 가지고 온 편지에 그래도 무슨 뜻이 있었던가 함이다.

"아니, 무슨 급한 일이 있기에 해가 저녁때가 다 되었는데 길을 떠나신단 말이요. 엊그제 국상이 났거든 어명(御命)이 내리실 리도 만무한데."

이렇게 양정이가 반쯤 빈정대어 말하는 것을 유수가 곁에서,

"어디 서울 가까운 능참봉(陵參奉)으로나 승차를 하여 가시오? 그리되면 우리도 서울 구경이나 자주 하게. 또 하늘에 올라야 별을 따고 서울을 가야 과거를 한다는 셈으로 그래도 서울 가까이 있어야 무엇이 생기는 것이 있지그려. 송도 만월대 구석에서 도깨비 모양으로 궁 기왓장이나 굴리고 있으면 백년을 갔자 신통한 구석이 있소?"

농담 절반, 신세타령 절반으로 손에 든 장기 쪽을 딱딱거린다.

명회는 이 버릇없는 말을 용서할 수 없다는 듯이 사팔뜨기 눈으로 한 번 두 사람을 노려보고 일어나려 하다가, 도로 앉으며,

"이번에 내가 상경하는 것은 일체 발설 말게. 수양대군이 밤도와 올라오라고 나를 부른 것이니까 아마 무슨 큰일을 의논하실 모양인즉, 양정이 자네는 나와 같이 오늘 떠나고 유수 자네는 집에 있게. 생각하건대 내가 이번에 서울 가면 다시 송도에 오지 못할 듯 싶으니까 임운이가 오거든 같이 가속 데리고 서울로 올라오게. 내가 가는 대로 또 곧 기별도 할 테야."

하고는 여전히 바쁜 듯이 안으로 들어 가버린다. 두 사람은 마주 보고 한참이나 말이 없더니 유수가 장기줌을 장기판에 내어버리며,

"무슨 수가 나는가뵈."

하고 눈을 끔쩍한다.

양정이도 '흥' 하고 코로 웃는다.

한명회는 양정을 데리고 그날로 집을 떠나 서울로 향하였다. 하필 유수로 하여금 집을 보게 하는 데는 까닭이

있다. 양정은 유수보다 얼굴이 잘 생기고 풍채가 좋아서 집에 혼자 두면 젊은 첩 정씨를 빼앗길 염려가 있기 때문이다. 명회는 결코 사람을 믿는 일이 없었고 특별히 첩에 대하여서는 항상 반반한 남자가 가까이하는 것을 의심하였다. 자기 얼굴이 흉하기 때문에 더욱 풍채 좋은 양정을 의심한 것이다.

명회가 정씨와 대화하기를 허하는 남자는 정씨의 적형(嫡兄)[170]되는 정보(鄭保)한 사람뿐이었다. 그러나 정보도 근래에는 서울 올라가 성삼문, 박팽년 같은 집 사람으로 돌아다니고 송도에는 없었다.

"대문 밖에 나지 말고 아무도 대문 안에 들이지 말어!"
하고 정씨를 단단히 노려보고 명회는 집을 떠났다.

한명회, 양정 두 사람은 바람쇠를 따라 말을 탈 형세도 못되므로 터덜거리고 걸어서 성화같이 서울로 향하였다. 만일 주막이나 나룻배에서 거행이 더디면 양정이 눈을 부라리고,

"이 양반은 어명으로 급히 가시는 양반이야."
하고 호통을 떼었다.

---

170) 서자(庶子)가 자기 아버지의 정실에서 난 형을 이르는 말.

“이 사람아, 어명을 함부로 쓰다가 목 날아나려고 그러나?”

하고 단 둘이 되었을 때에 명회가 책망하면 양정은 어깨를 으쓱 올리며,

“한번 그랬으면 작히나 좋소?”

하였다. 홍제원(弘濟院)에는 임운이가 인마를 데리고 마주 나와서 기다리고 있었다.

명회야 양정이가 오월도 다 지난 염천에 땀을 뻘뻘 흘리고 먼지투성이가 되어 앞서거니 뒤서거니 허덕거리고 오는 것을 복 임운이가 일마장이나 마중 나아가 맞았다.

“생원님, 얼마나더우시오?”

“덥구 무엇이구 다리가 아파 죽을 지경일세. 사람을 부르거든 말 탈 노수라도 보내는 것이 아니라 오뉴월 염천에 이거 어디 살겠나.”

하고 명회가 길가 조그마한 나무 그늘에서 볕을 피하며 연해 부채질을 한다.

임운은 손을 들어 홍제원을 가리키며,

“저기 수양대군 궁에서 인마가 나와서 아침부터기다리오. 말이 두 필에 안장이 어른어른하고 말잔등까지 은이요. 전배 한 쌍, 구종 한 쌍에, 수령 행차 이상이요. 소인

이 다 어깨가 으쓱하오."

하고는 편지 한 장을 내어 명회에게 준다.

떼어 보니 편지는 권람의 것인데 수양대군께서 명회가 오기를 심히 고대한다는 말과 선비를 존중하는 예로 대군이 몸소 명회를 나와 맞을 것이로되 국상 중이라 그리 못한다는 말과 또 명회가 명색 없이 수양대군 궁에 출입을 하면 남의 의혹을 살 염려가 있으므로 명회를 송도서 청해 오는 의원으로 대접한다는 것과 인마를 보내니 타고 다른 데 돌리지 말고 곧 수양대군 궁으로 오라는 말과 거기 오면 권람 자기도 만날 것이란 말이 쓰여 있다.

명회는 심히 만족하였다. 하늘에 오를 듯이 기뻤다. 그러나 그런 빛은 내지도 아니하고 날이 더운 것과 발이 부르튼 것만 짜증을 내었다. 그러고는 인마고 수양대군이고 다 귀찮은 듯이 나무 그늘에 퍼더버리고 앉아서 하늘에 떠도는 구름만 바라보았다. 양정과 임운은 명회의 속을 들여다보는 듯이 물끄러미 보다가 픽 웃었다.

명회와 양정은 은안준마에 덩그렇게 올라앉아 사오인 구종의 호위를 받아 거드럭거리고 서대문을 들어 자핫골171) 막바지 수양대군 궁으로 들이몰았다.

명회가 온다는 선문을 듣고 수양대군과 권람은 제하에

내려서 맞았다. 명회의 초초한 행색이 오늘은 땀이 배고 먼지에 젖어 더욱 초초하건마는 지어서 기고만장한 모양을 보였다.

수양대군은 명회가 권람에게 한 편지를 보고 더 할 수 없이 기뻐하였다. 안평대군이 신기를 엿본다는 말이나 천명이 분명히 자기에게 있단 말이나 자기를 한 고조, 당 태종에 비긴 말이나 다 일생에 처음 듣는 보비위하는 말이었다. 급기야 명회를 대하매 그 머리와 눈이 미상불 우수꽝스러웠으나 그것이 도리어 비범한 표인 것같이 생각되었다.

수양대군의 한명회에게 대한 대접은 실로 융숭하였다. 처음 계하에서 서로 맞을 때에는 한명회가 읍할 때에 같이 읍함으로써 대답하였고 그보다도 놀라운 것은 정청에 올라 한명회가 대군께 대하는 예로 절할 때에 수양대군이 마주 절한 것이다.

애초에는 수양대군이 하는 양을 보아 좀 거드름을 부리려 하던 한명회도 수양대군이 이처럼 공손하게 하여

171) 창의문(彰義門)을 속칭 자하문(紫霞門)이라 했는데, 이는 창의문이 자핫골(지금의 청운동)에 있으므로 해서 생긴 속칭이다. 청운동 일대는 골이 깊으며 수석이 맑고 아름다워서 개성의 자하동과 같다고 하여 자핫골이라 하였다.

주는 것을 당하고는 그만 감지덕지하여 어찌할 줄을 몰랐다. 다만 권람이가 곁에서 보아두었다가 후일에 자기의 천착스러움을 비웃지 아니할 이만큼 하였다.

수양대군은 국상 중에 궁중을 떠나지 못할 계제이지마는 궁중에 들어간대야 황보인, 김종서 같은 고명받은 늙은 것들이 좌지우지하는 꼴이 보기 싫고 안평, 금성 같은 아우님 되는 대군들도 수양대군을 슬슬 따돌리는 기미를 보고는 그만 상기가 되어 될 수 있는 대로는 궁중에 있기를 피하였다. 더구나 오늘은 한명회를 만났으니 시각이 바쁘게 그의 계책이 듣고 싶어서 한명회와 권람을 밀실로 끌어 들이어 두 시각이나 넘도록 이야기를 하였다.

"대사가 장차 어찌될 것이요?"

하고 수양대군이 먼저 문제를 끌어내었다.

한명회는 이때야말로 자기 일생이 부침이 달린 큰 시험인 줄 알므로 평생의 정력을 다하여 자기의 의견과 계책을 수양대군이 묻는 대로 대답하였다.

"소인이 무엇을 알 리이까마는 민심은 곧 천심이라 민심이 돌아가는 것을 살피옵건대 천명이 나으리께 있는 것은 소연한 일인가 하오."

하고 자기가 권람에게 한 편지를 수양대군이 보았을 줄

은 번연히 알면서도 또 한 번 수양대군을 칭찬하여 한 고조와 당 태종을 끌어내었다. 그러하되 그 성음과 안색이 진실로 지성스러웠다. 수양대군은 좀 낮이 간지러운 듯이 권람도 바라보고 바깥도 바라보더니 명회의 송덕하는 말이 한 대문이 지나간 때를 타서,

"천명이 내게 있다니, 그게 될 말이요? 나같이 덕이 적은 사람이 어찌 천명을 감당하겠소?"

하고 수양대군은 정중한 언사로 겸사를 한다.

한명회는 수양대군의 이 말에 펄쩍 뛰며,

"아니외다. 그렇지를 아니하외다. 겸양지덕이 좋기는 하오나 그것은 태평무사할 때에나 쓰는 것이외다. 천명에 대하여는 겸양이 없는 것이외다. 만일 천명을 모피한다 하면 그것은 겸양이 아니라 역천(逆天)[172]이외다. 태조대왕께서 창업하신 간난을 생각하시거나 창생이 대한에 운예와 같이 바라는 것을 생각하시든지 겸양하시는 것이 옳지 아니하외다. 원형리정(元亨利貞)[173]으로 말씀하오면 대행대왕께 옵서 승하하옵시면 나으리께서 상주

172) 천명을 어김.
173) 하늘이 갖추고 있는 네 가지 덕. 세상의 모든 것이 생겨나서 자라고 이루어지고 거두어짐을 뜻한다. 사물의 근본이 되는 원리.

가 되시어야 할 것인데 그리 안 되온 것이 황보인, 김종서 배의 간계에서 나온 것이외다."
하고 도도히 말하였다.

어찌하여 왕세자를 두고 수양대군이 상주가 되어야 하는 것인지 그것은 수양대군도 알 수 없는 이치었으나 그래도 명회의 말은 언언구구가 다 비위에 맞았다. 마치 내 속에 들어와서 내가 하고자 하는 바를 다 살핀 뒤에 내가 할 말을 대신하여 주는 것과 같이 마음에 꼭 맞았다. 더구나 수양대군 자기가 상주가 되어 왕위를 계승하는 것이 원형리정이란 명회의 말이 이치에는 닿지 아니하면서도 마음에 맞았다.

그렇지마는 수양대군은 도리어 송구하는 빛을 보이며,

"그것은 지나치는 말이요. 세자궁이 계옵시니 세자궁이 상주되옵심이 마땅하고 나는 오직 충성을 다하여 어리신 상감을 도울 수 있을 뿐이요. 어찌 터럭끝만큼이나 다른 뜻이 있겠소. 오직 걱정되는 것은 황보인, 김종서의 무리가 안평을 떠받들고 국가사를 그르치려는 것이니 그것을 막을 계책을 내게 말하오."
하였다. 수양대군의 이 말에 한명회는 마른하늘에 벼락을 맞는 것 같았다. '아뿔사 수양대군에게 한 수 졌구나'

하고 명회는 고개를 숙이었다. 잘못하다가는 이 모가지가 날아날는지도 모른다.

명회는 수양대군의 진의를 의심하지 아니할 수 없었다. 그러면 지금까지 생각하기를 수양대군이 왕의 자리를 엿본다고 한 것은 자기의 잘못이던가. 수양대군은 과연 주공(周公)이 성왕(成王)을 돕던 옛일을 본받으려 하는 충성 밖에 다른 뜻이 없었던가. 그렇다 하면 자기가 오늘 말한 것은 큰 실수였었다. 하고 명회는 후회도 하였다.

그러나 그만한 일에 움츠러질 명회가 아니다. 그는 한 수를 내어 수양대군을 걸어 볼 하였다. 첫 수는 졌지마는 둘째 수에는 자기가 이길 것을 믿었다. 그야말로 건곤일척(乾坤一擲)[174]의 결심으로 명회는 자리에서 분명히 일어나며,

"소인 물러가오."

하고 한 번 읍하였다. 명회의 용모와 눈매에는 실로 비장한 빛이 떠돌았다.

이 뜻하지 아니한 행동에 권람이 먼저 놀라서 일어나 명회의 소매를 잡으며,

---

174) '하늘이냐 땅이냐를 한 번 던져서 결정한다(주사위를 던져 승패를 건다)'는 뜻으로, 운명과 흥망을 걸고 단판으로 승부나 성패를 겨룸을 이르는 말.

"이 사람, 이게 웬일인가."
하였다. 명회는 권람이 잡은 소매를 뿌리치며,
"아니, 나를 붙잡지 말게. 선비의 행색이 한 번 말을 내었다가 용납이 되면 머물고 용납이 아니 되면 물러가는 법이야. 나는 원래 세상일에 뜻이 없는 사람이야. 부귀와 공명이 내게 부운이로세. 가만히 세상에서 숨어 유유자적하는 것이 나 같은 사람의 본색이어늘 자네 말을 그릇 듣고 서울에 올라 왔다가 이제 나으리 뜻이 네가 생각던 바와 다르니까 나는 물러가는 것이 옳은 일일세."
하고 다시 수양대군을 향하여,
"소인 물러갑니다."
하고 두어 걸음 문을 향하여 나갔다.
이때에 수양대군도 장황히,
"여보, 앉으오. 나를 버리지 마오."
하였다. 그 말은 심히 은근하였다.
권람은 명회를 붙들어 앉히었다.
'나를 버리지 마오' 하는 수양대군의 말 한 마디면 명회도 목적은 달한 것이다. 수양대군은 마침내 내 약낭 속에 들었다고 명회는 속으로 만족한 웃음을 지었다.
한명회가 다시 자리에 앉은 뒤에 수양대군은 단도직입

으로 시국에 처할 계책을 물었다.

"낸들 나라 일에 무심할 리가 있소? 근심이 되길래 이렇게 계책을 묻는 것이 아니요? 그렇지마는 내가 무슨 힘이 있소? 군국대사가 모두 황보인, 김종서 배의 손에 있으니 고장난명(孤掌難鳴)[175]이라 내가 어찌하면 좋겠소. 아끼지 말고 높은 계책을 말하오."

한명회는 수양대군의 말하는 바가 모두 도리에 맞고 또 대인의 기상이 있음을 탄복하였다. 그리고 저절로 고개가 숙음을 깨달았다.

"일을 하는 데는 힘이 으뜸이니 힘을 기르시어야 하오."
하고 명회가 대답한다.

"힘을 기르는 법이 어떠하오?"
하고 수양대군이 다시 묻는 말에 명회는,

"힘을 기르는 데 가장 속한 방법은 불평객을 모아들이는 것이요."
하고 아뢴다.

"불평객이 누구며 불평객을 모으는 방법은 어떠하오?"
하고 수양대군이 묻는 말은 점입가경한다.

---

175) 외손뼉은 울릴 수 없다는 뜻으로 혼자서는 어떤 일을 이룰 수 없다는 말. 상대 없이는 싸움이 일어나지 않음을 이르는 말.

"세상에 불평객이 없는 때가 없사외다. 세종대왕께옵서는 요순과 같으신 성군이시옵거니와 재위하신 지 삼십여 년에 문(文)을 높이시옵고 무(武)를 가벼이 하시오니 태평성대에 그럴 만한 일이어니와 그 때문에 무신(武臣)의 불평은 면치 못할 일이요, 또 재야(在野)한 인재도 문장 재사는 달하기 쉬우되 궁시(弓矢)[176]를 잘하는 사람은 일생에 달할 길이 없으니 자연 문인은 교만하여지고 무사는 불평하게 되는 것이외다. 또 문신(文臣) 중에도 자기의 현재 처지를 불만히 여기어 매양 불만한 생각을 가지는 이가 있는 것이니 이러한 무리를 가리키어 불평객이라 하는 것이외다."

하고 한명회는 좋은 구변으로 기운차게 말할 제, 수양대군은, 혹은 눈을 감고, 혹은 눈을 뜨고, 혹은 고개를 끄덕끄덕하고, 혹은 무릎을 치며 명회의 말을 탄상하는 표를 보인다.

수양대군이 자기의 말에 탄복하는 눈치를 보매 명회는 더욱 기운이 나서 불평객을 모아들이는 계책을 말한다.

"이렇게 불평을 가진 사람들은 매양 어디서 자기네를

---

176) 활과 화살.

불러 주기를 기다리는 것이외다. 마치 목마른 사람과 같이 어디서 물소리만 나면 그리로 모여드는 것이외다. 이제 만일 나으리께서 세사의 불평 가진 무리를 받으신다는 소문만 나면 한 달이 못하여 팔도의 불평객은 나으리 문하에 모여들 것이외다. 사람이란 궁할 때에는 일반지덕(一飯之德)[177]도 골수에 사무치는 것이니까 사방으로서 모여드는 불평객에게 우선 술 한 잔, 밥 한 그릇으로 그 모여 온 뜻을 사례하고 후일에 각각 공로를 따라 높은 벼슬과 많은 녹이 있을 것을 보이면 나으리를 위하여 죽을 사람이 천이요, 만뿐이리이까. 이리하면 나으리의 힘은 대적할 수 없이 커지는 것이외다."

명회의 이 말에 수양대군은 고개를 끄떡임으로써 옳이 여긴다는 뜻을 표하다가,

"그렇지마는 그 따위로 궁하여서 모여드는 사람들이 만 명이면 무슨 일을 하겠소? 좀 큰 사람을 얻어야 할 것이 아니요? 큰 사람 얻는 방략은 어떠하겠소?"

하고 새 문제를 내었다.

한명회는 이렇게 대답한다.

---

177) '밥 한 끼를 베푸는 덕'이라는 뜻으로 보잘것없이 베푼 아주 작은 은덕을 말한다.

“사마골(死馬骨)을 오백금(五百金)으로 사는 것이 천리마를 구하는 법이외다. 범상한 사람을 비사후례(卑辭厚禮)[178]로 맞아들이면 걸출한 사람도 찾아오는 것이외다. 천하사에 뜻이 있는 사람은 항상 사람 많이 모이는 곳으로 가는 것이외다. 나으리가 많은 사람을 문하에 모으시면 모인 사람이 비록 모두 다 하잘 것 없는 무리라 하더라도 세상이 다 나으리의 세력을 두려워하고 우러러보게 될 것이외다. 한 번 나으리의 세력이 이만하게 되면 마치 천하의 물이 다 한 바다로 모여드는 모양으로 천하의 인걸이 다 나으리 세력을 따라 모여들 것이외다.”

하고 한명회는 한층 더 기운을 내고 어성을 높이어,

“지금 황보인 같은 무리가 국정을 잡았다 하나 그까진 문신(文臣)들은 난시에는 아무 힘도 쓰지 못하는 것이외다. 난시에는 백 명의 문장지재보다도 한 명 힘쓰는 사람이 힘이 있는 것이외다. 이제 소인을 따라다니는 양정한 사람에게 철여의(鐵如意) 하나만 들려내어 놓으면 만조백관[179]은 경각에 찍 소리를 못하게 만들어 놓을 것이

178) 卑辭重幣. 말을 겸손히 하고, 예물(禮物)을 후(厚)하게 하는 것. 어진이를 초빙하거나 큰 나라를 섬기는 예(禮)임.

179) 滿朝百官: 조정의 모든 벼슬아치.

외다. 안평대군이 아무리 문객이 많다 하더라도 그까진 심장적구(尋章摘句)하는 무리들이야 만 명이면 쓸 데가 무엇이오니까. 하고 보면 소인이 말하는 불평객은 결코 힘없는 무리가 아닐뿐더러 이 사람들이야말로 진실로 큰 힘을 내는 무리외다. 이 불평객들을 하나씩 하나씩 흩어놓으면 아무 힘이 없지요마는 위에서 거느리는 이만 있으면 무서운 힘을 발하는 것이외다. 말씀하기 황송하오나 태조대왕께옵서 천명을 받으심도 불평객을 모으신 것이 큰 힘이 되신다고 생각하옵니다."

하였다. 수양대군은 더욱 더욱 한명회의 말에 탄복하여 마치 무엇에 취한 이와 같았다.

권람의 말도 매우 지혜로운 데가 있거니와 이처럼 구구절절이 귀신같지는 못하였다. 한명회에 비기던 권람은 예사 선비에 불과한 듯하고 한명회는 진실로 옛날 장량(張良)[180]이나 제갈량(諸葛亮)[181] 같은 신통한 모략을 가

---

180) 한나라 고조 유방의 공신. ?~BC186. 진승·오광의 난이 일어났을 때 유방의 진영에 속하였으며, 후일 항우와 유방이 만난 '홍문의 회'에서는 유방의 위기를 구하였다. 선견지명이 있는 책사로서 한나라의 서울을 진나라의 고지인 관중으로 정하고자 한 유경의 주장을 지지하였다.

181) 중국 삼국시대 촉한(蜀漢)의 정치가 겸 전략가. 181~234. 명성이 높아 와룡선생(臥龍先生)이라 일컬어졌다. 유비를 도와 오나라의 손권과 연합하여 남하하는 조조의 대군을 적벽의 싸움에서 대파하고, 형주(荊州)와 익주(益州)를 점령하였다. 221

지어 도저히 헤아릴 수 없는 듯하였다. 어떻게 이러한 사람을 오늘에야 만났던가 하여 수양대군은 다시금 한명회의 괴상한 용모를 바라보고 이는 하늘이 자기를 위하여 보낸 사람이라고 기뻐하였다.

"그러면 어떻게 하면 그 불평객들을 모을 수가 있겠소?"

하고 한 가지 새로운 문제를 또 꺼내었다.

명회는 수양대군이 자기의 말을 잘 알아들음과 연해[182] 제출하는 문제가 모두 긍경에 맞음을 보고 더욱 기뻐하여 이렇게 말하였다.

"그것은 어렵지 아니하외다. 광활하고 조용한 땅을 택하여 사정(射亭)[183]을 세우고 습사장(習射場)을 베풀고 나으리가 친히 사정에 임하시어 같이 활을 쏘시고 그 날에 가장 잘 맞힌 사람에게 상금을 내리시고 나으리 친히 그 사람을 부르시어 칭찬하는 말을 주시면 팔도에 활 쏘는 사람이 다 그리로 모일 것이외다.

명회의 말은 절절이 옳았다.

년 한나라의 멸망을 계기로 유비가 제위에 오르자 승상이 되었다.

182) 더불어

183) 활터에 세운 정자.

수양대군은 감격함을 이기지 못하는 듯이 손을 내어 밀어 명회의 팔을 잡으며,

"이사람, 어찌 이리 만나기가 늦었나."

하고, 하오 하던 말을 변하여 하게를 하였다. 그만큼 수양대군은 명회를 천하게 대우하는 것이다.

명회도 수양대군이 이처럼 하는 것을 보고 마음에 심히 기뻤다.

이로부터 한명회는 거의 날마다 수양대군 궁에 출입하였다. 한 번 오면 아침이면 해가 지도록, 저녁이면 밤이 깊도록 수양대군과 단둘이 밀실에 마주앉아 여러 가지 비밀한 의논을 하였다.

권람이나 명회와 마주앉게 되면 수양대군은 끼니도 잊을 지경이었었다. 부인 윤씨(후일에 정희왕후(貞熹王后)가 되실 이다)가 화를 내어 흔히,

"또 국 식게 하는 사람이 왔느냐."

하고 소리를 질렀다. 부인도 이 국 식게 하는 사람이 장차 자기로 하여금 일국의 국모가 되게 할 모든 계책을 내는 사람인 줄은 아직 몰랐던 것이다.

이렇게 날마다 만나고도 유위부족[184]하여 수양대군은 명회에 심복되는 임운(林芸)을 궁노를 삼아 수양대군 궁

에 거처하게 하고 무시로 무슨 비밀한 일이 있거든 임운을 시키어 명회에게 통하게 하였다. 그래서 궁노면서도 임운은 상시로 수양대군에게 불리어 마주앉아 담화하는 때가 많았다. 그래서 궁노들 간에 임운의 세도는 대단하였다. 모두 임운을 부러워하였다.

아무러한 한밤중에라도 수양대군이 임운을 명회의 집에 보내어 명회를 부르는 일도 있고 또 명회가 첫닭 울 때에 수양대군 궁에 올 때도 있었다. 그러한 때에 다른 사람을 알리지 않고 무상출입하기 위하여 임운의 팔에 줄을 매어 들창 밖으로 한 끝을 늘여놓았다. 그래서 어느 때에나 그 줄만 잡아당기면 임운은 명회가 온 줄을 알고 곧 일어나 소리 나지 않게 대문을 열어 주는 것이다.

"이거, 유부녀 보러 다니는 셈인걸."

하고 명회가 소리 아니 나게 어깨로 대문을 사르르 밀고 들어서면 임운은,

"원체 많이 해보시었거든."

하고 웃었다. 그러나 한명회는 만족하였다. 자기가 세종대왕의 아드님인 당당한 수양대군 궁에를 무상출입하는

---

184) 猶爲不足: 오히려 부족하게 되었다는 뜻으로, 오히려 모자람을 의미하거나 싫증이 나지 않음을 이르는 말.

것이 생각할수록 기뻤다. 그래서 밝는 날 아침에라도 늦지 아니할 일이언마는 아닌 밤중에 도적같이 살근살근 걸어 와서 임운의 방 들창으로 늘어진 줄 끝을 톡톡 당기고 그것을 더할 수 없이 낙으로 알았다.

명회의 집은 수양대군 궁에서 멀지 아니한 곳에 있었다. 물론 수양대군이 청해준 집이다. 그리 크지 아니하나 안채 있고 사랑 있고 행랑 잇고 비록 평대문일망정 이십 간은 넘는 집이었다. 명회 평생에 이만한 집에 살아 본 일은 없었다. 비복까지도 두어 사람 수양대군 궁에서 얻어 왔다. 양식과 나무와 찬수도 부족함이 없고 안방에는 큰마누라 민씨, 건넌방에는 애첩 정씨를 두고 거드럭거리고 살게 되었다.

사랑에는 예나 이제나 다름없이 양정과 유수가 문객 모양으로 유숙하며 낮잠과 장기로 세월을 보내거나 그렇지 아니하면 눈매 불량한 무리들이 모이어 수군거리었다. 후에 홍달손(洪達孫)이가 더 와 있었다. 송도서 강목을 칠 때와 달라서 명회의 사랑에서는 가끔 술 취한 사람들이 지저귀는 소리가 들리었고 양정, 유수도 동정에 때 묻은 옷은 걸지 아니하게 되었다.

명회의 사랑에 출입하는 무리는 갈수록 늘었다. 사거

리 반찬 가게에서도 한 생원 댁에 웬 사람이 저리 다니느냐고 수군거리게 되었다. 그렇게 사람이 많이 다니어도 의관이 제법 똑똑한 위인은 하나도 없고 옷에 기름이 묻지 아니하였으면 갓모자가 쭈그러지거나 망건편자가 뚫어지거나 하였다. 유시호 동저고릿바람에 갓만 얹고 꽁무니에 목달이 버선 한 켤레 찬 사람도 있고 심지어 땅꾼 같은 사람도 왕래를 하였다. 국상이 났어야 백립하나 변변히 쓴 사람 없고 백이면 백이 다 갓모자에다가 백지 조각을 오려 붙은 이들이었다. 그러나 누군들 이 사람들이 일년이 못하여 좌명공신(佐命功臣)[185]이니 익대공신(翊戴功臣)[186]이니 하여 무슨 부원군(府院君), 무슨 부원군하는 대감들이 될 줄을 알았으랴.

문종대왕이 승하하신 지가 벌써 다섯 달이나 지내어 백악으로서 낙엽 날리는 찬바람 부는 시월이 되었다.

명나라에 사신을 보내어 사고면(賜誥冕)을 사례하여야

185) 조선 태종 1년(1401)에 이저(李佇), 이거이(李居易) 등 46명에게 내린 훈명. 정종 2년(1400) 제2차 왕자의 난 때 박포 등의 무리를 평정하고 태종을 임금 자리에 오르게 한 공로로 주어졌다.

186) 조선 예종 즉위년(1468)에, 남이(南怡)의 옥사를 다스린 공으로 신숙주, 한명회 등에게 내린 훈호. 처음 공신에 책록된 사람은 37명이었으나 이듬해 윤흠(尹欽), 강희맹, 이존(李存)이 추록되어 모두 40명이 되었다.

한다는 의론이 조정에 일어났다.

그때에는 명나라 조정에 안면을 익히는 것은 조선에서 세력을 잡는 데 매우 요긴한 일이기 때문에 누가 이번 사신으로 갈까 하는 것이 큰 문제였었다.

어리신 새 왕은 정전에 출어(出御)하시고 삼공육경(三公六卿), 삼사장관(三司長官) 이하 여러 대관이 모이고 수양, 안평, 금성 등 여러 대군들도 참예하여 정부와 종친과 서로 겨루다가 마침내 종친 편이 이기어 수양대군이 사신으로 가게 되었다. 이렇게 종친이 세력을 얻게 된 데는 내력이 있다.

애초에 새 왕이 등극하신 처음에 대사헌(大司憲) 기건(奇虔)이 상소하여 여러 대군이 권내에 출입하면서 정원(政院)을 거치지 아니하고 국정에 대하여 용훼하기와 문하에 사람을 모아 정치를 의논하기를 금하기를 청하였다. 이것은 임금이 어리신 것을 이용하여 강성한 숙부들이 국정을 휘두를 염려가 있는 때문이니 대사헌 기건의 의견은 뜻 있는 이는 다 옳게 여기었다. 이현로(李賢老) 같은 이도 그리하는 것이 옳다고 영의정 황보인, 좌의정 김종서, 우의정 정분을 보고 직접 헌책을 하였다. 그래서 마침내 이 뜻대로 확정될 뻔하였다.

만일 그리되었더라면 수양대군 이하 여러 대군들은 다만 궁중에 들어와 어린 임금을 휘두르지 못할뿐더러 자기 집에 있어도 정치적 의미로 당파를 모으거나 정권 잡은 사람과 서로 왕래하기 어렵게 되었을 것이다. 적더라도 왕이 어리신 동안에는 이래야만 될 것이라고 황보인도 생각하였던 것이다.

그러나 황보인 노인은 이것을 끝끝내 실행할 기력이 없어서 그만 수양, 안평 두 분 대군에게 위협을 당하고는 맥없이 쭈그러지고 말았다. 그 일은 이렇게 되었다.

이 말을 수양대군에게 밀고한 것은 도승지 강맹경이었다.

수양대군이 대사헌(大司憲) 기건의 '금분경안(禁奔競案)'을 듣고는 곧 권람과 한명회를 불렀다. 한명회는 펄쩍뛰며,

"아무리 하여서라도 이것은 못하게 하여야 합니다. 만일 기건의 말대로 된다 하면 종친은 수족을 얽어매어 가두어 놓음이나 다름없는 것이외다."
하고 수양대군의 성미를 돋우었다.

"그러면 어찌하나. 기건의 말을 다들 옳게 여기는 모양이요, 벌써 정부에서도 뇌정(牢定)이 된 모양이니 이제

어떻게 하면 그것을 막을 수가 있나. 지금 형편에 내가 말한대야 그 말이 설 리도 만무하고--어허, 괴이한 일이로군."
하고 수양대군은 한탄하였다.
한명회는 한 번 웃으며,
"그리 염려하실 것은 없는 것 같사외다.
하고 사람들이 다 어렵게 생각하는 일이라도 자기에게는 다 처리할 묘책이 있는 자신을 보이었다.
"이 일이 심히 어렵기는 하나 반드시 안 될 일은 아니외다. 기건의 말을 막아낼 기미가 두 가지 있으니 그것을 나으리가 이용하시오."
"그래, 어찌하면 막아낼까. 세상이 다 기건의 말을 옳게 여기는 모양이니까 섣불리 반대하다가는 일도 되지 아니하고 도리어 망신만 할는지 모르니 차라리 내버려 두고 후일을 기다리는 것이 상책일지 몰라."
수양대군은 기건을 두려워하는 모양이다. 실로 기건의 명성은 자못 높았었다. 기건이 대사헌이 된 지 일년이 못하여 부정한 생각을 가진 대관들이 전전긍긍하게 되었다. 그처럼 기건은 곧고 엄한 사람이었다. 또 그는 어린 임금이 위에 계신 이때에 강기(綱紀)를 숙정(肅

正)[187]하는 것이 지극히 필요함을 자각하여 목숨으로써 대사헌의 중한 직무를 다하려고 결심하였던 것이다. 이번 '금분경안'은 그가 가장 큰 결심을 가지고 내어놓은 것이니 세력 없는 수양대군이 이것을 두려워하는 것은 당연한 일이었다.

한명회는 또 한 번 웃으며,

"두 기미는 무엇인고 하니, 첫째로는 안평대군을 움직이는 것이외다. 지금 형편으로 나으리 혼자서는 정부를 움직이기가 어려우실는지 모르지만은 안평대군과 합력하시면 될 수도 있을 듯하외다. 또 듣건대 안평대군과 김종서와는 서로 친밀히 내왕이 있다 하니 더욱 좋고 그렇지 않더라도 안평대군의 친당(親黨)은 정부와 각사(各司)[188]에 없는 곳이 없으니까 안평대군과 합력을 하시겨우."

하고 가만히 수양대군의 눈치를 엿보았다.

수양대군은 안평대군이란 말만 들어도 와락 상기가 되었다. 형님인 자기를 보면 늘 비웃는 듯 불쌍히 여기는 듯하는 그 태도도 밉거니와 문하에 천하 명사를 다 모아

187) 부정을 엄격히 단속하여 바로잡음.

188) 경각사(京各司): 서울에 있던 관아를 통틀어 이르는 말.

놓고 서슬이 푸른 아우님 안평대군을 생각하면 견딜 수 없이 분하였다. 더구나 그러한 안평대군과 합력하라는 한명회의 말은 욕과 같았다. 안평대군과 합력하라 함은 곧 안평대군에게 붙어서 힘을 빌란 말과 얼마 틀리지 아니하는 것이다 이렇게 생각하고 수양대군은 눈살을 찌푸리었다.

한명회는 무른 그것을 다 보아 알았다. 자기의 말에 수양대군의 흉중이 자못 불평하게 될 줄을 알았으나 그것이 일일 되는 조짐이라고 보기 때문에 명회는 속으로 웃는다.

이윽히 침음하다가 수양대군이,

"안평이 내 말을 들을 듯 싶은가?"

하고 억지로 얼굴에 화기를 보인다.

"그것은 염려 없을 줄로 생각합니다. 나으리가 안평대군더러 이렇게 하여라, 저렇게 하여라 하면 자존심이 많으신 안평대군이 들으실 것 같지 아니하외다마는 기건의 일은 나으리께만 관계 있는 일이 아니라 종친 전체에 관계되는 일이니까 안평대군의 자존심을 한 번 건드려 두면 그만일 것이외다. 기건이가 종친의 분경(奔競)[189]을 금한다는 것은 종친을 의심하는 것이요, 특별히 종친

중에 가장 세력이 있는 안평대군을 의심하는 것이라고 나으리가 안평대군께 한 번 말씀만 하시면 반드시 안평대군이 가만히 있지 아니한 것이외다. 그래서 만일 안평대군이 분해하시거든 나으리가 안평대군을 데리시고 황보인 이하 여러 집정(執政)이 모인 곳에 가시어 종실을 의심함은 무슨 까닭이냐고, 이것은 필경 우리를 욕보이려 하는 것이니 우리는 상감께 상서(上書)하여 처분을 기다리겠노라고 준절하게 말씀하시면 못난 황보인이가 반드시 겁을 내어 수그러질 것이외다. 그렇게 수그러지는 것을 보시거든 한 번 더 크게 책망을 하시어 그 무리들의 예기를 질러버리시면 후일에도 나으리를 두려워할 것이니 이야말로 일거양득이외다. 아무 때라도 나으리께서 한 번 위령을 세우시지 아니하면 아니 될 터인데, 이번이 마치 좋은 기회니 잘하면 차소위 전화위복이 될 것이외다."

하는 명회의 계책을 듣고 수양대군은 비로소 얼굴에 화기가 돌며,

"자준(子濬)이는 과연 장자방(張子房)이 재생이로세.

189) 지지 않으려고 몹시 다투는 일. 금품(金品), 연줄 그 밖의 온갖 방법으로 벼슬자리를 구함.

과연 자네 말이 묘책일세. 안 그런가.”
하고 권람을 돌아본다. 자준(子濬)은 명회의 자다.
“한명회 말이 그럴 듯하외다.”
하고 권람도 찬성하는 뜻을 표하였다.
수양대군은 곧 사람을 보내어 안평대군을 불렀다. 안평대군은 일찍 형님인 수양대군에게서 불러 본 일이 없으므로 처음에는 이상히 여기었다.
“형님이 나를 불러?”
하고 안평대군은 수상스러운 듯이 좌우를 돌아보았다.
문객 중에 어떤 사람은 수양대군의 뜻을 헤아릴 수가 없으니 칭병하고 가지 말기를 권하였다. 안평대군은 듣지 아니하였다.
“우리 형제 우애지정이 부족하여 매양 한이더니 형님이 이렇게 부르시니 아니 갈 수 있나.”
이렇게 말하고 안평대군은 심히 강개한 안색으로 곧 수레를 내어 수양대군 궁으로 향하였다.
수양대군은 반가운 얼굴로 안평대군을 맞아 대사헌 기건의 금분경안 이야기를 하고 한명회의 말대로 이것은 결국 안평대군을 의심하는 일이요, 또 기건 자신의 생각이 나니라 모두 시키는 사람이 있는 것이라는 것을 말하고, 만일 이대로 둔다 함녀 종실의 큰 욕이니, 곧 황보인 이하 여러 집정을 보고 항의할 것이라는 말을 하였다.

안평대군은,

"그것이 종실에 그리 욕될 것이 있습니까? 분경을 금하자는 것은 선조(先朝)부터도 말 있어 오는 것이니까 당연한 일인가 합니다."

하고 수양대군의 뜻에 찬동은 아니하였으나, 면에 끌리어 굳이 반대도 못하였다.

안평대군이야 수양대군과 뜻이 같거나 말거나 함께 황보인한테로 가기만 하면 수양대군의 목적은 달한 것이다. 안평과 같이 가서 안평은 곁에 앉히어 놓고 수양대군 자기가 나서서 말을 하면 결국 안평도 같은 뜻인 것이 표현되는 것이다.

이때에 마침 황보인은 의정부에 앉아 우의정 정분과 국사를 말하고 있었다. 좌의정 김종서는 이날 자리에 없었다.

수양, 안평 두 분 대군이 왔단 말을 듣고 두 대신은 놀라서 계하에 내리어 맞았다.

서로 예가 끝나고 자리에 앉은 뒤에 수양대군은 노기를 띤 어성으로 황보인을 대하여,

"대감은 무슨 연유로 종실을 의심하시오?"
하고 들이댔다.

황보인은 수양대군의 말이 무슨 뜻인 줄을 알았다. 그러나 시치미 떼고,

"나으리, 그게 어인 말씀이시오? 소인이 종실을 의심할 리가 있소?"
하였다. 수양대군은 황보인의 말에 힘이 부족함을 알고 한층 어성을 높이어,

"그 어찐 말씀이요. 우리들에게 분경을 금한다 하니 그것이 우리를 의심하는 것이 아니고 무엇이요? 그렇다 하면 우리가 무슨 면목으로 세상에 나선단 말이요?"
하고 수양대군은 아까 안평대군이 하던 말을 들어 안평대군의 마음을 흡족하게 하려고,

"대체 분경이란 세종대왕께서와 대행 대왕께서도 불가하다고 하신 것이지마는 이제 금상 즉위 초에 먼저 종실을 의심하여 이것을 금하신다 하면 성덕(聖德)에 누가 되심이 아니며 또 고립무조(孤立無助)하게 되심이 아니겠소? 이는 스스로 우익(羽翌)을 자르심과 다름이 없으니 우리가 나라와 휴척(休戚)[190]을 같이 하거든 어찌 가만 있을 수가 있소? 우리 형제로 말하면 이 위난지시(危

難之時)를 당하여 심력을 다하여 대신제공(大臣諸公)으로 더불어 공제간난(共濟艱難)하자는 것 밖에 다른 뜻이 없거든 도리어 우리가 의심을 받는단 말이요? 어디 그럴 수가 있소? 우리 형제는 상감께 상서(上書)하여서 진소(陳訴)[191]할 것이지마는 혹 유사(有司)의 잘못이나 아닌가하여 먼저 대감께 말하는 것이요."

하였다. 실로 그 위풍이 무서웠다.

황보인은 본래 난 대로 있는 노인이라 수양대군의 호통에 칠분이나 겁이 나서,

"어디 그런 수가 있으오니까. 소인은 전혀 모르는 일이외다."

하고 정분을 바라본다.

정분 역시 마음은 착하나 황보인과 별로 다름 없는 호호야(好好爺)[192]다. 태평시대에 명군 밑에서 허물없는 대신 노릇하기에는 맞추임이지마는 수양대군 같은 이가 한 번 눈을 부라리면 앉은 대로 비슬비슬 뒷걸음칠 노인이다.

---

190) 편안함과 근심 걱정.

191) 사정을 말하여 하소연함.

192) 인품이 아주 좋은 늙은이.

“그렇다 뿐이 오니까. 아마 사헌부에서 철없이 그런 소리를 냈나 보외다.”
하고 정분이가 땀 흘리는 영의정을 구원한다. 그러고는 살려 달라는 듯이 안평대군을 바라본다.
곁에 있던 도승지 강맹경 역시,
“아아, 대사헌 기건이가 그런 말을 내었나 보외다.”
하여 승정원에서도 그 일은 알지 못한다는 뜻을 말하여 겁난 두 대신을 두호한다.
기실 분경 금한단 말을 먼저 수양대군에게 일러 바친 이가 강맹경 자신이면서
“그렇다면 모르되.”
하고 수양대군은 적이 노기가 풀리며,
“우리도 그런 줄 알았소. 그러기에 먼저 대감을 보고 말한 것이요.”
하고 크게 뽐내고 돌아왔다. 안평대군이 형님이 말하는 동안에 가만히 듣고만 있다가 나오는 길에 수양대군을 보고,
“형님, 사랑에 있던 사람이 그 누구요?”
하고 물었다.
“응, 그 사람. 한 서방이라고저 의원이야.”

하고 수양대군은 좀 부끄러운 듯이 대답하였다.

안평대군이 물은 뜻은 오늘 수양대군이 의정부에서 말하는 것이 반드시 어느 책사가 있음이라고 생각한 까닭이다.

'응, 그것이 수상지인이로군.' 하고 안평대군은 혼자 생각하였다.

이 일이 있음으로부터 수양대군을 무서워하는 생각이 황보인 이하 모든 집정의 머리 속에 들어가고 수양대군은 아무 꺼리는 것 없이 일변 궁중에 무상출입하고 일변 사랑에 많은 문객을 모으게 되었다. 그래도 아무도 감히 논의를 못하게 되었다.

이것은 전혀 영의정 황보인이가 무능하였던 까닭이다. 황보인만 아귀통이 세어서 대사헌 기건의 금분경안을 시행하게 되었다면 종실은 다시 거두를 못하였을는지 모른다. 후에 좌의정 김종서가 그 말을 듣고 서안을 치며 통탄한 것이 당연한 일이다. 만일 김종서가 그 자리에 있었다면 그렇게 수양대군의 한 번 호통에 움츠러질 리가 만무하였다.

이 일 뒤에 대사헌 기건만 책임을 지고 대사헌이라는 중임에서 연안부사(延安府使)로 폄(貶)되고 말았다.

이번 명나라에 사사고면(謝賜誥免)하는 사신을 보내는 의론에 대하여도 정부와 육조와 삼사의 장관이 상관할 것이요, 수양, 안평 등 대군들이 나설 자리가 아니언마는 저번 일이 있기 때문에 수양대군은 아우님 되는 각 대군을 다 몰아 가지고 들어와서 참석을 한 것이다.

"그저 무슨 일에나 바싹바싹 대드시어."

하는 한명회의 헌책도 있거니와 수양대군 자신도 무슨 일에나 참예하고 말썽을 부리는 것이 세력을 잡는 비결인 줄을 안 까닭이다.

어리신 상감께서는 거의 본능적으로 제숙부(諸叔父), 그중에도 수양대군을 싫어하시지마는 부득부득 들어오는 것을 나가라고 내밀 수도 없었다.

"이번 명나라에 사례사(謝禮使)로 누구를 보낼꼬?"

하고 왕이 물으실 때에 제신들은 묵묵히 있어 대답이 없다. 수양대군이 가고 싶어 하는 줄을 아는 까닭에 섣불리 다른 사람을 거천하였다가 수양대군의 미움을 받기도 무섭고, 그렇다고 상감이 싫어하시는 줄을 분명히 알면서 또 자기네들도 싫어하면서도 수양대군을 거천하기도 싫은 까닭이다.

원래 이런 중대한 일에 명나라에 사신으로 갈 자격은

삼공(三公)이나 대군(大君)이라야 할 것이니, 삼공 중에서 택한다 하면 황보인은 수상일뿐더러 나이 팔십이니 갈 수 없을즉 좌의정 김종서나 우의정 정분이나 중에서 택할 것이요, 그렇다 하면 인물로나 이력으로나 김종서가 가는 것이 당연할 것이다. 그리고 만일 대군 중에 택한다 하면 문장으로나 식견으로나 안평대군이 가는 것이 원형리정이다. 만일 황보인이 한 마디,

"김종서가 가감한 줄 아뢰오."

한다든가,

"안평대군이 합당한 줄 아뢰오."

한다 하면 아무도 감히 반대하지 못할 것이요, 영의정의 말대로 되었을 것이다. 그러나 황보인은 저번 의정부에서 수양대군에게 혼나던 것이 아직도 무서워서 감히 다시 수양대군의 비위를 거스를 용기가 없었다. 그래서 가만히 앉았는 것이다.

영의정이 이러하거든 다른 사람은 더구나 수양대군이 무서울 것이다. 어찌될 줄 모르는 세상에--수양대군의 세상이 될지도 모르는 세상에…쉬, 쉬, 입을 닫혀 두는 것이 상책이다--이렇게들 생각하는 것이다.

김종서는 수상 황보인이 자기를 거천하지 아니하는--

아니 함이 아니라 못하는 심리를 알고 다른 사람들이 서로 남의 눈치만 엿보고 감히 개구를 못하는 심리를 알았다. 이러다가는 결국 수양대군에게 빼앗길 것이요, 수양대군이 한 번 명나라를 가면 반드시 여러 가지 수단으로 명나라 대관을 친하여 후일에 한 세력을 이룰 것을 생각하였다. 수양대군이 가느니보다는 차라리 안평대군이 가는 것이 낫다고 생각하였다. 그래서 김종서는,

"이번 사신으로는 안평대군이 가장 합당한 줄로 아뢰오."

하고 왕께 고하였다.

김종서의 말에 황보인 이하 모든 사람들은 살아난 듯이 한숨을 쉬었다. 위태한 일을 김종서가 대신하여 준 까닭이다.

김종서의 말대로 상감이,

"그러면 숙부가 다녀오시오."

하고 안평을 향하여 말씀이 계시었다면 일은 그대로 결정이 되었을 것이다.

그러나 왕에게는 다른 생각이 있었다. 그것은 매부 되는 남녕위(南寧尉) 정종(鄭悰)을 이번 사신으로 보내고 싶으신 것이다.

왕은 어리신 마음에 동기지정으로 그 누님 되는 경혜공주를 사모하는 마음이 간절하시고 따라서 그 매부 되는 남녕위 정종을 사랑함이 비할 데 없었다. 부왕이 승하하시고 궁중 아무 혈족 한 분도 없이 전혀 남들 속에 외로이 계신 어린 왕은 마음과 정이 가는 곳에 누님 부부뿐이었다. 비록 왕의 어머님 되시는 현덕왕후(顯德王后)와 유촉(遺囑)을 받아 왕께 젖을 드리고 친어머니의 다름없는 자애지정으로 왕을 양육한 혜빈(惠嬪) 양씨가 있지마는 그래도 동기지정에 비할 수가 없었다. 그래서 즉위하신 이래로 상중(喪中)임도 불구하고 벌써 사오차나 남녕위 궁에 거동하시었다. 열두 살 되신 어린 왕으로 허물할 수도 없는 일이다.

이번 명나라에 사신 가는 일이 중요한 일인 줄은 알기 때문에 왕은 다른 사람을 말고 꼭 정종을 보내고 싶으신 것이다.

그러나 아무도 정종을 천하는 이는 없었다. 정종이 비록 공주부마(公主駙馬)로 지위로 말하면 영의정에 비길 수가 있다 하더라도 아직 이십 세가 넘지 못한 소년으로 아무 공로도 없고 이력도 없는 사람을 중대한 왕명을 받드는 사신으로 외국에 보낸다는 것은 아무가 보아도 말이 아니 되는 일이다.

이러한 이유로 우의정 김종서가 안평대군을 거천할 때에 왕은 묵연히 대답이 없으신 것이다.

이윽히 왕이 대답이 없으심을 보고 사람들은 왕의 어린 심중을 살피었다.

이때에 수양대군이 탕전에 나서며,

"신이 다녀오리다."

하고 자천하였다.

왕은 옥좌 위에서 놀라는 듯이 작으신 몸을 움직이시었다. 제일 무섭고 싫은 숙부를 명나라에 보내기는 참으로 원치 아니한 것이다.

그래서 왕은 역시 묵연히 대답이 없으시었다. 왕이 말씀이 없으므로 수양대군은 잠깐 머쓱하여 탑전에서 물러나왔다.

왕은 이때를 놓지 아니하리라 하고 제신을 돌아보시며,

"남녕위 정종이 어떠하오?"

하고 낭랑한 어성으로 물으시었다. 이 말씀을 하실 때에 왕은 용안을 붉히시었다.

왕의 말씀에 제신은 서로 남의 눈치만 보고 말이 없었다. 수양대군의 관자놀이에는 굵은 핏대가 불끈하였다.

전내(殿內)에는 찬바람이 도는 듯하였다.

이때에 영의정 황보인이가 나서서 결정적으로 한 말만 하면 일은 순순히 귀정이 될 것이지마는 그는 왕의 편을 들자니 수양대군의 뜻을 거스르겠고 수양대군의 편을 들자니 왕의 뜻을 거스르겠고 그래서 조는 듯이 생각는 듯이 가만히 있을 뿐이다.

우의정 정분 역시 영의정과 마찬가지 심사요, 좌의정 김종서는 한 번 안평대군을 거천하였으니 다시 이 일에 무슨 말을 할 수가 없었다.

이때에 우참찬 정인지는 민첩하게 일되어 가는 형세를 살피고 수양대군 편이 되는 것이 가장 유리한 줄을 보아,

"우참찬 정인지 아뢰오, 대저 이번 사고면(賜誥冕) 사례사(謝禮使)는 상감께옵서 즉위하신 뒤에 처음으로 보냅시는 사신이온즉 식견과 이력이 구비한 사람을 보냅시는 것이 지당하오며 남녕위 정종으로 말씀하오면 아직 연천하옵고 또 일찍 사신으로 갔던 이력이 없사오니 아뢰옵기 황송하오나 후일에는 몰라도 이번에는 어떠할까 하오며 수양대군은 대행 대왕 즉위시에도 황조(皇朝)에 간 일이 있사옵고 또 종실 중에 가장 지위가 높사온즉 수양대군을 보내심이 가장 옳은 줄로 아뢰오."

하였다. 인지의 말에 용안은 주홍빛이 되고 수양대군은 한 번 인지를 바라보았다.

정인지의 말은 당당하였다. 정인지는 앞뒤를 다 헤아려서 꼭 설 말이 아니면 아니한다.

아무도 인지의 말에 반대할 이유도 없고 용기도 없는 듯하였다.

왕은 심히 초조한 듯이 좌우를 둘러보시고 울음이 터질듯 싶었다.

이때에 좌참찬(左參贊) 허후(許詡)가 수양대군을 향하여 이렇게 말하였다.

"수양대군이 명나라에 사신으로 가신다는 것은 안 될 말씀이요. 방금 재궁(梓宮)[193]이 빈전(殯殿)[194]에 계시거든 수양대군이 나라에 종신(宗臣)[195]이 되어 나라를 떠나신다는 것이 마땅하지 아니하외다."

허후의 반대도 당연한 말이었으나 아무도 허후를 돕는 이가 없어 결국 정인지의 말대로 수양대군이 명나라에 가기로 되었다.

---

193) 임금이나 황후를 높이어 그의 관(棺)을 이르는 말.
194) 국상(國喪) 때 상여가 나갈 때까지 왕이나 왕비의 관을 모시던 전각.
195) 나라에 큰 공을 세운 신하, 또는 왕족으로 벼슬자리에 있는 사람.

수양대군은 이날에 정인지가 자기를 도와 말하여 준 것을 심히 덕으로 여겨서 그날 밤에 대군이 미행(微行)[196]으로 정인지의 집에 가서 다짜고짜로 안으로 들어가 인지의 손을 잡고,

"대감, 나허고 혼인합시다."

하였다. 이때에 수양대군은 아드님이 두 분이나 있었지마는 인지는 당혼한 자녀가 없었기 때문에 수양대군의 말하는 뜻을 알지 못하여 잠깐 주저하다가 마침내 그 뜻을 알고,

"네, 그러하오리다."

하고 허락하였다.

수양대군은 예전 권람이가 하던 말을 기억하고 정인지를 막하에 끌어들인 것을 만족하게 생각하였다.

정인지도 판이 뒤집히어 이 세상이 수양대군의 세상이 될 것을 보았으므로 수양대군에게 허락한 것이다. 혼인이라 함은 정말 혼인을 가리킨 것이 아니라 일을 같이 하자는 뜻이다.

수양대군은 공조판서(工曹判書) 이사철로 부사(副使)를

---

196) 미복잠행(微服潛行)의 준말. 국제법상 외교사절이나 원수가 그 신분을 제3국에 알리지 않고 하는 여행.

삼고 집현전 교리(校理) 신숙주로 종사(從事)를 삼아가지고 연경 삼천리 길을 떠나게 되었다. 종사로 신숙주를 택한 것은 이번 길에 이 재주 있는 집현 학사를 내 것을 만들리라는 생각을 가진 까닭이다.

이 밖에 영의정 황보인의 아들 황보석(皇甫錫)과 좌의정 김종서의 아들 김승규(金承珪)도 수원으로 택하였다. 이것은 까닭이 있다.

권람은 수양대군이 명나라에 가게 된 것을 알고 놀라며,

"나으리, 지금 황보인, 김종서 패가 잔뜩 나으리를 의심하는 모양인데 이제 만일 나라를 떠나시면 대사가 틀어지지 아니하겠소?"
하고 수양대군을 만류하였다.

수양대군은 웃으며,

"걱정 없어. 안평(安平)은 내 적수가 아니요, 인이나 종서도 호걸지사(豪傑之士)[197]는 아니야. 종서를 세상이 범이라고 하지마는 요새에는 이도 톱도 다 빠진 모양이데. 그것들이 무얼 하겠나. 또 내가 황보석이, 김승규를 데리고 가니까 저희들이 더구나 못 움직일 것일세." 하였다.

---

197) 지혜와 용기가 뛰어나며 기개와 풍모를 갖춘 훌륭한 선비.

실상 황보인, 김종서는 이듬해 계유년 이월 수양대군이 의기양양하게 명나라에서 돌아올 때까지 아무 일도 못하고 도리어 수양대군이 돌아오는 날에 백관을 거느리고 모악원(母岳院)198)까지 나아가 맞았다.

명나라에 다녀온 뒤로 수양대군의 세력은 흔들 수 없이 되었다. 황보인, 김종서 정분은 명색은 삼공이나 수양대군이 두려워 뜻대로 국정을 처리하지 못하였다. 적이 중대한 일을 처리할 때에는 승지를 수양대군에게로 보내어 그 뜻을 묻도록 되었고 그렇지 않아도 수양대군이 날마다 궐내에 들어와 물론 모사하고 아니 참예하는 것이 없었다. 왕도 이를 어찌할 힘이 없었다.

이렇게 되면 수양대군의 세력 밑으로 가만가만히 돌아가는 사람도 있지마는 수양대군의 횡포를 분개하는 사람도 적지 아니하였다. 그중에 두령되는 이는 그래도 좌의정 김종서였다. 김종서를 떠받드는 사람들이 수군수군 수양대군의 횡포를 제어할 꾀를 말하게 되었다.

명나라에서 돌아온 수양대군은 실로 서슬이 푸르렀다. 권람, 한명회는 거의 수양대군 궁에서 살아서 세상에서

---

198) 명나라를 존숭하는 사람들이 '慕華館'으로 이름을 고치었다.

도 이 두 사람이 수양대군의 칙사인 것을 알게 되었다.

국상 중임도 꺼리지 아니하고 한 달에도 사오 차씩이나 모악원과 훈련원(訓練院)에 습사장(習射場)을 베풀고 크게 주연을 배설하여 모여든 무사를 먹이고 특별히 용력이 있거나 무예(武藝)가 있는 사람이면 수양대군이 친히 불러 술을 주고 상을 주었다.

자핫골 수양대군 궁 후원에서는 거의 날마다 습사가 있었다. 여기는 모악원과 훈련원에서 뽑아온 무사들을 모아 놓고 활쏘기와 칼 쓰기를 익히는 곳이다. 무사를 택하는 것은 한명회가 맡아 하였고, 한명회는 양정과 유수와 홍달손(洪達孫)을 시켜서 하였다. 천하잡놈과 팔도 망나니는 다 수양대군 궁으로 모인다는 동요까지 날만 하였다.

힘 쓰는 사람, 키 큰 사람, 달음질 잘하는 사람, 담 넘기 잘하는 사람, 사람 잘 치는 이, 거짓말 잘하는 이, 활 잘 쏘는 놈, 칼 잘 쓰는 놈, 말 잘 타는 놈, 돌팔매 잘 치는 작자, 도적질 잘하는 작자, 목소리 큰 사람, 무엇이나 한 가지 재주 있는 무리들, 부모한테도 쫓겨나고 동네에서도 물려난 무리들, 꽁무니에 방맹이[199] 하나를 차고 심심하면 사람깨나 때리고 다니는 무리들, 노름판, 색주가,

선술집으로 다니는 무리들.

한명회 집 사랑에 어슬렁어슬렁 출입하던 무리는 모두 수양대군 궁에 상객이 되어 출입하였다.

수양대군이 무사를 모은다는 소문은 팔도에 두루 퍼졌다. 그래서 힘깨나 쓰는 사람은 다투어 수양대군 궁에 출입할 길을 찾았다.

인왕산을 등진 수양대군 궁 후원은 대단히 넓었다. 활터만 있지 아니하고 말달리는 터까지도 있었다. 마장(馬場)[200]에는 항상 좋은 말 사오 필이 매어 있었고, 활터에는 여러 가지 재료로 만든, 여러 가지 모양의 활과 화살이 걸리어 있었다.

습자를 한다는 날은 대개 사오십 명이 모였으나 어떤 때에는 백 명이나 모이는 때도 있었다. 수양대군도 권람, 한명회, 홍달손, 양정, 유수들을 거느리고 활터에 나와 앉았고 흥이 나면 손수 활을 당기어 쏘기도 하였다. 수양대군의 활은 백발백중이라 할 만큼 유명하였었다. 태조대왕 이래에 처음이라고까지 수양대군께 아첨하는 이는 찬사를 올리었다. 수양대군이 열여섯 살 적에 형님 되시

199) 방망이
200) 말을 매어두거나 놓아 기르는 곳. 경마장.

는 문종대왕이 대군의 활 잘 쏘는 것을 칭찬하여 활에 써 주신 것을 전에도 말하였거니와 그처럼 수양대군은 활에 이름이 높았다. 그렇기 때문에 더구나 무사들이 수양대군을 숭배하게 되었다.

습사가 있는 날에는 수양대군이 친히 임할 뿐 아니라 대군의 부인되시는 낙랑부 대부인 윤씨는 몸소 궁인들을 감독하여 무사들을 공케 할 음식을 차리고 그것이 끝나면 후원 별당에 임하여 발을 드리우고 활 쏘는 구경을 하였다.

윤씨 부인도 무사들을 좋아하였다.

“오늘은 무사들이 온다.”

하고 습사가 있다는 날에는 마치 명절이나 당한 듯이 기뻐하였다. 근래에 와서는 윤씨도 남편의 야심을 대강 짐작하게 되고 따라서 날마다 이바지하는 무사들이 오늘은 비록 어중이떠중이라 하더라도 장차는 남편의 대사를 도울 사람들인 줄을 알게 되었다.

이렇게 후원에서 습사하고 난 끝에는 반드시 한명회 이하 심복되는 사람들을 모아 데리고 수양대군이 여러 가지 비밀한 의논을 하였다. 그 비밀한 의논의 대부분은 어찌하면 황보인, 김종서, 안평대군 같은 무리를 몰아낼까, 무슨 죄명을 씌울까, 암살을 하여 버릴까, 아니다. 당당하게 무사들로 대오를 편성하여 서울 장안을 점령할까, 그리한다 하면 어떤 모양으로 할까--이런 제목들이다. 그중에도 목하의 중대한 문제는 황보인, 김종서가 수양대군의 뜻을 아는가 모르는가, 안평대군 궁에 어떤 사람이 출입하며 무슨 일을 의논하는가, 안평대군과 황보인, 김종서 등, 문종대왕의 고명을 받은 집정들 사이에 어떠한 연락과 내왕이 있는가 하는 것이었다. 이러한 모든 사정을 염탐하여 들이는 것도 한명회가 맡아서 양정, 유수 등을 시키어서 하였다. 장안에 늘어 놓인 끄나풀들은 각색 정보를 염탐해 들이었다.

계유년 시월 십일. 첫겨울이지마는 볕 잘 나는 따뜻한 날이었다.

인왕산 밑 수양대군 궁에는 이른 아침부터 문객이 모여들었다. 이 문객들은 수양대군 궁에서는 '무사'라고 통칭하는 사람들이다. 이 골목으로 저 골목으로 하나씩 둘씩 아무쪼록 사람의 눈에 뜨이지 않도록 모여들었다. 그러나 그중에 굵직굵직한 사람들은 그 얼굴과 눈매를 이무슨 심상치 아니한 일이 있는 것을 보이었다.

이날에 수양대군 궁에 모인 사람은 강곤(康袞), 홍윤성

(洪允成), 임자번(林自蕃), 최윤(崔潤), 안경손(安慶孫), 홍순로(洪純老), 홍귀동(洪貴童), 유형(劉亨), 민발(閔發), 곽연성(郭漣城) 등이었다. 권람, 한명회, 양정(楊汀), 유수(柳洙) 등은 전날 밤을 수양대군 궁에서 새운 것이다. 임운(林芸)은 수양대군 궁에 궁노로 있으니 말할 것도 없다.

이날도 후원에서 습사(習射)를 한다 하여 이상에 말한 중요 인물 외에 훈련원 모악원에서 모아들인 무사란 것들이 백여 명이나 모여 왔다. 이래서 수양대군 궁은 이날따라 심히 흥성흥성하였다.

이렇게 모이는 것은 근래에 흔히 있는 일이지마는 이날은 결판을 내는 날이다. 황보인, 김종서 이하 집정들을 없애버리고 수양대군이 정난(靖難)이라는 이름으로 국정을 한 손에 총람하기로 정한 날이다.

후원에서는 다른 때와 다름없이 무사들이 술 먹고 활 쏘고 즐기었다. 이날에는 특별히 술도 많고 안주도 좋았다. 큰 소 한 마리를 통으로 삶은 것이었다. 궁한 무사들은 웬 떡인고 하고 마시고 먹었다. 무슨 일이 있으려니 하면서도 오늘이 그날인 줄은 어중이떠중이 무사들은 알지 못하였다. 다만 어렴풋이 '얼마 아니하여 우리는 장안 대도상으로 거드럭거리고 다니느니라.'고 속으로 바라고 있을 뿐이었다.

후원에서 무사들은 먹고 마시고 활 쏘고 하기를 해가 낮이 기울어도 수양대군이 나오지를 아니하였다. 한명회도 잠깐 잠깐 빛을 보이고는 들어가 버리었다.

"웬일이어? 오늘은 도무지 나으리가 아니 납시니."

하고 의심하는 축도 있고,

"오늘은 무슨 일이 생기나 보이."

하고 가장 아는 체하고 눈을 끔적하는 자도 있었다.

실상 요새 서울 장안에는 유언비어가 성행하여 간 곳마다,

"세상이 뒤집힌대."

"보기만 해요. 해를 못 넘길테니."

이렇게 수군거리지 않는 데가 없고 그러면 누가 들어앉느냐고 물으면 혹은 수양대군이라고도 하고 혹은 안평대군이라고도 하고, 또 혹은 고려 왕씨의 후손이 다시 들어앉는다고도 수군대었다.

정부에서도 이런 소문을 안 들었을 리가 없다.

황보인, 김종서도 수양대군의 행동을 의심하는지는 어제 오늘부터가 아니다. 근래에 와서 무뢰지배[201](수양대

군 궁에서 무사라고 일컫는 무리를 세상에서는 그중에서도 대관들은 무뢰지배라고 일컬어 웃어버린다)를 모아 자주 활을 익히고 술을 먹이고 하는 것을 못 들었을 리가 없다.

"그 원, 숭한 일이야."

"설마 어찌할라고."

"무슨 일이 생기면 어찌하노?"

이것이 늙은 집정(執政)들이 혹시나 모이어 앉으면 하는 소리였다.

"그래도 설마."

하는 것이 무기력하고 고식적인 그들의 공통한 심리였던 것이다.

오직 김종사가 이 일을 중대하게 보아 좌참찬 이양(李穰), 병조판서 민신(閔伸), 이조판서 조극관(趙克寬), 내시 김연(金衍), 한숭(韓崧) 등으로 더불어 수양대군의 행동을 감시할 것과 만일 불우지변이 있더라도 어떻게 막을 것과 그보다도 만일 분명히 수양대군이 역모를 하는 눈치만 보이거든 상감께 주달하여 아주 수양대군을 처치하

201) 無賴之輩: 무뢰배(무뢰한의 무리).

여버릴 것까지 의논하였다.

원래 김종서는 정인지의 심사를 수상하게 알았다. 그것은 수양대군을 눌러야 한다는 의논이 날 때마다 정인지는 말이 없음을 본 까닭이다. 그래서 요전번 중대한 비밀회의에는 정인지를 부르지 아니하였던 것이다. 그렇다고 김종서도 차마 여러 사람을 대하여 정인지는 믿을 수가 없으니 부르지 아니하였단 말은 하지 못하였으므로 원체 남을 의심할 줄 모르는 호인 이양(태조대왕의 서형의 아들)이 그만 이 의논을 정인지에게다 누설하여 버리고 말았던 것이다. 그래서 정인지는 곧 도승지 강맹경을 시키어서 수양대군에게 통해버린 것이다.

이러한 내력으로 수양대군에게 일어날 핑계를 준 것이다. 황보인, 김종서 배가 수양대군을 배척하려고 한 대서는 핑계가 아니 되지마는 어리신 주상(主上)을 시역(弑逆)[202]하고 안평대군을 옹립(擁立)하려 함이라 하면 천하에 내어 놓기에 가장 번뜻한 핑계가 되는 것이다. 그래서 부랴부랴 시월 초열흘날 거사하기로 계교를 세운 것이다.

---

202) 시살(부모나 임금을 죽임).

무사들이 후원에서 해가 늦도록 술 먹고 떠드는 동안에 수양대군 궁 안방에서는 한명회, 권람, 홍달손, 송석손 등 주요 인물들이 모여 비밀한 의논을 한다. 그 의논에 제목은 이 계획이 대강 누설이 된 듯 싶으니 어찌할까 하는 것이다.

"무어, 누설되었기로 무서울 것 있나. 저놈들이야 다 합한대야 아홉 놈 밖에 없으니까. 아홉 놈이라야 그중에 김종서 한 놈이 좀 무섭지 그놈 한 놈만 없이 하면 다른 놈들은 손도 대일 것이 없을 것일세."

이 모양으로 수양대군은 뽐내었다. 여간해서 흥분되지 아니하고 그의 얼굴은 술이 반이나 취한 듯이 붉었다. 아홉 놈이라 함은 황보인, 김종서, 이양(李穰), 민신(閔伸), 조극관(趙克寬), 윤처공(尹處恭), 이명민(李命敏), 원구(元矩), 조번(趙藩)을 가리킨 것이다.

"그까진 김종서 놈이기로 이 주먹이 하나면 늙은 것을 만두 속을 만들고 말지요. 소인 지금 가서 죽여 버리고 오리까?"
하고 나시는 것은 홍윤성이란 궐자다.

"아니외다. 나으리, 일이 그러하지를 아니하외다. 저놈들도 말씀하오면 비록 힘은 없다 하더라도 아직까지 상감마마를 등집니다. 그런데다가 만일 우리 꾀를 알아채었다 하면 반드시 무슨 계책이 있을 것이니까 섣불리 하다가는 일은 안 되고 공연히 역적 득명이나 하고 신수이처(身首異處)[203]를 면치 못할 것이외다. 하니까…….”
하는 송석손(宋碩孫)의 말이 끝나기 전에 홍윤성이가 거무데데한 얼굴에 핏대를 돋치고 팔을 뽐내며,
“아니 여보, 송 생원, 어쩐 말이요? 대사를 시작하는 마당에 역적 특명이니 신수이처니 고런 방정맞은 말법을 어디서 한단 말이오. 역적이라니 황보인, 김종서놈들이 역적이지그려. 누가 역적이란 말이요? 그래 나으리가 역적이시란 말이요? 웅, 어찐 말이요? 어디 말 좀 해봅시다.”
하고 송석손을 멱살이라도 추켜들 듯이 덤비는 것을 유형(柳亨)과 민발(閔發)이 붙들며,
“이봐, 홍 선달, 그런 것이 아니야. 어디 그런 말인가. 자 참으로, 참아.”
하고 홍윤성을 뒤로 물려 앉히고 나서,
“홍선달 기개도 장하오마는 송석사의 말도 이치가 없

203) ‘몸과 머리를 서로 떼어 낸다’는 뜻으로 조선시대 사형집행 방법 중 목을 베는 참형을 말한다.

지 아니한 줄 아오. 협천자이령제후(挾天字以令諸侯)[204]
란 셈으로 저놈들이 취할 길이 상감께 매어달리는 길
밖에 없으니. 그놈들에게 좋은 일을 시키지 말고 나으리
가 먼저 상감께 저놈들이 역모를 한단 말을 싫고 왕명을
받아 가지고 당당하게 저놈들을 토벌하는 것이 좋을 듯
하외다. 모르기는 하거니와 송석사의 말도 이 뜻인가 합
니다."
한다. 유형, 민발의 말은 언성이 순하였다.

홍윤성의 호통에 분을 참고 얼굴이 푸르락 누르락하던
송석손은 유형, 민발의 말에 겨우 살아나서 고개를 들며,

"누구는 나으리께 향한 충성이 누구만 못한 것이 아니
오."
하고 한 번 홍윤성을 노려본 뒤에,

"예, 그러하외다. 지금 유 참봉, 민 진사의 말이 바로
소인이 하려던 말이외다. 소인이 어디 역적 득명을 무서
워하거나 모가지를 아낄 리가 있사오니까. 지금 이 자리
에서라도 내 모가지를 내어놓으라 하시면 선뜻 내어놓을
소인이외다. 어, 홍 선달, 사람을 그리 보지 마소."

204) 천자를 끼고 제후를 호령함.

하고 송석손은 끝으로 한 번 더 홍윤성을 노려보았다.

홍윤성은 더하고 싶은 말을 참노라고 넓적한 코만 씰룩거리고 있었다.

홍윤성의 생각에는 맷국이 꾀죄죄 흐르는 좀선비들이 무에라고 찧고 까불고 하는 것이다. 마음에 맞지 아니하였다. 그저 손에 맞는 철여의 하나를 들고 나서서 황보인, 김종서의 무리를 모조리 바서 죽이고 모든 공명을 저 혼자서만 가지고 싶었다.

유형, 민말의 말에 수양대군도 마음이 솔깃하였다. 곧 궐내로 들어가서 상감께 황보인, 김종서의 무리가 역모를 한다는 말을 삶고 당당히 왕명을 받아가지고 천하에 호령한다는 것이 진실로 번듯하였던 것이다.

"그리하는 것이 땅 짚고 헤엄하는 것이외다."

하고 송석손이가 자기 말을 세우려고 한 번 더 다진다.

이렇게 되면 일등의 마음은 자연 움츠러진다. 아무쪼록 위험을 무릅쓰지 말고 공을 이루고 싶은 생각이 나는 것이다.

홍순로(洪純老)가 나서며,

"그게, 일이 그러하지 아니하외다. 만일 이 일이 누설되었다 하면 성사하기는 어려운 일이요, 또 관군이 올 의심도 있으니 아직 북문 밖으로 나가서 재기(再起)[205]를 도모하는 것이 좋을까 합니다.”
하고 엄청난 소극론(消極論)을 끄집어내어 입좌를 아연(啞然)[206]케 한다.

이 말을 모두 다 비웃었지마는 속으로는 점점 겁들도 났다. 그래서 이양, 홍윤성으로도 아까 모양으로 뽐내지를 못하고 큰 눈을 뒤룩거리고 수양대군과 한명회의 눈을 본다. 다른 사람들의 눈도 역시 그리로 모인다.

한명회는 사기저상(士氣沮喪)하는[207] 눈치가 있음을 보고 수양대군을 바라보며,

“이거, 이러다가는 안 되겠소이다. 작사도방(作舍道傍)[208]에 삼년불성(三年不成)[209]이라고 이러다가는 해만 다 지고 말 터이니 나으리가 뜻대로 결정하시오.”
하고 만좌를 돌아보았다.

사람들의 눈은 수양대군에게로 모였다. 수양대군이 눈

205) 다시 일어남.
206) 맥없이 웃는 모양. 놀라 입을 벌리고 있는 모양.
207) 투항을 종용하고, 내부의 부조리를 지적하며, 전쟁의 참혹함을 역설하고, 장차 닥칠 위험을 경고하고, 가족의 참담한 생활을 알리다.
208) ‘길가에 집 짓기’라는 듯으로, 무슨 일에 여러 사람의 의견이 서로 달라 일을 결정하지 못함을 일컫는 말.
209) 3년이 가도 이루지 못한다.

은 호공을 바라보고 움직이지 아니하고 숨소리가 점점 힘 있게 되었다. 수양대군도 마음에 이럴까 저럴까 자저함이 있는 것이다. 한명회의 말에 홍윤성은 죽었던 기운이 다시 나며,

"이게 다 일이 아니이다. 용병지도(用兵之道)[210]는 최기유예(最忌猶豫)[211]라고 이렇게 하다가는 죽도 밥도 안 될 것이외다. 해보는 게지 여기 앉아서 해가 지도록 이렁구 저렁구 말만 하다가는 그야말로 역적 득명만 하고 신수이처가 될 것이외다. 다들 싫거든 소인이 혼자 나가서 그 늙은 놈들을 모조리 해낼라오."

하고 기고만장하여 일동을 노려보고 분연히 자리를 차고 일어섰다.

방안에 살기가 돌았다.

이 통에 수양대군도 벌떡 일어났다.

"가자. 활 시위를 떠난 살이 다시 돌아오는 법은 없다."

하고 수양대군은 소리치었다.

"나으리, 아니 됩니다. 이러시다가는 대사는 안 되고 봉면만 할 것입니다."

---

210) 전쟁을 하는 도(道).

211) 가장 망설이다.

하고 송석손, 유형, 민발이 수양대군의 소매를 붙들어 만류하였다.

수양대군은 마침내 흥분이 극도에 달하였다. 평소에 저마다 앞장 설 듯이 큰소리 하던 자들이 정작 일을 시작할 때를 당하여서는 모두 겁들이 나서 슬슬 꽁무니를 빼는 것이 심히 밉고 분하였다.

"비켜라! 너희들일랑 가서 관사(官司)에 일러바치어라. 내가 억지로 너희들더러 따르라는 것은 아니어. 나를 따르기 싫은 놈들은 가. 대장부가 죽으면 나라를 위항 죽는 것이야, 나 혼자 갈 테니 놓아라 놓아!"

하고 수양대군은 벽에 걸린 활을 떼어 어깨에 매고 칼자루에 손을 대며,

"어느 놈이나 집미오기(執迷誤機)212)하는 놈이면 당선참지(當先斬之)213)할 터이니 그리 알아라."

하고 옷을 붙드는 송석손, 유형, 민발 등을 발길로 차 제치고 노기가 등등하여 중문으로 뛰어나섰다.

이때에 부인 윤씨는 조금도 겁냄이 없을뿐더러 도리어 가기를 권하는 듯이 손수 갑옷을 내어다가 입혀드리었다.

---

212) 미혹된 사실로 그릇되게 속임.
213) 당연히 먼저 목을 베다.

수양대군이 부인이 입히는 갑옷을 받아 입고 임운(林芸) 한 사람을 데리고 대문을 향하고 나가는 것을 보고 여러 사람들은 어안이 벙벙하였다.

그중에서도 한명회가 분별을 하여,

"나으리가 혼자 가시니 가만있을 수가 있나 누가 뒤를 따라야지."

하고 홍윤성더러는 먼저 김종서 집으로 가서 김종서의 행동을 염탐하라 하고 권언(權偃), 권람, 한서귀(韓瑞龜), 한명진(韓明溍)더러는 돈의문(敦義門) 위에 매복하였다가 수양대군을 돕게 하고 감순(監巡)[214] 홍달손(洪達孫)더러는 밤이 들더라도 순군(巡軍)[215]을 헤치지 말고 한 곳에 모여 있어 지휘를 기다리게 하고 양정(楊汀), 유수(柳洙), 홍순손(洪順孫)더러는 미복으로 수양대군을 따라 김종서의 집으로 가게 되었다. 그리하고 한명회 자기는 수양대군 궁에 남아서 후원에서 무사들을 교련하고 비밀히 감추어 두었던 철여의와 비수와 독 바른 살 같은 것을 나누어 주고 오늘밤으로 거사할 터이니 각각 힘을 다하

214) 여기에서는 감순절제사. 조선 초기 도성 안의 야간 순찰을 맡은 군사를 지휘하던 절제사.

215) 임금의 명령을 받아 죄인을 다스리는 일을 맡아보던 관아. 의금부의 다른 이름.

여 싸우라.

공을 따라서 높은 벼슬과 많은 녹을 주리라는 뜻을 말하고 또 만일 영을 어기거나 겁내어 달아나거나 적당(賊黨)[216]에게 밀통하는 자가 있으면 군법으로 처참한다는 엄한 명령까지 내렸다.

한명회의 말을 듣고 어중이떠중이 무사들 중에는 시호시호 부재래[217]라고 기뻐하는 자도더러 있지마는 대부분은 눈이 둥글하고 무릎이 덜덜 떨렸다.

'아이고, 이것이 역적 놈의 소굴이었구나.' 하고 혼비백산하여,

"엄마 엄마."

하고 우는 사람조차 있었다.

누가 이렇게 무서운 일 하려고 이곳에 왔던가, 술 먹는 맛에, 옷가지나, 용채[218]용냥이나 얻어 쓰는 맛에, 수양대군 궁에 문객이라고 자세하는 맛에 왔던 것이다 하고 슬며시 꽁무니를 빼고 달아나려는 작자도 있었다.

한명회는 이 오합지졸이 겁이 나서 달아날 구멍만 찾

216) 도둑의 무리.
217) 時乎時乎不再來: 한 번 지난 좋은 시기는 두 번 다시 오지 않음.
218) 용돈.

는 눈치를 보고 각 문을 굳이 달아 일체 출입을 금하고 만일 담을 넘거나 기타 수단으로 도망하려는 자가 있거든 물어볼 것 없이 죽여 버리라고 문을 지키는 심복 되는 무사에게 분부하였다.

이렇게 무시무시한 계엄 속에 무사들은 먹고 즐기던 흥도 다 깨어져서 이 구석 저 구석 둘씩 셋씩 모여 앉아 서로 바라만 보고 있었다.

이것만으로 안심이 되지 아니하여 한명회는 백여 명 무사의 명부를 들고 돌아가며 일일이 수결을 무게 하였다. 수결 두는 손들은 떨렸다. 그러나 감히 거절하는 사람은 없었다.

만일 거절한다 하면 당장에 모가지가 떨어지고 말았을 것이다. 그래서 잠시라도 모가지를 몸에 붙여둘 생각으로 덜덜 떨리는 손으로 수결을 두는 것이다.

수결 두는 것이 끝난 뒤에 명회는 여러 무사를 향하여,

"인제 우리는 죽으면 같이 죽고 살면 같이 살게 되었소. 성사가 되면 원훈(元勳)[219]이 될 것이요, 패하면 이 명부록은 역적의 명부록이 될 것이요. 지금 왕자(王子)께

219) 나라를 위한 가장 큰 공훈.

서 역적괴수(逆賊魁首) 김종서를 잡으러 가시었으니 무사하게 돌아오시면 우리 일은 팔분이나 성사가 된 것이요. 이로부터 성사가 되기까지는 군법을 시행할 것이니 그리 아오."

하고 격려 겸, 위협 겸 일장의 훈시를 하였다.

사람이란 죽을죄라도 저지르기 전이 무섭지 저질러 놓으면 겁이 없어지는 것이다. 그렇게 겁이 나서 허둥지둥, 쩔쩔 매던 무사들도 명부록에 수결까지 두어 놓고 나서는 다들 죽었던 기운이 다시 살아서 얼굴에 푸른빛이 스러지고 그와 반대로 도리어 기고만장하여 저절 대는 자조차 있었다.

수양대군 부인 윤씨는 이 무사들을 위하여 손수 음식을 만들어 저녁을 공케 하였다. 한명회가 이런 무사들에게 전하매 무사들 중에는 부인의 정성에 감동하여 죽기로써 은혜를 갚는다고 맹세하는 자까지 있었다.

해는 인왕산으로 넘어가고 시월 초열흘 달은 송편보다도 조금 더 배가 불러서 큰 변이 일려는 서울을 비추고 있었다.

서대문 밖 김종서 집에는 어느 날이나 문객이 떠날 날이 없었다. 의정부 좌의정이라는 서슬이 푸른 정승인 까닭도 있거니와 삼척동자나 병문 막벌이꾼더러 물어도 지금 우리 조선에 첫째가는 양반은 김종서였다. 영의정 황보인은 이름뿐이요, 사실 영의정은 김종서라고 다들 말하였고 호랑이 김 정승이 살아 있는 동안 아무 놈도 감히 거두를 못한다고 우부우부(愚夫愚婦)[220]들도 다들 이야기하였다.

안평대군도 절재(節齋)라면 항상 존경하는 뜻을 가지고 한 달에 한 번씩은 몸소 김종서 집을 찾아 경의를 표하였다. 이것이 수양대군에게 김종서가 안평대군을 추대하여 사직을 위태하게 한다는 구실을 줄 연유다.

김종서는 그야말로 출장입상(出將入相)[221]하였다. 두만강 가의 야인(野人)을 물리치어 육진(六鎭)을 완성한 공로는 조선이 영원히 잊지 못할 것이다. 그때에도 좀것들은 김종서이 공을 시기하여 여러 가지로 육진 개척이 불가함을 말하여 김종서를 나라를 위태케 하는 무리로 몰아버리려 하였다. 그러나 마침 세종대왕 같은 밝은 임금을 만났기 때문에 죄를 면하고 공을 온전히 하였던

220) 평범한 보통사람들을 말함.

221) '나가서는 장수요, 들어와서는 재상'이라는 뜻으로, 난시(亂時)에는 싸움터에 나가서 장군이 되고, 평시(平時)에는 재상이 되어 정치를 함을 이르는 말.

것이다. 그러기에 김종서가 육진성 쌓기를 끝내고 개선하는 날(그날은 이야기의 주인공이신 어린 임금이 나시기 바로 전이다)에 세종대왕은 내전에 잔치를 베풀어 김종서의 공로를 위로하시며,

"내가 아니면 종서가 이 일을 할 수 없고 종서가 아니면 내가 이 일을 할 수가 없다."

고 칭찬하시었다. 문종대왕이 승하하실 때에 어린 세자를 부탁하시며 가장 크게 믿기도 김종서였고 유충재상(幼沖在上)이라 하여 어린 임금이 위에 계신 이 어려운 판국을 진정할 이도 김종서라고 상하가 다 믿는 판이다.

그렇기 때문에 한명회가 가장 큰 적으로 수양대군에게 일러바치는 이도 김종서였다.

그 동안 근 일년을 두고 계획한 것이 말하자면 김종서 하나를 어찌하면 가장 잘 없이할까 함이었다.

수양대군이 송석손(宋碩孫), 유형(柳亨), 민발(閔發)을 발길로 차고 대장부 죽으면 사직을 위하여 죽는다고 뛰어나선 것도 가는 곳이 김종서의 집이었다.

근일에는 시절이 하도 수상하여 김종서 집에 출입하던 문객들도 발을 끊어버리었다. 윷이 날지 모가 날지 모르는 이 판국에 섣불리 어느 권문세가에 출입하느니보다는

가만히 숨어서 시세를 엿보다가 이길 듯한 편으로 가서 달라붙는 것이 가장 약은 수였다. 더구나 수양 일파가 못 먹어하는 호랑이 김 정승 집 같은 데를 요새 같은 때에 바삐 다니다가는 큰 코 뗄 줄을 다들 아는 것이다. 인정은 바람개비 같았다.

이 날에도 대궐에서 물러나온 후로 아무도 찾는 이가 없이 김종서는 안에 있어서 어린 자손들을 데리고 희롱하고 있었다.

아들 승규(承珪)가 승규의 심복 되는 신사면(辛思勉), 윤광은(尹匡殷)으로 더불어 사랑마당과 대문 안팎으로 거닐며 혹 자객 같은 것이나 오지 아니하는가 하여 살피고 있었다.

해가 금화산(金華山) 위에 뉘엿뉘엿 넘어갈 때쯤 하여 홍윤성이가 터덜거리고 찾아 왔다.

승규는 윤성이가 수양대군 문하에 다닌다는 말을 들었으므로 이놈 수상한 놈이다 하고 윤성을 노려보았다.

신사면(辛思勉), 윤광은(尹匡殷) 두 사람도 한껏 홍윤성이가 쑥 나선 것이 이상도 하고 또 한껏 온종일 짐승하나 못 보던 사냥꾼이 처음으로 무엇을 본 듯한 호기심도 있어서 홍윤성을 에워쌌다.

윤성은 그 눈치를 모름이 아니다. 시치미 떼고 가장 호기 있게,

"춘부 대감 계시오?"

하고 승규더러 물었다.

"계시어요."

하고 승규는 데면데면하게 대답하였다. 이 불량하게 생긴 놈이 왜 왔는고 하고 한 번 더 승규는 윤성을 노려보았다.

"내가 춘부 대감을 뵙고 여쭐 말이 있으니 춘부 대감께 그렇게 여쭈시오."

하고 윤성은 태연하였다.

조금만 수상한 눈치가 보이더라도 홍윤성 따위 한두 두름은 미친 개 치듯 때려죽일 결심으로 있던 승규도 홍윤성의 태도가 하도 태연한데 기운이 질리었다.

"가친이 안에 누워 계신 모양이요 마는 무슨 일인지 모르거니와 내게 말하시오. 내가 대신 여쭈어 드리오리다."

하고 아까보다는 좀 부드러운 그러나 더욱 의심스러운 눈으로 홍윤성을 바라보았다.

곁에 있는 신사면, 윤광은 두 사람도 '이놈이 힘쓰는

놈이라는데' 하고 꽁무니에 숨겨 찬 철편을 옷 속으로 만져 보아 아무 때에나 내어 두를 준비를 하였다.

홍윤성이가 양화도(楊花渡) 나루에서 배 잘 건너 주지 아니한다고 나룻배에 뛰어오르는 길로 팔때기 같은 굵은 사앗대를 엿가락 분지르듯 세 마디에 분질러 배 위에 있는 네 사람을 뱃사공 아울러 순식간에 육장(肉醬)[222]을 만들어 강물에 집어 동댕이를 치고 제 손으로 배를 저어 건너온 까닭에 마침 양화도에서 뱃놀이 하던 수양대군의 눈에 들어 살인한 대죄도 흐지부지 면하고 도리어 수양대군 궁에 긴한 식객이 되었다는 홍윤성을 모르는 사람이 없었다. 그 검고 왁살스러운 얼굴에 불량한 눈방울만 보아도 여간 사람은 가슴이 서늘한 것이다.

"아니오. 그렇지를 아니하외다. 꼭 대감을 뵙고야 할 말이길래 그러는 것이지 그렇지 아니하면 내가 대감을 뵈려고 할 리가 있소? 또 내가 이렇게 대감을 뵈려고 하는 것은 권문세가에 무슨 청이나 하러 온 것이라고 알지 마시오. 사내대장부가 영사언정[223] 구구스러이[224]

222) 고추장, 간장, 된장 등에 고기를 넣고 조린 반찬.
223) 죽을지언정
224) 區區스럽다: 보기에 떳떳하지 못하고 구차스러운 데가 있다.

청을 해서 벼슬깨나 얻어 하겠소? 그럴 내가 아니오. 지금 국가와 대감의 몸에 큰일이 일어날 기미를 내가 보았기 때문에 나는 비록 일개 포의[225]지마는 그런 일을 알고 가만히 있을 수가 없어 온 것이요. 그 밖에는 아무 다른 뜻이 없는 것이니. 만일 대감을 뵙지 말고 가라고 하면 가지요. 구태여 뵈려는 것도 아니오."

하는 윤성의 말은 넉넉히 승규를 움직이었다.

승규는 윤성을 밖에 세워두고 안으로 들어가서 아버지 되는 김종서 앞에서,

"홍윤성이란 자가 아버지를 뵙고 긴히 여쭐 말씀이 있다고 와 섰습니다." 하였다.

종서는 어깨에 매어달리는 손자의 볼기짝을 만지며,

"홍, 홍 윤성? 그 힘 쓴다는 자 말이냐."

하고 호기심이 생기는 듯이 웃는다. 나이는 칠십이 가깝지마는 백발동안[226]에 이빨 하나. 지지 아니하도록 정정하고 몸은 작지마는 어성은 쇳소리같이 쨍쨍하다.

"네, 양화도에서 뱃사공 죽인 자입니다."

---

225) 布衣: 벼슬 없는 선비.

226) 白髮童顔: 백발홍안(白髮紅顔: 머리털은 허옇게 세었으나 얼굴은 소년처럼 붉다는 뜻으로, 나이는 많은데 매우 젊어 보이는 사람을 비유적으로 이르는 말).

"그자가 수양대군 궁에 다닌다는데 어째 왔어?"

"글쎄올시다. 수상합니다. 그래도 국가대사요, 또 아버지 몸에 큰일이 나겠기로 그 말을 하러 왔노라고 합니다. 아주 태연하고 몸에 무슨 흉기를 지닌가 싶지는 아니합니다."

"흉기를 가지었기로 제기 어찌하겠느냐마는, 불러들이려무나. 어디 그놈이 얼마나 힘을 쓰나 한 번 시험이나 해보자. 어디 우리 만동(萬同)이허고 한 번 힘을 겨루어 볼까."

하고 유쾌한 뜻이 껄껄 소리를 내어 웃는다. 만동(萬同)이라 함은 지금 네 살 먹는 승규의 둘째 아들이다. 맏아들은 조동(祖同)이다.

종서는 수양대군이 자기를 가장 큰 원수로 아는 줄을 모름이 아니요, 따라서 자기의 목숨을 엿보는 사람이 가까이 올 줄을 모름이 아니나 그런 것은 호랑이 김 정승을 두렵게 할 만한 것이 되지 못하였다.

삭풍은 나무 끝에 불고

명월은 눈 속에 찬데

만리변성에

일장검 빗기 들고
긴 바란 큰 한 소리에
거칠 것이 없어라.

한 노래를 부른 김종서의 작은 몸뚱이는 일신이 도시의 기요, 담이었다.

“만동아, 너 인제 장사가 하나 들어올 테니 대들어서 네 한 번 그 따귀를 붙이어라. 그럴래? 그러면 활 주마.” 하고 늙은 영웅은 어린 손자의 등을 만진다.

윤성은 다만 김종서의 행동--김종서가 수양대군의 계교를 아는 모양인가 아닌가, 신변을 경계하고 있는가 아닌가를 보러 온 것이 목적이지마는 평생에 처음 당대 영웅을 대하는 것이니 한 번 사내다움을 보이리라는 야심이 있어서 있는 용기와 위엄을 모두 주워 모아 가지고 승규의 뒤를 따라 들어갔다.

윤성은 초면이요, 의심스러운 자기를 안방으로 끌어들이는데 아니 놀랄 수가 없어서 혹 자기를 없애버리려고 어디 으슥한 곳으로 끌고 가는 것이나 아닌가 잠깐 걸음을 멈추었다.

그러나 절재 김종서는 그렇게 사람을 속일 녹록한 사

람이 아니라 생각하고 다시 기운과 위의를 수습하여 방으로 들어갔다.

방에 들어서는 말에 윤성의 눈은 샛별과 같이 광채 나는 종서의 눈과 마주쳤다. 윤성은 그만 호랑이 눈살 맞은 토끼 모양으로 전신에 힘이 빠지어 그 자리에 엎드리어 절을 하였다. 연치[227]로 보나 지위로 보나 절하는 것이야 당연하지마는 그처럼 문지방을 채 넘지도 못하여서 당황하게 엎드리지는 아니하여도 좋았을 것을 하고 얼마 뒤에야 윤성은 혼자 부끄러웠다. 그처럼 종서의 눈은 무서웠던 것이다.

“자네가 힘을 쓴다지?”

이것이 종서의 첫말이었다.

“황송한 말씀이외다.”

하고 꿇어앉는 윤성의 망건편자에 땀방울이 맺히었다.

이때에 종서의 어깨에 매달려서 다리를 들었다 놓았다 하던 만동(萬同)이가 쏜살같이 윤성에게로 달려가더니 고사리 같은 손으로 윤성의 왼편 따귀를 한 개 떨고는,

“이놈!”

227) 年齒: 나이의 높임말.

하고 호령을 한다.

윤성은 하도 의욋일에 어안이 벙벙하였다. 그러나 둘째 순간에는 숨이 막히도록 분통이 가슴에 북받치어 올랐다.

"요것을 원통으로 아짝아짝 씹어버렸으면."

하고 만동을 흘겨보고 득하고 이를 갈았다. 윤성의 이 분한 마음은 바로 그 이튿날 풀 수가 있었다. 손수 만동을 거꾸로 쳐들고 요녀석! 하고 두 다리를 잡아 찢어 죽여 버렸다.

종서는 껄껄 웃으며,

"자네 이런 때에 이기는 법을 아는가."

하고 만동은 책망도 아니하고 도리어 윤성을 가르치는 듯이 묻는다.

윤성은 분을 참노라고 침만 꿀떡꿀떡 삼키고 말이 없었다.

종서는 한 번 더 눈을 들어 윤성을 바라보더니 윤성의 낯빛이 푸르락누르락하는 것을 보고 무엇을 생각하는지 고개를 끄떡끄떡하고는 다시 벽에 걸린 활 들을 내어놓으며,

"어디 이것 당기어 보게."

하였다. 윤성은 분김에 한 활을 들어 힘껏 당기었다. 활짝 밟아 쥐었을 때에 와지끈 소리가 나며 활이 부러지었다. 윤성은 부러진 활을 방바닥에 내어던진다.

종서는 웃으며,

"어, 과연 장사로세."

하고 다른 활을 집어 주며,

"어디 이것도 분질러보게. 못 분지르면 벌주를 줄테고 분지르면 상으로 술을 줌세."

하고 껄껄 웃었다. 그러고는 술을 내오라고 분부를 하였다.

윤성은 둘째 활을 받아 지그시 당기어 보았다. 윤성의 팔은 떨리고 낯에는 핏대가 섰다.

활은 거의 타원형을 이루도록 벌어지고는 다시는 꼼짝도 아니하였다. 윤성은 두 무릎을 세우고 있는 힘을 다하여 활을 당기었다. 그러나 팔이 떨리고 관자놀이에 핏대만 터질 듯이 불뚝불뚝 일어설 뿐이요, 활은 그 이상 꼼짝도 아니하고 도리어 주춤주춤 뒤로 물러 오려하였다.

마침내 윤성은 참다못하여 활을 방바닥에 내려놓고,

"시생 벌주 먹겠습니다."

하고 소매로 이마의 땀을 씻었다.

"어, 장살세."

하고 종서는 웃었다.

종서는 사랑하는 어린 첩 도림나(都林拿)를 나오라 하여 윤성에게 술을 치라 하였다.

도림나는 종서가 야화라고도 부른다.

야화란 두만강(豆滿江)가에서 생장한 야인(野人) 외추장(酋長) 외딸로서 함길도(咸吉道) 절제사(節制使) 이징옥(李澄玉)이가 야인과 싸울 때에 포로로 잡아온 것을 윤성이가 꺾으려던 활과 함께 자기의 은인 되는 김종서에게 선물로 보낸 것이다. 야인의 딸이요, 둘에서 주워 왔다 하여 야화라고 종서 스스로 부르거니와 절재(節齋)가 애첩을 두었다는 말은 당시 여러 사람의 호기심을 일으키었고 근엄을 숭상하는 선비들에게는 일국의 재상으로 하지 못할 일이라는 비난도 받았던 것이다.

야화는 술을 쳐서 윤성에게 권하였다. 윤성도 야화의 말은 들었던 터이라 감히 정시는 못하더라도 술을 마시노라고 고개를 드는 체하고 두세 번 야화를 바라보았다. 그 눈같이 흰 살, 칠같이 검은 눈, 주홍으로 그은 듯한 입--윤성은 뼈가 저림을 깨달았다. 일이 성사가 되어 종서를 역적으로 몰아 죽이고 종서의 집과 처첩을 직물(織物)228)할 때에 첫째로 만동(萬同)이놈을 찢어 죽이고 둘째로 야화를 첩으로 데려오리라 하였다.

"얘 장사가 작은 잔으로야 양에 차겠느냐. 네 주발을 갖다가 열 잔만 가뜩가뜩 권하여라."

종서는 이 모양으로 홍윤성에게 술을 권하고 기뻐하였다.

윤성도 사양 아니하고 주는 술과 안주를 다 받아먹었다.

"어, 장사다!"

하고 종서는 한 번 더 윤성을 칭찬하였다.

윤성은 종서에게 긴히 할 말이 있어서 왔다고 하였으나 아무 말도 아니하고 가버렸다. 종서도 그런 말에는 관심도 아니하는 듯 그저 윤성이가 장사인 것만 무수히 칭찬하고 돌려보내었다. 어린 첩 야화로 하여금 술을 따르게 한다는 것은 극히 사랑하는 사람을 대할 때가 아니고는 아니하는 일이다. 종서는 윤성을 극히 사랑하는 사람 중에 하나로 대접하였던 것이다.

"거, 숭한 일입니다. 그녀석이 아버지한테 긴히 여쭐 말이 있다고 하더니 아무 말도 아니하고 가지 않았습니까? 그런 줄 알았더면 그 놈을 없애버릴걸 그랬습니다."

---

228) 온갖 피륙 및 섬유로 짠 물건을 통틀어 이르는 말.

하고 협실에서 가만히 엿듣고 있던 승규(承珪)가 분히 여기었다.

"네가 윤성이를 없앨 근력이 있더냐? 이것 봐라, 이 야인의 활을 대번에 분질렀어. 이거는 못 분지르더라마는."

하고 종서는 윤성이가 분지른 활을 물어 승규를 보인다.

"그놈만 못해요? 그놈이 못 분질렀다는 것을 제가 분질러 보겠습니다."

하고 승규는 분개하였다.

종서는 쾌히 윤성이가 가까스로 밟던 활을 승규에게 내어주며,

"어디 분질러 보아라!"

하고 소리치었다.

승규는 활을 아버지에게서 받아서 두어 번 퉁퉁 줄을 울려 보고 어깨를 슬쩍 뒤로 제치며 활짝 밟았다. 원형이 되고 타원형이 되고 마침내 탕소리가 내고 활시위가 끊어지고 요란한 소리를 내어 활동이 제 자리로 돌아왔다. 야화는 놀라서 한참동안은 눈이 움직이지를 아니하였다. 이 활은 야화의 고향에서도 강하기로 유명한 활이다. 이 활을 밟기만 하여도 힘 있다 하거든 하물며 양의 창자로

한 활시위를 끊는 이는 야화의 아버지 밖에 없었다.

종서는 너무도 장쾌하여 파안일소[229]하며,

"집안에 장사를 두고도 내가 몰랐구나?"

하고 야화를 돌아보며,

"인제도 우리 조선에 장사가 없다고 하느냐."

하고 술을 내오라 하여 승규에게 상으로 석 잔을 주었다.

야화의 눈에는 눈물이 글썽글썽하였다. 종서는 한량없다. 그러나 김종서가 대군을 거느리고 와서 야인을 치는 통에 두 영웅은 조그마한 사사 원혐을 버리고 서로 화친하여 동맹군을 이루어서 조선 군사를 막아내었다. 그 때에는 야화와 우발라는 아직도 젖 떨어진 지 얼마 아니 되는 어린 아이들이었다.

이 두 영웅이 중심이 되어 야인들이 큰 단결을 이루어 죽기로써 저항하기 때문에 김종서도 두만강 저쪽에 건너가기를 중지하고 때문에 김종서도 두만강 저쪽에 건너가기를 중지하고 이쪽에나 야인이 더 침입하지 못하도록 육진(六鎭)을 두고 성을 쌓고 돌아온 것이다.

그 후 십년간 조선과 야인 사이에는 평화가 계속하였

229) 破顔一笑: 매우 즐거운 표정으로 한바탕 웃음.

다. 조선 군사도 두만강을 건너가지 아니하고 야인도 감히 조선 지경으로 건너오지 아니하였다. 그 동안에 우발라와 야화는 평화로운 속에서 모락모락 자라났다.

그러나 야인들은 조선을 믿지 아니하였다. 김종서는 서울로 가버리었으나 김종서 대신으로 절제사가 되어 온 이징옥(李澄玉)은 야인들이 보기에 김종서만 못지아니한 영웅이었다.

그래서 야인들은 말없이 자제들에게 말타기와 활쏘기, 칼쓰기, 창쓰기를 가르치고 언제든지 조선 군사가 쳐들어오거든 막아낼 준비를 하고 있었다.

야인의 젊은 사람들은 대개 조선 군사의 손에 죽은 자의 아들이나 동생이나 조카였다. 그들은 살아남은 어른들에게 조선 군사에게 오래 지키고 살던 고국 강도를 빼앗기고 여러 번 싸움에 김종서 군사에게 도륙을 당하던 말을 듣고는 언제나 한 번 조선에 원수를 갚는가 하고 이를 갈고 두만강 남쪽을 노려보았다. 우발라도 그런 젊은 사람 중에 하나다.

우발라의 아버지와 야화의 아버지는 더욱 맹세를 굳건히 하기 위하여 우발라와 야화와 서로 혼인하기를 약속하였다. 우발라를 모르는 처녀는 있고 야화를 모르는 총각은 있었으랴.

이를테면 가장 잘난 왕자와 가장 아름다운 왕녀와 결혼을 하는 셈이었다.

일년 농사도 다 끝나서 벌판에 술 취한 늙은이 모양으로 고개 숙인 수수도 다 걷어들이고 멧가에 콩 먹어 기름진 꿩들이 길 때에 서늘하고 달 밝은 날을 받아 우발라와 야화의 혼인잔치를 한다 하여 두 부락에서는 큰 명절이 두 개나 세 개가 한꺼번에 닥친 것처럼 술이야 떡이야, 잔치에 쓸 날짐승, 길짐승의 사냥이야 하고 법석들이 났었다.

"인제 다섯 밤 남고."

"인제 세 밤 남고."

이 모양으로 손꼽아 그날을 기다린 것은 야화의 뛰는 가슴만이 아니었다. 그날에 밤이 맞도록 좋은 술, 좋은 떡, 좋은 고기, 마냥으로 먹고 마시고 북 치고, 제금 치고 처녀들 총각들이 엉클어지어 춤을 출 것을 생각하면 팔다리 못 쓰는 늙은이와 병신들까지도 저절로 웃음이 나왔다.

야화는 지금도 혼자 가만히 앉았노라면 생각이 난다.

그날 밤에 달도 밝았거니. 달이 너무 밝아서 향내 나는 화롯불도 빛이 없었다. 야화 집 넓은 마당에는 온부락의 남녀들이 모여서 웃고 떠들며 밤이 깊은 줄을 모르고 즐기었다.

신랑인 우발라는 그날따라 더욱 씩씩하고 아름다웠다. 신랑과 신부는 기쁨과 부끄러움으로 야인 풍속대로 교배를 마치고, 신랑, 신부가 첫날의 즐거움을 누릴 신방에는 쌍촛불이 켜지어 신랑, 신부가 들어오기를 기다리었다.

그러나 이때에 밖으로부터 난데없는 고함 소리가 진동하였다. '조선 군사야! 조선 군사야!' 하고 외치고 우짖는 소리가 들렸다. 즐겁던 연락은 갑자기 수라장으로 이루어 버리었다. 술 마시고 춤추고 노닐던 야인들은 모두 집으로 돌아가 칼과 활을 들고 조선 군사와 싸우려고 나섰다.

야화의 아버지와 이날에 아들을 데리고 왔던 우발라의 아버지도 곧 무장을 하고 말고삐를 잡았다.

"너희들은 아직 몸을 피하여라. 오늘밤에는 큰 화단이 올 듯싶으니 너희마저 죽어서야 되겠느냐. 너희랑 먼 곳으로 피신하였다가 언제든지 조선 놈의 원수를 갚아라." 하고 야화의 아버지 독목한(禿木汗)은 사위와 딸을 향하여 자애가 가득한 늙은 눈에 눈물을 흘리며 말하였다.

야화는 백전백승하는 아버지의 눈에 눈물이 흐르는 것을 처음 보았다.

우발라의 아버지 몽극도(蒙克圖)도 독목한과 같은 말로 아들과 며느리더러 피신하기를 명하였다.

그러나 우발라는 굳세게 고개를 흔들었다.

"이징옥이 놈의 간을 내어 들고야 돌아오겠습니다."

하고는 아버지와 야화를 한 번 바라보고 말에 올랐다. 그의 눈은 샛별과 같이 빛났다.

밖으로서는 점점 더 고함 소리가 요란하게 들려온다.

아버지 두 사람도 젊은 사람들을 거느리고 말을 달려 나갔다. 야화도 다른 여인들과 함께 문을 굳이 닫고 숨었다.

이날 밤에 야인은 조선 군사에게 거의 몰살을 당하고 야인 부락은 전부 노략을 당하였다.

남자는 눈에 띄는 대로 죽여 버리고 젊은 계집만 모두 팔을 묶어서 두만강으로 끌고 건넜다.

야화도 삼백여 명 다른 여자들과 같이 이통에 조선 군중으로 포로가 되어 붙들려 갔다.

그래서 나이와 용모를 따라 혹은 장수의 첩이 되고,

혹은 졸병의 아내가 되고 그만도 못한 것들은 종이 되었다.

야화도 이징옥의 눈에 들어 김종서에게 선물 첩으로 오게 된 것이었다.

야화는 그 아버지와 남편이던 우발라의 생사를 알지 못한다. 어떤 때에는 죽었으려니 하고 울고, 어떤 때에는 살았으려니 하고 혹시 금생에 만날 때나 있을까 하고 멀리 북방을 바라본다.

그러나 야화는 일찍 이런 말을 아무에게도 한 일이 없었다. 그의 슬픔은 오직 그가 혼자만 아는 슬픔이었다.

"내가 죽거든 젊은 남편 얻어 가거라."

이렇게 종서는 야화를 위로하였다. 그것은 종서가 야화에게 할 수 있는 유일한 말인 것 같았다.

홍윤성이가 돌아간 뒤에 종서는 이상하게 비감함을 깨달았다. 청춘의 기운참을 보고 자기의 노쇠함을 슬퍼함인가, 그것도 있었다. 야화가 윤성과 승규의 힘쓰고 남아다움을 유심히 봄을 본때에 질투에 가까운 일종의 불쾌를 느낌인가, 그것도 있었다. 시국의 뒤숭숭함을 혼자 힘으로 수습하기 어려움을 한탄함인가, 그것도 있었다.

그러나 그것뿐만 아니요, 무엇인지 형언할 수 없는 비감이었다.

"야화야, 오늘 하루 나를 즐겁게 해다고."

하고 늙은 소나무 가지와 같은 손을 내어 밀어 부드럽고 흰 야화의 손목을 잡아끌었다.

이렇게 종서는 야화더러 술을 치라 하여 평일보다도 술을 많이 마시었다. 그리고는 평일보다도 더욱 다정하게 은근하게 야화를 어루만지었다. 벌써 방 안이 어두워 야화의 얼굴이 취한 종서의 늙은 눈에 어른어른 켰다 작았다 하게 되었건마는 불을 켜려고도 아니하였다.

야화는 종서를 모신 지 반년이 넘어도 아직까지 이처럼 종서가 취태를 부리는 양을 보지 못하였다. 아무리 술을 먹어도 눕거나 기대는 일이 없고 야화를 보고도 취담을 하는 일도 별로 없었거든 오늘은 야화의 무릎을 베고 허리를 안고 손을 잡고 취담을 하였다.

바로 저녁상을 받았을 때에 문 밖에 인기척이 있는 것을 보고 야화가,

"누가 왔나보아요."

할 때에 비로소 종서는 야화의 무릎에서 일어났다.

"아버지 아버지."

승규는 아버지가 야화와 같이 있는 줄을 알고 밖에서 두어 소리 불렀다. 승규의 마음에도 늙은 아버지의 심사

가 퍽 처량하였다. 인력으로 할 수만 있으면 야화의 마음을 움직이어서 좀 더 정성스럽게 아버지를 사랑하게 하고 싶었다. 그러나 그럴 새가 있을까 하고 승규는 한숨을 한번 쉬고 아버지의 대답을 기다리었다.

"오, 왜 그러느냐?"

하는 종서의 소리가 어두운 방에서 들린다.

"아버지, 수양대군이 오시었습니다."

"무엇이? 누가 왔어?"

하고 종서는 자기의 귀를 의심하지 아니할 수 없었다. 안평대군은 여러 번 찾아왔지마는 수양대군은 올 까닭이 없는 것이다.

"수양대군이 오시었습니다."

하고 승규는 창 밖으로 더 가까이 온다.

"수양대군이 오시었어? 안평대군이 아니요, 수양대군이?"

하고 종서는 승규더러 방으로 들어오라 하였다.

"수양대군이야요. 대궐에서 나오는 길인지 관복을 입고 오시었어요. 웬 수상한 놈을 이삼인 데리고 왔습니다. 모두 눈망울하고 험상스런 놈들입니다. 사랑으로 들어오시라고 하여도 날이 저물었으니 들어갈 새는 없다고, 아버지께 무슨 긴급히 하실 말씀이 있으니 잠깐만 밖으로 나오시라고…… 어째 모두 행동이 수상합니다. 아까 윤성이놈 왔던 것하고 다 수상하니 아버지 오늘 조심하셔요."
하고 승규는 야화와 함께 종서에게 관복을 입힌다.
"그, 왜 오시었을꼬. 그래 무슨 일이라고는 말이 없더냐?"
하고 저녁상도 밀어 놓고 승규의 부액을 받아 종서는 안중문을 나서서 대문 안 넓은 마당으로 나왔다.
바깥은 아직 그처럼 어둡지는 아니하였다. 수양대군은 양정, 유수, 임운을 뒤세우고 우두커니 대문 안에 서 있었다.
종서는 국궁하여 수양대군에게 예하고 수양대군은 읍하여 대신에게 답례하였다.
종서의 좌우에는 승규와 신사면, 윤광은이 옹위하고 서서 마치 서로 대진한 것 같았다.
"나으리가 이렇게 누옥에 왕림하시니 소인의 생광이 비길 데 없사외다. 대단 황송하오나 잠깐 들어오시지요."
하고 종서가 수양대군을 사랑으로 인도하려 하나 수양대군은 손을 흔들어 막고,
"이렇게 늦게 찾아 미안하오. 날이 저물어 성문을 닫을

때가 되었으니 들어앉을 수는 없소. 어, 대감 집 좋으시오. 집은 후일 와서 다시 보려니와 잠깐 대감에게 물어볼 말이 있어서 왔소. 아니 여기 서서 한 마디만 물어보면 고만이요."
하고 수양대군은 어째 말이 두서를 잃었다.

종서가 굳이 권하는 것을 아기지 못하여 사랑 마당에까지 들어왔으나 방에는 들어오지 아니하고 수양대군은 겨우 말머리를 찾는 듯이,

"그, 저, 영응부인(永膺夫人)일 말이요. 영응부인이 동래온정(東來溫井)에 갔다고 해서 종부사(宗婦寺)에서 말들이 되는 모양인데 대감 의향은 어떠시오?"
하고 좀 싱거운 듯이 승규와 좌우에 선 사람들을 바라본다.

영응대군은 세종대왕의 아드님 팔 대군 중에 끝의 아드님이요, 또 가장 사랑하던 아드님이다. 영응대군의 부인 송씨가 성태를 못한다 하여 나인을 데리고 동래 온정에 목욕을 갔다고 해서 대간(臺諫)이 시비를 일으킨 것이 바로 이때이기 때문에 수양대군이 이 일로 나온 것처럼 말을 한 것이다.

그러나 아무도 수양대군이 이 일만으로 온 것이라고 생각할 수는 없었다. 그래서 김종서는 대답할 바를 알지

못하여 잠깐 머뭇머뭇하였다.

수양대군도 자기 말이 우스운 듯하여,

“그래, 마침 궐내에서 그 말이 났기로 대감의 의향을 먼저 듣는 것이 옳을 듯 싶어서 나오는 길에 잠깐 들르노라고 이렇게 늦었소이다.”

하여 자기의 말을 증거하는 모양으로 관복과 사모를 만진다. 애초에 수양대군은 부인이 중문까지 내다가 입히는 투구, 갑옷에 활을 들고 말을 타고 궁을 떠나려 하였으나 한명회의 말을 따라 홍윤성이가, 김종서가 어떻게 하고 있는 것을 탐지하고 돌아오기를 기다려서 종서의 집에 여러 사람이 없는 것과 종서가 오늘에 무슨 일 있을 것을 짐작 못하는 모양이라는 보고를 듣고 군복을 벗고 관복을 입고 갔던 것이다. 군복을 입고 가면 노상에서 수상히 알뿐더러 김종서의 집에서도 반드시 의심을 더욱 깊이 하여 방비를 하게 할 것인즉 방금 궐내에서 나온 모양으로 차리는 것이 가장 그런 듯하다고 명회가 아뢴 것이다.

수양대군은 손을 들어 사모를 바로 쓰려는 듯이 뒤통수를 만지는 서슬에 오른 편 사모뿔[230]에 꽂은 대목이 부러지어 땅에 떨어지었다.

"아차, 이게 웬일인고? 이게 왜 부러진단 말인고. 어고 이한 일이로군."

하고, 수양대군은 부러진 사모뿔을 손에 들고 흔들었다.

기실 고이할 것은 조금도 없다. 이것이 다 한명회가 수양대군에게 준 꾀다. 만일 승규가 종서의 곁을 떠나지 아니하거든 사모뿔을 멀어 뜨리라, 그리하면 반드시 종서가 승규를 시키어 가져오게 하리라, 이렇게 꾀를 정한 것이다. 승규가 종서의 곁에 있고는 비록 양정, 유수, 임운이 합력을 하더라도 종서를 당하기 어려울 줄 안 것이다.

종서는 물론 그 꾀를 알았을 리가 없다. 그렇지마는 왕자(王子)가 내 집에서 사모뿔을 분질렀으니 일각이라도 주저할 수가 없어서 곧 자기의 것을 매어서,

"그게, 원, 웬일입니까. 엇습니다. 황송하오나 이것을 꽂으시겨오."

하고 두 손으로 수양대군에게 드리었다.

수양대군은 계교가 틀어짐을 보았다. 이렇게 종서가 제 머리에 꽂았던 것을 빼어 주면 승규는 곁을 떠나지 않고 말 모양이니 이래서는 아니 될 것이다.

---

230) 紗帽-: 사모의 뒤에 좌우로 뻗어 나온 잠자리 날개 같은 모양의 검은 뿔.

수양대군은 종서가 받들어 드리는 사모뿔을 받아 들고,

"그 원, 미안하외다."

하며 사모에 꽂아 보더니,

"허, 이것이 맞지를 않는군. 좀 굵은 걸. 원, 들어가야지."

하고 아무리 꽂으려 하여도 아니 꽂아지는 모양으로 얼굴을 찡그린다.

종서는 이 광경을 보고,

"얘, 네 들어가서 다른 것을 하나 내다 드려라. 원, 그게 왜 그리 굵단 말인고."

하고 종서는 수양대군의 손에서 자기의 사모뿔을 받아들고 원망스러운 듯이 끝을 만진다.

승규는 가슴이 뜨끔하였다. 지금 자기가 아버지의 곁을 떠나는 것을 마치 아버지를 죽이는 것과 다름없는 듯하였다.

'사모뿔이면 다 마찬가지지. 그렇게 굵어서 안 들어가는 법이 어디 있담.' 하고 승규는 수양대군과 그 좌우에 모시고 섰는 불량한 작자들을 바라보았다. 그러고 아버지 말을 못 들은 듯이 발을 움직이려 하지 아니하고 곁에 있는 신사면, 윤광은 두 사람을 눈질하여 바라보았다.

종서는 승규가 자저하는 양을 보고 그 뜻을 모름이 아

니나 이러한 경우에라도 안 돌아보지 못할 것은 체면이다. 더구나 아비의 명령이 아들에게 시행되지 않는단 말은 죽을지언정 차마 듣지 못할 것이다.

"어서 내어다가 드리려무나. 있는 대로 여러 개를 가져오너라. 그중에는 맞는 것도 있겠지."

하고 종서는 승규를 재촉하였다.

승규는 심히 난처한 경우를 당하였다. 수양대군이 온 것이 결코 심상한 일이 아니다. 아까 윤성이가 다녀간 것이나 또 지금 수양대군이 불량하게 생긴 위인을 데리고 와서 들어앉지도 아니하고 게다가 사모뿔을 분지로는 것이나 어느 것이 수상치 아니한 것이 없다.

그러나 부명을 어길 수가 없다. 승규는 사면, 광은 두 사람에게 한 번 더 뜻 있는 눈을 주고 안으로 들어갔다. 사면, 광은 두 사람은 승규의 뜻이 자기네더러 종서의 곁을 떠나지 말라는 것임을 알고 전보다 한 걸음을 다가들어 종서를 옹위하고 섰다.

"글쎄외다. 영응대군 부인이 동래 온정에 가신 일은 소인도 들었소이다마는 종실 일이니까 정부에서 마음대로 처단할 수도 없어서 그렇지 아니하여도 나으리께 여쭈려고 하였습니다."

하고 종서는 잠시 대답할 기회를 놓지 아니하려는 듯이 말한다.

이러는 동안에도 수양대군은 연해 기회를 엿본다. 승규가 도로 나오기 전에 해버려야 할 텐데 종서가 그 샛별 같은 눈으로 자기의 눈을 마주보는 동안에는 아무리 효용무쌍(效用無雙)하다는 수양대군으로도 수족을 놀릴 수가 없었다. 그처럼 종서의 안광은 사람의 폐부를 꿰뚫는 듯하고 겸하여 그 눈은 매 눈과 사람의 폐부를 꿰뚫는 듯하고 겸하여 그 눈은 매 눈과 같이 잠시도 방심함이 없이 사방을 살피는 듯하였다. 수양대군은 일생에 이때처럼 어떤 사람의 위엄에 눌려 본 일이 없었다. 저번 명나라에 사신으로 갔을 때에는 코끼리들이 수양대군의 위엄에 눌리어 일제히 무릎을 꿇었다 하거니와 그처럼 위풍이 늠름한 수양대군도 김종서의 안관에는 헤아릴 수 없는 무거운 무엇으로 내려 눌리는 듯한 압박을 깨달았다.

그 압박은 다만 종서의 안광과 위풍에서만 오는 것은 아니다. 옳지 못한 것이 옳은 것을 대할 때에 당하는 꿀림이 수양대군을 겁나게 한 것도 적지 아니한 것은 말할 것도 없다.

'내가 죄 없는 사람--지극히 옳은 사람을 해하려 하는구나.' 하는 생각이 수양대군의 마음속에 번개같이 지나갈 때에는 수양대군의 등골에 식은땀이 쭉쭉 흘렀다.

'대사에, 대사에.' 하고 수양대군은 구부러지려는 마음의 허리를 억지로 펴고 신사면, 윤광은을 향하여,

"대감께 은밀히 할 말이 있으니 자네네들은 잠깐 저리로 가게."

하고 최후의 결심을 하였다.

신, 윤 양인은 할 수 없이 물러섰으나 서너 걸음 밖에 더 물러서지 아니하고 우뚝 섰다.

수양대군은 소매에서 편지 한 장을 내어 종서 앞에 내어밀며,

"여기 편지 한 장이 있으니 이것을 좀 보아 주시오."

한다.

"그건 무슨 편지오니까?"

하고 종서가 받아 드는 것을 보고 수양대군은,

"보시면 자연 알지요. 대감께 오는 편지면 청하는 편지밖에 있겠소?"

하고 껄껄 웃는다.

수양대군의 우렁찬 웃음소리는 고요한 밤을 흔든다.

종서는 의심 없이 편지를 떼어 달빛에 비치어 읽었다. 시원 초열흘 달빛은 촛불에지지 않게 밝았다. 왼편으로 돌린 종서의 얼굴에 찬 달빛이 가득히 차고 사모 테가 번쩍번쩍하였다. 실로 갸륵하고 아름다웠다.

그러나 수양대군은 달빛에 비치인 종서의 모양의 아름다움을 완상할 여유가 없었다. 수양대군은 오른손을 들었다. 이것은 군호다.

수양대군이 오른손을 드는 것을 보고 임운(林芸)은 옷 속에 숨기었던 철여의(鐵如意)를 뽑아 번개같이 김종서의 뒤통수를 내려 갈기었다.

김종서는 본능적으로 손을 들어 머리를 가리우려 하였으나 임운이 둘째 번 치는 바람에 사모 아울러 머리가 갈라지어 붉은 피를 쏟고,

"나으리, 이런 법이 없소."

하며 수양대군을 한 번 흘겨보고는 땅에 거꾸러진다.

임운은 한 발로 종서의 허리를 밟고 동과 머리를 난타할 때에 승규가 안으로 뛰어나왔다.

승규가 나오는 길로 손을 들어 임운의 목덜미를 잡아 한 번 내어두르니 땅바닥에 코를 박고 서너 걸음이나 미끄러진다.

"이놈!"
하고 승규의 발이 한 번 번쩍 들리었다가 임운의 등을 밟을 때에 임운은 쿵 하는 한 소리와 함께 피거품을 부구국 물고는 숨이 끊어지고 말았다.

이러는 동안에 신사면(辛思勉), 윤광은(尹匡殷)은 양정(楊汀)과 유수(柳洙)에게 모두 허리가 두 동강이 나서 죽어버리었다. 유수는 꿈지럭거리고 일어나려 하는 김종서를 마저 죽여 버리려고 달려들 때에 승규는 임운을 버리고 임운의 손에 들리었던 철여의를 들고 유수를 엄습하였다.

"역적놈아. 너도 고 자리에 꼼짝 말고 가만히 섰어! 하늘이 무심하지 아니한 줄을 알아라!"
하고 한번 수양대군을 흘겨보고는 승규는 대드는 유수의 칼을 슬쩍 몸을 비키어 피하는 서슬에 철여의를 들어 유수의 칼든 팔을 갈기니 어깻죽지 바로 밑에서 유수의 팔이 부러지어 축 늘어지고 칼은 소리를 내고 땅바닥에 떨어진다.

승규와 유수가 겨루는 틈을 타서 양정은 종서를 엄습한다. 승규가 유수의 팔을 분지른 때는 바로 양정의 칼이 종서의 목을 향하고 내려오는 때다. 승규는 오직 한 길

밖에 없었다. 그런데 그 길을 취하였다--그것은 몸으로 아버지를 덮는 것이다.

승규는 손에 들었던 철여의를 양정을 향하여 내어던지고 몸으로 종서의 몸을 엎으며,

“이 역적놈아. 내가 죽어서라도 너를 그냥 두지는 아니하리라.”

하고 말이 끝나기 전에 양정의 칼이 승규의 허리를 잘라버리었다. 이 역적놈아 하고 승규가 원수 갚기를 맹세한 것은 수양대군이었다.

승규의 독이 오른 상모와 말에 수양대군도 잠깐 몸에 소름이 끼치었다. 그러나 양정의 칼이 승규를 마저 죽여버림을 볼 때에 수양대군은 만족한 웃음을 빙그레 웃었다. 김종서, 김승규, 신사면, 윤광은 외 시체가 피에 떠서 가로 세로 넘어지고 유수도 한 팔이 부러지고 옆구리를 승규에게 채여 일어서지도 못하고 앉지도 못하고 가만히 누워 있을 수도 없이 비비 꼬고 꿈틀거리는 양을 한 번 더 돌려보고는,

“어, 되었네. 가세.”

하고 수양대군은 몸을 날려 말에 오른다. 하얀 관복 자락이 달빛에 펄렁한다.

양정은 승규의 옷자락에 두어 번 칼에 묻은 피를 씻어 칼집에 꽂고 수양대군의 뒤에 떨어질 것을 두려워하는 듯이 황망히 말게 올라 말 발굽소리를 내며 대문으로 나간다.

"나를 어찌하고 다들 가오?"

하는 유수의 죽어가는 소리가 수양대군의 귀에 들리었다. 대사를 앞에 두고 팔 부러진 유수 따위 하나를 위하여 무서운 곳에서 어름더듬할 수는 없었다. 양정은 유수를 두고 가는 것이 좀 더 마음에 걸리었지마는 이 판에 잠시라도 수양대군을 떨어지었다가는 전공이 가석되고 말는지도 모른다. 이리하여 두 사람은 서대문을 향하고 말을 달리었다. 마음에 기쁨이 충만하여.

사람 죽인 자들이 달아난 지 이슥한 뒤에야 종서 집 노복들의 빠지었던 혼들이 다시 돌아와서 혹은 마루 밑에서, 혹은 아궁이 속에서 엉기엉기 기어나왔다. 그제야 온 식구들이 무슨 일이 일어난 것을 알았다. 그러고도 벼락맞은 사람들 모양으로 얼마 동안 어안이 벙벙하였다.

맨 먼저 종서의 시체 곁에 달려온 것은 야화라는 도림나(都林拿)였다.

종서 부자가 수양대군의 손에 참살을 당하였다는 말을

들은 종서의 가족들은 오직 입을 벌리고 덜덜 떨 뿐이요, 말도 못하고 울지도 못하였다. 아이들까지도 꼼짝 아니하고 어른이 하는 양만 보았다. 오직 종서의 맏아들인 승벽(承璧)의 맏아들 석대(石臺)가 열여덟 살이어서 이 모든 일의 뜻을 아는 듯싶었다. 석대는 곧 편지를 써 해주에 감사로 가 있는 아버지 승벽에게 급히 사람을 보내었다.

부인네들이 모두 덜덜 떠는 판에 오직 하나 태연히 중문으로 튀어나온 것은 야화다. 그는 고국에 있는 동안에 친족과 이웃 사람이 전장에서 죽는 것을 여러 번 보았고, 그뿐더러 자기의 아버지와 사랑하는 남편이 죽으러 나가는 양을 목격한 사람인 까닭에 아무리 무서운 일을 당하여도 눈썹 한 대 움직이지 아니하였다.

야화의 뒤를 따라 야화의 시비가 따르고 다시 그 뒤에 승규의 부인이 따랐다. 이 광경을 보고는 집에 있는 모든 식구와 비복들이 모두 황황하게 뒤를 따랐다.

야화는 종서의 가슴 위에 얹힌 승규의 시체를 손수 제치어 놓았다. 야인의 딸인 야화에게는 그만한 힘과 용기가 있는 것이다. 그리고 치맛자락으로 종서의 얼굴의 피를 씻었다. 종서의 얼굴에는 종서의 머리에서 흐른 피와 승규의 목과 허리에서 뿜은 피가 엉기어 달빛에 번쩍거리었다. 야화의 치맛자락이 한참이나 왔다갔다한 뒤에야 종서의 눈과 코와 입이 분명히 드러났다. 그러한 뒤에 야화는 손을 종서의 코에 대었다. 숨이 없는 듯하다. 얼른 종서의 앞가슴을 ㅎ치고 왼편 젖가슴에 귀를 대어 본다. 심장 뛰는 소리가 아주죽지는 아니한 모양이다. 야화는 다시 종서의 코에 손을 대어본다. 숨도 있다!

야화는 물을 가져오라고 외치고 종서의 몸을 안으로 옮기라고 소리 질렀다. 사람들은 야화가 명하는 대로 하였다.

야화는 시비가 떠온 냉수를 종서의 얼굴에 끼얹었다. 소식이 없다. 두 번째 끼얹었다. 그제는 종서가 깜짝 놀라며 눈을 번쩍 떴다. 그러나 기운 없이 도로 감았다. 야화가 눈에 띄었을 것은 말할 것 없다.

종서가 눈을 번쩍 뜨는 것을 보고 야화는 놀라는 듯이 뒤로 물러앉았다.

종서는 야화의 원수다. 야화 개인의 원수는 아니나 야화의 동족인 야인 전체이 원수다.

종서만 아니더면 야인들은 수백 년 누리던 옛 땅을 도로 빼앗기지 아니하고 수만 명 목숨이 전장에서 쓰러지지 아니하였을 것이요, 이징옥(李澄玉)이가 두만강에 오지 아니하였을 것이요, 이징옥이가 아니 왔더면 자기의 아버지와 남편과(그들이 살았나? 죽었나?) 동족들이 그처럼 악착한 살해를 당하지 아니하였을 것이다. 이렇게 생각하면 김종서는 도림나의 원수다.

도림나의 딸들은 원수 갚을 의무가 있다. 혹은 부모를 위하여, 혹은 형제를 위하여, 혹은 남편을 위하여 원수 갚을 의무가 있다. 만일 이 의무를 다하지 못하면 죽어서도 좋은 곳을 가지 못하고, 혹은 짐승으로도 태어나고 혹은 벌레로 태어나서 천만 겁을 지나더라도 그 원수를 갚고야 갈 데로 가는 것이다--이렇게 야인의 딸들은 생각한다.

아버지와 남편이 분명히 죽었으면 야화도 이징옥에게 원수를 갚아야 한다. 김종서에게도 원수를 갚아야 한다.

누가 김종서를 죽였다 하면 도림나에게 한 원수는 없어진 것이다. 그러나 김종서는 자기가 반년간 섬기던 남편이다. 김종서는 지나간 반년간에 자기를 극진하게 사랑하였다. 원수인 것을 잊어버릴 만큼 극진하게 사랑하였다.

그렇다 하면 야인의 법대로 야화는 김종서의 몸에 박

힌 칼이나 화살을 맨 먼저 뽑아야 하고 상처에 흐르는 피를 맨 먼저 씻어야 하고 만일 아직도 숨이 남았으면 마지막 물 한 모금을 손수 떠 넣어주어야 하고 또 이 남편의 원수도 생전에 갚아야만 하는 것이다.

야인의 딸인 야화는 이렇게 생각하기 때문에 그가 생각하는 대로 태연하게 거침없이 행한 것이다.

김종서의 하회가 어찌된 것은 뒤에 말하기로 하자.

수양대군은 김종서 부자를 죽이고 의기양양하여 서대문으로 말을 달리었다. 벌써 성문을 닫힐 때언마는 권람 일파가 문 지키는 군관을 위협하여 수양대군이 어명을 받들고 김 정승 집에 갔다는 것을 이유로 문 닫기를 방해하고 있었다. 비록 아직 이조(李朝)의 기강(紀綱)이 해이(解弛)하지 아니한 때문이지마는 이른바 팔대군이 강성한 때라, 대군이라 하면 안 될 일도 되는 일이 많았다. 하물며 근래에 갑자기 서슬이 푸른 수양대군이랴. 수양대군이 어명을 받들고 호랑이 김 정승 집으로 가시었다니 아무리 강직(剛直)하기 그지없다는 성승(成勝)의 군사라 하더라도 수그러지지 아니할 수가 없었던 것이다.

수양대군의 탄 말이 서대문을 들어설 때에는 수양대군의 의기는 마치 개선장군의 그것과 같았다. 아까 이문을 나설 때에는 미상불 근심이 많았다. 그것은 실로 호랑이 잡으러 가는 포수의 근심이었다. 김종서, 김승규라는 말만 들어도 그들과 겨루는 것은 불가능한 것으로 믿지 아니하던 아니 될 줄 아는 때였었다. 비록 불의에 암살하는 길이라 하더라도 까딱 잘못하면 호랑이를 잡으려던 포수는 호랑이에게 잡히게 될 것이다.

그러나 하늘이 도왔다! 마침내 수양대군은 큰 호랑이를 잡고 돌아오는 것이다. 이 앞은 무인지경이다. 아무도 감히 수양대군과 겨룰 놈은 없는 것이다.

'좀 굵직굵직한 놈들은 오늘밤으로 조처를 해버리고 좀것들은 내일 하루에 쓸어내이면 고만이지. 그러고 나면 내 세상이다. 다시는 내어놓지 아니할 내 세상이다!'

이렇게 생각하면 수양대군은 아무리 참으려 하여도 웃음을 금할 수가 없었다. 그것은 줄인 돌이 목마른 듯이 구하는 수양대군의 권력욕(權力慾)이다.

그러나 한 가지 근심은 김종서 집에 누가 빠져 나가서 이 일을 황보인에게 벌써 말하지 아니하였나 하는 것이다. 그렇다 하면 황보인은 군사를 풀어 먼저 서대문을 막고 자기를 방어할는지도 모른다. 그렇지마는 순군(巡軍)이 내 손에 있으니--이렇게 기뻤다 근심했다 하면서 수양대군은 서대문에 다다랐다.

서대문이 환하게 열리었다!

일은 되었다!

서대문에서 기다리던 권람, 권언(權偃), 한서귀(韓瑞龜), 한명진이 수양대군을 나와 맞는다.

수양대군은 마상에서,

"애썼네."

한 마디를 권람 이하 네 사람에게 던지고는 이때에 잠시도 지체할 수 없다는 듯이 기운차게 말을 달려간다. 양정도 네 사람을 잠깐 바라보고 빙긋 한 번 웃고는 수양대군의 뒤를 따랐다. 오늘의 큰 공은 내 것이다. 하는 생각이 양정으로 하여금 모에 날개가 돋치어 공중에 후러후러 날아오르는 듯이 생각게 하였다. 여덟 말발굽 소리가 초어스름의 장안 대도를 울리며 서궐(西闕) 앞을 지나 야주개를 지나 자핫골로 올라갔다.

종침교(琮琛橋) 다리에는 등불이 보였다. 점점 가까이 가 보면 그것은 분명히 궁(宮)에서만 쓰는 사초롱[231]이었다. 수양대군 궁에서 누가 나와서 기다리는 것이다.

---

231) 紗燭籠: 여러 빛깔의 깁으로 거죽을 씌운 등롱.

기다리는 자는 한명회였다. 한명회는 사오인의 활 메고 창 든 무사를 데리고 자기는 중추막[232] 백림의 예사 차림으로 마상에 올라 앉아 있었다. 그때에는 아직도 태조 건국시대의 무풍(武風)이 많이 남아서 자혁으로 말 타는 것이 성풍하였던 것이다.

예정한 시각보다 수양대군이 아니 돌아오는 것을 보고 명회는 적이 염려가 되어서 이처럼 나와서 기다리는 것이다. 만일에 좀 더 기다려보아도 수양대군이 아니 돌아온다 하면 일은 패한 것이니, 그런 줄만 알면 명회는 이 길로 강원도(江原道) 양양(襄陽)으로 달아나려한 것이다. 말을 탄 것은 이러한 연유도 있는 것이다.

"이것은 정말 말발굽 소리요."

하고 귀를 기울이고 있던 무사 하나가 말하였다.

사람들은 모두 귀를 기울였다.

과연 멀리서 들리는 다듬이 소리와 같은 소리가 야주개 편으로 들리는 것도 같았다.

"이 소리도 그 소리가 아니면 큰일이다!"

이것은 다만 명회만의 근심이 아니었다.

232) 벼슬하지 아니한 선비가 소창옥 쉬에 덧입던 웃옷.

"투드락 투드락!"

그것은 진실로 말발굽소리였다.

달빛에 어른어른 이리로 오는 그림자가 보인다.

명회의 눈은 그 그림자에 박히었다.

"나으리시오."

하고 한 무사가 나직한 소리로 외친다.

"나으리 같으면 네 사람일텐데."

하고 명회가 바라본다.

분명히 수양대군이다. 수양대군의 흰 관복과 한편 사모뿔 없는 것까지 분명히 보인다.

수양대군의 말은 탄 주인의 기운을 아는 듯이 네 굽을 안아 뛰었다. 성공한 기쁨으로 뜀인가, 실패하여 도망함인가. 등불 앞에서 말이 우뚝 선다.

한명회는,

"나으리!"

하고 등불 빛에 비치인 수양대군의 얼굴을 근심스러운 눈으로 들여다보았다. 그것은 빙그레 웃는 낯이었다.

"그놈을 잡았네."

하고 수양대군은 의기양양하여,

"새끼까지 잡았네."

하고 양정을 돌아본다.

양정은 이때로다 하는 듯이,

"그까진 놈 여남은 놈 더 있더라도 이 칼로 다 잡을 것이요."

하고 찼던 칼을 쑥 뺀다. 칼에는 아직도 거뭇거뭇한 피가 보인다.

수양대군은 양정의 마음을 만족케 하려고,

"오늘 수공(首功)은 양정이야."

하고 명회를 보고 웃었다.

명회는,

"그것 보시오. 무사를 데리고 가서 엄습한 것보다 일이 수월하지 아니하오니까."

하고 자기의 계교가 맞은 것을 내어 세운다.

"암, 그렇고말고. 자네 계교가 여합부절이야. 사모뿔만으로 안 되어서 그 편지를 내어 주었네."

하고 수양대군은 명회를 기쁘게 한다.

"그래, 놈이 그 편지를 봅더니까?"

"응, 모두 자네 계교대로야. 달빛에 비추어 보데그려. 그러는 것을 임운이가……."

하다가 수양대군은 이렇게 한담하고 있을 때가 아닌 줄

로 불현듯 깨달은 듯, 말을 뚝 끊이었다가,

"시각이 바쁘니 자넬랑 무사들을 데리고 바로 교동(校洞)으로 가게. 나는 순청(巡廳)[233]으로 가서 순군을 데리고 감세."

하고 수양대군은 말을 채치어 서십자각[234]을 향하여 달린다. 양정이 그 뒤를 따르고 명회가 데리고 왔던 무사 중에 두 사람이 역시 그 뒤를 따랐다.

수양대군의 그림자가 아니 보이게 된 때에 명회는 달을 향하여 한 번 빙그레 웃었다. 이제는 강원도 양양으로 아니가도 된다. 그의 계교는 귀신같은 듯하였다. 명회는 자기의 계교가 하도 신통한 것을 스스로 찬탄하였다. 자기는 장량(張良), 제갈량(諸葛亮)에 지지 않는 모사라고 스스로 우러러보았다.

이렇게 요샛달로 하면 자기도취(自己陶醉)의 쾌미를 보면서 명회는 수양대군 궁으로 말을 달렸다.

"큰일은 이제부터다. 닭 울기 전에 조선은 한 번 뒤집히는 것이다."

---

233) 야간 순찰을 맡아보던 관아.

234) 西十字閣: 경복궁 서쪽에 있는 망루. 경복궁 궁궐 담장 양끝에 궁 내외를 감시할 수 있도록 동십자각과 서십자각을 설치했는데, 지금은 동십자각만 남아 있다.

하고 명회는 마상에서 손을 품속에 넣어 깊이 간직한 조그마한 책 한 권을 만져본다. 그 책은 생살부(生殺薄)235)다. 명회가 일년 내두고 꾸민 생살부다. 몇 번이나 명회는 이 생살부를 펴보고 언제나 이것을 시행할 날이 올까하고 기다리었던고. 그런데 그날이 왔다. 오늘밤이 그 날이다. 죽을 사람의 허두에 이름이 적힌 김종서는 벌써 죽었다. 나머지는 닭 울기 전에 끝장이 나는 것이다.

명회는 별 많은 하늘을 우러러보았다. 끝없이 높고 끝없이 오랜 하늘. 자하문으로 북풍이 내려 분다. 그러나 그런 것들은 명회에게는 아무 것도 아니었다. 오직 피흘리고 죽는 대관들의 모양--그것이 유쾌하였다. 그 대관들인 그놈들은 내게 원 한 자리 아니 준 놈들이다.

시월 십일은 왕의 누님 되는 경혜공주의 생신이다. 왕보다 사년 위가 되는 경혜공주는 지금 열일곱 살이다. 공주의 남편이 영양위 정종인 것은 독자도 기억할 것이다. 정종은 수양대군으로 더불어 명나라에 가기를 겨루다가 수양대군에게 진 사람이 아닌가.

왕은 이날을 기억하시어 영양위 궁에 거동하시기로 하

235) 살생부. 죽이고 살릴 사람의 이름을 적어둔 명부.

였다.

열세 살 먹은 어리신 몸으로 부모도 없고 형제자매도 없고 그렇다고 마음껏 장난을 같이 할 동무도 없는 궁중 생활은 왕에게는 지긋지긋하게 멀미가 났다.

열세 살이면 한창 장난할 때가 아닌가. 내시나 궁녀들을 데리고 간혹 술래잡기도 하고 윷놀기도 하며 일시 즐겁게 웃고 뛰놀 때도 있지마는 혹 늙은 신하들의 눈에나 뜨이면 '임금의 몸으로 더구나 거상 중의 몸으로 그리 하실 수 없습니다.' 하고 매양 파흥을 시키었다. 그러고 글만 읽으라고 아빙고를 매워 날마다 우참찬 정인지가 들어와서는 보기도 싫은 좌전(左傳)을 펴놓고 제환공(齊桓公)이니 진문공(晉文公)이니 하는 이야기만 하였다. 그 중에는 재미있는 이야기도 많으나 재미없는 것, 알아듣지 못할 것이 더욱 많았다.

아무리 재미있다 하여도 궁녀 시켜 이야기책 보게 하는 데 비길 수는 없었다.

왕이 장난에 미치어 젊은 내시들과 나인들과 가댁질을 하고 즐겁게 놀 때에 김연(金衍), 한숭(韓崧) 같은 늙고 충성스러운 내신는 그것이 물이든지 흙이든지 왕의 앞에 꿇어 엎디어,

"상감마마, 이리하실 수 없습니다."
하고 이마를 조아리었다.

그러면 왕은 머쓱하여 장난을 그치고 같이 놀던 내시와 궁녀들은 돌아보지도 아니하고 내전으로 뛰어 들어가서 일부러 소리를 높이어 왱왱 글을 외었다.

글을 싫어하심은 아니었다. 아직 나이 어리시지마는 오언(五言), 칠언(七言)으로 고풍(古風)은 물론이어니와 절귀(絶句) 같은 것도 지으시어 여러 문신(文臣)들의 찬탄을 받았다. 그렇지마는 글도 잠시 잠시다. 언제나 하고 싶은 것은 장난이었다.

파조(罷朝) 후에 왕은 지긋지긋한 늙은이들의 이야기판을 벗어난 것만 기뻐서 편전(便殿)으로 나오시어서는,

"누가 윷 안 노느냐. 나고 놀자. 나를 이기거든 상주마."
하고 나인들을 부르신다.

그러면 나인들은 왕을 기쁘시게 하노라고 나도 하고 왕의 앞에 가서 앉는다.

"상감마마께오서 지시면 상을 주시러니와 소인이 지면 어찌하오리까?"
하고 나인이 웃으며 묻는다.

"네가 지면 이야기를 하나 하여라."

"이야기를 있는 댈 다 상감께 아뢰었으니 어디 남은 것이 있습니까."

"아따, 그러면 이야기책이라도 보려무나."

이리하여 윷판이 벌어지면 저녁 수라가 오를 때까지 희희낙락한다.

이런 줄을 또 어떻게 듣고 정인지나 기타 명나라 사람 다 된, 어진 체하는 노신들이 절반 이상이나 한문 문자를 섞어가며,

"전하께서는 일방의 인군이 되시었으니 소의간식(宵衣肝食)236)하시옵고, 여한이 있으시옵거든 성경현전(聖經賢傳)이나 상고하실 것이요, 내시나 궁녀로 더불어 희롱하심이 만만 불가하시외다."

하고 말씽을 하면 왕은 어떤 때에는 시끄러운 듯이,

"나도 그런 줄 아오마는 편전에서 좀 놀기로 어떻소."

하시는 일도 있었다.

이러한 때에는 맨 먼저 생각되는 것이 누님 되는 경혜공주다. 교동(校洞) 영양위 궁에만 가면 아주는 마음을 놓지 못하여도 궁중보다는 적이 마음을 놓고 놀 수가

---

236) '날이 밝기 전에 옷을 입고, 해가 진 후에 식사를 한다'는 뜻으로, 천자(天子)가 아침 일찍부터 저녁 늦게까지 정사(政事)에 골몰함을 이르는 말. 宵衣旰食.

있는 것이다. 사랑하는 동기와 한 자리에 모여 왕이 영양위 궁에 거동하시는 때면 반성위(班城尉) 강자순(姜子順)에게 하가(下嫁)한 수칙 양씨(守則楊氏)의 몸에 난 경숙옹주(敬肅翁主)도 반드시 영양위 궁으로 온다--노니는 것이 어린 왕에게는 가장 큰 기쁨이었다. 하물며 이날은 경혜공주의 생신까지 되니 왕의 기쁨이야 비할 데가 없었다.

왕은 경혜공주의 생신을 벼르고 별러 이날(시월 십일) 파조 후에 영양위 궁으로 거동을 납시었다.

왕의 성미가 원체 떠드는 것을 좋아하지 아니하여 미복[237]으로 남녀(藍輿)[238]를 타고 다니시기를 원하여 그렇게 하기도 몇 번 하였지마는 대간(臺諫)이 그 불가함을 누누이 말한 뒤로는 그렇게도 하기 어렵게 되었다. 그러나 미행(微行)은 있었다.

대간이 이렇게 왕의 미행을 불가하다 한 것은 물론 옳은 줄 알고,

"지도(知道)."[239]

---

237) 微服: 지위가 높은 사람이 무엇을 몰래 살피러 다닐 때 남의 눈을 피하려고 입는 남루한 옷차림.

238) 의자와 비슷하고 뚜껑이 없는 작은 가마.

239) 임금이 알았다는 뜻으로 글에서만 쓰던 말.

라고 매양 전교를 내리시었다.

그러나 대간이 왕의 미행을 그렇게도 성화하게, 더구나 근래에 와서 불가하다고 상소질을 하고 말썽을 부리는 데는 반드시 그렇게 충성된 동기만이 있는 것은 아니었다. 왕이 누님 되는 경혜공주와 영양위를 사랑하시고 임하시는 줄을 알므로 왕에게 가까이 하려는 자, 왕에게 무슨 뜻을 통하려는 자들은 많이 교동 영양위 궁에 출입하였다. 그래서 영양위는 공주 부마라는 것 밖에 아무 경력도 없는 연천한 사람이언마는 당시 정계에 일종의 세력을 이루었다. 영양위가 북경에 가려다가 못 간 것이 반드시 그 세력을 감하지도 아니하였다.

왕은 아직도 어리시지 아니하냐, 비록 이씨 계통이 수를 못한다 하더라도 앞으로 삼사십년은 왕으로 계실 터이요, 이 양반이 왕으로 계신 동안에는 영양위 궁 세도는 떨어질 리가 없을 듯하였던 것이다.

이렇기 때문에 왕을 위하는 좋은 동기로나 자기의 벼슬다리 올라가기를 위하는 개인적 동기로나 왕께 가까이 하려는 자도 먼저 영양위 궁에 출입하였던 것이다.

이리되면 자연 영양위 궁에 가까운 패와 가깝지 못한 패가 생기는 것이요, 그리되면 세력 있는 곳에 가깝지 못한 패는 가까운 패를 시기하는 것이 인정이다. 저도 가까이 하고 싶건마는 그러할 계제가 되지 못할 때에, 가까이 할 계제에 있는 다른 사람들이 잡아먹도록 미운 것이다.

이 미운 무리들을 없이하는 한 방편으로 왕이 영양위 궁에 가시지 못하게 하려 하는 것도 간판 중에 어떠한 사람의 동기는 되었던 것이다. 차라리 그 편이 많았을는지도 모른다. '영양위에 자주 거동하시는 것이 옳지 아니 하외다.' 할 수는 없으니. 예(禮)에 어떠하니, 선왕지법(先王之法)[240]에 어떠하니 하여서 왕이 대궐을 떠나는 것이 옳지 않다는 일반론을 첫 조건으로 하고 만일 부득이 거동을 하실 때면 반드시 왕의 위의(威儀)를 갖추어야 한다는 것을 둘째 조건으로 하고 어리신 왕을 성가시게 하므로 소기[241]한 목적을 달하려 한 것이다.

이리하여 왕이 영양위 궁에 가시는 것을 아주 막을 도리는 없었으나 심히 불편하게는 만들었다. 내시와 나인들 중에도 왕이 영양위 궁에 내왕하시는 것을 좋게 생각하는 이와 좋지 않게 생각하는 이의 두 편으로 갈리게

240) 선왕의 법.
241) 所期: 기대한 바.

되어 좋지 않게 생각하는 편은 가끔 왕께,

"상감께 아뢰오. 그렇게 자주 민가(民家)에 거동하시는 것이 옳지 아니하외다."

하고 간(諫)하는 자가 있으면,

"구찮다. 너희들까지 나를 못 견디게 구느냐. 내가 하는 일이 옳지 않거든 너희가 물러나가서 보지를 말려무나!"

하고 왕이 발연변색하여 책망하시는 일도 있었다. 이렇게나 하지 아니하면 그 충신인 체하는 작자들이 시끄러워서 견딜 수가 없었던 것이다.

이날 영양위 궁 거동에도 너무 굉장하리만큼 거동의 노부(盧膊)가 컸다. 그러고 영양위 궁에 오신 뒤에도 승지(承旨) 최항, 선전관(宣傳官) 한회(韓賄), 내금위(內禁衛) 봉석주(奉石柱) 등이 각각 부서를 정하여 입직하고 금군(禁軍) 오십 명은 안에, 순군(巡軍) 오십 명은 밖에 옹위하여 새새끼, 쥐새끼 한 마리 얼씬하지 못하게 하였다. 지존(至尊)이 계시니 이만함도 당연하거니와 이것이 반드시 지존을 위한 것이 아닌 것이다.

다만 이날에 왕께 근시하는 내시와 궁녀는 왕의 마음대로 택하신 것이니 늙고 충성스러운 내시 김연(金衍),

한숭(韓崧)이든지 지밀나인 윤연화(尹蓮華), 이월담(李月潭)이든지는 다 왕이 가장 신임하는 사람들이다.

왕은 잠시라도 쓸쓸하고 뒤숭숭한 궁중 생활을 떠나서 하루 저녁으로 사랑하는 동기들과 같이 유쾌히 지낼 양으로 내시들까지도 물리고 극히 조용하게 윷도 놀고 이야기도하고 과일 등속도 잡수시고 혹은 안석에 기대기도 하고 혹은 베개도 말고 팔굽이를 베고 누워서 다리도 버둥거리었다. 왕은 이날에 심히 유쾌하신 모양이었다. 경혜공주, 경숙옹주 두 분 누님도 왕이 기뻐하심을 만족히 여기어 아무쪼록 흥을 깨뜨리지 아니하도록 여러 가지로 장난할 것을 장만하였다.

왕이 등극하시면서 곧 왕과 동갑이거나 한두 살 위아래 되는 계집아이 넷을 나인으로 택하여 항상 왕의 곁에 있어서 시종하고 장난 동무도 하게 하였다. 나인이라 하지마는 이러한 경우에는 큰 세력이 따라다니므로 그 네 아이 중에는 양반집 딸이 둘이나 있었다. 어리신 왕이 장차 왕후를 채립하실 때에 다행히 간택에 들면 그의 아버지는 국구(國舅)[242]로 한 번 세도를 하여 볼 수 있는

---

242) 임금의 장인.

까닭이다. 그 양반 집 두 딸이란 것은 하나는 판돈녕(判敦寧) 부사(府事) 송현수(宋玹壽)의 딸이요, 하나는 의정부 우참찬 정인지의 질녀였다. 둘이 다 상감보다 한 살 위이어서 열네 살이요, 덕은 자라난 뒤에야 알겠지마는 재색이 겸비하였었다.

이렇게 지체 높고 세력 있는 집에서 딸을 궁녀로 들여보내는 것은 그리 흔치 아니한 일이지만은 이때에 있어서는 기실은 왕후 후보자였던 것이다.

이 네 아가씨들은 국상 중이라 비록 채색 옷은 못 입는다. 하더라도 온 장안을 떨어서 골라낸 인물이라 몸가짐일지 목소리일지 꽃송아리와 같이 아름다웠다. 아직 남녀의 정을 알 까닭도 없고 권세도 알 까닭이 없지마는 그래도 저마다 어리고 아름답고 인자하고 다정하신 왕에게 깊이 정이 들어 다투어 왕께 가까이하려 하였다.

왕도 이 어린 궁녀들을 사랑하였다. 아름답다든지, 얌전하다든지, 영리한 것도 다 제치어 놓더라도 동갑 사이의 어린 동무로도 깊이 정이 들 것은 자연한 일이었다. 그중에도 왕은 송씨와 장씨(張氏) 두 사람을 더욱 사랑하였다. 정씨는 특별히 미워함은 아니나 까다롭고 쌀쌀한 정인지를 생각한 때에는 그의 질녀 되는 정씨도 정이 떨어지었던 것이다.

이 네 아기 궁녀도 물론 왕을 따라 영양위 궁에 왔다. 왕이 가시는 곳에는 반드시 이 네 계집아이가 따랐다. 이 네 계집아이(송씨, 정씨, 장씨하고 또 하나는 한씨)는 왕에게 가장 친근한 이로 모든 사람의 부러워함을 받았다. 이날도 왕께 대하여 끝없는 사랑을 가진 경혜공주는 아무리 동기라 하더라도 군신지분(君臣之分)이 있으니 그 애정을 직접 왕께 표하지는 못하고 어린 아기 궁녀들에게 대신으로 주는 듯하였다.

이렇게 이날 밤 영양위 궁 안방에는 기쁨과 정다움과 웃음이 차고 넘치어 밤이 깊을수록 더욱 그 즐거움이 깊어가는 듯하였다. 혹시 피차에 몸에 입은 상복을 바라보고는 승하하신 부왕을 생각하여 잠시 눈물이 고이는 때도 있었지마는 그래도 은촛대 휘황하게 밝은 촛불빛에는 눈물조차 한숨조차 아름답고 즐겁게 되고야 마는가 싶었다.

현실에 멀리 모시고 있는 늙은 상궁들과 내시들도 모두 마음 놓고 하사하시는 술과 음식에 취하고 배불리 가느란 눈으로 어리신 성상(聖上)의 만수무강하시기를 빌고 있었다. 그러나 이 화평한 시간은 오래 가지를 못하였다. 영양위 궁 대문 밖에는 난 데 없는 말발굽 소리가 울리었다. 수양대군이 감순(監巡) 홍달손(洪達孫)의 부하인 순군(巡軍) 이백 명과 한명회가 거느린 무사(武士) 백 명의 옹위를 받아 상감의 행재소(行在所)[243]인 영양위 궁으로 달려온 것이다.

이삼백여 명 군사의 들레는[244] 소리는 영양위 궁 안방에 까지 들리었다. 방금 어린 데 궁녀가 손을 마주잡고 돌아가며,

달아 달아
밝은 달아
이 태백이
놀던 달아.

를 부르던 때다. 왕은 놀라는 듯이 손을 들어 궁녀들의 노래를 막으며,

"바깥이 왜 이리 소란하냐?" 하시었다.

왕은 높은 지위에 있는 이만 가지는 의혹의 눈으로 바

243) 임금이 멀리 거동할 때 머무르는 곳.
244) 야단스럽게 떠들다.

라보며 한 번 더,

"이게 웬 인마의 소린고?" 하신다.

공주들도 놀라서 왕과 같이 귀를 기울이고 어린 궁녀들도 노래를 그치고 눈이 둥그레서 왕과 공주를 바라보았다.

"아마 순군들이 순 도는 소린가 보오."

하는 지밀나인 윤연화가 아뢰인다.

"그렇기로 저렇게 요란할까. 승정원에 알아 올리라 하여라."

하고 왕은 안심을 못하시는 모양이었다.

나인은 내시에게로 달려가고 내시는 사랑에 임시로 있는 승정원으로 달려갔다.

이때에 수양대군은 영양위 궁 대문에 와서 시급히 상감께 주달할 일이 있으니 정원을 부르라 하여 입직승지(入直承旨) 최항이 뛰어나왔다 그러나 밤이 깊은 지라 문을 열지 아니하고 문틈으로 서로 말을 주고받고 하였다.

최항은 입직하기 전에 벌써 정인지에게서 오늘 일의 계교를 들었으므로 내심으로는 수양대군이 이제나 오나 저제나 오나 하고 기다리었던 터이다. 만일 최항이가 아니하려면 이 밤에 수양대군이 상감께 뵈옵지 못할 것이요, 상감께 뵈옵기 전에 김종서 죽인 소문이 영의정 황보인이나 병조판서 민신의 귀에 들어가면 수양대군의 일은 수포로 돌아갈 것이니, 그리되면 지금 거느리고 온 삼백명 군사로 영양위 궁을 들이치고 성즉군왕 패즉역적(成則君王敗則逆賊)245)의 최후 수단을 써야만 될 것인 즉 아직 여기까지는 나아갈 용기도 없고 준비도 없는 것이다. 이러므로 이날 최항 한 사람의 향배(向背)246)는 수양대군에게는 대단히 큰일이었다.

최항도 비록 정인지의 부탁도 받았고 또 이번 일이 잘만 되면 일신의 부귀도 얻을 줄은 알지마는 그래도 정작 수양대군을 대하고 보니, 곧 문을 열기가 어려웠다. 만일 수양대군을 들였다가 일은 틀리고 상감의 노여심만 받으면 어느 귀신이 집어가는지도 모르게 모가지가 날아갈 것이다. 최항은 두근거리는 가슴을 안고 주저하였다.

수양대군이 문 열라는 재촉이 성화같을수록 최항은 어찌할 바를 몰랐다.

수양대군은 최항이가 주저하는 뜻을 짐작하였다. 만일

---

245) 같은 일이라도 성공하면 왕이 되고 실패하면 역적이 된다는 말이다. 세상일이란 승자에게 이롭게 되는 것이라는 뜻으로, 두 가지 중의 하나로 끝장이 난다는 뜻이다.
246) 좇음과 등짐.

김종서가 이미 죽은 줄만 알면 최항도 안심하리라, 이렇게 생각하고 수양대군은 대문 틈에 입을 대고 들릴락 말락한 음성으로,

"적괴(賊魁)[247]는 벌써 없애버렸네."

하고는 다시 소리를 높이어,

"긴급히 친계(親啓)[248]할 일이 있으니 정원은 바삐 문을 열라."

하고 외치었다.

그제야 최항은 문 지키는 군사를 시키어 문을 열게 하였다.

내금위(內禁衛) 봉석주(奉石柱)도 벌써 정인지의 부탁을 받은 것은 말할 것도 없다.

삐걱하고 문이 열리며 문 안에 들어서는 길로 수양대군은 최항의 손을 잡았다. 최항은 황공하여 두 손으로 수양대군의 손을 받들어 잡고 허리를 굽히었다.

법대로 하면 입직 승지가 먼저 상감께 여짜와 알현(謁見)[249]을 허하심을 받는 것이 옳지마는 수양대군은 최항

247) 도둑의 괴수.

248) 관리가 크고 작은 업무를 합문 밖에서 친히 임금에게 아룀.

249) 지체 높은 사람을 찾아 뵙는 일.

의 손목을 잡아끌고 자기가 앞서서 안으로 들어갔다.

이때에는 밖에서 무엇이 요란하냐 알아 올리라는 왕명을 받들고 승지한테 나왔던 내시가 뛰어들어가서 수양대군이 무슨 긴급히 주달할 말씀이 있으니 문을 열라고 한다는 뜻을 아뢰인 후였다.

"이 밤중에 무슨 긴급한 일이 있담. 그렇기로 왜 군사는 그리 많이 데리고 다녀."
하고 왕은 더욱 의심스러운 듯이 늙은 내시를 바라보았다. 늙은 내시의 낯빛에도 안심 못되는 빛이 있었다.

왕은 벗어 놓았던 의관을 정제하려 하였다. 무서운 숙부를 이렇게 풀어 헤친 모양대로 대할 수는 없던 것이다. 공주들과 영양위 정종과 나인들 모두 옷깃을 바루고[250)] 일어났다.

그러나 방에 흩어지었던 윷가락과 밤, 잣 같은 것을 다 치우기도 전에 퉁퉁하는 소리가 나며 수양대군이 썩 들어섰다.

왕은 수양대군이 들어오는 것을 보고 한 손으로 사모를 바로 쓰며 한 손으로 띠를 바로잡았다.

---

250) 비뚤어지거나 구부러지지 않도록 바르게 하다.

수양대군은 살기 있는 눈으로 방안을 한 번 둘러보고 왕이 자리에 앉으시기를 기다려 그 앞에 꿇어 엎드리었다.

"인(仁), 종서(宗瑞) 놈들이 모반을 하옵기로 일이 급하와 미처 여쭙지 못하옵고 적괴 종서를 베이옵고 그 연유를 상감께 아뢰오."

하였다. 수양대군의 말에 왕이 깜짝 놀라며,

"인과 종서가 모반을 하여?"

하고 소리를 높이시었다.

"그러하외다. 인, 종서가 겉으로는 충성이 있는 체하면서 속으로는 안평대군용(安平大君瑢)과 왕래하옵고 광식친당(廣植親黨)[251]하와 분거중외(分據中外)[252]하옵고 음양사사(陰養死士)[253]하여 비사 후패로 힘쓰고 무예 있는 잡류를 모아들이옵고 변읍(邊邑)[254] 병기를 가만히 서울로 실어들이어 불궤(不軌)[255]를 도모한 지 오래외다. 신(臣)은 그 눈치를 안지 오래오나 미리 발설하면 도리어 상감께 위태하심이 있을까 하와 가만히 그놈들의 형세를

---

251) 널리 친당을 심음.
252) 내외에 나누어 웅거함.
253) 몰래 결사적인 군사를 기름.
254) 변경에 있는 마을.
255) 반역을 꾀함.

살피옵더니 오늘 시월 십일에 상감께서 영양위 궁에 거동하시는 기회를 타서 밤 오경에 영양위 궁을 엄습하려는 꾀를 세운 줄을 아옵고 신이 몸소 종서의 집에 가서 종서를 죽이고 오는 길이오나 아직 여당(餘黨)[256]이 남아 있사오니 형세가 자못 위급하옵니다."
하고 수양대군이 아뢰었다.

왕은 더욱 놀라시며,

"아니 그럴 수가 있겠소. 인과 종서가 무엇이 부족하여 역모를 하다니. 그럴 수가 있겠소?"

"늙은 것들이 심히 음흉하외다. 상감께서 어리신 것을 타서 안평대군을 세우려 함이외다."

"안평대군이라니? 안평 숙부가 나를 반한단 말이요?"
하고 왕은 수양대군을 바라보았다.

수양대군은 차마 왕의 눈을 바로바라보지 못하여 고개를 숙이며,

"안평이 담담정(淡淡亭)과 무이정사(武夷精舍)를 이룩하고 천하의 선비를 모아들이는 것이 다 까닭이 있는 것이외다.

256) 패하거나 망하고 남은 무리.

하고 왕의 주의를 안평대군에게로 끌려고만 하였다.

수양대군의 말을 들어보면 어린 왕의 생각에 또 그럴 듯도 하였다. 더구나 이 밤으로 자기를 해하려 올 계획을 하였다 하니 열세 살 된 왕에게 겁이 앞설 것도 자연한 일이다. 수양대군이 이처럼 자기 앞에 부복한 것을 보면 당장 수양대군이 자기를 해할 것 같지는 아니하였다. 그렇다 하면 이 처지에 있어서 왕이 믿을 곳은 수양대군밖에 없는 것 같았다.

더욱이 수양대군의 용모에 부왕과 비슷한 데가 있는 것을 보고는 왕은 숙부인 수양대군을 의지하는 생각이 더 나는 듯하였다.

"그러면 인, 종서와 같이 역모(逆謀)에 참예한 놈이 몇 놈이나 된단 말이요?"

하고 왕은 어린 아이답지 아니한 말을 물으시었다.

수양대군은 옳다구나 하는 듯이,

"좌찬성 이양(李穰)허옵고."

하고 꼽기를 시작한다.

"이양이라니? 이양이면 종실 아니오?"

하고 왕은 한 번 더 놀라고 의심하는 빛을 표하였다. 이양은 태조대왕의 서형의 아들이다.

"그러하외다. 이양도 안평의 패외다."

"또."

하고 왕이 재촉하신다.

"병조판서 민신(閔伸)허옵고, 이조판서 조극관(趙克寬) 허옵고……."

"어, 병조판서 이조판서도?"

"예, 그러하외다. 민신, 조극관이 본래 종서의 무리외다."

"그러면 정부와 육조가 다 역모에 들었단 말이요?"

"윤처공(尹處恭), 이명민(李命敏), 원구(元矩), 조번(趙藩) 등은 안에서 응하옵고 함길도 절제사(咸吉道節制使) 이징옥(李澄玉)은 종서의 심복이옵고 종성부사(鐘城府使) 이경유는 이징옥의 명을 받아 병기(兵器)를 종서의 집으로 실어왔삽고 평안도(平安道) 관찰사(觀察使) 조수량(趙遂良), 충청도(忠淸道) 관찰사(觀察使) 안완경(安完慶)은 다 이 무리외다."

수양대군이 역적이라고 꼽는 사람을 보니 대개가 부왕이신 문종대왕의 고명을 받은 사람들이라 아니 놀랄 수가 없었다.

"그래, 그 사람들이 다 역모를 하였단 말이요? 아바마마의 고명을 받은 사람들이?"
하고 왕은 진실로 무서움에 눌리어 몸이 떨림을 깨달았다.
황보인, 김종서, 이양은 말할 것도 없거니와 민신, 조극관도 어린 생각에나마 왕이 잘 알고 믿던 바다. 선조께서도 왕의 등을 만지시며 그 사람들의 충성을 말씀하시고 어떤 사람이 참소를 하더라도 결코 의심하지 말고 끝까지 믿으라고 유훈이 계시었다. 아바마마를 가장 믿으시는 왕은 아바마마의 유훈을 한 마디라도 의심할 수는 없었다. 게다가 늙고 충성스러운 내시 김연(金衍)과 한숭(韓崧) 두 사람도 매양 황보인과 김종서 등의 충성을 일컬었다. 태종대왕 때부터 충성으로 신임을 받아오는 이 두 늙은이가 여러 대관들의 성질을 잘못 알 리가 없고 또 왕에게 거짓말을 할 리가 없는 것이다.
그렇지마는 목전에 친숙부 되는 수양대군이 있지 아니한가. 오늘밤으로 나를 해하려고 역모를 하는 것을 이 숙부가 알았다고 하지 않는가. 아무리 신하들이 충성되기로 부자나 다름없는 혈족의 친함에 비기랴.
왕은 무서움과 의심됨, 놀라움의 엉클어진 정서(情緖)257)

257) 사람의 마음에 일어나는 여러 가지 감정, 또는 감정을 불러일으키는 기분이나 분위기.

에 얽히어 어찌할 줄을 몰랐다. 그러나 이렇게 어려운 때에 늘 하던 습관으로 방 한편 구석에 읍하고 서 있는 김연, 한숭 두 내시를 바라보시며,

"그렇게 너희들이 충신이라고 일컫던 인과 종서가 역모를 한다는구나."

하시었다. 두 내시는 수양대군이 들어온 뒤에 얼마 있다가 들어왔으므로 왕은 그들에게 일변 사정을 알리고 일변 그들의 의견을 들으려 하는 것이었다.

늙은 내시들은 김종서가 수양대군의 손에 죽은 줄을 알았고 그렇다 하면 이것이 모두 수양대군의 음모인 줄도 알았다. 다만 모르는 것은 수양대군의 야심이 어디까지나 가서 그칠까 함이었다. 만일 황보인, 김종서나 치어버리고 만다 하면 참을 수도 있으려니와 수양대군이 어리었을 때부터 길러내나 다름이 없는 김, 한 두 내시는 수양대군의 야심이 거기에만 그치지 아니하고 반드시 용상(龍床)에 올라앉는 것임을 짐작한다. 그렇다 하면 늙은 목숨이 마지막으로 충성을 다할 때가 이때다. 천하고 늙은 몸이 아무 것도 가진 것이 없고 있는 것이 오직 물 불도가리지 아니하는 한 조각 충성된 마음과 부월[258]로도 능히 굽히지 못할 곧은 혀가 있을 뿐이다.

김연은 두 눈에서 흐르는 눈물도 씻으려 하지 아니하고 두어 걸음 왕의 앞으로 기어 나와 엎드려,

“소인 김연(金衍)이 아뢰오. 소인이 비록 천한 놈이 오나 태종대왕마마 때부터 지존(至尊)께 가까이 모시와 금상(今上)마마까지 사조(四朝)로 모시오니 이래 사십년이 넘었사옵고 그 동안에 들고 난 문무제신(文武諸臣)을 모르는 이가 없사옵거니와 문장 도덕이라든지 경국제세지재는 소인 같은 천한 놈이 알배 아니오나 지약 충성하와는 황보인, 김종서를 따를 사람이 없사온 줄을 벌레 같은 소인만이 아는 것이 아니오라, 동방 요순이옵신 성주(聖主) 세종대왕께옵서도 매양 칭찬하옵시었고 선조께서도 특히 그 충성을 일컬으시와 주상 전하를 보좌하옵도록 고명이 계시오니 상전이 벽해가 되옵고 한강에 물이 마를 날이 있사옵더라도 인과 종서 두 대신이 모반을 하리라고는 비단 소인뿐 아니라 천지신명도 생각지 아니하리라고 생각하오. 수양대군 나으리께서 상팔 무엇을 잘못 알고하심인 듯하오니 복원 성상께옵서는 밝히 살피시와 뿌리 없는 참소를 가벼이 믿으시고 국가의 동량이 되는

258) 斧鉞: 형구로 쓰던 작은 도끼와 큰 도끼.

충신들을 잃지 마시옵소서."
하고 금시에 피라도 날듯이 이마를 조아리니 뒤에 엎드리었던 늙은 내시 한숭도 수 없이 머리를 조아리며, "연(衍)의 말이 지당하오." 한다.

실내에는 처참한 기운이 돈다.

수양대군은 살기 있는 눈을 들어 김연을 노려보았다.

왕은 수양대군과 늙은 내시 연을 번갈아 보며 고개를 끄덕끄덕하시었다.

연은 이 기회를 타서 한 번 더 힘 있게 말할 것이라고 생각하고 떨리는 음성으로,

"대저 역모란 것은 국가에 대하여 불평과 원망을 품는 자가 하는 일이외다. 인은 벼슬이 영의정이옵고 종서는 좌의정이옵고 그밖에 이양, 민신, 조극관 같은 사람들이 벼슬이 공경에 달하여 영화가 극하옵거든 무엇을 더 바라고 천벌을 두려워할 줄 모르고 역모를 하오리이까. 이로 보아도 인과 종서가 모반을 한다 하옵은 말이 되지 아니하는 말인가 하오. 또……."
하고 연의 말이 끝나기도 전에 한숭은 이마를 조아리며,

"상감마마, 과연 연의 아뢰는 말씀이 지당한 줄 아뢰오. 만일 참소를 들으시옵고 충신을 해하옵시면 스스로

우익(羽翼)을 자르심과 다름이 없사외다. 황보인이가 역심을 품는다고 하면 누가 곧이듣겠소이까. 하물며 김종서의 충성을 의심하옵신다 하면 백세(百世)에 웃음을 끼치실 줄로 아뢰오. 아뢰옵기 황송하오나 수양대군 나리께옵서는 어느 간사한 무리의 거짓말을 믿으시고 경동하심인가 하오니 복원 성상은 밝히 살피시오."
한다. 그 말이 마디마디 사람의 폐부를 찌르는 듯하였다.
수양대군은 참다못하여 벌떡 일어나 칼자루에 손을 대었다.
"네, 이, 요망한 늙은 것들이! 상감이 어리신 것을 기화로 여겨 역적놈들과 내통한 죄만 하여도 만 번 죽어 아까움이 없거든 하물며 주상 전하 앞에서 무엄한 입을 놀리고 또 나를 잡으니 네, 이 요망한 늙은 것들이 모가지 아까운 줄을 모르느냐."
하고 수양대군은 왕을 향하여,
"상감, 이 두 늙은 이 적괴(賊魁) 종서 놈의 심복이외다. 이 능구리 같은 놈들이 또 무슨 흉계를 할는지 알 수 없으니 이 두 놈을 신에게, 내어주시오."
하고는 왕이 아무 말씀도 하시기 전에 칼을 빼어 들고 김연, 한숭 두 늙은 내시를 어르며,

"냉큼 물러나거라!"
하고 호령을 한다.

김연은 고개를 번쩍 들어 수양대군을 노려보며 소리를 가다듬어,

"나으리가 아무리 나라의 숙부시기로 군신 지분이 지엄하거든 감히 성상 앞에서 무엄히 칼을 빼니 이것도 차마 하거든 무엇은 못하겠소? 나으리가 먼저 물러나가 계하에 대죄하는 것을 보기 전에는 늙은 김연이 살아서는 상감마마 곁을 아니 떠날 줄 아시오."
하는 소리에는 마디마디 서리가 날린다.

"이 요망한 천한 것이!"
하고 수양대군의 칼은 촛불에 번쩍하며 김연의 늙은 목을 내려치었다. 목은 방바닥에 떨어지어 굴고 피는 솟아 상감의 옷자락을 붉게 물들였다.

"나으리, 눈을 보니 충신의 피를 많이 흘리게 생겼소. 나으리 손에 죽는 사람이면 충신 아닐 이 없으니, 옜소, 나도 죽이시오. 내 늙은 목은 마음대로 베이더라도 부디 외람된 마음일랑 먹지 마시오. 충신의 피가 어느 때에나 소리를 치는 것이외다."
하는 한숭의 말이 끝나기도 전에 수양대군의 칼은 한숭

의 왼편 어깨에서 비스듬히 가슴을 내려 베었다.

경혜공주와 경숙옹주는 기색하여 쓰러지고 궁녀들은 방구석에 달라붙어서 발발 떨었다.

승지 최항도 무릎이 덜덜 떨리고 이가 딱딱 마주치었다.

오직 늙은 궁녀 윤연화(尹蓮華)가 두 팔을 쩍 벌리고 왕과 수양대군 사이에 썩 나서서 몸으로 왕을 가리우며,

"나으리, 너무 무엄하지 않소?"

하고 소리를 질렀다.

수양대군의 칼이 늙은 궁녀를 범하려 할 때에 왕은 황망히 수양대군의 칼 든 팔에 매어 달리시며,

"숙부, 날 살리오!"

하고 소리를 내어 울으시었다.

수양대군은 왕의 우는 얼굴을 굽어보았다. 비록 심히 숙성하신 왕이라 하더라도 우는 얼굴은 더욱이 어리시게 보이었다. 수양대군은 피 묻은 칼을 옷자락으로 씻어 칼집에 넣었다.

수양대군은 왕께 대하여 잠시 측은한 마음이 생기었다. 그렇지 아니하더면 두 늙은 내시를 베이던 칼로 왕을 해하였을는지 모른다. 그것은 수양대군 자신도 모르는 것이다.

"그것은 어렵지 아니하외다. 역적 놈의 괴수는 벌써 죽었으니 다른 놈들을 없애기는 여반장이외다. 신이 잘 처치할 것이니 상감은 주무시오."
하고 승지 최항을 시키어 명패(命牌)를 내어 영의정 황보인, 좌찬성 이양, 이조판서 조극관 이하 요로 대관을 부르라 하였다. 좌의정 김종서는 이미 죽었고 우의정 정분(鄭笨)은 전경도(全慶都) 체찰사(體察使)로 아직도 돌아오지 아니하였고 병조판서 민신(閔伸)은 현능비석소(顯陵碑石所)에 가 있었기 때문에 이 밤에는 아니 불렀다.

이렇게 수양대군이 섭정이나 된 듯이 자행자지하는 것을 보고도 인제는 말 한 마디 할 사람도 없었다. 최항은 인제는 수양대군이 세력을 잡을 것이 분명한 것을 보고 안심하여 족불 부지하게 정원인 사랑으로 뛰어나가 선전관 한회에게 명패를 내어 주어 제재(諸宰)더러 즉각으로 입내(入內)하랍시는 어명을 전하였다.

상감은 목전에 김연, 한숭 두 내시의 피 묻은 시체가 놓인 것을 보고 또 수양대군의 허리에 피 묻은 칼이 있는 것을 보니 이 자리에 잠시도 머물러 있을 마음이 없었다. 그래서 환궁하실 뜻을 말씀하시었으나 수양대군은 적도(敵徒)[259]를 다 소멸하기까지는 환궁하시는 길이 위태하다는 핑계로 왕을 붙들었다. 수양대군이 '못하오' 하면 왕은 다시 두 말을 할 용기가 없었다.

수양대군은 영양위와 공주를 불러 상감을 조용한 다른 방으로 옮겨 모시어 주무시게 하기를 부탁하였다. 영양위도 일각이라도 바삐 수양대군 앞을 떠나기만 원하였으므로 수양대군의 말대로 왕을 부액하여 별당으로 모시고 공주와 경숙옹주와 나인들도 뒤를 따랐다.

수양대군도 왕을 호위하여 침소까지 이르러 다시 왕께 안심하고 주무실 것을 말하고 물러나올 할 때에,

"군사를 시켜 밖을 지키게 할 것이니 무서우실 것 없습니다. 적도(敵徒)들은 신이 다 처치하겠으니 상감은 안심하시고 주무시오."

하고 한 번 더 안심하시기를 청하였다.

왕은 겨우 눈물을 거두시며,

"숙부, 황보인은 선조중신(先朝重臣)이니 죽이지는 마오."

하시었다. 수양대군은 못 마땅한 듯이 왕을 한 번 노려보고 물러나갔다.

---

259) 적의 도당. 적당(敵黨: 적의 무리).

수양대군이 물러나간 지 얼마 아니하여 군사들이 별당을 에워싸는 소리가 들리고 창부리를 언 땅에 울리는 소리가 사람의 몸에 소름이 끼치게 하였다.

그러한 소리가 날 때마다 왕은 깜짝깜짝 놀라시는 모양을 보이시었다. 아까까지는 나라의 모든 군사들은 다 왕 자기만을 위하고 지키는 듯하더니 이제는 그들은 모두 수양대군의 편이 되어 사방으로서 왕을 해하려는 것만 같았다.

영양위 정종이 왕의 침소에서 물러나가려고 하직 인사를 할 때에 왕은 그 팔을 붙들며,

"어디를 가오? 여기 같이 이어서 어찌되는 양을 봅시다."
하고 붙들어 앉히고 누님들과 궁녀더러도,

"아무렇기로 오늘밤 잠자기는 틀렸으니 이렇게 모여 앉아서 세상이 어찌되나 보자."
하시고 물러가지 말라 하시었다.

이 말씀에 모두 소매로 낯을 가리었다.

왕은 정종의 말을 들어 훈련도감(訓練島監) 성승(成勝)에게 밀서를 내리시려 하였으나 나인 하나만 마당에 나서도 군사가 내달아 어디로 가느냐 무엇하러 가느냐 하여 두 손을 펴 보아라 하고 몸을 뒤지며 안중문 밖으로는

고양이 하나 얼씬 못하게 하니 그 계획도 수포로 돌아가고 말았다. (성승은 성삼문의 아버지다.)

왕의 침소에서는 왕 이하로 칠판 이 사람들이 마치 갇힌 새 모양으로 가슴을 두근거리며 맥맥히 서로 바라보고 밖에서 들리는 소리에 귀만 기울이었다.

이따금 경혜공주와 경숙옹주의 참다못하여 터지는 울음소리가 방안에 울려 사람들의 분함과 슬픔을 자아내었다.

“그놈 최항 이놈도!”

하고 정종은 이를 갈았다.

수양대군은 감순(監巡) 홍달손(洪達孫)의 군사로 대문과 뒷문과 담 밖을 에워싸 제일문을 삼고 내금위(內禁衛) 봉석주(奉石柱)의 군사로 첫 중문을 지키게 하여 제이문을 삼고 수양대군 궁에서 사사로 기른 소위 무사로 안중문을 지키어 제삼문을 만들어 쥐 한 마리, 물 한 방울 샐 틈 없이 철통같이 짜놓고 다른 일대 군사로는 상감을 시위한다는 명목으로 별당인 상감의 침소를 에워싸 아무도 뒷간 출입 외에는 들고 나지를 못하게 하였다.

그리고는 홍달손이 첫 문에 지키어 있어 대관이 부르심을 받아 들어오는 대로 첫 문에서 종자(從者)를 떼게 하고, 봉석주가 둘째 문을 지키어 들어오는 대관의 벼슬과 이름을 큰소리로 외우라고 하고 그리하면 문 안에는 한명회가 생살부(生殺簿)를 들고 앉았다가 봉석주가 부르는 이름이 사부(死簿)에 있는 자면 일어나 맞는 체하고 손을 들어 죽이라는 군호를 하고 그리하면 문 뒤에 숨어 섰던 홍윤성, 양정(楊汀) 및 함귀(咸貴) 등의 역사가 철여의를 들어 단개에[260] 박살하도록 하고 만일 이름이 생부에 오른 자면 인도하여 제삼문을 들어가 수양대군이 입직 승지 최항을 데리고 앉은 대청으로 불러들이어 황보인, 김종서 등이 과연 역모를 하였다는 다짐 책에 이름을 두게 하고, 만일 듣지 아니하면 문밖으로 내치어 철여의로 끝장을 내도록 작정하여 놓았다.

밤은 점점 깊어 가는데 영양위 궁 안 마당과 바깥 마당과 후원은 조롱불로 마치 불난 집 같고 그 불빛에 군사들의 든 창끝이 무섭게 번쩍번쩍하였다.

"이게 어디 오나. 어느 놈이 먼저 내 철여의 말을 보려는고."

하고 손으로 시커먼 철여의를 한 번 만지는 것은 양정이다.

260) 단 한 번에.

“아따 이 사람, 자네는 벌써 종서 놈을 하나 잡지 아니 하였다. 생각하면 분하이. 내가 아까 그놈의 집에를 갔다가 왜 그저 돌아온담. 그놈은 꼭 내 손으로 잡았어야 할 게야.”

하고 홍윤성은 목전에 누구를 보는 듯이 무섭게 노려보며,

“이놈! 하고 그놈을…… 그놈을…….”

하며 이를 득 간다. 윤성은 종서의 손자에게 뺨을 얻어맞던 생각이 나는 것이다.

“이 사람, 사람 다치리. 자네 따위가 종서 앞에 가면 고양이 본 쥐같이 기운을 못 썼을 것일세. 지금 여기서나 큰소리를 하지.”

하고 빈정대는 것은 구치관이다.

한명회는 이 작자들의 말은 들은 체 만 체하고 갓을 푹 수그려 쓰고 초롱불에 생살부를 펴놓고 책장을 넘기며 어떤 이름을 사부에 옮기기도 한다. 오늘밤으로 대관의 죽고 살기는 전혀 한명회의 마음에 달린 것이다. 명회는 과연 소원대로 염라대왕이 된 것이다.

“한놈 들어왔으면 좋을텐데.”

하고 홍윤성이 철여의를 번쩍 들어 사람 치는 연습을 하는 모양으로 한번 허공을 내려친다.

명회도 어서 그 젠 체하는 고관대작들이 들어와서 자기의 군호 한 번으로 미친 개 맞아 죽듯이 맞아 거꾸러지는 양을 보고 싶었다.

"흥, 그 아니꼬운--조가놈. 이놈 내가그만치 청을 했건만 원한 자리도 아니 주고 이놈이 오늘 나를 보고 살려달라는 꼴을 보았으면 속이 다 시워하겠다."

하고 철여의 든 세 사람을 향하여,

"자네네들 중에 누가 그 조가 놈을 아나?"

하고 그 사팔뜨기 눈을 부릅뜬다.

"조가라니. 장안에 조가가 한 사람뿐인가."

하고 홍윤성이가 웃는다.

"아, 그 이조판서 조극관(趙克寬)이놈 말이야."

명회의 이 말에 윤성과 양정은 서로 바라본다. 시골서 올라와서 벼슬도 못하는 놈들이 이조판서의 얼굴을 먼발치 우러러 볼 기회라도 있었을 리가 없었다. 그중에 오직 구치관이 벼슬은 아직 전적(典籍)261)에 지나지 못하였으나 과거한 지 이십년이나 되도록 각 마을로 미관말직을 다니었기 때문에 대관들의 얼굴 모르는 사람이 없었다.

261) 성균관 종6품, 종8품의 벼슬.

더구나 벼슬 아니 올려 준다고 평생에 미워하던 조극관. 황보인의 얼굴을 그믐밤에라도 못 알아낼 리가 없었다. 오늘밤 이 중임을 맡은 것도 그 덕이었다.

"구전적(具典籍) 나으리가 중방 밑 귀뚜라미니까 잘 알겠군."

하고 홍윤성이가 웃는다.

구치관(具致寬)도 한명회의 이른 바 불평객 중의 하나다. 그가 수십년 환로(宦路) 옥(玉) 관자(貫子) 하나 못 얻어 붙이고 매양 불평한 눈치를 보고 명회가 수양대군의 이름을 팔아서 끌어온 것이다. 구치관은 신숙주, 박팽년, 성삼문 등과 거의 동시에, 즉 세종 갑인에 문과에 오른 사람이다.

수양대군 휘하에 들어가서는 각 마을의 내정과 대관들의 언동을 염탐하는 일을 맡았고 오늘밤에는 들어오는 사람이 누구인지를 알아내는 직분을 맡은 것이다. 구치관이가 보기에 저보다 벼슬이 높은 놈은 다 자기의 원수연마는 그중에도 미운 것은 황보인과 김종서와 민시노가 조극관이였었다.

"이놈들이 나를 괄시하고……."

이렇게 그는 대관들을 원망하였다. 황보인, 김종서가

특별히 구치관을 괄시한 것도 아니었건마는 자기를 특별히 사랑하여 원한 자리도 아니 시키어 주는 것은 곧 자기를 괄시함이었다. 오늘밤에 그는 이십년 내에 쌓이어온 분풀이를 한 번 실컷 하게 되었다. 이 점으로 구치관은 한명회와 동지였다.

"조극관이면 내가 길러내었네."

하고 치관은 명회를 보고 웃었다.

"응, 자네가 잘 알겠네그려. 자네도 어지간히 그놈한터 청도 해보았을 터이지."

하고 명회가 붓대를 서안에 던진다.

"군자(君子)가 그만 애자지원(睚眦之怨)[262]을 염두에 두겠나."

하고 치관은 소매를 들어 콧물을 씻는다.

"군자!"

하고 홍윤성이 껄껄 웃으며,

"군자 다 집어치워라 얘. 쇠몽둥이로 사람 잡는 놈이 군자는 무슨 빌어먹다 죽을 군자야, 군자."

하고 아니꼬운 듯이 땅에 침을 퉤 뱉고는 발로 쓱쓱 비빈다.

---

262) 하찮은 원한.

윤성의 말에 치관은 부끄러운 듯이 머쓱하고 명회는 고개를 끄덕끄덕 하고 코웃음을 한다. 명회도 윤성의 말이 좀 듣기가 거북하였던 것이다.

이때에 밖에서 대문 열리는 소리가 들리고 두런거리는 소리가 들린다. 명회는 무엇이 자기의 얼굴을 들여다볼 것을 두려워하는 듯이 얼른 한 손으로 망건편자를 만지고 한 손으로는 붓을 들어 생살부 껍데기에다가 되는대로 글자를 긁적거렸다. 그 글자 중에는 공경 경자와 도울 양자가 많이 있었다. 무심히 그적거리는 중에도 경덕궁(敬德宮)이란 것과 양양(襄陽)이란 것이 생각이 났던 모양이다. 이렇게 아무 죄도 없는 사람의 목숨을 많이 죽이어서라도 일신의 부귀영화의 욕심을 채우는 것보다는 경덕궁에 궁직으로 기왓장이나 벗겨 팔아먹고 사는 것이, 또는 양양에 도적 두목의 편지나 써 주고 얻어먹고 사는 것이 편안할 걸 하고 명회도 모르는 사이에 명회의 마음이 뉘우치는 것이나 아닌가.

명회만 아니라, 그렇게도 팔을 뽐내던 홍윤성, 양정도 담 밑에 착 달라붙어서 눈이 멀뚱멀뚱하고 구치관은 더구나 안절부절을 못하는 듯이 발을 들었다 놓았다 하고 있다. 무릎이 떨리는가보다. 그러나 오늘 저녁에 잘하지 아니하면 일생 영화는 아주 달아나고 마는 것이다. 그저 눈 꽉 감아라! 쓴 약 먹는 모양으로 눈 꽉 감고 꿀떡 삼켜라! 이렇게 스스로 편달하면서 구치관은 정말 무엇을 삼키는 듯이 눈을 꽉 감고 꿀떡 삼키었다. 그렇게 마음을 맵게 먹으면 적이 무릎 떨리는 것이 덜 하는 듯하였다.

"의정부 좌찬성 이양(李穰)!"

하고 봉석주가 홀기(笏記)[263] 부르듯이 길게 부르는 소리가 나자 백발이 성성하고 키꼴 큰 점잖은 늙은 대관 한 분이 사모 관복에 손을 읍하고머리를 약간 숙이고 바로 상감 앞에 있는 듯한 조심하는 태도로 중문 안으로 들어선다. 유덕하기로, 근엄하기로 이름 높은 이양이다.

이양이면 명회의 손에 있는 사부(死簿)에 셋째로 이름이 오른 사람이다. 첫째가 김종서, 둘째가 황보인, 셋째가 우의정 정문이라야 옳을 것이언마는 정문은 전경도 도체찰사로 밖에 있기도 하려니와 그렇게 중요하게도 보지 아니한 것이다.

한명회는 손에 들었던 붓으로 이양이란 이름 위에 점 하나를 치고는 벌떡 일어나며 손을 들었다.

263) 혼례나 제례 때 의식의 순서를 적은 글.

그제야 이양도 좀 수상하게 생각하였다. 행재소(行在所)면 변시 궁중이어늘 중문 안에 웬 불량스러운 선비 같기도 하고 한량 같기도 한 것들이 헌 망건 때 묻은 중추막으로 구석구석이 늘어서고 게다가 웬 괴물 같은 작자가 사팔뜨기 눈을 번쩍거리며 자기가 들어오는 것을 보고 손을 번쩍 드니 이것이 수상하지 아니할 리가 없었다. 그래서 이양은 잠깐 걸음을 멈추고 사방을 돌아보려 하였다.

'이것이 분명히 이야이다.' 하는 뜻이다. 치만은 관복을 입었었다.

이양은 치만을 어렴풋이 알아보고 적이 의혹을 푼 듯이 다시 걸음을 옮겨 놓았다.

그러나 이양이 두 걸음을 옮기기도 전에 홍윤성과 양정의 철여의가 이 양의 머리와 등을 동시에 내려치었다.

이양은 소리도 없이 땅에 거꾸러지어 입으로 피를 토하였다.

치만도 가만히 있어서는 공이 깎일 것 같아서 눈을 뜨고 피거품 문 입을 움직이려 하는 이양의 양미간을 철여의로 내려 부수었다. 얼굴은 알아보지도 못하게 으깨어지고 말았다.

그렇게 점잖고 엄숙하던 이양은 피투성이 송장이 되어 누웠다. 진실로 "아이고" 소리 한 마디 아니 나고 사람의 목숨 하나가 끊어지었다.

"이사람."

하고 윤성이가,

"한림학사 사람 치는 법은 그러한가. 그렇게 낯바닥을 바숴버리면 누군지 알 수가 있나."

하고 우치만을 보고 픽 웃는다.

'이놈이, 이종의 자식 놈이 인제는 사뭇 하게를 하려 드는구나.' 하고 치만은 분하였다. 그래서 한 번 윤성을 흘겨보았다.

다음에 들어온 것은 우참찬 정인지다. 집현전 교리 신숙주가 뒤를 따랐다.

명회는 일어나 공손히 인지에게 읍하였다. 인지는 곁에 놓인 시체를 보고,

"누군가?"

하고 명회에게 묻는다.

"이양이오."

하고 명회와 치만이 일제히 대답한다. 서로 대답을 경쟁하는 듯하였다.

"인제 겨우 하나야?"
하고 인지는 불만한 듯하였다. 그러나 명회를 위로하는 듯이 한 번 웃어 보이고 이양의 흘린 피를 아니 밟을 양으로 사뿐사뿐 골라 디디며 안으로 걸어들어간다.

숙주는 명회는 본 체 만 체하고 치만이더러면 웃음을 바꾼다. 그리고는 명회와 윤성, 양정을 경멸하는 눈으로 한 번 슬쩍 둘러보고는 역시 땅바닥에 고인 이양의 피를 피하여 피 없는 데를 골라 디디면서 인지의 뒤를 따른다.

"주리를 할 녀석."
하고 명회가 숙주의 뒤를 흘겨본다.

"흥, 이 녀석 모든 일은 다 네가 하는 것 같지. 흥, 모두 내님의 계교야. 네까진 놈 백 놈 있어 보아라. 김종서 발가락 하나나 건드리나."

이렇게 명회는 숙주를 원망하였다. 명나라에 종사(從事)로 데리고 갔다 온 이래로 수양대군은 신숙주를 사랑할뿐더러 신복을 만들었다. 정인지를 완전히 수양대군 편을 만든 것도 신숙주의 공이 많은 것이다. 숙주는 수양대군과 정인지 사이의 혀와 같았다.

그렇지마는 한명회가 보기에는 신숙주는 자기가 세운 공을 가로 채어 먹는 도적놈같이만 보였다. 가만히 앉아

서 오늘 일이 패하면 나는 모르오 하고 여전히 벼슬을 다니고, 만일 성사가 되면 남보다 먼저 나서서,

"이 일은 모두 내 공이요."

하려는 것만 같았다.

"흥, 국밥 다 지어 놓으니까 먹으러만 살랑살랑."

하고 명회는 인지와 숙주가 문 안에 들어가고 안 보일 때까지 노려보았다.

다음에 들어온 것이 좌참찬 허후(許詡)다.

마당에 흥건한 피를 보고 깜짝 놀라 땅에 발이 붙은 듯이 우뚝 서서 사방을 둘러본다.

피 있는 곳에서 사오 보 동쪽으로 허옇게 엎어 놓은 이양의 시체가 등불의 춤추는 빛을 받아 마치 들먹들먹 움직이는 것 같다.

천생 감격성이 많은 허후는 좌우에 벌리어 있는 것이 누군 줄로 보지 아니하고,

"이게 웬일이냐?"

하고 소리를 질렀다.

"역적 이양이요."

하고 치만이가 읍한다.

허후는 보니 평소에 아는 우치만이다. 허후는 치만의

위아래를 훑어보더니,

"역적 이양이라니? 이양이가 언제 역적이 되었던가."

치만은 더 할 말이 없었고 명회는 나른 데를 돌아보고 픽 웃었다.

허후도 당연히 죽을 것이지마는 작년 시월 수양대군이 명나라에 간다고 할 때에,

"지금 재궁이 빈전에 계시고 백성이 의심 속에 있거든 나으리가 나라에 종신이 되어 나라를 떠나시다니 될 말이오."

한 것이 수양대군의 비위에 맞아서 이름이 사부에 오르기를 면한 것이다.

허후는 장히 못마땅한 듯이 서너 번 고개를 흔들더니 한명회, 홍윤성 등을 한 번 노려보고 도로 나갈까 들어갈까를 결정하지 못하는 듯이 잠깐 주저하다가 안으로 들어간다. 허후의 그림자가 수양대군 있는 대청 앞에 다다르려 할 때에,

"이조판서 조극관(趙克寬)!"

하고 외치는 소리가 들리었다.

허후는 무슨 일이 생기나 보자하고 휙 돌아섰다.

중문을 통하여 우치만이가 조극관 앞에 읍한 모양과

한명회가 한 손을 번쩍 들고 일어서는 양이 불빛에 비치어 마치 귀신과 같았다.

허후는 발을 돌려 안중문까지 나와서 가만히 내다보았다.

그중에 한 놈이 길다란 그림자를 끌고 어두운 속에서 내달으며 철퇴를 들어 조극관의 뒤통수를 갈기는 모양이다. '아이쿠' 소리도 들리는 듯 마는 듯 조극관의 관복 자락이 펄럭거리며 땅에 거꾸러지는 것이 보이고, 그러자, 우치만이가 발을 들어 극관의 가슴을 서너 번 차는 양이 보이고 그중에 한 놈이 허리를 굽히어서 극관의 얼굴을 들여다보고는 몸을 흔들며 끼득끼득 웃는 소리가 들린다.

그리고는 또 한 놈이 철여의를 들어서 조극관의 면상을 내려치는 것이 보이고는 다른 두 놈이 달려들어 극관의 몸(아마 시체일 것이다)을 발길로 굴리어서 이양의 시체 있는 곳에 밀어다 놓고 그중 한 놈이 극관의 발목을 잡아 한 편 구석으로 홱 내어던지고는 미친 놈의 웃음 모양으로 깔깔깔 웃는 소리가 들린다. 그리고는 도로 아까 모양으로 조용해지고 여러 놈의 그림자는 그늘 속으로 사라지어버리고 만다.

허후는 이 광경을 다 보고 나서 “응 쩝쩝” 하고 입맛을 두어 번 다시더니 모든 의미를 알았다는 듯이 대청을 향하고 다시 걸음을 옮긴다.

김종서 부자가 수양대군의 손에 맞아죽었다는 소식은 성문이 열리기 전에는 장안에 들어올 수가 없었다. 또 서대문, 남대문, 서소문을 지키는 군사가 이미 수양대군 편이 되어 버린 홍달손의 군사고보니 더구나 김종서 피해된 소식을 문안에 들여보낼 리가 없었다.

김종서가 기절하였다가 다시 살아나서 원구(元矩)를 시키어서 대신이 암살을 당할 번하였다는 뜻과 상처가 중하니 내의를 하송하실 것을 상감께 아뢰려 하였으나 서대문, 남대문이 다 굳이 닫히고 아무리 하여도 열어 주지를 아니하였다.

그래서 영의정 황보인은 김종서 집에 생긴 일도 알지 못하고 저녁 후에 사랑에 앉아 한담하고 있었다.

이때에 선전관 한 회가 와서 즉각으로 입시하라는 명을 전하고는 다른 데 갈 길이 바쁘다 하여 당에 오르지도 아니하고 말을 달리어 가버리었다.

이 뜻하지 아니한 부르심에 황보인 집은 내외가 다 놀래었다. 황보인도 방에 들어가려고도 아니하고 마당에 우두커니 서서 눈을 감았다. 희고 길다란 수염이 가슴에 빛난다.

"초헌(軺軒)[264] 내어라."

하고 인은 마침내 명령하였다.

"아버지 들어가십니까?"

하고 근심스러운 빛을 띠고 한 걸음쯤 인의 뒤에 모시고 섰던 석(錫)이 한 걸음 나서며 아버지에게 묻는다.

인은 잠깐 아들을 보고는 그 시선을 피하는 듯이 고개로 하늘을 바라보며,

"부르시니 아니 들어가겠느냐. 내가 오래 국은을 입고 한 일이 없으되 또 큰 허물도 없나니라. 어느 때에 무슨 일이 있더라도 낭패하지 아니하도록 하여라."

하고는 초헌에 올랐다.

인의 이 말은 최후의 유언같이 들리어 석, 흠(欽) 이하로 오직 고개를 숙일 뿐이요, 말이 없었다.

인은 이 밤중에 위로서 부르시는 것이 무슨 뜻인지는 모르나 대문을 나서매 자연히 이번 길이 마지막 길인 것같이 생각되어서 비감함을 금치 못하였다.

---

264) 조선시대 종2품 이상의 벼슬아치가 타던 수레. 긴 줏대에 외바퀴가 밑으로 달리고, 앉는 데는 의자 비슷하게 되어 있으며, 두 개의 긴 채가 달려 있다.

지금까지 해로하여 온 부인도 한 번 더 보고 싶었고 어린 손자들도 한 번 만지고 싶었다.

그러나 인은 왕명(王命)을 받아서 감을 생각하고 다만 사당을 향하여 잠깐 읍하여 혹 영결이 될는지 모르는 하직을 고하였다. 그러나 초헌에 흔들리는 인의 허연 수염에는 눈물이 굴러 내렸다.

뒤에는 인의 아들 석이 종자 두어 사람을 데리고 머리 아버지의 뒤를 따랐다. 석은 이 밤에 부르시는 것이 반드시 무슨 까닭이 있음을 의심하였고 그 의심 속에는 수양대군의 모양이 번쩍 나타났다. 석은 작년에 종서의 아들 승규와 같이 수양대군을 따라 명나라에 갔었다. 신숙주를 심목으로 사랑하면서도 승규와 자기와를 누구나 알아보게 미워하던 것을 기억한다.--그 수양대군의 살기 있는 눈이 석에게는 분명히 보이는 것이다.

의심스러우니 가지 말라고 만일 자기가 아버지를 만류하면,

"신자(臣子)로서 군부(君父)의 명을 의심하는 법이 없나니라."

하고 자기를 책망하여 버리고 말 것을 석은 잘 알았다. 그러므로 감히 가지 말라고도 못하고 다만 뒤만 따라올

뿐이었다.

종묘(宗廟) 앞을 당도하여 사인(舍人) 이예장(李禮長)을 만났다. 그는 황황히 황보인의 초헌을 붙들고 말한다.

"대감, 가시지 마시오. 지금 영양위 궁에는 안팎으로 순군과 금군으로 둘러쌌습니다. 그것도 상관없지마는 수양대군 궁 무사란 것들이 들락날락하고 안마당에서는 사람을 때려죽이는지 아이쿠 소리가 났다고 합니다. 지금 대신을 부르는 것이 다 수양의 농간인 듯하니 이 편에서도 막아낼 도리를 하는 것이 옳을 듯하외다."

사인 이 예장이 황보인의 초헌을 붙들고 만류하는 사이에 뒤를 따르던 황보석도 무슨 일인가 하고 달려왔다. 와서 이 예장의 말을 듣고 석은 인을 바라보며,

"아버지, 제가 먼저 영양위 궁에 가서 보고 올 것이니 아버지는 아직 집으로 돌아가시오. 암만해도 일이 수상하외다."

하였다.

"어찌 그리할 수 있느냐. 임금이 부르시거든 어찌 일각인들 지체할 수가 있느냐. 설사 무슨 흉계가 있다 하더라도 군자는 가기이방이니라."

하고 예장의 손을 잡으며,

"무슨 일이 나고야 마는 모양이니 나 같은 늙은 사람이 죽고 사는 것이야 대수인가마는 만일 수양대군이 무슨 흉계를 꾸민다 하면 선조(先朝) 고명 받은 사람을 다 없애버릴 모양이니 그리 되면 어리신 상감께서 어찌하시나. 모두 내가 어두워 이리 된 것이니 지하에 영묘(英廟)와 선조를 뵈올 면목이 없는 죄인일세."

하고는 눈을 감아 눈을 흐리게 하는 눈물을 떨어뜨리고 나서,

"자네는 이 길로 절재(節齋)한테 가 보게. 다행히 만나거든 좋고 벌써 들어왔으면 무가내하지. 만일 절재를 못 만나거든 성승(成勝)과 유응부(兪應孚)를 보고 후사를 부탁한다고 하게. 그 사람들은 죽지 아니할 듯하니까."

하고는 아들 석을 보고,

"따라올 것 없으니 너는 집으로 가거라."

하고 두어 걸음 가다가 초헌을 멈추고,

"병조판서가 어디 있느냐?"

하고 묻는다.

석이 달려가서,

"어저께 비석소(碑石所)에 나가서 아직 안 들어왔습니다."

하는 대답을 듣고는,

"오, 아직도 비석소에 있느냐. 어서 집으로 가거라. 남 웃기지 말아라."

하고 종묘 앞에서 내리지도 아니하고 살같이 영양위 궁을 향하여 달려간다. 초롱불이 가물가물하는 것도 아들에게는 슬펐다.

이러한 말을 아들 석에게는 부탁하지 아니한 것은 아들의 목숨도 내일을 지내기 어려울 듯한 까닭이다. 아들에게 주는 마지막 부탁이 남 웃기지 말라는 것이다. 온 집안이 도륙을 당하더라도 비겁한 빛을 보이지 말고 당당하게 태연하게 당하라는 뜻인가.

영의정 황보인이 영양위 궁 문전에 다다른 때에는 그래도 다른 때와 달랐다. 군사들은 더욱 정숙하고 홍달손은 이마가 땅에 닿으리만큼 허리를 굽히고 대문은 활짝 열리었다.

그러나 황보인은 대문 밖에서 초헌을 내리었다. 그리고 유심하게 좌우를 돌아보았다.

"좌상(左相) 들어왔느냐?"

하는 어성은 높지 아니하나 그래도 일국을 호령하던 수상(首相)다운 힘과 무거움이 있었다.

"아직 아니 오시었소."
하는 홍달손의 등에는 자연 물이 흘렀다. 그리고 김종서가 죽은 줄도 모르고 자기가 몇 걸음만 더 걸으면 철여의 바람에 두 골이 으스러지어 죽을 줄도 모르는 늙은 영의정이 우습기도 하고 가엾기도 하였다.

"수양대군 듭시었느냐?"
하고 인이 다시 물을 때에는 달손은 대단히 거북하였다.

"예 벌써부터 듭시어 계시외다."
하면서도 달손은 까닭 모를 위압(威壓)을 깨달았다.

"그 밖에 누구누구 와 있느냐?"
달손은 잠깐 말문이 막히었다.

대문에 영의정 황보인이 온 줄은 곧 둘째 문 셋째 문까지 알려지었고 인이 달손과 이야기하는 동안에 수양대군이 앉았는 안방에까지 알려지었다.

"인이가 왔어?"
하고 수양대군도 놀라는 빛을 보이고 정인지, 이사철, 한확(韓確), 신숙주의 무리는 얼굴빛이 해쓱하여지는 듯하였다.

그중에 태연한 이는, 오직 허후(許詡) 한 사람뿐이었다. 그의 주름 많은 얼굴에는 우는 듯 비웃는 듯 무엇이라고 형언할 수 없는 빛이 떠돌았다.

후는 인지를 이윽히 보더니,

"이 사람, 저 늙은이야 무슨 죄 있나. 자네에겐들 무슨 원협 있나. 앗게, 죽이질랑 말게."

한다. 후가 황보인 죽이지 말자는 말을 수양대군에게 하지 아니하고 인지에게 하는 것은 은연중 인지가 이 일에 깊이 관계된 것을 빈정대는 것이다.

인지는 후의 말에 미상불 낯에 쥐가 나는 듯하였다. 허후는 좌참찬이요, 인지는 우참찬으로 가깝다 하면 심히 가까워야 옳은 일이요, 또 죽마고우로, 글벗으로 수십 년간 친지다.

황보인으로 말하던 두 사람에게는 다 절친하다 할 만한 존장이요, 선배다. 비록 인지가 수양대군의 수하가 되어 이번 정란계획(靖亂[265]計劃)에 가장 중요하게 (물론 남모르게) 관계는 하였다 하더라도 대 해놓고 이렇게 하는 말을 들으면 얼굴에 쥐가 아니 날 리가 없다. 더구나 다소 여자다운 편심을 가진 인지는 속으로 허후의 오늘 욕보임을 단단히 치부하여 둔 것이다.

---

265) 국가의 난리를 평정함.

"거 원 무슨 말인가. 날더러, 내가누구를 죽이고 살리고 한단 말인가."
하고 인지가 그 가느단 눈으로 허후를 노려본다. 신숙주, 최항, 이계전 등 젊은 무리들은 면난한 듯이 인지와 후를 번갈아 본다.

수양대군은 못마땅한 눈으로 후를 노려보나 후는 못 본 체하고,

"나으리, 김종서 하나만 죽이면 고만 아니요. 글쎄 이 양은 무엇하러 죽이며 또 황보인은 무엇하러 죽이시오. 뜻에 아니 맞거든 어디 먼 곳으로 귀양이나 보내시지. 죽이지는 마시오. 역사삼세(歷事[266]三世)한 노신이 아니오니까. 그리 마시겨오."
하고 인지를 노려본다.

수양대군은 후의 말을 안 들으려는 듯이 몸을 이러 저리로 움직이더니,

"어, 웬 여러 말이요?"
하고 후를 향하여 소리를 질러버린다. 대대 충효가 자손으로 더구나 그 부모상에 효성이 지극하다는 명성이 높

---

266) 여러 대의 임금을 내리 섬김.

은 허후는 과히 귀찮게만 아니 굴면 살려 두어 자기가 어떻게 충효를 존중하는가를 세상에 보이는 증거를 삼으려 하는 것이 수양대군의 생각이었다. 허후는 정치적 수완으로 그리 용할 것도 없었고 더구나 정치적으로는 극히 야심히 없었다. 그것이 수양대군이 허후를 살려두려는 또 한 가지 이유도 된다. 그는 살려두어야 해될 것은 없는 까닭이다. 오직 그의 어리석다 하리만큼 곧은 입이 염려였으나 그것이야 못 참으랴 하였다.

수양대군이 주는 핀잔을 후는 꿀떡 삼키었으나 자기의 힘이 도저히 황보인은 살릴 수 없음을 깨달았다. 그리고는 눈을 감고 입을 다물어버렸다.

밖에서 두런두런하는 소리가 들린다. 황보인이 둘째 문을 들어오는 모양이다. 허후는 참다못하여 문을 열고 나갔다. 그러는 것을 보고 수양대군은 너털웃음을 치며,

"허 참찬, 황보인의 감참(監斬)267)이나 잘하오."

하고 허후가 들으리만큼 큰 소리로 외친다.

인지는 이맛전만 씰룩거리나 다른 사람들은 수양대군의 비위를 맞추어서 다 웃었다. 그렇게 웃음으로 밖에서

---

267) 죄인의 참형을 감독하고 검사하던 일.

노재상 황보인이 철퇴에 맞아 시방 피를 흘리려니 하는 생각에서 오는 형언할 수 없는 무시무시한--살인죄에 관계한 사람만이 경험하는 무시무시함을 약간 잊어버리려는 생각도 있었다.

흔들리는 촛불 그늘에 방안 구석구석이 혹은 김종서의 키 작은 모양이, 혹은 이양의 부대한 몸이, 혹은 황보인의 허연 수염이 보이었다. 스러지었다 하는 듯하여 황보인의 '아이쿠' 소리를 이젠가 저젠가 하고 귀를 기울이고 있는 수양대군 이하 여러 사람들은 서로 바라보고 몸에 소름이 끼치었다.

허후가 안중문에서 내다볼 때에는 바로 황보인이 한명회 앉았는 둘째 문을 들어설 때였다. 감격성 많은 허후는 아무리 하여서라도 황보인을 구해내어야 할 것같이 생각하여 걸음을 빨리 하였다. 자기가 간대야 죽을 황보인을 살릴 수 없는 줄을 미처 생각할 수가 없었던 것이다.

한명회의 옷소매가 들리고 그늘 속에서 철여의 든 놈들이 뛰어나서는 양이 보이었다.

"낯바닥을랑 성하게 두어라!"

하는 한명회의 우렁찬 음성이 들리자 뚱뚱한 홍윤성의 철여의가 황보인의 뒤통수를 향하고 내려오는 것을 후가

보았다. 그때에 황보인은,

"오, 그러더냐. 다 알았다."

하는 듯이 걸음을 멈추고 우뚝 서서 한명회를 노려보며,

"어, 여기가 어디라고 이 웬 잡인들이냐."

하고 호령하였다.

그러나 그 호령이 끝나기 전에 홍윤성의 철퇴에 맞아 황보인은 마치 큰 나무의 뿌리가 뽑히어서 넘어지는 모양으로 땅 위에 쓰러지었다. 영의정 잡은 공로에 나도 나도 참예하겠다고 좌우에 벌려 섰던 무사들이 우르르 뛰어나선다. 그중에는 강곤(康袞), 민발(閔發), 유형(柳亨), 곽연성(郭連城), 홍귀동(洪貴童), 홍순로(洪純老), 송석손(宋碩孫) 등도 있었다.

황보인이 땅에 쓰러지자 좌우로서 어중이떠중이가 와 모여드는 것을 보고 허후는 억제할 수 없는 의분[268]을 느끼어,

"이놈들아, 글쎄 이 도적놈들아, 그 양반이 무슨 죄가 있다고 그리누냐. 이놈들아, 그 양반께 손을 대지 말아라."

268) 義憤: 불의에 대하여 일으키는 분노.

하고 달려들었다.

사람들은 웬일인고 하고 잠깐 물러섰다.

명회는 허후를 노려보았다. 사람들이 잠깐 물러선 동안에 허후는 땅에 쓰러진 황보인의 곁에 앉아 두 손을 피 흐르는 황보인의 머리 밑에 넣어 머리를 좀 들고,

"나를 보시오? 나를 보시오? 후외다. 허후이요. 글쎄 이게 무슨 변이란 말인고. 뒤통수가 이렇게 으스러졌으니 살아날 수가 있나. ……날 좀 보시오. 대감, 좀 보시오. 눈은 떴는데…… 정신을 못 차리시나 이게 원 무슨 일이람."

하고 소매를 들어 앞을 가리우는 눈물을 씻는다. 씻고는 인의 얼굴을 들여다보고 보고는 또 씻고 하는 동안에 후는 우후후 하고 소리를 내어 운다.

"글쎄."

무슨 인의 눈이 움직이는 듯하더니,

"오, 자넨가. 자네는 아직 안 죽었나?"

하고 반가운 듯한 표정까지 보인다.

"예, 웬일인지 나는 아직 살았소이다. 정신이 좀 나시오?"

하고 후가 자기 얼굴을 더욱 인에게 가까이 댄다.

"좌상 어찌 되었누?"

인은 김종서의 말을 묻는 것이다.

"좌상은 벌써 죽었어요. 이양도 죽고요. 조극관도 죽고 웬만한 사람은 다 죽겠지요."

"인지(麟趾)는 살았나?"

인은 정인지 말을 묻는 것이다.

"살아도 잘 살았나 봉외다. 머리가 이렇게 으스러졌으니 사실 수야 있나. 무슨 부락하실 말씀은 없으시오? 원 낸들 언제 죽을지 아나. 그래 무슨 하실 말씀이 있거든 하시오. 어, 고만 정신을 못차리시나보군."

황보인은 더 정신을 차리지 못하고 눈에 생기가 없어진다.

허후는 두어 번 인의 머리를 흔들며 불러 보았으나 대답이 없는 것을 보고 인의 머리를 자기 무릎 위에 놓으며,

"어뿔사, 고만 운명을 하시는군. 이 사람들아, 자네네들이 더 때리지 아니하여도 벌써 운명하였네. 일생에 아무 죄 없는 양반을 시체나 성하게 가만 두소."

하고 오른 손을 들어 인의 눈을 감긴다.

명회는 황보인이 완전히 절명한 것을 보고 안으로 들어갔다. 안에서는 수양대군 이하 여러 사람이 마치 무슨

무서운 기별을 기다리는 듯이 명회를 바라보았다.

명회는 그 사팔뜨기 눈으로 한 번 방안에 있는 모든 사람들을 둘러본다. 내 얼굴을 잘 익혀 두어라 하는 듯하다. 그리고 난 뒤에 수양대군을 향하여,

"나으리, 인(仁)을 잡았소."

하고 한 번 웃어 보인다.

수양대군은 명회의 이 보고가 아니라도 황보인이 지금 죽는고나 하고 이미 알고 있지 아니함이 아니나 그래도 영의정 황보인까지 그렇게 쉽사리 자기 뜻대로 잡아질 것 같지 아니하여 마치 어른이 가지고 있는 물건을 집어 오는 어린아이와 같은 걱정이 없지 아니하였던 것이다. 그러다가 명회의 보고를 들으매 인제는 황보인을 잡은 것이 사실인 것이 분명하였다.

"어, 인(仁) 이놈을 마저 잡았어?"

하고 수양대군은 성공의 기쁨으로 다만 눈이 번쩍번쩍 빛나고 입 근육이 씰룩씰룩 움직일 뿐이었다. 수양대군 뿐 아니라 정인지, 신숙주, 이계전, 최항 이하 이 일에 무서운 생각을 가지고 며칠 동안 밤잠을 잘 이루지 못하던 무리들도 가슴을 저질러 놓았던 무거운 바둑돌이 금시에 제치어진 모양으로 부지불각에 휘유- 한숨을 쉬고

또 부지불각에 인제는 되었다 하는 숨길 수 없는 웃음이 입가으로 떠돌았다. 그중에도 정인지, 신숙주가 희불자승하는 태도가 더욱 눈에 띄었다.

"우스운 일이 있소이다."

하고 명회가,

"허 참찬이 인의 머리를 무릎 위에 놓고, 이놈들아 죄 없는 양반을 왜 죽이느냐고 소인을 보고 호령을 하고 울고불고 야단이외다. 어찌 하오리까, 그냥 두오리까. 좀 아픈 맛을 보이오리까."

하고 웃는다. 아까 당장에는 허후가 때려죽이고 싶도록 미웠으나 지금 이 자리에 서서 자기가 가장 공이 커서 장차 허후보다 높아질 것을 생각하면 지금은 허후가 가엾고 우습기만 하였다.

"응, 사람이 어째 그 모양이야. 아무리 일러도 그 모양이람."

하고 정인지가 귀찮은 듯이 고개를 흔든다.

"워낙 괴벽하니까."

하고 수양대군이 웃는다.

"아니외다. 괴벽이 아니외라 졸해서 그러외다."

하고 신숙주가 책망하는 듯이 말한다.

"그래도 사람은 진국이어."
하고 수양대군이 아낀다.

저편 구석에서 눈을 깜작깜작하고 말할 기회를 기다리노라고 몸을 옴짝옴짝하던 이계전이가 성큼 나앉으며,

"아니외다. 일이 그렇지를 아니하외다. 아무리 허후라 하더라도 역적 인을 두호[269]한다 하면 변시 역적이니까 가만두는 것이 옳지 아니하외다. 마땅히 내어 베어야 합니다."

하고 소리를 높이고 낯에 핏대를 돋치며 외친다. 이계전은 고려 충신목은 이색의 손자다.

이계전의 말에 사람들의 얼굴에는 무서운 기운이 돌고 눈들은 수양대군을 향하였다.

수양대군의 낯빛도 긴장이 되며 이계전을 이윽히 바라보더니,

"아니, 그럴 수 없어."

하고 허후 죽이자는 이계전의 발론을 물리친다. 그러나 마음에 이계전의 자기에게 대한 충성은 만족하게 여기었다. 이러하면 계전의 목적도 달한 것이다. 허후를 살려두

269) 斗護: 남을 두둔하여 보호함.

면 선비들의 뜻을 살 것이다 하고 생각한 것이다.

수양대군이 허후를 살리려는 뜻을 보고 인지는 얼른 딴 문제를 끌어내었다.

"나으리, 이미 밤이 늦었으나 국가 대사온즉 지금 곧 황보인의 수급(首級)을 가지시고 나으리께서 상감께 정란(靖亂) 수말(首末)[270]을 주달하는 것이 옳을 듯하외다."

황보인의 머리를 가지고 상감께 정란 수말을 주달하여야 한다는 인지의 말이 수양대군에게 무척 기뻤다. 적장(賊將)의 머리를 베어 들고 탑전(榻前)에 공을 아뢰는 장쾌한 맛을 깨달은 것이다. 그러나 어찌 생각하면 수줍기도 하였다.

"그래야 할까?"

수양대군은 탄식하는 듯이 이렇게 말하였다.

"그러기를 두 말씀이오니까. 이번 정란(靖亂)은 막비 나으리의 공이온즉, 적괴의 수급을 가지고 주공(奏功)하심이 마땅하올뿐더러 또 그러하심이 성려(聖慮)[271]를 덜으심인가 하오."

하는 인지의 말은 정히 수양대군의 비위에 맞았다.

270) 머리와 끝을 아울러 이르는 말.
271) 임금의 염려를 높여 이는 말.

이미 다 죽은 인의 머리를 베는 것이지마는 이것을 배는 절차를 어찌할까 하는 것이 꽤 문제가 되었다. 워낙 조 찾기와 말썽 많기로 세종대왕 시절부터 유명한 이계전은 적괴를 참(斬)하는 모든 형식과 위의를 베풀기를 주장하였으나 만사에 그리 흥미를 가지지 않는 이사철은,

“그것은 그래 무엇하나. 이왕 다 죽은 것이니 아무렇게나 목을 자르면 그만이지그려.”

하고 시끄러운 듯이 고개를 돌리었다.

이계전은 자기가 황보인 감참(監斬)하는 명예를 가지고 싶었던 것이다. 명예보다도 공을 가지고 싶었던 것이다.

그러나 원체 수양대군이 무슨 정당한 직임을 가지고 이를테면 정당한 자격을 가지고 하는 것이 아니라 모든 비공식(非公式)이기 때문에 모든 일이 자연 서툴렀다. 조를 찾자 하니 찾을 조가 없고 찾자 하니 너무 싱거워서 얼마동안 예문 토론을 하다가 마침내 정인지의 발의로 자기가 임시로 판의금(判義禁) 격이 되고 신숙주가 동의금(同義禁) 격이 되어 황보인, 이양, 조극관 이하 오늘밤에 죽은 사람 십여 명의 목을 베기로 하였다.

이렇게 결정이 되매 이계전은 실망하였으나 한확, 이

사철, 최항의 무리는 안심하는 한숨을 쉬었다. 대개 사람의 목 자르는 것을 보고 싶은 사람이 어디 있으랴마는 더욱이나 오늘 아침까지 자기네 상판으로, 동료로, 또 사정으로 보면 세외의 어른으로, 친구로 웃고 대하던 황보인 이하 여러 사람들의 죄 없는 목을 자르는--그것도 철여의에 맞아 으스러진 시체의 목을 자르는 직책을 맡는 것은 그들에게도 그리 재미있는 일은 아닌 까닭이었다.

인지와 숙주는 명회를 따라 황보인의 시체 있는 곳으로 나아갔다. 이때까지 황보인의 머리를 무릎 위에 놓고 울고 앉았던 허후는 인지와 숙주가 오는 것을 보고 소매로 눈물을 씻고 두 사람을 바라보며,

"글쎄, 이 사람, 이 늙은이가 무슨 죄가 있나."
하고 아까 방에서 하던 말과 같은 말을 중얼거린다.

인지는 귀찮은 듯이 낯을 찡그리며,

"일어나게. 이게 무슨 꼴이람. 땅바닥에 펄쩍 주저앉아서, 시체는 우리가 처리할 테니 자넬랑 일어나 들어가게. 대군께서 기다리시네."
하고 허후의 소매를 들어 일으킨다. 허후를 이 자리에 두어 황보인의 목 베는 광경을 보게 하면 또 무슨 말썽이

생길는지 모르는 까닭이다.

"시체를 처치하다니 어떻게 처치한단 말인가. 설마 효수(梟首)[272]는 아니할테지?"

하고 후는 인지의 손을 뿌리치려고도 아니하고 애원하고 눈으로 묻는다.

"어서 일어나게."

하고 인지는 후가 반항 아니 하는 것을 기화로 여기어 한 번 더 후의 소매를 끌며,

"지금 나으리가 자네를 찾으시니까 아마 그런 일을 의논하시려는 모양이니 얼른 가 보게."

하는 말을 믿고 후는 그래도 의심스러운 듯이 인지와 숙주와 명회와 기타 둘러선 무사의 무리들을 한 번 둘러보고는,

"이놈들, 그 양반이 무슨 죄가 있어?"

하고 한 번 눈을 흘기고 안으로 들어간다. 가서 수양대군에게 황보인 이하 오늘밤에 죽은 사람들의 시체나 온전히 자손에게 내어 주어 장사하게 하도록 청하려 한 것이다.

후가 안중문을 들어가고 다시 보이지 아니하기를 기다

---

272) 죄인의 목을 베어 높은 곳에 매달아 놓음, 또는 그런 형벌.

려서 인지는 좌우를 시켜 쟁반에 백지 한 장을 깔아 오라고 명하였다. 이윽고 영양위 궁 종이 쟁반을 들고 나와서 이 광경을 보고 '아마니!' 하고 쟁반을 동댕이를 친다. 뎅그렁뎅그렁 소리를 내며 쟁반이 땅 바닥에 떨어져 구른다. 그것이 무시무시했다.

양정은 굴러가는 쟁반을 발로 막아 붙들어 땅에 떨어진 백지를 집어 깔아서 두 손으로 들어다가 정인지 앞에 놓았다.

정인지는 아무쪼록 인의 시체를 아니 보려 하면서 누구를 향하는지 분명치 아니하게,

"인의 목을 베어라."

하고 명을 내렸다. 정인지의 어성[273]은 약간 떨리는 듯하였다.

사람들은 아무 대답이 없었다. 마당은 잠잠하였다. 윤성, 정조차 서로 바라만 보고 머뭇머뭇하였다.

"어찌항 베지 아니하느냐?"

하고 정인지는 위엄 있게 소리를 질렀다.

"소인이 베오리다."

273) 語聲: 말소리.

하고 칼을 빼어 들고 나서는 것은 홍윤성이었다.

윤성은 소매를 걷고 나와 발길로 황보인의 가슴패기를 한 번 탁 차서 반듯이 누인 뒤에 양정더러 두 귀를 잡아 인의 머리를 땅에서 좀 들리게 하게 하고 칼날을 한 번 손으로 쓸어 만지고 나서 인지와 숙주와 좌우를 돌아보며 왼편 손을 허리에 대고 오른 손으로 칼을 머리 위에 높이 들고 이윽히 인의 목을 내려다 본 뒤에 '에익' 하는 소리도 기운차게 허리가 잠깐 굽으며 번개같이 칼이 내려온다. 어느 덧에 찍히었는지 소리도 났는지 말았는지 모르건마는 인의 머리는 몸에서 떨어져서 양정의 손에 두 귀를 붙들려 공중에 달려 있다.

양정은 인제는 제가 나설 차례라 하는 듯이 두 팔을 번쩍 들어 인의 머리를 한 번 내어 두르고는 쟁반 위에 올려놓아 인지의 앞으로 밀어 놓았다. 인지의 붉은 빛나는 얼굴은 해쓱하게 되고 그 조그마한 눈을 아무리 인의 머리에서 피하려 하여도 인의 허연 수염이 눈에 달리어서 인지를 따르는 듯하였다.

이양 이하의 머리는 명회더러 맡아 조처하라고 분부하고 인지는 윤성으로 하여금 인의 머리 담은 쟁반을 들게 하고 무서운 곳에서 도망하는 사람 모양으로 숙주를 데리고 방으로 들어왔다.

윤성은 인의 머리 담은 쟁반을 들어 수양대군 앞에 바싹 갖다가 놓았다.

허후가 감기었던 인의 눈이 저절로 떠지어 수양대군을 바라보는 듯하였다. 수양대군은 무서운 생각이 아니 나도록 담력을 모으려 하였으나 인의 눈이 춤추는 촛불빛에 번쩍번쩍 할 때에는 전신에 찬 기운을 깨닫고 머리가 띵한 것 같았다.

"이래서 될 수 있나."

하고 수양대군은 스스로 자기의 마음을 편달하여 눈 앞에 밀려들어오는 무서움을 쓸어버리는 듯이 손을 내어 두르며,

"이것을 여기 놓아두면 어찌하느냐. 아직 어디 안 보이는 데 갖다 두려무나."

하고 안 보려면서도 안이 머리를 한 번 더 보았다. 보고는 눈을 다른 데로 돌리려 하나 눈이 인의 머리에 붙이서 떨어지지를 아니하는 것 같았다. 그리고 가만히 인의 얼굴을 들여다보고 앉았노라면 그 허연 수염이 움직이는 것 같기도 하고 또 그 머리가 컸다 작았다 하는 것도 같고 공중으로 떠오르는 것 같기도 하였다.

'응, 보기 흉한 것이로군!' 하고 수양대군은 속으로 중얼거리고 등골에 찬 땀이 흐름을 깨달았다.

허후는 마치 기색한 사람 모양으로 입을 반쯤 벌리고 눈으로는 수양대군을 바라본 대로 가만히 앉아 있었다.

인지도 전신에 땀이 흐름을 깨달았다. 손끝과 발이 싸늘하게 얼어 들어옴을 깨달았다.

말 많은 이계전도 아무 말 없이 작은 몸을 좌우로 흔들고 겁난 듯한 눈으로 다른 사람들의 눈치를 돌아보고 있었다. 이사철은 천정을 바라보고, 신숙주는 붓을 들고 종이에 무엇을 그적거리고, 최항은 자리를 못 잡고 대청으로 들락날락하였다. 오직 가만히 있는 것은 피투성이 된 황보인의 머리뿐이었다.

"어찌된 모양이냐?"

하고 왕은 바깥 형편을 엿보고 들어오는 궁녀더러 애타는 듯이 물으신다.

"아직 사람을 죽이는 모양이냐? 대관절 몇 사람이나 죽였어?"

"인제는 아이구구 하는 소리가 좀 뜸한 모양이요. 벌써 닭이 울었으니 아마 고만 죽이려는가 보오. 또 그만하면 죽일 만한 사람은 다 죽였을 것이니 더 죽일 사람도 없을 것이요."
하는 것은 역시 밖에서 할 수 있는 대로는 사정을 염탐하고 들어오는 영양위 정종의 말이다.

"그래 황보인도 분명히 죽었소?"

하고 왕은 근심스럽게 종에게 묻는다.

"아마 분명한가보오."

"죽을 뿐 아니라"

하고 늙은 궁녀가,

"황보 정승의 목까지 잘랐다 하오."

하고 몸서리치는 듯이 몸을 한 번 떤다.

"목을 잘러? 죽였으면 고만이지 목은 무엇하러 잘러."

하고 왕은 혼잣말 모양을 하시고 낯을 찡그리신다. 이

"입직승지 최항이 아뢰오."

하고 최항이 왕의 앞에 들어와 부복한다.

왕도 놀라시고 주위에 있는 사람들도 놀랐다. 입직승지가 들어온다고 놀란 것도 없지마는 오늘 저녁에는 사람이란 사람은 다 나의 목숨을 엿보는 원수와만 같았던 까닭이다.

그래도 왕은 곧 위의를 수습하여,

"무슨 일이냐?"

하고 분명한 음성으로 물으시었다.

"야심하옵거늘 아뢰옵기 황송하오나 수양대군 유(瑈)와 우참찬 정인지가 적괴 인(仁), 양(穰) 등을 국문한 전후수말을 탑전에 주달하올 줄로 계하에 대령하였소."

하고 최 승지가 아뢰었다.

왕은 주저하는 듯이 눈을 들어 잠깐 영양위를 바라보았으나 곧 결심한 듯이,

"들라 하여라."

하고 수양대군과 정인지의 알현을 허하시었다.

늙은 궁녀들의 주선으로 왕의 자리를 방의 정면으로 옮기고 몇 사람 안 되는 근시하는 궁녀들이 왕을 옹위하는 듯이 좌우로 늘어섰다. 힘껏은 왕의 위의를 갖추자는 늙은 궁녀의 정성이다. 그러고 영양위 부처는 현실로 물러나갔다.

이렇게 자리가 정돈되기를 기다려 수양대군이 정인지와 최항을 뒤에 달고 들어와 왕의 앞에 부복하여 예한 후에 두 팔로 방바닥을 짚고 고개를 숙이고 꿇어앉고 그 뒤에는 정인지, 최항이 역시 팔을 짚고 꿇어앉았다.

"적괴 종서를 제하온 것은 벌써 상주하였사옵거니와 신이 아까 어명을 받자와 남은 적괴도 일일이 불러 국문

하온 바 개개 실토하였소."

하고 수양대군은 잠깐 고개를 들어 왕을 우러러 본다.

"신토하였소?"

하고 왕은 놀라는 듯이 묻는다.

"실토하였소. 인, 종서 등이 안평대군 용을 받들어 유충하옵신 상감을 폐하려고 흉계를 꾸몄고 오늘 상감께옵서 영양위 궁 거동 게 오실 때를 타서 거사하기로 하였더란 말을 개개 실토하였소."

이러한 수양대군의 말을 이어,

"우참찬 정인지 아뢰오."

하고 정인지가 슬행(膝行)[274]으로 한 걸음 왕의 앞으로 가까이 나아와 거의 이마가 땅에 닿을 듯이 엎디어 아뢴다.

"진실로 수양대군의 충성과 공로는 옛날 주공(周公)에 비길 것인 줄로 아뢰오. 만일 수양대군이 아니었던들 저 흉악한 적도를 뉘 있어 제하였사오리까. 인, 종서의 무리가 선조의 황송하옵신 고명을 받았으니 국궁진췌[275]하여 충성으로 성상을 보좌하옴이 지당하오려든 한갓 세도

274) 무릎을 꿇고 걸음.

275) 鞠躬盡瘁: 공경하고 조심하며 몸과 마음을 다하여 힘씀. 제갈량의 『출사표(出師表)』에 나오는 말이다.

를 믿어 감히 불쾌한 뜻을 품었사오니 신인공노(神人共怒)[276]할 일인 줄 아뢰오. 그러하오나 수양대군의 충성으로 대난을 미연에 방지하였사온즉 막비 성덕인가 하옵거니와 논공행상(論功行賞)[277]을 밝히 하시와 수양대군의 충성과 공로를 표창하심이 지당한 줄로 아뢰오.”

이렇게 정인지가 수양대군의 공을 칭송하고 나서 앉은 대로 고개를 돌리어 뒤를 돌아보며 최항더러 귓속말로,

“그것 들여오게”

한다. 최항은,

“제가요?”

하고 원치 않는 뜻을 보인다.

“달리 누구 있나.”

하고 정인지가 재촉한다.

최항은 이런 일까지 왜 날더러 하라는고 하고 마음에 심히 불평하였으나 인지의 말을 어길 수도 없어서 일어나 나아갔다.

최항이 놋 쟁반에 담긴 황보인의 머리를 두 손으로 받

276) ‘신과 사람이 함께 노한다’는 뜻으로, 누구나 분노할 만큼 증오스럽거나 도저히 용납될 수 없음을 뜻함.

277) 공적의 크고 작음 따위를 논의하여 그에 알맞은 상을 줌.

들어다가 인지의 앞에 놓으려 하였으나 인지가 손가락으로 수양대군을 가리키므로 무릎걸음으로 수양대군의 머리 앞에 놓았다. 수양대군의 앞이면 곧 왕의 앞이었다. 놓고 나서 백지를 걷었다. 하얀 백지, 붉은 피, 해쓱한 얼굴. 아무리 하여도 감기지 아니하는 눈, 망건도 벗기고 풀어 헤친 백발.

왕은 벌떡 일어나시며,

"이게 무에야?"

하고 놀라는 소리를 치시었다. 누군들 이런 광경을 가끔 보랴마는 열세 살 되신 어린 왕은 일찍 이런 것을 생각하신 일도 없었던 것이다.

"상감, 놀라실 것 없소. 역적 괴수 황보인의 머리요."

하고 수양대군도 따라 일어나서 읍하였다.

왕은 겨우 정신을 수습하여 다시 자리에 앉으시며 쟁반에 놓인 황보인의 머리를 이윽히 보시었다.

이때에 정인지가,

"상감께 아뢰오."

하고 그 여무진[278] 목소리로 아뢴다.

---

278) 여무지다: 사람의 성질이나 행동, 생김새 따위가 빈틈이 없이 매우 단단하고 굳세다.

"이제 역적 괴수는 다 멸하였사온즉 국가에 큰 근심을 덜었사오나 군국대사가 앞으로 더 어려운 일이 많사온즉 가장 충성 있고 어진 사람을 택하시와 정사를 맡기심이 지당합신 줄 아뢰오. 그러하온데 수양대군 유는 종실에 머리뿐더러 이번 인, 종서의 무리를 토멸하는데 원훈이 온즉, 복걸 성명께오서는 수양대군 유로 영의정 부사판리 병조 겸 내외명마 도통사[279]를 하이시와 군국중사[280]를 맡기심이 옳을 줄로 아뢰오. 이것은 유독 노신의 뜻만 아니옵고 백관의 뜻이다 그러한 줄 아뢰오."

이것은 무른 오래 전부터 수양대군과 정인지와 서로 의논하고 짜 놓았던 계획이다. 이래 보아서 만일 왕이 옹하시지 아니하거든 위협을 하여 보고 위협으로도 왕이 듣지 아니하시거든 왕이야 어찌 생각하시든지 어린 아이로 제치어 놓고 수양대군과 정인지 뜻대로 국사를 맡아 하자고 한 것이다.

그러나 그러할 필요는 없었다. 왕은 어리시지마는 그 총명으로 대세가 어찌할 수 없음을 통찰하시었다. 그래서 제왕의 특유한 지혜와 권위로 웃는 낯을 지으며,

279) 領議政府事判吏兵曹宗內外兵馬都統使.

280) 中事: 고려시대 중서문하성에 속한 종4품 벼슬.

"숙부 공로를 내가 아오. 앞으로는 군국대사에 어린 나를 갈 도우오." 하시었다.

이리하여 즉석에서 수양대군은 영의정 이조판서 병조판서 겸 내외병마 도통사[281]라는 전무후무한 겸직으로 일국에 중요한 권세를 혼자 맡게 되었으니 이것은 또한 정인지의 공이 크다고 아니할 수 없다.

그래서 수양대군은 즉석에서 왕께 청하여 정인지로 좌의정, 한확으로 우의정을 삼고, 허후(許詡)로 좌찬성을 삼고, 최항으로 도승지로 삼았다.

이리하여 밤새도록에 국가의 정권을 전혀 수양대군과 정인지 일파의 손에 거두어버리고 밝는 날 아침에 일변 소위 적도(賊徒) 여당(餘黨)을 잡아들이며, 일변 육조(六曹), 삼사(三司) 와수령 방백 중에 황보인, 김종서 계통이라고 인정하는 자를 잡고 정인지 계통인 자와 수양대군의 문객들을 등용하였다.

이날에 좌의정 정인지가 백관을 거느리고 수양대군을 포양하자[282]는 뜻으로 상소를 하였다.

수양대군을 포양하는 요지의 그 공이 주공(周公)과 같

281) 領議政吏曹判書兵曹判書宗內外兵馬都統使.
282) 칭찬하여 장려하다.

다고 함이었다. 주공이 어린 조카 성왕(成王)을 잘 도와서 성인(聖人)이란 존치를 듣거니와 수양대군도 어린 조카되는 왕을 충성으로 도움이 주공과 같다는 것이다.

수양대군의 공과 덕이 주공과 같고 아니 같은 것은 어찌 되었든지 우선 왕의 이름으로 수양대군이 한 일을 옳게 여긴다. 합법(合法)하게 여긴다는 뜻을 중외에 선포하는 것은 가장 긴하고 가장 급한 일이다. 왜 그런고 하면 수양대군이 황보인, 김종서 이하 선조(先朝)의 고명(顧命)받은 중신(重臣)들을 일일지내에 죽여 버리었다 하면 이것은 큰 충신이 되거나 큰 역적이 되거나 둘 중에 하나일 것이니, 이 일에 대하여 최후의 판단을 하는 것은 결국 민중의 양심이려니와 당장에 가부를 결정할 이는 오직 왕이 있을 뿐인 까닭이다. 왕이 수양대군의 일을 옳다 하고 말하면 수양대군은 옳고 그의 손에 죽은 자들은 역적의 누명을 쓰고 그 집과 자녀들까지도 적몰[283]을 당하여야 하는 것이다.

정인지가 무엇보다도 시급히 수양대군의 공을 포양하기 위하여 백관을 거느리고 상소하는 뜻을 알 것이다.

---

283) 籍沒: 중죄인의 재산을 몰수하고 가족까지도 처벌하던 일.

왕이 이것을 거절할 리가 없다.

인지는 왕께 청하여 집현전으로 하여금 교서(敎書)를 기초(起草)하게 하였다. 이것은 곧 집현전이 수양대군의 공을 승인하는 결과가 되는 까닭이었다.

집현전에 사람을 보내었더니 마침 입직한 유성원이 있다가 이 교서 짓는 일을 맡게 되었다. 유성원은 이 교서를 짓고 나서, 집에 돌아가서 통곡하였다 한다.

그 교서의 대략은 이러하였다.

이 교서의 대의를 우리말로 쓰면 이러하다.

"숙부(叔父)는 천성이 충효롭고 기운과 날램이 세상에 으뜸이며 부귀 성색[284]은 거들떠보지도 아니한다. 충성으로써 임금을 섬기니 편안하나 험하나 처음이나 나중이나 어찌 그 절조를 변할 줄이 있으랴. ……내 어린 사람으로서 집안이 불행하여 용(瑢=안평대군)이 지친의 자리에 있으면서 외람된 마음을 품고 황봉인, 김종서, 이양, 민신, 조극관, 윤처공, 이명민 같은 무리가 그윽히 한 패가 되니 내가 외로이 서서 어찌할 수 있으랴. 숙부가 용단과 의용을 분발하여 번개같이 대번에 쓸어버리고

284) 聲色: 음악과 여색을 아울러 이르는 말.

말았거니와 숙부가 아니런들 내가 어찌 이처럼 할 수 있었을까. ……옛날 주공이 관채[285]를 메고 왕가를 편안히 하였거니와 이번 숙부의 일이 그와 같다. ……경은 주공의 재주와 아름다움을 갖추었고 게다가 주공의 큰 공까지 겸하였으며 나는 성왕과 같이 어린데다가 또 성왕과 같이 어려운 판국을 당하였으니 나는 성왕이 숙부를 믿던 듯이 하려니와 숙부도 주공이 성왕을 돕던 듯이 나를 도우라…….”

이 교서는 물론 수양대군에게 내린 것이다. 수양대군의 지극히 갸륵하고 높은 공을 왕께서 가상히 여기심을 표한 것이다. 그렇지마는 이 교서에는 그보다도 더욱 중요한 뜻이 있으니, 그것은 첫째 안평대군 용(瑢)을 역적의 괴수로 본 것이요, 둘째 황보인, 김종서 이하 문종의 고명을 받아 섭정하던 제신이 다 안평대군의 당이 되었다 함이요, 셋째는 이번 수양대군이 질풍신뢰적으로 김종서, 황보인 등을 암살한 것이 가장 충성되고 갸륵한 공이라 하는 것이요, 나중으로 가장 중요한 것은 그러하니까 수양대군에게 군국대사를 들어 맡긴다는 것이었다.

285) 官債: 백성이 관아나 나라에 진 빚.

이 교서는 쓰기는 유성원이가 하였으나 글의 내용과 요점은 정인지가 불러준 것이다.

"어떠하오니까?"

하고 인지는 이 교서 초를 수양대군에게 보이었다. 수양대군은 그것을 받아서 읽다가 잠깐 얼굴을 붉히며,

"과하지 아니하오?" 하였다.

왕은 근정전에 출어하시와 문무백관의 하례(이번 정란에 대하여)를 받으시고 손수 이 교서를 수양대군에게 내리시고 도승지 최항은 탑전에 서서 이 교서를 낭독하였다. 그리하는 동안에 수양대군은 부복하여 고개를 들지 아니하고 백관들은 과연 그 교서의 뜻이 지당하외다 하는 듯이 가만히 한 번씩 고개를 끄떡이는 듯하였다. 이제부터 수양대군이 세도로구나 하고 사람들은 어떻게 수양대군을 한 번 가까이 할까 하고 속으로 인아친척[286]의 반연을 찾아보았고 그보다도 어찌하면 고명 받은 제신이 다 죽는 판에 정인지 하나는 죽지 아니하였을뿐더러 우참찬에서 껑충 뛰어 좌의정이 되었는고 하고 다시금 인지의 조그마한 몸과 꾀 있을 듯한 얼굴을 치어다보며

286) 姻婭親戚: 인아와 친척을 통틀어 이르는 말.

부러워하는 침을 삼켰다.

수양대군이 이렇게 정식으로 영의정이 되매 궐내에는 하례하는 큰 잔치가 벌어졌다.

이 날에 하례 받는 주인은 물론 수양대군이지마는 버금으로 하례를 받을 이는 우참찬으로 대번에 좌의정에 올라 뛴 정인지와 예조판서로서 대번에 우의정에 올라 뛴 한확과 집현전 교리로서 대번에 좌찬성에 올라 뛴 신숙주, 경덕궁 궁직으로서 군기사(軍器寺) 녹사(錄事)가 된 한명회 등일 것이다. 그뿐일까, 며칠만 지나면 정란공신으로 군(君)이 되는 것이다.

과연 이날에 가장 기쁜 빛을 보이는 이도 정인지, 한확, 신숙주, 이계전 등이었다. 어제까지 모르는 체하던 사람들도 오늘에는 다투어 그들에게 요공의 말과 공의 잔을 권하였다.

그러면 그들은 그 요공의 말과 술을 당연히 받을 것으로 받았다. 술이 얼근하게 취하매 모두 무릎을 치고 소리를 내어 웃고 떠들었다. 태평성대가 일시에 임한 듯하였다. 수양대군도 거의 체면을 차리지 못하리만치 희불자승하였다. 만인의 우러러보는 시선이 일신에 모임을 깨달은 때에 그는 전신이 가려운 듯한 기쁨을 깨달아서 웃고 웃고 또 웃었다. 그 곁을 떠나지 아니하고 수양대군이 웃으면 웃고 무릎을 치면 같이 치고 애써 그의 비위를 맞추는 이는 물어 볼 것도 없이 이계전이었다. 신숙주는 과도하게 기쁜 빛을 보이지 아니하였다. 그는 그 속에 든 글 구절이 창자를 긁음을 깨달았기 때문인 듯하다.

이때에 한편 구석에 우두커니 앉아 있어 술도 아니 먹고 고기도 아니 먹고 말도 아니하고 웃지도 아니하는 이가 있으니, 그는 허후(許詡)다. 허후는 이번 통에 목숨을 부지하였을뿐더러 좌참찬이란 벼슬자리도 메우지는 아니하였으니 이것은 실로 수양대군의 특별한 생각이다. 자기의 차석이던 정인지가 좌의정이 되어 까맣게 위로 뛰어 올라간 때에 좌참찬이라는 옛 자리를 지키는 것이 그다지 명예스러운 일은 아니라 하더라도 이 처지에서는 허후 같은 사람으로는 목숨과 벼슬을 아울러 떼이지 아니한 것만 다행일 것이다.

그런데 이 기쁜 잔치에 그는 또 무슨 궁상을 피우노라고 저 모양을 하는고. 그렇지마는 이 기쁜 판에 한 편 구석에 허후 한 사람이 뚱딴지로 있는 것을 알아볼 사람은 없었다. 더구나 자부심이 강한 수양대군은 오늘 같은 날에 이 자리에 감히 기뻐하지 아니할 사람이 있으리라고 생각지 아니하였기 때문에 그런 것은 주목도 하지 아니하였다.

그러나 이계전의 눈이 자주 허후에게로 쏠렸다. 이계전은 이러한 좋은 기회를 자기가 수양대군에게 긴하게 보이는데 이용하지 아니할 사람이 아니다.

"나으리!"

하고 이계전은 수양대군의 소매를 끌었다.

"저기를 보시오. 저 허 참찬을 보시오."

하고 그는 곁눈으로 허후 앉은 곳을 한 번 흘겨보며 손가락으로 허후 있는 방향을 가리킨다.

수양대군은 무슨 일인가 하고 몽롱한 취안으로 계전이 가리키는 곳을 바라보았다. 거기는 허후가 잔뜩 양미간에 내천자를 쓰고 앉아서 좌중에 웃고 떠드는 사람들의 광경이 눈에 뜨일 것을 두려워하는 듯이 눈으로 허공을 바라보며 몸을 좌우로 흔들고 앉았는 양이 보인다.

"응, 또 저러는군."

하고 수양대군은 한 번 허후를 노려보고는 그거 내버려 두어라 하는 듯이 여전히 술을 마시고 담소하더니 그래도 마음에 걸리는 듯이 다시 허후를 바라보며,

"여보 허 참찬, 왜 술도 안 자시고 그렇게 찌푸리고만

앉았소? 거 원, 무어란 말이요?"
하고 술 치는 기녀(妓女)를 가리키며,
"이애, 저기 저 대감께 잔 가득 부어드리되 잡수시게 하지 못하면 네가 벌을 쏠 테다. ……자, 그 잔을 받으시오. 오늘같이 국가에 경사가 있는 날에 그 이맛살이 무엇이란 말요. 거 원."
하고 껄껄 웃는다. 만좌의 시선은 허후에게로 모인다.
허후는 술잔을 들고 곁으로 오는 기녀를 무서운 것이나 막는 듯이 손을 들어 막으며,
"아니요. 그런 게 아니라 조부 기일(忌日)이 있어서 재계를 하는 것이요."
하고 머리를 흔든다.
"그러면 몰라도."
하고 수양대군은 더 추구하려고도 아니한다.
이런 일이 있은 뒤에 취할 이만큼 술도 취하고 부를 이만큼 배도 불러 화재는 황보인, 김종서 등의 머리를 효시하고 그 자손들을 죽이고 가산을 적몰할 것인가 말 것인가로 돌아갔다.
"아, 효수를 하다 뿐이요? 신인(神人)이 공노(共怒)할 대역부도(大逆不道)[287]여늘 단불용대(斷不容貸)[288]하고

의율처단[289]할 것이지. 다시 여러 말이 있을 리가 있소? 안 그렇소오니까."

하고 계전은 좌중을 한 번 둘러보고는 나중에는 수양대군과 정인지를 번갈아 본다.

수양대군과 정인지는 다만 들을 뿐이요, 말이 없었다. 그러고 여러 사람의 의견을 구한다는 듯이 웃음을 머금은 눈으로 좌중을 둘러볼 뿐이다.

이 눈치를 보고는 저마다 제 의견을 세워볼 양으로, 제 의견을 세워본다는 것보다도 수양대군과 정인지의 원하는 생각이 무엇인지를 알아맞히려고, 그래서 자기가 가장 긴히 보이려고 한마디씩 의견을 말하였다. 그런데 그 의견들은 마치 어떻게 하면 황보인, 김종서들의 죄를 가장 크고 흉악하게 만들까 하는 것을 경쟁하는 듯하였다.

"그제야 원형리정이 아니요. 그놈들을 그놈들을."

할 뿐이요, 누구도 감히 황보인, 김종서 등의 죄를 고만하고 말자는 이는 없었다.

"그럴 것은 없어. 이미 저희들이 제 죄에 죽었고 또

---

287) 대역무도(大逆無道: 임금이나 나라에 큰 죄를 지어 도리에 크게 어긋나 있음).

288) 단연코 용서하지 아니함.

289) 擬律處斷: 법원이 법규를 구체적인 사건에 적용하는 일에 결단을 내려 처치하거나 처분함.

일을 미연(未然)에 방지(防止)하였으니까 그렇게 자손까지 죽일 것이야 있나."
하는 것은 수양대군이다.

"어, 안될 말씀이요."
하고 이계전은 가슴을 떡 벌리고 어성을 가다듬어,

"나리께서는 비록 성인의 마음으로 궁흉 극악한 그놈들의 자손까지도 어여삐 여기심이거니와 어디 국법을 문란할 수야 있소오니까. 인, 종서 등 이번 역모에 참여하였던 놈들은 효수노륙(梟首[290] 孥戮[291])하여 만세 난신적자에게 경계를 삼는 것이 지당한 줄 아뢰오."
하고 요두전목한다.

계전이 수양대군을 가리키어 성인(聖人)이라 한 메는 정인지도 속으로 웃지 아니할 수 없었다. 그러나 그의 말을 누가 감히 반대할 수는 없었다. 그가 사람이 높아서 그런 것이 아니라 그의 말이 가장 잘 수양대군의 마음을 알아맞춘 것인 까닭이다.

수양대군도 계전의 말에 마음이 흡족하였다.

'오, 네 소원대로 병조판서 한 자리 주마.' 하고 수양대

290) 죄인의 목을 베어 높은 곳에 매달아 놓음, 또는 그런 형벌.
291) 연좌제에 의해 죄인의 아내나 아들을 함께 사형에 처하던 일.

균은 속으로 웃으면서 계전을 본다.

'잘고 잔망하고 경망하건마는 비위를 잘 맞추거든. 보기를 시킨단 말야.' 하는 생각으로 수양대군은 계전의 조그마한 몸을 본다.

계전은 의기양양하여 '오늘 수훈은 내다' 하는 듯이 일좌를 한 번 둘러본다. 그러다가 눈이 한편 모퉁이에 이르렀을 때에 계전의 얼굴에는 발끈하는 불쾌한 빛이 보인다. 그것은 그의 조카 이개와 이개의 매부 허조를 본 까닭이다. 허조는 허후의 아들이요, 집현전 학사요, 수찬(修撰)이다.

"아니꼬운 놈들이!"

하고 계전은 자기를 천착스럽게 부정한 수단으로 공명을 탐한다고 공격한 조카와 조카사위를 흘겨본다.

'너희 놈들이 미워서라도 후(詡)란 놈은 없애고야 말걸.' 하고 통쾌한 듯이 한 번 웃는다.

"그러면."

하고 마침내 인지가 수양대군을 향하여,

"백관의 뜻이 다 저러하니 무가내하외다."

하여 황보인과 김종서 이하 이번 사건에 관계된 자는 효수하고 자손을 멸하는 죄를 아니 쓸 수 없다는 뜻을 말하였다.

수양대군이 장히 마음에 대견하여 그리하라는 명령을 내리려 할 때 허후가 나앉으며,

"글쎄, 이 사람들이 무슨 큰 죄를 지었기에 철여의로 때려죽이고도 유위부족하여 효수노륙(梟首孥戮)을 한단 말이요? 종서는 소인이 친분이 없으니까 그 심지를 잘 안다고 할 수가 없소마는, 지어 인(仁)하여는 소인이 그 위인을 잘 알거니와 다른 일은 몰라도 역모를 할 리는 만무한 것이요. 황보인의 위인이 어떠한 것은 천하가 다 알겠지마는 오래 그 권고(眷顧)를 받은 좌의정 정정승(鄭政崇)이 소인보다 잘 알 것이요. 하니까……."

하고 정인지를 정정승이라고 부를 때에는 정정승의 얼굴은 주홍같이 빨갛게 되었다.

그러나 정정승의 이마에 찬 땀방울이 맺히기 전에 수상(首相)인 수양대군의 눈에는 살기가 서며 눈초리가 쭉 위로 올라 뻗고 관자놀이가 들먹들먹한다. 폭풍이 일어나려고 검은 구름이 뭉게뭉게 수양대군의 눈에서 일어나는 듯하였다. 만좌는 다 자기가 무슨 벼락을 당하는 듯하여 귀밑으로 찬바람이 휙휙 지나감을 깨달았다.

"그래 네가."

하고 수양대군의 홍종[292] 같은 소리가 터지며 불을 뿜는 듯한 눈살이 바로 허후를 쏜다. 존장이 넘는 허후를 보고 '너'라고 나오는 것이 벌써 여간한 진노가 아니다.

"그래 네가 오늘 고기를 아니 먹는 것이 이 때문이로구나. 응?"

"그러하오. 조정원로(朝廷元老)가 한날에 다 죽었거든 허후(許詡) 홀로 살아난 것만 끔찍하지. 차마 고기야 먹을 수가 있소."

하고 두 눈에서 눈물이 좔좔 흐른다.

'이놈을, 이놈을, 이놈을 내어 베어라!' 하는 말이 목까지 나오는 것을 수양대군은 꿀떡 참고,

"어, 괴이한 손 같으니. 물러가오. 보기 싫으이."

하였다. 어제부터 허후의 하는 언행이 일일이 자기를 거역하는 일이언마는 수양대군은 그의 재덕을 아끼어 기어코 자기 사람을 만들고야 말려 한 것이다.

사람들은 허후의 목이 몸에 붙어서 집에 돌아가는 것을 알 수 없는 이상한 일도 생각하였다.

이렇게 궐내에서는 연락이 벌어진 때에 밖에서는 이번

---

292) 洪鍾: 큰 종.

에 수난한 제신의 자손이 참혹하게 학살을 당하였다. 여자는 목숨은 살려 관비(官婢)를 삼고, 남자로 생긴 이는 젖먹이 어린것까지도 목을 잘라 죽이었다.

이날에 죽은 사람을 어찌 이루 헤아리랴마는 그중에 중요한 몇만 꼽자면,

황보인(皇甫仁)의 아들 석(錫), 흠(欽) 형제와 손자 갓난이, 경근(京斤)들.

김종서(金宗瑞)의 손자 석대(石臺), 대대(大臺), 조동(祖同), 만동(萬同).[293]

이양의 아들 승윤(承胤), 승효(承孝)와 손자 계조(繼祖), 소조(紹祖), 장군(將軍).

민신(閔伸)의 아들 보창(甫昌), 보해(甫諧), 보석(甫釋)과 손자 돌이(石伊).

윤처공(尹處恭)의 아들 경(逕), 위(渭), 탁(濁), 식(湜)과 손자 갯동(㞋同), 효동(孝同).

이 모양이다. 이렇게 죽은 사람 중에는 삼십, 사십된

293) 승벽(承壁)은 수일 뒤에 해주에서 죽었다.

어른도 있거니와 두 살, 세 살 되는 젖먹이도 있고 난지 백날이 못 찬 핏덩어리도 있었다.

어른들은 잔뜩 뒷짐결박을 지우고 상투를 풀어 입이 하늘로 향하도록 잔뜩 고개를 뒤로 제처 붙들어 매어 수레에 싣고 역적 아무의 아들 또는 손자 아무개라고 대서특서한 패를 달고 장안 대도상으로 끌고 돌아다닌 뒤에 남대문 밖 새남터에서 목을 베어 죽이고, 어린 아이들은 어떤 이는 어른 탄 한 수레에 실어 어미를 아니 떨어진다 울고, 어떤 이는 바로 그 집에서, 그 부도의 앞에서 혹은 모가지를 비틀어서도 죽이고, 혹은 발목을 들어 댓돌 위에 던지어서도 죽이고 금부 나졸의 마음대로 장난삼아 죽여 버렸다.

민신(閔伸)은 현릉(顯陵) 비석소(碑石所)에 가 있는 것을 새벽에 양정(楊汀)을 보내어 세수하는 것을 뒤로 살살 돌아 목을 베어 죽이고 윤처공(尹處恭)은 집에 누워 앓는 것을 달려들어 병석에서 죽여 버렸다.

이야기가 좀 뒤로 돌아간다.

김종서는 수양대군이 돌아간 뒤에 식경이나 있다가 도로 살아나서 사랑하는 야화의 손에 물을 받아먹었다.

종서는 정신이 듦에 곧 일이 어떻게 되는 것임을 분명

히 보았다.

"내가 지금 궐내에 들어가야 할 터이니, 보교를 하나 불러라."

하여 가족들을 놀라게 하였다. 그러나 아무도 감히 못하십니다 하고 만류하는 이가 없었다.

이보다 먼저 원구(元矩)가 종서의 집에 왔다가 이 광경을 보고 곧 성문에 다다라,

"정부(政府)에 아뢰어라, 정승이 야래(夜來)[294]에 자객에게 맞아 기지사경[295]이니 상감께 주달하여 약을 내리시게 하라!"

하고 소리를 치나 문을 지키는 군사들은 벌써 한명회의 지휘를 받았으므로 못 들은 체하고 아무 대답이 없었다.

이래서 원구는 돈의(敦義), 소덕(昭德), 숭례(崇禮) 삼문을 다 돌아도 대답이 없으므로 황망히 종서의 집에 돌아오니 이때에 마침 종서가 소생하여 머리의 상처를 싸매고 부인네 타는 가마를 타고 성내로 들어가려고 집을 떠나는 길이었다.

"대감, 어디로 가시오?"

---

294) 야간.

295) 幾至死境: 거의 죽을 지경에 이름.

하고 원구는 놀라서 가마채를 붙들었다.

"오, 자넨가."

하고 종서는 가마 문으로 손을 내밀어 원구의 손을 잡으며,

"지금 수양(首陽)이 작란(作亂)[296]을 하는 모양이니 아무리 하여서라도 내가 입궐을 해야겠네. 국가에 대변이 날 모양이니 모두 내 불찰일세. 자네에게 뒷일을 맡기네. 시각이 바쁘니 지체할 수는 없네…… 어서 가자."

하고 교군을 돌아나간다.

그러나 원구의 말과 같이, 또 원구가 당한 바와 같이 처음에 돈의문에, 다음에 소덕문에 나중에 숭례문에 가서 문을 열어 달라 하여도 대답이 없어서 하릴없이 집으로 돌아왔다.

집에 돌아오는 길로 종서는 정신을 잃고 쓰러지었다. 야화와 승규의 처 허씨(許氏)는 밤을 새워 애통과 정성으로 종서를 간호하였다. 야화의 정성도 끔찍하거니와 승규의 처 허씨는 죽은 남편도 잊어버린 듯이 오직 시아버니를 위하여 애를 썼다. 그는 잠깐 잠깐 승규의 시체를 누인 방에 다녀와서는 시아버니 곁을 떠나지 아니하였다.

296) 난리를 일으킴.

종서는 혹시 눈을 떠서 야화와 며느리를 바라도 보고 혹시 헛소리도 하거니와 대부분은 혼수상태에 있었다.

두골이 그렇게 갈라지고도 아직 생명이 붙어 있는 것이 알 수 없는 일이었다.

"승규 있느냐?"

하고 종서는 홍동 중에 죽은 아들의 이름을 부른다. 승규는 가장 사랑하던 아들이다.

"초헌 내오너라. 상감께서 부르신다."

이러한 말도 하고는 아마 눈앞에 상감의 모양을 보는지 두 손을 들어서 읍하였다.

"내가 죽거든 야화를 제 나라로 돌려보내 주어라."

이런 말도 하였다.

"이애들 불러라."

하여 손자 넷을 불러 세우고(제일 어린 만동이는 네 살, 제일 위 되는 석대가 열여덟 살),

"내가 죽은 뒤에 아마 나를 역적으로 몰고 너희들을 다 자아 죽일는지도 모르니 그런 일을 당하더라도 대장부답게 웃고 죽을지언정 아녀자와 같이 죽기를 두려워하는 빛을 보이지 말아라."

하고 훈계도 하였다.

아직 채 밝기도 전에 이홍상(李興商)이 군사 수신인을 거느리고 종서의 집을 습격하였다.

이홍상은 김종서 집 사랑에 다니다가 수양대군 궁으로 옮아간 무뢰한이니, 홍달손 부하의 군관이다. 수양 대구이 황보인까지 때려죽인 뒤에 생각난 것이 김종서가 다시 살아나지나 아니하였나 하는 것이었다. 김종서를 가리우는 승규를 죽인 것은 분명하지마는 김종서는 임운의 철퇴에 머리를 맞고 땅바닥에 쓰러진 것은 확실하나 꼭 죽었는지 아니 죽었는지는 분명치 아니하였던 것이다.

그래서 보낸 것이 이홍상이다.

"가 보고 아직도 살았거든 끌어오고 죽었거든 모가지만 잘라 오라."

하는 명을 받아가지고 이홍상은 자기의 은인의 은혜를 원수로 갚는 길을 떠난 것이다.

대문이 부서지어라 하고 두드리며,

"문 열어라."

소리를 고래고래 지르는 것을 보고 허씨는 알아차렸다. 그러나 황망한 빛도 없이 손수 종서의 몸을 안아 종서의 침실에서 승규의 방으로 옮기어 승규의 시체와 가지런히 눕히고 홑이불로 얼굴까지 가리어 마치 죽은 사람과 같이 하고 소병풍을 둘러놓았다.

홍상은 군졸들로 사방을 지키게 하고 자기는 칼 베어 든 장사 삼사인과 함께 종서의 방으로 달려들었다.

"이놈 종서야, 나오너라."

하고 홍상은 때를 만난 듯이 날뛰었다.

홍상은 종서가 평상시에 거처하는 방에 없음을 보고 방방이 문을 열어 제치고 '이놈 종서야!' 하고 날뛰다가 마침내 승규의 방 앞에 다다라 문고리를 잡아채며,

"문 열어라."

하고 소리를 치었다. 집에 있던 개와 닭들이 모두 부접할 곳을 몰라 이리 뛰고 저리 뛰며 소리를 질렀다. 그러나 종서의 손자, 손녀 되는 아이들은 마치 무슨 구경터에나 있는 듯이 가만히 그들이 날뛰는 양만 바라보았다.

"너희들은 어떤 놈들이완데 대신 댁 내정에 돌입하여 이 야료란 말이냐. 이놈들 목숨이 아깝거든 냉큼 물러나 가거라."

하고 승규의 처 허씨가 방 안에서 호령을 한다. 이 의외의 호령에 홍상 이하로 여러 군졸들은 어안이 벙벙하여 말문이 막히고 한 걸음씩 뒤로 물러섰다.

그러나 이홍상이 기운을 내어,

"허, 이년 보아라. 호령하는 구나."
하고 문을 박차고 뛰어 들어가 달려드는 허씨와 야화를 머리채를 끌어 문 밖에 끌어내고 나중에 종서를 끌어내어 마당에 굴리고,
"이놈, 일어나서 가자."
하고 발길로 수없이 냅다 질렀다.
종서는 눈을 번쩍 떠서 홍상을 보더니,
"내가 걸어갈 수 있느냐. 초헌을 들여라."
하고 곁에 머리를 풀어헤치고 쓰러진 야화와 면리를 바라보았다.
"흥, 초헌. 에라 귀찮다."
하고 이홍상은 칼을 들어 종서의 목을 잘랐다.
종서이 목을 베어가지고 홍상의 무리가 종서 집 안팎을 뒤져 값기는 물건을 노략하고 돌아간 뒤에 승규의 처 허씨는 마당에서 일어나 야화와 함께 종서의 목 없는 시체를 들어 안방으로 모시고 전부터 준비하였던 수의를 내어 서투른 솜씨로, 그러나 가장 정성스럽게, 가장 슬프게 엄습을 하였다.
야화도 허씨를 도와 가장 침착한 태도로 이 모든 일을 하였다.

허씨는 오늘 안으로 가문이 멸망할 줄을 잘 알았다(허씨는 허후(許詡)의 당질녀다). 시아버니가 손자들을 불러 놓고 한 유훈이 없더라도 이 일이 어떠한 일인지는 알 만한 허씨였다.

어떻게 이날에 사랑하는 아들들까지도 모두 죽여 버리고 딸들은 관비의 천역을 하게 될 것을 잘 알면서도 가장 태연하였다. 허씨 부인은 아들 딸의 머리를 풀리고 무색 옷을 벗기고 만일에 어려운 일이 생길 때에 어떻게 할 것을 분부하고 또 아직도 도망하지 아니하고 집에 남아 있는 비복들을 불러 종 문서와 아울러 약간 재물을 분급하여 속량을 시키고 만일 뜻이 있거든 후일에 선대감 이하 가족들의 해골이 가는 곳이나 알아서 흙이나 깊이 묻어 달라하였다.

비복들은 다 눈물을 흘리고 땅바닥에 이마를 조아리며 어떤 늙은이는 상전 댁이 대대로 적공 적덕을 하였거든 이렇게 될 수가 있느냐고 통곡하다가 댓돌에 머리를 부딪쳐 기진하였다.

그리고 허씨 부인은 늙은 종 충남(忠男)이 내외를 불러 약간의 금은 패물을 주며 그것을 팔아 노자를 삼아가지고 야화를 야인의 나라에 데려다 주라는 뜻을 말하였다.

"이것은 내 말이 아니라, 선대감 유언이시니 부디 그대로 해라."

이렇게 허씨 부인은 충직한 충남이 부처에게 야화를 부탁하였다.

비복들 중에는 젖먹이 도련님들은 감추어 기르기를 원한다는 이도 있고, 혹은 자기네 자식과 바꾸어 죽게 하기를 원하는 이조차 있었다.

이러한 모든 분부를 하는 동안에 야화는 별로 슬퍼하는 빛도 없고 가장 태연하게 아주 무심한 사람 모양으로 우두커니 종서의 시체 곁에 앉아 있었다. 언제까지라도 그 곁을 떠날 뜻이 없는 사람같이.

그러나 오래지 아니하여 금부도사(禁府都事)가 십여 명 부하를 거느리고 종서 집에 달려들었다. 나졸들은 도망할 근심 있는 짐승들이나 붙들려는 듯이 불량한 눈방울을 굴리고 말 소리를 유난히 쾅쾅 울리면서,

"이놈들아, 꼼짝 말고 있던 자리에 죽은 듯이 있으렷다. 연이나 놈이나 꼼짝만 하거든 모가지나 허리나 두 동강 날 줄 알아라."

하고 소리소리 외치며 방망이로 이문 저문 두들겨 부순다.

물론 아무도 도망하려는 사람도 없었다. 식구들은 모

두 머리를 풀고 시체 있는 방에 모여 있어서 지극히 고요하게 모든 생기는 일을 기다렸다.

금부 나졸들은 시체 있는 방으로 달려들어 석대(石臺), 대대(大臺), 같은 큰 남자들과 조동(祖同), 만동(萬同) 같은 세 살, 네 살 된 아이들까지도 머리채를 끌어내어 잔뜩 잔뜩 결박을 지우고 그리고도 유위부족하여 공연히 발길로 차고 굴리었다.

"엄마, 엄마."

하고 목이 메어 우는 세 살 먹은 만동을 어떤 나졸 하나가 마당에서 흙 한 줌을 쥐어 우는 그 입에 틀어막아버리니 꺽꺽하고 숨이 막히어 울지를 못하였다. 이것을 보고 나졸들은 좋아라고 웃었다.

"앗게, 뒈지리. 고것은 흉 윤성이가 통으로 아작아작 먹는다고 산 채로 가져오라데."

한 놈은 이렇게 말하였다.

"고고 이쁜데. 내나 주었으면."

이 모양으로 무지한 나졸들은 야화와 승규의 딸 소저를 보고 희롱하였다. 그러고 달려들어 결박하려 할 때에 허씨 부인과 소저는 나는 듯이 품에서 비수를 꺼내어 새파란 그 끝을 물고 땅에 엎어지었다. 야화도 그보다

더디지 않게 품에서 칼을 내어 허씨 부인의 뒤를 따랐다.

죽일 사람도 서울 안에 있는 사람은 거의 다 죽이고 시골 있는 사람은 비밀한 명령을 띈 사람들이 떠나가고 귀양 갈 사람들은 귀양길을 떠나고 귀양 보낸다 칭하고 뒤로 자객을 보내어 길에서 없이해 버릴 사람은 또 그렇게 하기로 작정이 되었다.

종로 네거리 한복판에 무슨 장막이나 치려는 듯이 드문드문하게 둥그렇게 들려 박아 놓은 길 반씩이나 잔뜩 넘는 소나무 말뚝 끝에는 이번 정난 통에 역적으로 몰려 죽은 이들의 머리가 눈을 부릅뜨고 대롱대롱 매달려 있고 그 밑에는 말뚝이 패를 달아 희게 만들고는 그 모가지 입자의 죄명과 성명을 대자로 썼다.

"대역부도(大逆不道) 불공대천지수(不共戴天之讐) 적괴(賊魁) 황보인(皇甫仁)"

"내역간흉 김종서(金宗瑞)"

이 모양으로 사람 따라 조금씩 직함이 다르고 또 인물의 대소문 따라 직함이 장단이 있었다. 김종서는 황보인과 같이 직함이 길어야 할 것이지만은 아마 미운 것이

지나치어서 '대역간흉(大逆奸凶)' 넉 자만으로 그친 모양이다.

사람들은 대개 이 앞을 지날 때에 눈을 감았고 더러는 눈물을 흘렸다.

이제 남은 것이 안평대군 용(瑢)이다. 안평대군은 독자가 다 아시는 바와 같이 세종대왕의 셋째 아드님(대군으로)이요, 금상의 숙부요, 수양대군과는 아버지도 같고 어머니도 같고 또 항렬로 바로 다음 되는 아우님이다. 그러하건마는 황보인, 김종서를 역적을 만들자면 어느 세력 있는 대군(큰 뜻을 품으려면 품을 수 있는 대군) 하나는 희생하지 아니할 수 없고, 그렇다하면 전국 선비의 숭앙을 받는 안평대군을 두고는 달리 구할 이가 없을 것이다. 이래서 안평대군은 자기도 영문도 알지 못하는 동안에 그만 조카님 되시는 금상마마를 없이하고 자기가 왕이 되려는 불궤한 뜻을 가지고 역모를 하던 괴수가 되어버린 것이다.

안평대군은 아직 아무 것도 모르고 서강 담담정에서 시를 읊고 술을 마시는 동안에 소위 정란이 끝나고,

"간신 황보인, 김종서 등이 안평대군 용과 어울어지어 널리 당파를 모아 안과 밖에 나누어 웅거케 하고 그윽히

결사대를 양성하며 몰래 변읍 병기를 실어 들여 역모를 하는도다. 간악한 무리들이 이제 다 죽음을 당하였거니와 안평대군 용은 지친인지라 차마 법대로 할 수 없이 밖에 안치(安置)하노라."

는 전교(傳敎)가 내리어 그 아들 우직(友直)과 함께 집을 쫓겨나고 서울을 쫓겨나서 강화(江華)로 귀양 가는 죄인이 되어 버린 것이다.

정인지는 후환을 끊기 위할 것을 목적으로 안평대군을 죽여 버리기를 주장하였으나 수양대군은 형제지정에 차마 죽이기까지 할 수는 없다 하여 안평대군 부자가 겨우 목숨을 부지하게 되었다.

안평대군의 죄를 결정하는 교서는 정인지가 부르고 권람이 붓을 들어 이계전, 최항이 도와서 지은 것이니, 밤이 깊도록 이것을 지은 것이 수고롭다 하여 수양대군은 왕께 여짜와[297] 내관을 시키어 술상을 내리시게 하였다.

이튿날 새벽에 금부도사 신선경(愼先庚)이 십여 명 나졸을 대동하고 안평대군 궁을 엄습하여 아직 침실에 있는 안평대군에게 대역죄로 강화로 귀양하게 되었으니

297) 여쭈어.

시각을 지체 말고 곧 발정하라는 명령을 전하였다. 아무리 금왕의 숙부되는 귀한 이라도 역적이라면 한 죄인에 불과하다.

이 청천벽력에 안평대군 궁은 일시에 울음판으로 변하고 말았다.

안평대군은 아무리 하여도 믿기지 아니하였다. 자기도 모르는 죄를 누가 지어 주었는가.

"그래, 이 일을 좌상(左相)도 아오?"

하고 도사에게 물었다.

"좌상이 알면서 나를 이 지경을 말들 수가 있나."

하고 안평대군은 종서가 아직도 살아 있는 줄만 알고 혹시나 자기를 구해 줄까 한 것이다.

안평대군은 굵게 제복에 방립 하나를 쓰고 짚신을 신고 첫째로 대궐을 향하여 세 번 절하고 다음에 양부 되는 성녕대군(誠寧大君) 사당에 하직하고 나중으로 양모 되는 성녕대군 부인께 하직하고 울며 따라나오는 부인과 가권들을 한 번 둘러본 뒤에,

"왕명이어든 지체해서 쓰겠느냐. 어서 가자."

하고 같은 죄로 가는 아들 우직과 금부도사 일행을 재촉하였다.

금부도사 신선경은 정인지에게 친히 받은 명령이 있다. 안평대군은 문객도 많을뿐더러 그 문하에는 부용이 과인하는 사람도 있으니 아무쪼록 안평대군이라는 것을 세상 사람이 알지 못하도록 할 것이요, 또 안평대군이라면 무지한 백성들까지도 사모하는 못된 버릇이 있으니 비록 길 가는 행인이나 길가 주막 사람에게라도 그가 안평대군이라는 눈치를 채지 않도록 하라는 것이다. 그러므로 안평대군을 강화 적소까지 데리고 가기까지는 극히 조심하되 만일 무슨 일이 생기어서 놓치어버릴 근심이 있거든 마음대로 처치해 버리라는 것이다.

이 마지막 부탁을 할 때에 인지는 신선경을 보고 유심하게 웃었다. 신선경도 알아차리었다. 인지가 웃는 뜻은 할 수 있는 대로 가는 도중에서 핑계를 얻어서 안평대군을 없애버리라, 그리하면 네 공로는 알아주마 하는 것이다. 이것은 흔히 있는 일이니 신선경이가 이 눈치를 못 챌 리가 없었다.

추운 아침. 남대문을 나서매 안평대군은 다시 돌아올 길 망연한 장안을 다시금 한 번 돌아보고 독수리 같은 형님과 병아리 같은 조카님을 생각하매 삼연히 눈물이 흘렀다. 마치 뒤에서 무엇이 마음을 잡아끄는 듯하여 몸은 끌리어 나와도 마음은 남대문 안에서 헤매는 듯하였다. 본래 호탕한 천품이어서 부귀 영욕을 뜬 구름같이 보건마는 오늘은 울지 아니할 수 없었다.

'숭례문(崇禮門)'이라고 남대문 현판 글씨는 안평대군이 부왕이신 세종대왕의 명을 받자와 쓴 것이다. 천하 명필로 조자앙, 왕우군(王友軍)보다도 승하다는 칭찬을 받는 아드님의 글씨를 사랑하여 조선 안에서 가장 사람이 많이 보는 남대문 현판을 쓰게 하신 아버지 뜻이다. 수양대군의 활에 찬하는 글을 써 주신 문종대왕은 당시 동궁으로 세종대왕 곁에 모시어 안평대군이 글 쓰는 것을 보다가 손수 먹을 갈아 주시고,

"참 천하 명필이다."

하고 칭찬하시었다.

그러한 숭례문 석 자다. 안평대군은,

"흥, 이것이 내가 세상에 왔던 표더냐."

하고 빙그레 웃었다.

육로로 가면 혹시 무슨 일이 있을까 하여 양화도(楊花渡)에서 배를 잡아타고 수로로 한 강을 흘리지어 강화로 가기로 하였다.

이렇게 안평대군을 시골로 내어 쫓기는 하였으나 그를

살려 두어서는 후일에 근심이 된다 하여 정인지는 아무리 하여서라도 안평대군이 천하 인심을 수습할 새가 없이 하루바삐 없애려 하였다.

그래서 즉일로 자기의 심복되는 권준(權蹲)으로 대사헌을 삼고 이계전으로 대사간(大司諫)을 삼아 그들로 하여금,

"용은 역적 괴수라 불공대천지수[298]오니 어찌 한 나라에 같이 처하오리까. 청컨대 죄를 나토아 베이소서."[299]

라는 장계(狀啓)[300]를 하게 하였다. 이 글은 상소 잘하기로 유명한 이계전이가 지었다. 안평대군의 죄를 올리는 도도 수천 언의 대문장이었다.

이 장계가 오르매 도승지 최항은 정인지의 뜻을 왕께 그 장계대로 허락하시도록 말씀하였으나 왕은 노기를 띠시어,

"안평 숙부가 무슨 죄가 있길래 죽인단 말이냐."

하시고 붓을 당기시어 커다란 글자로 "不允"[301]이라고

---

298) 不共戴天之讐: 한 하늘 아래 같이 살 수가 없는 원수라는 뜻으로 원한이 깊이 사무친 원수를 이르는 말.

299) 瑢首惡不共載天之讐豈可同處一國乎請按罪誅之.

300) 왕명을 받고 지방에 나가 있는 신하가 자기 관하의 중요한 일을 왕에게 보고하던 일. 또는 그런 문서.

쓰시어 밀어 던지시었다.

곁에 모시었던 수양대군과 최항은 얼굴빛이 흙빛이 되어 물러나왔다.

"어떻게 하시려오?"

하고 좌의정 정인지가 영의정 수양대군을 향하여 묻는다. 여태껏 말하여 오던 문제를 재촉하는 모양이다. 곁에는 좌찬성 신숙주, 도승지 최항, 대사간 이계전이 있다. 문제는 물론 안평대군에 관한 것이다.

"어?"

하고 수양대군은 어떤 상소를 읽다가 고개를 들어 인지를 보며 귀찮은 듯이,

"서울서 내어 쫓았으면 고만이지 더 무엇을 한단 말이요?"

하고 도리어 불쾌한 빛을 보인다.

정인지는 눈을 감고 입을 다문다.

"그렇지를 아니하외다."

하고 신숙주가 정인지를 도와서 나선다.

"안평대군의 명성으로 어디를 있든지 반드시 인심이

---

301) 不允=안 된다: 임금이 신하의 주청에 대하여 허락하지 아니함.

따를 것이외다. 천하 인심이 안평대군에게로 돌아가 놓으면 그때에야말로 막을 도리가 없을 것이외다. 화단을 미연에 방두하지 아니하면 반드시 큰일이 생길까 저어합니다. 지금 한 사람을 살려 두면 나중에는 만 사람을 죽이지 아니하면 아니 될 터이니 이것은 국가에 큰 불행이외다. 비록 나으리께서 인자하신 마음에 골육의 정을 차마 못하여 그러시는 일이지마는 대의멸친(大義滅親)[302]이외다.

국가 대사를 위하여는 사정을 못 돌아보는 것이외다.

"신찬성(申贊成) 말씀이 지당하외다."

하고 대사간 이계전이 무슨 말을 꺼내려는 것을 다 듣지 아니하고 수양대군은,

"그렇기로니 아무 죄도 없는 사람을 어떻게 죽인단 말이야."

하고 괴로워하는 빛을 보인다.

잠시 아무도 말이 없다.

"죄가 없길래 죽여야 하는 것이외다."

하고 정인지가 감았던 눈을 뜬다. 감았던 눈을 뜰 때마다

302) 큰 의리를 위해서는 혈육의 친함도 저버린다는 뜻으로 국가의 대의를 위해서는 부모나 형제도 돌아보지 않음을 뜻한다.

정인지의 입에서는 피비린내 나는 꾀가 나오는 것이다.

"안평대군이 진실로 죄가 있다 하면 백성의 마음이 따르지 아니할 것이니 무슨 두려워할 것이 있겠소오리까마는 죄가 없는지라, 죄가 없이 누명을 쓴지라, 백성의 마음이 그리로 돌아가는 것이요, 백성의 마음이 안평대군으로 돌아가면 자연히 나으리를 원망하게 되는 것이외다. 그러니까 백성의 마음이 안평에게로 돌아가기 전에 화근을 끊어버리는 것이 지당한가 하오."

"과연 그러하외다. 좌의정 말씀이 지당하외다."

"과연 지당하외다."

"그렇기를 두 말씀이오니까."

이 모양으로 우의정 한확, 도승지 최항 등이 한 마디씩 찬성하는 말을 할 때에 이계전이 아까 말 끝 맺지 못한 무안을 회복하려고 어성을 높이어,

"좌의정 말씀이 지당하외다. 도리어 만시지탄이 불구하외다. 나으리께서는 안평대군이 죄 없는 것을 말씀하시거니와 어찌 죄가 없다고 할 수가 있소오니까. 아우가 되어 형의 뜻을 순종치 않는 것이 첫째 큰 죄요, 또 왕자로 앉아서 많이 문객을 양성하면 조정을 비훼하는 것이 둘째 큰 죄요, 또……."

하고 무슨 할 말이 있는 것을 참는 듯이 잠깐 참았다가 빙긋 웃고,

"그 밖에 죄를 꼽으려면 부지기수일 것이요. 죽을죄를 꼽더라도 죄목이 부족할 것은 아니외다. 무죄하기로 말하면야 황보인, 종서는 무슨 죄 있었던가요. 그렇지마는 다 죽을죄가 있어서 죽은 것이니까 안평대군도 죽을죄가 있는 것이 분명하외다."

이계전의 말에 정인지 이하로 다 픽 웃었다. 수양대군도 입술에 잠깐 웃음이 들다가 얼른 괴로운 빛으로 변한다.

수양대군은 뜻을 결정치 못하는 듯이 벌떡 일어서며,

"모두 상감 처분이시지."

하고 유심하게 정인지 이하 여러 사람을 한 번 바라보고 밖으로 나간다. 상감의 입으로 안평대군을 죽이라는 말이 나오게 하라는 뜻인 줄을 정인지는 알아차리었다.

정인지는 수양대군의 뜻을 알아차리고 곧 도승지 최항과 대사간 이계전을 데리고 왕이 계신 곳으로 들어가며 우의정 한확더러는 대사헌 권준을 불러가지고 뒤 따라 들어오라 하였다. 이리하면 의정부와 사헌부와 사간원과 또 인지 자신, 이계전, 최항 등이 집현전 사람들이기 때문에 집현전과--다시 말하면 정부와 삼사(三司)와 아울

러 상감께 조르는 셈이다. 여기다가 육조판서만 가하면 소위 백관을 거느리고 상소하는 형식이 될 것이니 오늘 만일 왕이 안평대군 죽이기를 윤허하지 아니하시면 내일은 정인지가 솔백관(率百官)[303]하고 조를 작정이다.

왕은 날이 따뜻함을 택하시와 경회루에 납시었다. 어린 임금이니 어려운 판국을 당하여 지나간 동안을 지낸 것이 마치 이십년이나 지낸 듯이 지긋지긋하였다. 누구하나 정답게 말할 사람이나 있나, 들어가나 나오나 쓸쓸한 빈 집. 시끄러울 이만큼 안팎에 수종 드는 나인들과 내시들은 마치 허수아비와 같아서 줄 정도 없고 받을 정도 없었다. 어머니같이 정든 혜빈 양씨도 동궁으로 계실 때와 달라 왕이 되신 뒤에는 명절이라든지 탄신이라든지 특별한 일이 있기 전에는 자유로 만나기가 어려웠다.

'심심해', '쓸쓸해', '귀찮아'--이것이 어린 왕의 심중이었다.

"아이구 지긋지긋해."

이제 오늘 무시로 수양대군, 정인지, 최항의 무리가 무상출입으로 쑥쑥 들어올 때마다 왕은 이렇게 부르짖지

303) 백관을 거느림.

아니치 못할 것이다.

“방에 앉았으면 또 누가 들어와서 무슨 귀찮은 소리를 할는지 아나. 경회루로 가자.”

이리하여서 왕은 두어 궁녀를 데리고 경회루로 나오신 것이다.

내려치는 서리에 연 잎사귀는 다 말라서 찬물 위에 떠 있는 것이 슬펐다. 헤엄치는 잉어의 몸에 흔들리어 아깝지도 않게 수없는 진주를 굴려 떨구던 여름 이슬이 어디 남았나. 그 한아름 되는 불그레한 꽃송아리, 전 세계를 다 덮을 듯하던 향기, 다시 찾을 곳이 없다.

왕의 어리신 마음에는 까닭 모를 슬픔이 솟아올랐다.

“이애, 너희들은 기쁘냐?”

하고 불현듯 왕은 젊은 궁녀들을 돌아보시었다. 궁녀들의 얼굴은 꽃같이 젊고 아름다웠다.

궁녀들은 무엇이라고 대답 여쭐 바를 몰라서 서로 바라보았다.

“얼음이 얼거든 핑구304)나 돌릴까.”

하고 왕은 핑구 채를 두르는 시늉을 하며 웃으시었다.

---

304) 위에 꼭지가 달린 팽이.

웃음이 스러지려 할 때의 왕의 옥같이 흰 얼굴은 과연 아름다우시었다.

왕이 연당 골을 물끄러미 들여다보고 계실 때에 좌의정 정인지가 왕의 교의 뒤에 와서 허리를 굽히고 섰다.

"좌의정 정인지 아뢰오."

왕은 꿈이나 깨는 듯이 고개를 돌렸다. 그러고 한숨을 지시었다. 정인지를 보면 웬일인지 뱀을 볼 때와 같이 몸에 소름이 끼치시었다.

그러나 왕은 대신을 공경하는 예로 일어나 자리를 돌리어 놓게 하시고 인지와 정면으로 대하시어 앉으시었다.

"삼감께 아뢰오. 안평대군 용은 지친이면서 불궤한 뜻을 품어 수양대군의 충성이 아니더면 그 대역부도하고 흉악한 손이 하마터면 성상을 범할 뻔하였사오니, 이런 대죄인을 살려 두옵시면 장차 난신적자를 어떻게 다스리오며 또 안평대군 용은 사당(私黨)이 많사온즉 목숨이 있는 날까지는 또 무슨 흉계를 꾸미어 나라를 어지럽게 할지 모르오니 아직 뿌리가 생기지 아니하여서 제하는 것이 지당한가 하오."

하고 정인지가 아뢴다.

왕은 인지를 흘겨보시며,

"그러면 어찌하란 말이요?"
하고 떨리는 어성으로 소리를 치시었다.
"안평대군 용은 죽음이 마땅하오."
하고 정인지는 조금도 서슴지 아니하고 힘 있게 말한다.
왕은 인지의 수그린 얼굴을 한참이나 들여다보시었다. 인지는 왕의 시선이 닿는 편 뺨이 간질간질함을 깨달았으나 아무리 하여서라도 안평대군은 없애지 아니하여서는 아니 될 줄을 깊이 믿는다. 안평대군을 살려 두었다가는 그 손에 정인지 자기 목이 날아갈 날이 멀지 아니하리라고 그가 믿는 까닭이다.
"아무 죄가 없는 사람을 죽이라고 할 수는 없고. 또 설혹 안평 숙부가 무슨 죄가 있다 하더라도 내 숙부를 내 손으로 죽일 수는 없소."
하고 왕은 준절하게 인지의 청을 거절하였다.
"좌찬성 신숙주 아뢰오. 지친을 차마 법에 두지 못하심은 성덕이시오나 사정은 사정이요, 국사는 국사이오니 사정이로써 국사를 그릇하지 아니하심이 더욱 크신 성덕인가 하오. 안평대군 용은 신인이 공노하는 대죄인이옵고 지금 천하가 다 가살이라 하옵거든 지친의 사정에 거리끼시와 이러한 국가의 대죄인을 살려두시면 장차 국가에 큰 화단이 있을뿐더러 또한 성덕에 누가 될까 저어하오."

하고 신숙주가 안평대군을 죽여야 할 것을 아뢰었다. 신숙주도 정인지의 생각과 꼭같다. 숙주와 인지와는 과연 동지였다. 숙주 없이 인지되지 못하고 인지 없이 숙주되지 못하였다. 인지, 숙주, 람, 명회는 수양대군의 팔 다리다--네 기둥이다.

숙주의 말은 조리가 꼭 닿았다. 그러나 왕은 고개를 흔드시었다. 아무리 생각을 하여도 죄 없는 숙부 한 사람을 죽이는 것이 국가에 도움이 될 것 같지도 아니하고 또 성덕이 될 것 같지도 아니하였다.

"내 숙부가 나를 배반하리라고 나는 생각지 아니하오. 내가 안평 숙부를 사모하고 믿으니 안평 숙부도 나를 위하리라고 믿소. 경들은 뉘 말을 잘못 듣고 염려하는 모양이나 내가 다 알아 할 테니 더 염려 마오. 공연히 이 일로만 성화하지 말고 나아가 다른 일이나 보오."

하고 왕은 귀찮은 듯이 고개를 돌리시어 연당 물을 바라보신다.

인지 이하로 여러 사람들은 왕의 말씀에 놀랐다. 그 말씀이 노성함이 열세 살 되는 어린 사람의 말이라고 보기 어려운 까닭이다.

인지의 눈은 한번 빛난다. 그는 왕의 뒤에 이러한 말을 가르쳐 드리는 누가 있는가고 의심한 것이다. 그러고는 물러나가는 길로 왕께 가까이 모시는 나인이나 내시나 중에 말마디나 할 만한 사람은 모두 골라서 내어쫓기로 작정하고 또 아무리 지친이라도 함부로 궐내에 출입하지 못하도록 길을 꼭 막아야 할 것이라고도 작정하였다.

'양씨가 미워'인지는 왕의 말씀에서 받은 부끄러움과 분함에 가슴이 자못 불평하여 혜빈 양씨에게 그 분풀이를 한다.

'양씨도 치어버려야.' 하고 인지 혼자 결심한다. 왕의 혜빈 양씨를 믿고 존경하심을 알므로 그 양씨가 인지의 마음에 미운 것이다.

'양씨가 왕께 여러 가지 꾀를 일러바치는지 모른다.'

왕이 불쾌하신 빛으로 고개를 돌리시니 아무리 인지라도 더 말할 수가 없어서 마치 물러가라는 처분이나 기다리는 듯이 멋없이 읍하고 서 있었다.

이때에 우의정 한확이 이조판서 정창손과 대사헌 권준을 데리고 들어와 왕께 보인다.

인지와 숙주는 이 기회를 타서 한 번 더 졸라 보려 하여 한확과 권준에게 곁눈질을 하였다.

한확이 무슨 말씀을 아뢰려 할 때에 왕이 먼저 선수를 쓰시어,

"안평 숙부 일을 다들 잘못 듣고 경들이 공연히 염려하는 모양이나 숙질 간의 일은 숙질 간에 서로 잘 알 것이니 염려 말라고 하였소."

하고 한확의 말을 막아버리신다.

이때에 대사헌 권준과 대사간 이계전이 땅바닥에 넓적 엎디어 이마를 조아리며 우는 소리로,

"임금이 잘못하심이 있으시거든 신하된 자 죽기로써 간함이 마땅하오. 대역부도 안평대군 용을 죽이랍시는 전교가 내리실 때까지 소신 등은 아니 물러나겠사오니 안평대군 용을 아니 죽이시려거든 이 자리에서 소신 등을 죽여 줍소서." 한다.

권준, 이계전이 이렇게 지성으로 안평대군의 목숨을 끊을고 하는 것은 수양대군과 정인지의 비위를 맞추려는 것이다. 더구나 이계전은 불일간에 병조판서를 시켜 준다는 내약을 수양대군에게서 얻었었고 사실상 오늘 일 때문에 이튿날 곧 병조판서가 된 것이다.

그러나 왕은 권준, 이계전의 엄살에 겁내지 아니하시

고 더리어 조롱하는 듯이 웃으시며,

"안평 숙부도 죽을죄가 없거니와 경들인들 무슨 죽을 죄가 있나. 물러나라."

하시었다. 이것은 물론 권준, 이계전 두 사람에게 내리시는 처분이다.

정인지, 한확이가 무슨 말을 하기를 기다리었으나 아무 말이 없었다. 그러고 오늘은 이 이상 더 말해야 무익할 줄 깨닫고 정인지 이하로 다 물러나가 버리었다.

정인지는 이날에 매우 심사가 불쾌하였다. 둘러나온 길에 이계전을 은밀한 데로 불러,

"자네 이 길로 수양대군 궁에 가 보게. 가서 오늘 상감께서 하시던 말씀 하고 우리말만 가지고는 상감의 뜻을 움직이기가 어려울 듯하니 나으리가 한 번 단단히 서두르시어야 한다고 그러게. 어, 고이한 일이로군."

하고 입맛을 다신다. 어린 왕에게 욕을 당한 것 같아서 아무리 하여도 분한 생각을 참을 수가 없었다. 이계전도 정인지의 마음속을 알고 분해서 못 견디는 듯이 조그마한 몸을 풀 곳이 없는 듯이 팔팔 뛰었다.

이계전은 곧 수양대군 궁으로 달려갔다. 이렇게 긴하고 은밀한 일에 자기가 참견하는 것이 계전에게는 크게

만족하였다. 며칠이 안 지나면 병조판서가 아니냐. 정경(正卿)이 아니냐. 대감이 아니냐. 상감도 하오 하는 지위가 아니냐. 생각하면 금시에 날개가 돋치어서 공중으로 날아오를 듯하였다. 그러나 이것이 다 수양대군의 은혜다. 이 은혜를 생각하면 아무리 하여서라도 수양대군이 가장 미워하는 안평대군을 하루바삐 없애드려야 할 것이다. 이러한 생각을 하고 수양대군 궁을 향하여 마음으로 수없이 절을 하였다.

이계전은 첫째로 좌의정 정인지와 자기가 어떻게 간절하게 안평대군을 죽여야 할 것을 상감께 말한 것이며 자기는 죽여 줍소사까지 한 것이며, 그러나 상감은 '안평숙부가 무슨 죄가 있나' 하여 안평대군이 죄 없는 것을 누누이 말씀하시던 것을 말한 뒤에 이계전 자기의 의견으로,

"그러면 말씀이요, 안평대군이 무죄하다 하면 나으리가 죄인이 되신단 말씀이요. 안 그렇소오니까. 하니까 소인은 죽더라도 안평을 없애고야 말려오."

하고 자못 자기 말에 스스로 흥분이 되어 얼굴이 붉고 어성이 높아진다.

그러다가 비로소 자기가 정인지에게 받아가지고 온 사

명이 생각이 나서 제 말만 하노라고 심부름 온 것도 잊어버리었던 자기의 경망을 스스로 웃고,

"하니까, 나으리께서 몸소 상감께 뵈옵고 안평대군의 죄상이 용서할 수 없는 것을 말씀하여 놓으시면--오늘 안으로 말씀이야요--그리 하시며 내일은 좌의정이 솔백관하고 안평대군 용의 목을 줍소사고 상소를 할 것이니까, 그리만 되면 안평대군의 목이 쇠로 되었기로 견딜 장사 있소오니까."

하고 한 번 웃어 보인다.

수양대군은 계전의 말을 듣고 불쾌한 빛을 보인다. 수양대군의 진정은 동기 되는 안평대군을 죽이기까지 할 생각은 없는 것이나. 상감 말씀마따나 안평대군이 무슨 죄 있나. 한명회 말과 같이 여러 형제 중에 뛰어나게 잘난 죄 밖에 없는 것이다. 안평대군이 미운 것도 사실이요, 누가 죽여주었으면 다행일 것도 진정이지마는 형 되는 자기 손으로 아우를 죽여서 후세에라도 동기를 죽이었다는 누명을 듣기는 그리 원치 아니하는 바였다. 그러므로 이제 다시 상감 앞에 가서 자기 입으로 안평대군을 죽여 줍소사 하는 말은 하기사 싫었다.

수양대군의 생각에는 어디까지든지 자기는 안평대군

죽이는 일에서는 발을 빼고 싶었다. 다만 발을 뺄 뿐 아니라 수양대군은 어디까지든지 지친의 정리에 안평대군을 죽일 수는 없다고 반대하는 태도로 일관하고 싶었다.

"어, 안되지. 안평이 아무리 죄가 있기로 죽이다니 말이 되나."

이렇게 한 번 힘 있게 말하고 싶었다. 수양대군의 본심은 이렇게 말하기를 졸랐으나 수양대군의 욕심이 훼방을 놓았다.

'안평을 살려 두고 내 뜻을 이룰까.' 하고 수양대군은 눈을 감는다. 뜻을 이룬다, 힘은 일국의 정권을 내 손에 잡는 욕심을 채운다는 말이다.

수양대군이 아무리 안평대군을 못 죽인다고 뻗대더라도 정인지가 죽여주었으면 고런 맞추임은 없을 것이다. 그렇지마는 만일 수양대군이 안평대군을 살리고 싶어 하는 빛을 조금만 보이고 말면 정인지도 그것이 한 면치레인 줄 알고 '어 안 되오. 죽여야 하오' 하겠지마는 그 부량이 조금 지나치었다가는 정인지로 하여금 '에키' 하고 물러서게 할 것인즉, 그랬다가는 안평대군은 살아나고 말 것이다.

수양대군의 마음은 잠깐 괴로웠다.

"그렇지마는 내 말은 사정이요, 제상(諸相)의 말은 공론이니까 만일 공론이 그렇다 하면 나도 공론을 막을 바는 아니어."

하고 한참 말을 끊었다가 다시 이계전을 바로 보며,

"다 상감 처분에 달렸지. 내야 알겠나. 알아 하소."

하고 더 말하기 거북한 빛을 보인다.

이계전은 수양대군의 그 심사를 못 알아볼 사람이 아니다. 아무렇게 하든지 왕의 입으로 안평대군을 죽이라는 말씀이 나오도록 하라는 뜻이다.

"소인 물러가오. 염려 마시겨오."

하고 이계전은 수양대군 궁에서 나와 곧 정인지에게로 갔다.

정인지는 아직도 아까 경회루에서 상감의 말씀으로 생긴 분함이 가라앉지 아니하여 어찌 하면 안평대군을 죽이는 목적을 달하고 또 어찌하면 왕으로 하여금 정인지가 무서운 사람인 줄을 알게 할까 하는 생각에 애를 쓰고 있었다.

계전이 돌아와 전하는 말을 듣고 인지는 자기가 예기하였던 생각과 같았다는 듯이 눈을 사르르 감고 입을 한일자로 다물고 소리 없이 웃는다. 이것은 무슨 계획을 얻어가지고 되었다 하는 뜻이다.

인지는 곧 사인(舍人)을 불러 내일 아침에는 솔백관계(率百官啓)[305]할 일이 있으니 정부(政府), 정원(政院), 삼사(三司), 육조(六曹)할 것 없이 육품(六品) 이상은 한 사람 빠지지 말고 근정전에 모이라고 분부를 내렸다.

때는 신시초(申時初)나 되어 각 마을 대소 관인들은 그날 사무를 끝내고 사퇴하려 하는 때다. 이때에 솔백관계라는 말을 듣고 모두 무슨 큰일이나 보는 듯이 서로 바라보며 두런두런하였다.

대신이 백관을 거느리고 상소한다는 것은 과연 큰일이다. 여간한 국가 대사가 아니고는 못하는 일일뿐더러 만일 이렇게까지 하여도 왕이 듣지 아니하시면 대신은 백관을 거느리고 벼슬을 버리고 조정에서 물러나오는 책임까지도 져야 할 것이니 여간 대사가 아니다. 이를테면 왕에게 대한 시위운동이요, 최후통첩이다.

수양대군의 의향을 안 정인지는 이 어마어마한 최후수단을 가지고 어리신 왕을 위협하자는 것이다. 사실상 왕은 아니하지 못할 것이다. 정인지의 입에는 쾌한 승리

305) 백관을 거느리고 상소하다.

의 웃음이 떠돌았다.

비록 상소할 내용은 말하지 아니하였더라도 이것이 안평대군의 생명에 관한 것인 줄은 다들 짐작하였다. 누구나 안평대군이 살아 있고는 수양대군의 세상이 얼마 오래 가지 못할 것을 아는 까닭이다. 그런데 백관이라는 사람들 중에는 안평대군 궁에 출입하던 사람도 적지 아니하고 또 설사 직접으로는 안평대군을 만나지 못하였더라도 마음으로 안평대군을 사모하던 이는 부지기수요, 그뿐더러 안평대군이 아무 죄도 없이 아주 애매한 것은 한 사람도 의심하는 사람이 없었다. 이 사람들은 장차 이 일에 어떠한 태도를 취할는고.

원동 성총관(成摠管)집 사람이다. 성총관이라 함은 성삼문의 아버지 오위(五衛) 도총부(都摠府) 도총관(都摠管) 성승의 말이다. 주인 대감은 도총관이요, 맏아들 삼문은 집현전 학사로 승정원 우승지 곧 예방승지(禮房承旨)요, 삼문의 아우되는 삼고(三顧), 삼빙(三聘), 삼성(三省)도 다 진사(進士) 대과(大科)로 한림(翰林), 검상(檢詳)의 청관(淸官)을 지내고 있다. 비록 세도하는 집은 못된다 하더라도 인물이나 문한(文翰)[306]으로는 당시 일류로 일세가 부러워하는 바였었다.

그중에도 성삼문이라면 집현전 학사 중에도 가장 이름이 높은 사람 중에 하나였었다. 그와 비견할 만한 이 박팽년, 하위지, 이개, 유성원, 신숙주 등이 있었을 뿐이다.

세종대왕께서 말년에 피부병이 계시어 누차 온천에 행행(行幸)하실 때에도 성삼문은 이개, 신숙주 등으로 더불어 평복으로 왕의 곁에 모시어 무시로 왕의 구문을 받았다. 이처럼 성삼문과 신숙주는 세종대왕의 특별한 사랑을 받았다. 훈민정음(訓民正音)을 지을 때에도 성삼문, 신숙주가 중심이었던 것은 누구나 다 알 바이다.

세종대왕이 승하하시고 문종대왕이 즉위하신 뒤에도 성삼문은 집현전 모든 학사 중에 가장 왕의 사랑하심을 받았다. 성삼문이 입직하는 날 밤이면 가끔 왕이 '근보(謹甫)'하고 부르시며 입직청에 무시로 찾아오시기 때문에 밤이 깊어 왕이 취침하심이 확실하다고 생각된 뒤가 아니면 성삼문은 관복을 벗지 못하였다고 하는 것은 전에도 한 번 한 말이다.

당시 이름 높던 집현전 팔 학사 중에서 경학(經學)과 인격으로는 박팽년이 으뜸이요, 책론(策論)으로는 하위

306) 문장에 능한 사람.

지가 으뜸이요, 시(詩)로는 이개가 으뜸이요, 사학(史學)으로는 유성원이 으뜸이요, 이학과 교제(交際)와 모략으로는 신숙주가 으뜸이요--이 모양으로 다 각기 특색이 있는 중에 찬란한 문장과 풍류해학(風流諧謔)으로는 성삼문이 으뜸이었다.

술 잘 먹고 잘 떠들고 웃은 소리 잘하고 세상 이면 경계 같은 것은 돌아볼 줄 몰랐다. 그러하면서도 그에게는 추상열일(秋霜烈日)[307]과 같은 엄연한 절개(節槪)가 있었다.

그가 북경 가던 길에 백이숙제묘(伯夷叔齊廟)에 써 붙이었다는 시

常年明馬政言非

大義堂堂日月龍

草木赤治周雨義

情城君衛倉首陽德[308]

---

307) 가을에 내리는 찬 서리와 여름의 뜨거운 태양이라는 뜻으로, 형벌이 엄하고 권위가 있음을 비유적으로 이르는 말.

308) 당년에 말고삐 잡아당기며 감히 그르다 말함에/대의가 당당하여 햇살처럼 빛이 났다오. 풀과 나무도 또한 주나라의 비와 이슬에 젖었으니/그대들이 오히려 수양산 고사리 먹었음을 부끄러워 하노라.

를 보든지, 또 그가 지은 단가(시조)

이 몸이 죽어 가서
무엇이 될고 하니
봉래산 제일봉에
낙락장송 되어 있어
백설이 만건곤할 제
독야청청하리라.

한 것을 보든지, 다 그의 열사적 반면을 보이는 것이다.

아니다, 열사적 반면이랄 것이 아니라 겉으로는 파탈하고 웃고 떠든다 하더라도 속으로는 무엇으로도 굽힐 수 없는 송죽 같은 맑고 매운 절개가 있던 것이다.

또 성삼문이 북경 갔던 길에 어떤 사람이 조선 문장 성삼문이 온다는 말을 듣고 묵화(墨畵) 백로도(白鷺圖) 한 폭을 가지고 와서 화제를 청하였다. 삼문은 그림을 보자마자, '雪作衣裳玉作趾 窺魚蘆渚幾多時 偶然飛過山陰墅 誤落羲之洗硯池'[309]라고 불러서 명나라 사람들을 놀래었

309) 눈으로 옷을 짓고, 옥으로 발굽을 만들어
갈대숲 물가에서 얼마나 물고기를 엿보았던가?

다고 한다. 아무리 성삼문이 시는 잘 못 짓는다 하더라도 이만큼은 그도 시인이다.

성삼문은 이번 수양대군의 소위 정란에 의분을 금하지 못하나 일개 승지로 어찌할 수가 없었다. 그러다가 내일은 안평대군을 죽이기 위하여 좌의정 정인지가 솔백관계 한단 말을 듣고는 도저히 가만히 있을 수 없다하여 그 아버지 승의 허락을 얻어가지고 평소부터 믿던 집현전 친구들을 모아 명일에 할 대책을 토론하기로 하였다.

삼문은 술과 안주를 준비하고 시회를 빙자로 박팽년, 하위지, 유성원, 이개, 이석형(李石亨), 기건 등을 청하였다. 신숙주, 최항을 청하고 아니 청하는 것은 여러 사람이 모인 뒤에 의논하기로 하였다.

사람들이 하나 둘 모여드는 대로 비분강개한 언론이 나왔다. 이번 수양대군의 정란이 생긴 뒤에 이렇게 모여서 토론하기는 처음인 까닭이다.

"당초에 어찌된 셈을 알 수 없어--자네는 정원에 있으니잘 아나?"

이것은 하위지가 성삼문에게 물은 말이다. 하위지의

우연히 산음현을 날아 지나다가
잘못으로 왕희지의 벼루 닦던 물에 떨어졌구나.

이때 벼슬은 집의(執義)다. 청천벽력이어서 어찌된 셈을 모르는 것은 하위지뿐이 아니었다. 수양대군이 이상한 뜻을 품었다는 것은 문종대왕 승하 이래로 소문난 일이지마는 설마 이렇게도 벼락같이 되리라고는 아무도 생각지 못하였던 것이다.

"그래 정부에서는 깜깜히 몰랐더람. 지봉(芝峯)은 몰랐다 하더라도 절재(節齋)까지라도 몰랐더람. 다들 낮잠만 자고 있었더람."

하고 주인 되는 성삼문이 도리어 먼저 분개하였다. 지봉이란 황보인의 당호요, 절재란 김종서의 당호다.

다른 사람들 모두 정부의 무능을 문개하게 여겼다.

"그런 게 아니라, 절재가 수양대군의 흉계를 먼저 알기는 알았으나 저편이 수양대군이고 보니 일이 생기기도 전에 잡아 가둘 수도 없어서 기회를 기다리기로 다 계획을 정하였더래. 그런 걸 지봉이란 양반이 정가에게 말을 했더라네그려. 그래서 모두 이 꼴이 된게래."

하고 이개가 픽 웃는다.

황보인이 정인지에게 말하였다는 것은 잘못 안 말이다. 수양대군이 조금만 꿈쩍하면 사정없이 처치한다는 계획을 정인지에게 누설한 것은 황보인이 아니라 이양이었다.

"응, 자네 말이 그럴 듯한 말일세."

하고 박팽년이,

"그러면 정가는 애초부터 수양의 편이더란 말인가."

하고 놀라는 빛을 보인다.

"참말 오활한 선빌세 그려."

하고 하위지가 박팽년을 보고 웃으면서,

"그럼 무엇으로 우참찬에서 껑충 뛰어서 좌의정이야? 정가의 눈에 아비 죽일 살이 있다더니 이제 그 눈이 큰일 낼걸."

정가라 함은 물론 정인지다.

"벌써 큰일을 내지 아니하였나. 그놈이 사실 전부터 수양허구 통하였다 하면 그놈 살려두겠다고. 그놈이 지봉에게 수학(受學)을 하였다네."

하는 것은 박팽년이다.

"무부무군(無父無君)[310]한 이 세상에 스승인들 있겠나. 뭐 이것, 이 앞에 무슨 일이 있을는지 아나. 아직 시초일세 시초여."

---

310) 아버지도 임금도 없다는 뜻으로, 어버이도 임금도 모르는 난신적자(亂臣賊子), 곧 행동이 막된 사람을 이르는 말.

하고 세상을 비관하는 뜻을 보이는 것은 하위지다. 과연 하위지의 얼굴에는 상심하는 빛이 보이었다.

"그런데 이 사람이 왜 아니 와."

하고 성삼문은 유성원을 기다린다.

"그 반교문(頒敎文)을 지어 놓고는 여태 밤도 아니 먹는데."

하는 것은 김질(金叱)이다. 김질은 정창손(鄭昌孫)의 사위요, 장차 육신의 계획을 세조대왕에게 일러바칠 사람이다. 그러나 지금은 수양대군의 일에 분개하는 지사(志士)다.

한 번 더 유성원 집에 사람을 보내어 어서 오기를 재촉하였다.

유성원은 '내 무슨 면목으로 다시 그대들을 애하랴' 하고 여러 번 거절하다가 마침내 마지못하여 왔다. 원래 뚱뚱한 편이던 그 얼굴이 그렇게 보는 탓인지는 몰라도 하루 사이에 눈에 뜨이게 초췌한 듯하였다.

유성원은 방에 들어서서 성삼문, 박팽년 이하 여러 친구들을 대하는 길로 눈물을 흘리며 느껴 울었다.

"내가 무슨 낯으로 제공(諸公)을 대하겠나."

하고 말끝을 맺지 못하였다.

성삼문 이하로 모인 사람들이 다 삼연히 눈물을 머금고 유성원의 손을 잡아 위로하였다.

"자네가 죄라면 우리가 다 동죄(同罪)야. 그렇지만 우리가 살아남지 아니하면 대의(大義)를 뉘 있어 지키겠나."

하고 성삼문이 특별히 유성원을 위로하였다.

유성원의 눈물은 여러 동지(同志)에게 깊은 감동을 주었다. 유성원이가 수양대군에게 내리는 교서를 지은 것이 그의 일생에 가장 큰 유한이 아닐 리가 없고 또 가장 공평하게 말하더라도 유성원의 일생에 큰 오점(汚點)이 아닐 리가 없다. 만일 유성원으로 하여금 절개가 온전한 사람이 되게 하려면 반드시 그로 하여금 교서 짓기를 거절하게 하였어야 할 것이다. 그 결과로 수양대군의 노함을 사서 목이 몸에 붙어 있지 못하게 될 것은 분명하지마는 그것이 의기 남아가 밟을 가장 옳은 길일 것이다.

유성원에게는 칠십이 넘은 병석에 누운 노모가 있었다. 자기는 결코 목숨을 아낀 것이 노모를 위한 것이란 말을 하지 아니하나 성삼문, 박팽년 등 지기지우[311]들은 그의 충성과 효성을 잘 알았다. 그렇지마는 아무리 정인

311) 知己之友: 자기의 속마음을 참되게 알아주는 친구.

지가 불러주다시피 교서에 쓸 요령을 명령하였다 하더라도 자기 손으로 아무 죄도 없을뿐더러 충의가 일월과 같은 황보인, 김종서 등을 궁흉극악한 역적을 만들어 놓은 것을 생각하면 천지 일월이 부끄럽고 금수초목[312]이 부끄럽고 자기 그림자가 부끄러웠던 것이 당연한 일이라고 아니할 수 없었다.

"이 사람, 과도히 슬퍼 말게. 우리 목숨이 열이라도 장차 다 쓰고도 부족한 날이 있을 것일세. 아직은 억지로라도 살아야 해. 못 참을 것을 참더라도 살아야 하네. 자네 진정을 천지신명이 알고 우리 몇 친구가 아니 무슨 걱정인가."

하고 손을 잡고 유성원을 위로하는 것은 박팽년이다.

"그렇기를 두 말인가. 자네 이번 일이 잘한 일은 아니지. 실수는 실수지마는 장차 벗을 날이 있으니까."

하는 것은 하위지다. 하위지는 앞일을 내다보는 듯이 말하였다.

친구들의 진정으로 하는 말이 일변 가슴을 찌르는 듯이 아프기도 하고 일변 고맙기도 하였다.

---

312) 草木禽獸: 풀과 나무와 날짐승과 길짐승을 아울러 이르는 말. 온갖 생물들을 뜻한다.

유성원 때문에 좌중에는 말할 수 없이 비창한 기운이 충만하였다.

"자, 이 말은 고만하고 내일 일을 의논하세."

하고 화제를 돌리려는 것은 성삼문이다.

"내일 솔백관하고 상소를 한다니 그게 무슨 일이겠나. 생각건대 안평대군 일인 듯하여."

하고 성삼문은 정원에 있으므로 가장 이런 일에 기미를 알아야 할 처지이므로 먼저 의견을 말하는 것이다.

"최항이는 그 일을 알 듯하기로 물어보았지마는 잡아데어. 도승지가 되었다고 교가 났는지, 우리를 대하기가 부끄러운 일이 있는지 나를 보면 피해."

"영양위 궁에서 수양대군을 불러들이고 제신들을 속이어서 불러들이고 상감을 속이고 한 것이 모두 최항이 놈의 농간이야."

하고 격하기 쉬운 이개의 핏기 없는, 연약해 보이는, 병색 있는 얼굴이 감정으로 빨개진다.

"최항이가 정인지 문하에 긴히 다니느니. 사람이 재승박덕해. 재주는 있지마는 원체 의리가 박하고 물욕이 있어."

하는 것은 전 대사헌 기건의 말이다. 기건은 수양대군 이하 왕자들이 궁중에 분경(奔競)하는 것을 탄핵(彈劾)하다가 수양대군에게 밀리어 쫓겨난 사람이다.

"최항이 아니기로 모르겠나. 내일 상소야 빤하지. 수양대군이 안평대군을 싫어하는 줄 아니까 안평을 아주 죽여 버려서 수양의 마음을 기쁘게 하자는 정 정승의 충성에서 나온 일이겠지."

하는 것은 하위지다.

문제의 중심은 내일 아침 정인지가 백관을 거느리고 근정전에서 상감께 안평대군 죽여야 할 것을 아뢸 때에 그 옳지 못함을 한 번 다투어 볼까 함이다.

"간신(奸臣)의 무리가 무죄한 사람에게 누명을 씌워 죽이는 것을 볼 때에 묘당(廟堂)에 한 사람도 다투는 이가 없다. 하면 의(義)를 어디 가서 찾는단 말인가. 또 이때에 한 번 수양과 정가의 예기를 지르지 아니하면 장차 무슨 일이 생길지 모를 것이니까 이때에 우리가 불가불 목숨을 내어놓고 다투어야 할 것일세."

하고 강경론을 하는 것은 이개다. 이렇게 말하는 이개의 심중에 항상 수양대군과 정인지의 주구(走狗)[313]가 되어 껍죽대는 그 숙부 계전의 모양이 보이었다.

313) 사냥개의 뜻으로, 남의 앞잡이 노릇을 하는 사람을 비유함.

이개의 강경론에 성삼문, 김질도 찬성하였다. 어전에서 한 번 정인지와 흑백을 다툴 것을 주장하였다.

"우리가 아니하면 누가 한단 말인가. 만약 이 일을 그대로 내버려 두면 무소불위할 것이니까, 우리 몇 사람이 중심이 되어서 연명을 하여가지고 한 번 정가에게 하늘 높은 양을 보여야 하네."

하고 김질은 연명상소[314]라는 구체안까지 내어 놓았다. 김질의 말에 여러 사람은 그럴 듯이, 그러나 결정 못한 듯이 서로 바라보고 앉았다.

김질은 풍세가 좋은 듯하면 더욱 기운을 내는 사람이다. 자기의 의견이 설 듯한 눈치를 보고는 더욱 기운을 내어,

"이렇게 한단 말이야. 내일 조회에 정인지가 말을 낼 때까지는 아무 소리 말고 가만히 있거든. 정인지가 의기양양해서 안평대군 죽여야 한다는 뜻을 상감께 상주하고 물러나지 않겠나. 그러면 아무도 감히 나서는 사람이 없을 것이어든. 그러면 정인지의 득의가 오죽 하겠나. 그때에 우리가 나선단 말이야. 우리가, '상감께 아뢰오. 좌의

314) 連名上訴.

정 정인지의 말이 옳지 아니하외다.' 하고 나서는 날이면 제가 간담이 서늘하지 않고 배기겠나. 이것도 (하고 왼손 엄지손가락을 우뚝 내세운다. 수양대군을 가리키는 뜻이다) 에끼 하고 가슴이 꿈쩍할 것일세. 그렇다고 우리가 무서워서 하려면 일을 못하지는 않겠지마는 설사 우리 본뜻은 실패한다 하더라도 어쨌든지 한 번 크게 예기는 질러 놓는단 말이야. 망신도 한 번 톡톡히 시키고, 안 그런가?"

김질의 눈가에는 회심의 웃음이 돈다.

박팽년, 하위지같이 마음이 무거운 패는 김질의 말을 듣고,

"응, 왜 그리 말이 교묘하고 자리할꼬."

하여 김질의 태도가 군자답지 못함을 불쾌하게 여기었으나 성삼문, 이개와 같이 외분이 앞서는 사람들은 수양대군, 정인지 등을 한번 망신을 시키는 것만 해도 어떻게나 통쾌한지 몰랐다.

"됐네 됐어. 꼭 됐어."

하고 성삼문은 무릎을 치며 김질의 꾀를 칭찬하였다.

유성원은 말없이 가만히 듣고만 앉았다.

이렇게까지 하여서라도 안평대군을 위한다는 데는 여

러 가지 이유가 있다. 결코 안평대군이 무죄한 사람이란 이유만은 아니다.

이러한 어수선한 판에 무죄한 목숨을 위해서 여러 사람이 목숨을 내어놓고 다들 여유가 있을까?--없다. 안평대군을 살려야만 할 이유가 있다.

그 이유 중에 첫째로 가는 것은 안평대군이 살아 있지 않고는 감히 수양대군을 당해낼 사람이 없다는 것이니, 안평대군마저 죽여 버리면 수양대군 일파에 대하여서는 정히 무인지경이 되는 것이다. 그러므로 이러한 정치적 이유로 보아서 아무리 하여서라도 안평대군은 죽지 않게 하여야 할 것이다.

또 안평대군을 살려야 할 둘째 이유가 있으니, 그것은 도덕적 이유다. 성삼문 등이 생각하기에 수양대군은 불의를 대표한 세력이요, 안평대군은 의를 대표한 세력이었다.

안평대군이 밤낮에 시와 술과 풍류에 묻히어서 비록 적극적으로 하여 놓은 일은 없었다.

하더라도 그는 옳은 일을 알아보고 옳은 사람을 알아볼 줄 알므로 천하 옳은 사람의 돌아가는 바가 되어 은연중 천하 인인지사(仁人志士)의 중심이 되었던 것이다.

그러므로 안평대군이 죽는 것은 안평대군 개인이 죽는 것이 아니라, 실로 의를 대표하는 세력이 죽는 것이다. 이러므로 안평대군은 아니 살리지 못할 것이다.

안평대군을 아니 살리지 못할 셋째 이유가 있다. 그것은 어리신 상감을 위하여서다. 고명 받은 유력한 제신이 다 죽어버린 이때에 어리신 왕을 보호할 가장 큰 힘은 안평대군이다. 성삼문 일파의 눈에 수양대군은 아무리 자기가 그렇지 않다는 것, 자기의 목적이 성왕에게 대한 주공이 됨에 있는 것을 누누이 성언한다 하더라도 상감에게 호의를 가진 보호자가 아닌 줄로 보이었다. 그러므로 왕을 안전하게 함--그것은 성삼문 일파 자기네의 문명 고명에 대한 최대한 의무다--에는 안평대군을 살리는 수밖에 없었다. 안평대군에게 개인적으로 받은 지우(知遇)에 대한 정도 결코 가벼운 것은 아니었다.

어느 편으로 보든지 안평대군을 살려내는 것은 현하시국에 있어서 가장 중대한 문제다.

그런데 이 목적을 달하려면 그 가장 첩경은 수양대군의 마음을 돌리는 것이지마는 그것은 불가능한 일이요, 오직 남은 길은 여론을 일으켜서 수양대군으로 하여금 체면에 안평대군 죽이기를 주장하지 못하게 하는 것이다.

그렇지마는 정인지는 이것을--여론이 일어나면 이롭지 못할 것을 알기 때문에 극비밀리에, 질풍신뢰적으로 해버리려는 것이다. 내일 아침에 솔백관하고 왕을 위협해 왕께서 부득이 수양대군에게 물으시어, 수양대군이 가장 부득이한 듯이 백관의 의향을 막을 수 없다고 상주를 하여, 그리하면 아마 일주야가 지나지 못하여 안평대군의 목숨은 벌써 없을 것이다. 그러므로 안평대군을 살리려는 편에서는 어떻게 조수족할 여유가 없다.

사정이 이러하고 보니 인제는 김질의 말과 같이 내일 아침 묘당에서 한바탕 풍파를 일으켜 보는 수밖에는 아무 도리도 없다.

감정에 격한 이개, 성삼문 등은 전후를 돌아볼 새 없이 김질 의 말에 찬동하였으나 비교적 냉정하고 이지적인 하위지, 박팽년 같은 이는 또 그 결과에까지 생각이 미치지 아니할 수 없었다.

"일은 안 되고 목숨은 잃고 그렇지마는 의리상 아니 그러할 수는 없고……"

실로 난처한 딜레마(경우)다.

"이번에도 목숨은 하나 내어놓아 하겠고 또 후일을 위하여서도 목숨은 하나 남겨 두어야 하겠고."

하고 마침내 박팽년이 탄식하는 소리를 발하게 되었다.

사실상 그러하였다. 수양대군이 정권을 잡은 지 사흘이 다 되지 못하여서 벌써 벼슬하는 사람들은 그 밑으로 돌아가 붙으려고 애를 썼다. 날이 갈수록 사람들은 의리와 임금에게 충성되기보다 권세 잡은 수양대군, 정인지에게 충성도기를 힘쓸 것이다. 만일 이번 안평대군 일로 하여 '우리네'가 다 죽어버리면 뒷일은 누구에게 부탁하랴 하는 것이 오늘밤 모인 몇 사람의 진정의 근심이었다.

이때에 성삼문이 신숙주 문제를 끌어내었다.

"내가 그 사람을 청하려다가 또 다들 어떻게 생각할지 몰라서 아니 청하였다. 이번에 갑자기 벼슬이 높이 오른 것을 보면 수양이나 정가에게 긴히 보이기도 한 모양이지마는 그런들 설마 아주 환장이야 하였겠나. 설사 환장이 되었기로니 우리말이야 제가 안 듣겠다. 또 가만히 생각하면 우리네 중에 신숙주가 가장 수월한 듯하니까 아마 그 마음을 사노라고 높은 벼슬을 주었는지도 알 수 없어. 아무리 세상이 뒤집히었기로 설마 신숙주가 어디 그럴 리야 있을라고."

신숙주는 이른바 집현전 팔 학자 중에 하나로 여기 모인 사람 중에 어느 누구와는 친하지 아니하랴마는 특히 성삼문과는 성이 다를 뿐이지 죽마고우요, 동문수학이요, 동포형제나 다름이 없이 절친한 사이였다. 그래서 이번 사건에 남들은 닷 신숙주를 의심하여도 성삼문만은 아직도 그를 의심하고 싶지 아니하였다.

"아니야 아니야."

하고 성삼문의 말에 이개가 손을 내어두르며 굳세게 부인하였다.

"신숙주가 이번 일에는 제일 가는 모사래.[315] 첫째 한명회, 둘째 신숙주라네. 내 삼촌 말을 들으니까 신숙주는 벌써부터 수양대군과 통한 모양이요, 정인지를 수양대군에게 갖다가 붙인 것도 신숙주라나보데. 내 삼촌은 수양대군 문하에 밤낮 다니기나 하지마는 신숙주는 수양대군궁에 한 번 발도 안 들여놓고도 내 삼촌보다는 더 긴했던 모양이니 알아볼 것 아닌가."

사람들의 눈은 성삼문에게로 옮았다. 그러나 삼문도 이개의 말을 반박할 아무 재료도 가지지 못하였다.

"그래도 신숙주가 나서면 혹시 안평대군을 살려낼지도 모르니 한 번 말이나 해볼까."

---

315) 모사꾼(약은 꾀로 일을 꾸미는 사람을 낮잡아 이르는 말)이래.

"안될 말이야! 안평대군을 죽여야 한다는 꾀도 신숙주 놈의 속에서 나왔기가 십상 팔굴세. 내 삼촌의 말 눈치가 신숙주 놈부터 때려죽일 놈이야."

하고 이개는 흥분을 못이겨 그 가냘픈 몸이 떨린다. 이개가 삼촌이라는 것은 물론 이계전이다.

명일 조회에 한 풍파 일으키기로 마침내 작정이 되었다. 의리소재에 주저할 바가 아니라고 보았다.

"뒷일을 생각해서 목숨을 아껴 둔다는 것은 의가 아니어. 보지 못하는 장래를 위하여 목전에 다닥친 대의를 저버리다니 말이 되나. 우리네가 이번 의에 죽으면 후일에 그때 의에 죽을 사람이 자연 또 있을 것이어."

하는 이개의 말은 여러 사람의 뜻을 결정하는데 가장 힘이 있었다. 이석형, 기건의 자중론(自重論)은 이 대의를 앞에 자연히 소멸되고 말았다.

오륙인 이관말직의 의롭고 약한 힘으로 일국 정권을 마음대로 놀리는 수양대군과 정인지를 대항한다는 것은 실로 당랑거철[316]이라 아니할 수 없다. 그러나 '우리는 의를 위하여 죽는다' 하고 생각하면 마음이 든든하였다.

---

316) 螳螂拒轍: (사마귀가 수레바퀴를 막는다는 뜻) 제 역량을 생각하지 않고, 강자에게 함부로 덤벼드는 무모한 행동거지를 비유적으로 이르는 말.

술이 나왔다. 아마 이 세상에서 마지막인지 모를 주회다. 권커니 잡거니 여러 순배에 이르러도 내일 일이 관심이 되어 술이 취하지는 아니하였다.

"누구 유력한 사람을 하나 장두(狀頭)로 세우는 것이 어떠한가. 우리네 미관말직만이 나서는 것보다 그래도 재열(宰列)에 참예한 사람이 한둘 있었으면 더 소리가 크지 않겠나."

하고 하위지가 술잔을 놓고 말을 낸다.

"그래, 내 뜻도 그러이."

하는 것은 박팽년이다.

박팽년이 예조참의(禮曹參議), 성삼문이 우승지, 이개가 직제학, 유성원이 사예(司藝), 김질도 유성원과 같이 사예, 이석형이 교리, 그중에 기건이가 대사헌을 지냈으니 가장 벼슬자리가 높다 하려니와 현직은 없고 그 나머지는 조정에 나서서 힘 있게 말할 만한 지위에 있는 이가 없다. 현재 대사헌 권준(權蹲), 대사간 이계전이 동지였으면 대단히 소리가 클 것이언마는 이 두 사람은 수양대군의 심복이다. 그런즉 내일 조정에서 정인지와 다툴 때에는 적어도 정경(正卿)의 지위는 가진 사람이 두목으로 나서는 것이 필요하다. 한 번 말을 낸 뒤에는 아무나 나서서 말할 수가 있겠지마는 처음 말을 낼 사람은 지위나 명망이 족히 정인지와 비등할 사람이 필요하다.

그러나 누가 좋을까 하며 오래 생각할 필요가 없이 한 사람을 택하였다. 그 사람이 누구인 것은 독자도 벌써 짐작할 것이니 그것은 의정부 좌참찬 허후(許詡)다.

허후 집에 가는 교섭 위원은 성삼문과 이개 두 사람으로 정하였다. 이개와 허후와는 관계가 있다. 허후의 아들 교리 허조가 이개의 매부였다. 이렇게 이개와 허조와는 다만 남매의 분의가 있을뿐더러 또한 자기상적하는 동지였다.

성삼문, 이개가 잿골 허후 집에 다다랐을 때에는 벌써 야심하였었다. 그러나 인제 어떠한 벼락이 내릴지 모르는 허후 집에서는 내외가 다 잠을 이루지 못하고 개만 짖어도 금부도사나 아닌가 하고 마음을 조리고 있었다.

성삼문, 이개는 우선 허조와 만나서 내일 일을 말하였다. 허조는 대번에 승낙하였다.

"그런데 여보게."

하고 성삼문은 허조더러,

"춘부 대감께서 앞장을 서시어야 하겠네. 우리네 미관말직배들만으로야 무슨 말이 설 수 있겠나. 그래서 춘부 대감을 우리 두령으로 추대하기로 의논들이 되었네."
하고 허후가 두목으로 나서지 아니하면 안 될 뜻을 말하였다.

허조는 아버지의 명운이 실로 절박한 것을 깨닫고 한참이나 침음하더니,

"잠깐 기다리게. 내 아버지한테 자네 말은 전함세. 자식된 도리에 늙은 아버지를 죽을 길로 들어가시라고 권하기는 차마 못하겠네그려."
학 큰사랑으로 올라갔다.

허후는 이때까지도 옷도 끄르지 아니하고 편지축을 내어놓고는 이번에 순난(殉難)[317]한 여러 친구들에게서 받은 필적들을 골라서 꿇어앉아서 두 손으로 받들고 읽고 있었다.

그러다가 문을 열고 들어오는 아들을 바라보며 무슨 말을 내려는 뜻을 보인다.

허후는 아들 허조가 들어오는 것을 보고,

"오, 너 잘 왔다. 이리 오너라."
하고 서안 위에 골라 놓은 몇 뭉텅이 종이를 가리키며,

317) 국난으로 목숨을 바침.

"이것이 지봉(芝峯), 이것이 절재(節齋) 관적이야. 충신 열사의 필적은 분향 단좌하여 보는 법이야. 이것은 내가 죽은 뒤에라도 자손에게 전해야 한다."

하고 또 다른 뭉텅이 하나를 내어놓으며,

"이것은 안평대군 필적이야. 다 잘 두어라."

한다. 아무리 의에 대하여는 자기 목숨을 초개같이 아는 허후라도 불출 일년에 아들 손자가 다 도륙을 당하고 허후의 집이 영원히 멸망해 버리리라고까지는 생각하지 못하였을 것이다. 그의 눈 앞에는 둘째 손자 구령(九齡)이 할아버지 곁에서 놀다가 아랫목에 곤하게 자는 양이 보인다. 큰 손자 연령(延齡)은 명춘에 과거를 보려는 나이다.

허조는 아버지가 말하는 대로 '예' '예' 하기는 하면서도 마음은 슬펐다. 그렇게도 좋은 아버지--좀 괴벽하다고 할만은 하지마는 일찍 옳지 않다고 생각하는 일을 하는 것을 보지 못하고 제 몸이나 제 집을 위하여 무엇을 생각하거나 일하는 것을 보지 못한 그러한 아버지--별로 능력은 없으나 나라 일만을 자기 일로 생각하고 기뻐하고 슬퍼하고 분해하던 아버지--그러한 아버지가 이제나 저제나 하고 금부도사를 기다리게 된 정경을 생각하면 전래 효성을 타고난 허조의 가슴은 메어지는 듯하였다. 더구나 성삼문, 이개가 청하는 대로 한다면 아마도 이 늙고 좋은 아버지의 생명은 내일 하루를 넘기지 못할 것이다.

"아버지!"

하고 부르고는 허조는 말문이 막히었다. 죽고 사는 데 대하여 무서워하거나 슬퍼할 허조가 아니언마는 모든 사정이 허조의 슬픔을 폭발하게 한 것이다.

허후는 안평대군의 편지 한 장을 들고 보다가 아들의 말에 놀라는 듯이 고개를 들어 물끄러미 아들을 바라본다.

"아버지!"

하고 허조는 남아의 의기로 복받치어 오르는 울음을 눌러버리고,

"성삼문이가 왔습니다."

하고 말문을 열었다.

"성삼문이가 왔어? 혼자?"

"이개허구요."

"응, 어찌해 이 밤중에?"

하고 허후는 손에 들었던 안평대군의 편지를 책상 위에 내려놓는다.

"내일 아침에 솔백관계한다고 아니 합니까."

"응, 그렇지. 정가가."

허조는 방 안에 누가 듣지나 않나 하는 듯이 휘 한번 둘러보고는 소리를 낮추어,

"오늘 저녁에 성삼문의 집에 몇 사람이 모였더래요."

"누구 누구?"

"그 사람들이지요--박팽년, 하위지, 이석형, 기건, 유성원……."

하고 말도 끝나기 전에 허후가 눈을 크게 뜨며,

"무어? 유성원이가 무슨 낯을 들고 나와 뎅겨?"

하고 소리를 지른다.

"그제야 협박을 받아서 그런 것입니다. 유성원이가 마음이야 변할 리가 있어요?"

하고 허조는 유성원을 두남둔다.

"협박만 받으면 아무런 것이라도 한단 말이냐."

하고 허후의 소리는 더욱 커진다.

허조는 아버지 뜻을 거스르기가 어려워 잠깐 잠자코 앉았다.

허후는 유성원 문제보다 더 중대한 문제를 잊었던 것을 생각하고 성난 것을 거두고,

"그래 그 사람들이 모여서 어찌했단 말이냐?"

"내일 아침 정인지가 안평대군 죽여야 할 것을 주장하거든 안평대군을 죽이는 것이 옳지 않다고 크게 박론하기로 작정하였다고 합니다."

하는 허조의 말에 허후의 고개가 저절로 번쩍 들리고 눈이 크게 떠지더니 숨길 수 없이 기쁜 빛이 드러나며,

"그렇기로 작정을 했어? 조정에서 정인지와 한바탕 다투기로?"

하고 참을 수 없는 듯이 빙그레 웃는다.

"어, 장하다. 아직도 의가 살았구나."

허후는 유성원 때문에 일어났던 분한 마음도 다 스러지고 가장 유쾌한 듯이,

"왜 이리 들어오라고 아니한단 말이냐. 귀한 손님들이로구나. 이리 들어오라고 하여라."

하고 서안 위에 늘어 놓인 종이 뭉텅이를 주섬주섬 주워서 문갑 속에 집어넣는다.

"그런데 아버지가 앞장을 서라고요."

하고 허조가 아버지를 우러러본다.

"내가 나서라고? 나서기를 두 말이냐. 하늘이 도와서 인제 내가 죽을 곳을 얻었다. 어서 다들 이리 들어오라고

하려무나.”
하고 허후는 마치 오래 그리워하던, 대단히 반가운 사람이나 만나려는 듯이 기뻐하였다.

처네를 들어 손자 구령의 곤히 자는 몸을 덮어 주었다.

이리하여 허후와 내일 일을 다 짜 놓고 허후 집에서 나오는 길에 성삼문은 이개더러,

“여보게, 우리 범옹(泛翁)이헌테 들러 가세.”
하였다. 범옹은 신숙주의 자다.

“그건 무엇하러?”
하고 이개는 냉랭하였다.

“가서 그 사람이 환장을 했나 아니했나 보세그려. 보아서 정말 환장을 했거든, 한바탕 호령이나 해주고 그렇지 않고 예전 신숙주대로 있거든 안표여 대군 위해 힘을 좀 쓰라고 해보세그려. 사리 여보를 알아보지도 아니하고 친구를 버린다는 것이 어디 친구의 도린가.”
하고 삼문은 이개를 끌었다.

성삼문의 말은 이치에 합당하였다. 이개는 마음으로는 싫지마는 성삼문의 말을 그렇게 거절할 수도 없고 또 신숙주 집이라야 허후 집과 같이 잿골이어서 집으로 가는 길에서 얼마 돌지도 아니하겠기로 성삼문을 따라 섰다.

신숙주 집 대문은 굳이 잠겨 있었다. 문을 열 때에는 전에 보지 못하던 관노(官奴) 같은 자 사오인이 성삼문, 이개에게 대하여 교만한 태도로 수하(誰何)[318]하였다. 이개는 대토하여,

"이놈들! 눈이 삐었느냐. 우리를 몰라보고 웬 버르장머리야."

하고 호령을 하였다.

이개가 하도 톡톡히 호령하는 바람에 관노 같은 놈들은 뒤로 물러섰다. 이 소리에 뛰어나온 종 하나가 성삼문을 알아보고 허리를 굽신하며,

"원골 영감마님입시오." 한다.

"오, 영감 계시냐?"

하고 성삼문의 말에 종이,

"네, 대감마님 계시오."

하고 곁에 무엇이 있으면 둘러치기라도 할 듯이 잔뜩 성이 난 이개를 힐끗 본다.

"오, 따는 영감이 아니라 대감이시로구나."

하고 성삼문은 신숙주 집 기구가 갑자기 변하였구나 하

318) 어떤 사람, 어느 누구를 확인하기 위해서 누구냐고 불러서 물어 보는 일.

면서 사랑으로 들어갔다.

"법옹이!"

하고 길게 부르는 성삼문의 소리--그것은 거의 날마다 귀에 익히 듣던 옛 친구의 소리나--에 신숙주는,

"어, 근보(謹甫)인가."

하고 전보다 더욱 반가운 듯이 뛰어나와 맞았다. 숙주의 등 뒤로 흘러나오는 불빛에 전에 보던 커다랗고 넓적한 옥관자가 없어지고 그 자리에 자그마한 환옥관자를 붙인 것이 눈에 띄었다.

"소인 문안 아뢰오."

하고 성삼문이가 시치미 떼고 신숙주 앞에서 읍하는 것을 신숙주가 한 손으로 성삼문의 팔을 잡고 다른 손으로는 이개의 팔을 잡으면서,

"이 사람 미치었다. 이건 다 무슨 짓이야."

하고 픽 웃고,

"이리 들어오게."

하며 두 사람을 방으로 끌어다가 앉히고,

"그런데 이게 웬일이야? 이 밤중에?"

하고 어찌할 바를 모르는 듯이 방 한 편 구석에 피석하여 앉은 사람을 바라본다. 성삼문, 이개의 눈도 그리로 향하

였다. 거기는 사팔뜨기 눈에 광대를 쑥 내솟고 허위대[319] 큰 작자 하나가 있다.

'저게 웬 것이야?' 하고 성삼문은 속으로 생각하였다. 그 괴상하게 생긴 작자는,

"대감 안녕히 주무시오. 소인 물러갑니다."

하고 일어나 나갔다.

한명회가 사팔뜨기라더니 저것이 한명회라는 것인가 하고 성삼문은 일어나 나가는 한명회의 뒷모양을 흘겨보고 한명회 유가 이 야심한데 신숙주와 단 둘이 무슨 은밀한 이야기를 하고 있는 것이 대단히 마땅치 못하였다.

"이사람 그것 웬 작잔가?"

하고 삼문은 한명회가 마당에 내려설까 말까 한 때에 듣겠거든 들어라 하는 듯이 큰소리로 물었다. 이개도 책망하는 듯한 눈으로 이 질문을 받는 신숙주를 바라보았다.

"응, 그 사람, 저 뉘 심부름 온 사람이야."

하고 숙주의 어음은 분명치 못하였다. 숙주는 어찌해 등에다가 모닥불을 퍼붓는 듯함을 느끼었다.

여태껏 한명회에게 또박또박 대감을 바치고 경대함을

---

319) '허우대(겉으로 드러난 체격)'의 잘못.

받을 때에는 자기의 지위가 높음을 깨달아 만족한 기쁨이 있더니 성삼문, 이개 두 친구의 들여다보는 눈을 볼 때에는 몸이 무엇에 눌려 쥐구멍에라도 들어가고 싶음을 깨달았다.

"뉘 심부름 온 사람이라니 그 눈… 하고 흉악하게 생겨먹은 폼이 수양대군 궁에 드나든다는 한가 아닌가. 이번에 영양위 궁 사람 죽이는 일에는 원훈이라지?"

하고 이개가 칼날같이 날카로운 말로 숙주를 쏘았다.

숙주는 웃고 손으로 턱을 만질 뿐이요, 대답이 없다.

"그런가, 그것이 한 명횐가."

하고 삼문도 곁에서 재촉한다.

"그래, 한명회야. 그렇게 흉악한 사람은 아닐세. 외양은 그렇지마는 마음은 그다지는 아니한 모양이야. 저민 대생의 사위 아닌가."

하고 우리네가 사귀어도 관계치 않다는 듯이 숙주가 억지로 쾌활한 빛을 보인다.

숙주가 한명회의 변명을 하는 것이 두 사람에게는 더욱 불쾌하였다. 더구나 이개는 당장에 숙주의 낯에 가래침이라도 뱉어 주고 싶도록 명회를 변명하는 숙주의 낯이 뻔뻔하였다. 오직 숙주를 가장 믿고 사랑하는, 본래 친구를 믿으면 거짓말까지도 믿으려 하여 의심할 줄을 모르는 성삼문만이 어떻게 하여서도 숙주가 변심하지 아니한 것을 이 깨에게 증명하고 싶었다. 그래서 단도직입으로,

"여보게 우리가 이렇게 야심한데 온 것은 자네헌테 물어볼 말이 있어서 온 것이야. 세상에서 말하기를 자네가 변심하였다네그려--우리네를 버리고 정인지 편이 되었다니 그런가. 정인지라고 본래부터 그리된 것은 아니겠지마는 정인지야말로 단단히 변심을 하였어. 세상이 다 지봉, 절재를 배반한다기로니 정인지야 어디 그럴 수가 있겠나. 저는 그럴 수가 없지. 그런데 듣는 바로 보면 지봉, 절재를 죽이게 한 것이 한명회, 정인지의 소위라 하니 정인지가 환장이 안 되었으면 그러 수가 있겠나. 그런데 자네는 이계전, 최항과 함께 정인지 패가 되었다고 하니 그게 있을 말인가. 어디 자네 입으로 좀 그렇지 않다고 말을 하여 보게. 이번 자네 벼슬이 갑자기 뛰어 오른 것이 수상하다고들 하지마는 그것이 혹 자네를 환장시키려는 정인지의 계책인지 몰라. 그렇지만 어디 세상에서야 그렇게 생각해 주나. 다 자네가 정인지 편이 되었다고 그러지. 아무려나 자네가 청백한 것을 보이려거든 우선 자네 입으

로 이 자리에서 시원히 말을 해보게."
하고 숙주를 바라보았다.

숙주의 관자놀이는 쉴새없이 들먹거리었다.

"어디 변심이고 말고가 있나."
하고 숙주는 겨우 불분명한 외마디 대답을 한다.

"아니, 이 사람."
하고 이개가 고개를 숙주에게 내밀고 살기 있는 눈으로 숙주의 옥같이 아름다운 얼굴을 노려보며 묻는다.

"그러면 자네는 이번 수양대군의 일에는 아무 상관이 없단 말인가. 집현전에서 영묘(英廟)와 현릉(顯陵)의 고명을 받던 신숙주 고대로 있단 말인가. 그렇거든 그렇다고 분명히 말을 하게."

성삼문, 이개의 말은 구구절절이 신숙주의 폐부를 찔렀다. 신숙주는 '죽을죄로 잘못했으니 살려 줍시오' 하고 그만 방바닥에 엎드리고도 싶었다. 그러나 그리할 수가 있을까--그리할 수는 없다.

숙주는 얼음같이 차디찬 욕심의 들로 설레는 양심의 병아리를 꽉 눌려 질식을 시키고,

"글쎄, 이 사람들이 오늘 웬일인가. 자네네들까지야 나를 이렇게 의심해서 쓰겠나."

하고 슬쩍 놓치어 버린다.

이때에 종이 주안상을 들고 나왔다.

이 주안상은 숙주를 살리었다. 숙주에게 잠시 피신할 곳을 준 셈이다.

"자, 한 잔 먹세."

하고 숙주는 예쁜 종으로 하여금 술을 치게 하였다. 이 젊은 종은 삼문이나 이개가 일찍 숙주의 집에서 보지 못한 바다. 그렇기로 벼슬이 오른 지 사흘이 다 못되어 이대도록 숙주집 기구가 굉장하게 변할까.

신숙주 아버지는 참판 신장(申檣)이다. 그렇게 호화로운 집은 되지 못한다. 아버지 신 참판이 치산하는 재주가 있는 덕에 가난치는 않다 하더라도 이렇게 아름다운 종을 둘 처지가 못 되는 줄은 성삼문이 가장 잘 아는 바다. 이 종은 수양대군한테서 선물 받은 종이다.

술도 수양대군 궁에서 온 술이다. 그런 줄을 알았더면 성삼문, 이개는 아니 먹었을는지 모르거니와 그들은 출출한 김, 흥분한 김, 으스스 추운 김에 이 따뜻하게 데운 달고 매운 향긋한 청주를 따라 놓는 대로 아니 마실 수가 없었다. 이리하는 동안에 신숙주는 두 친구의 무형한 단근질에 부대끼던 몸을 잠시 숨을 돌릴 수가 있었다.

이 술에 대하여 신숙주의 부인 윤씨(尹氏)에게 감사 하지 아니하면 아니 된다. 윤씨는 재와 색과 덕이 겸비하기로 동배간에 유명한 부인이다. 그는 남편의 친구가 사랑에 오면 가만히 종을 시켜서 그가 누구인지를 탐지하여서 적당하게 대접을 한다. 그것은 남편과의 친불친[320]을 표준으로 하는 것은 말할 것도 없지마는 결코 그 뿐은 아니다. 덕행과 명성에 흠이 있는가 없는가를 스스로 판단하여서 대접할 만한 이는 하고 못할 이는 아니한다. 윤씨의 이 총명에 대하여서는 신숙주도 신임하고 감복하는 터이다.

윤씨 부인은 한명회가 왔을 때에는 아무 대접도 아니하였다.

"왜 그런 소인을 사귀시오?"

하고 직접 남편에게 말한 적까지 있었다.

"아니, 그 사람이 그렇게 소인은 아닌걸."

하고 그때에도 숙주는 아내에게 어물어물해버리었다.

성삼문이 윤씨 부인의 가장 환영하는 손님인 것은 말할 것도 없다. 성삼문 올 때에 나오는 술상이 가장 좋다.

---

320) 親不親: 친하고 친하지 아니함.

좋은 안주가 생긴 때에는 윤씨는 성삼문 오기를 기다려서 다락 속에 감추어 둔다. 오래 감추어 둘 것 없이 성삼문이 찾아온다. 아내의 이 뜻을 신숙주도 기뻐한다. 아내 윤씨는 남편 신숙주의 뜻을 다 알아 두고는 남편이 말하기 전에 그가 원하는 바를 다하여 준다. 참 알뜰한 며느리요, 아내라고 칭찬 받는 것이 마땅하였다.

"그러면 자네 뜻은 예나 이제나 변함이 없단 말인가?"

하고 성삼문은 한 번 더 숙주에게 묻는다.

"두 말인가. 신숙주가 설마 권세를 따라서 마음 변할 사람이겠나. 자네들헌테 이러한 의심을 받는 것이 내가 박덕한 탓일세마는 내 마음은 그렇지를 않아."

하고 숙주는 잠깐 휴양하는 동안에 새 기운을 얻어서 서슴지 않고 대답하여 버린다.

"글쎄, 그러면 그렇지. 우리 범옹이가 설마 절개를 팔아 먹을 리야 있나. 여보게 백고(伯高) 안 그런가."

하고 성삼문은 그만 마음이 탁 풀려서 좋아라고 무릎을 치며 이개를 바라본다. 숙주가 무죄한 것이 그렇게 기뻤던 것이다. 백고(伯高)는 이개의 자다.

그러나 이개는 그렇게 단순한 사람이 아니다.

그는 맵고 맺힌 사람이다. 숙주의 말이 그대로 믿어지

지를 아니하였나.

"자네가 진실로 청백하거든."

하고 이개는 폐간을 꿰뚫어보는 듯한 무서운 눈으로 신숙주를 들여다보며 명령하는 듯한 어조로 들이세운다.

"진실로 자네가 청청백백할[321] 것 같으면 그러한 표를 보이게."

하고 이개가 요구한다.

"어떻게 하면 그 표를 보이는 것인가."

하고 신숙주도 청백한 표를 보이고 싶은 태도를 보인다.

"첫째도 자네 벼슬을 내어 놓게. 자네 벼슬이 너무 엽등이야. 까닭이 없는 엽등에는 바르지 못한 속살이 있는 것이라고 남이 말한들 자네가 무엇이라고 발명할 터인가. 자네가 아무리 청청백백하다고 하더라도 일개 승지로서 일약에 좌참찬이 되었다 하면 아무도 자네를 이번 일에 가장 공이 큰 사람으로 아니 볼 수가 있나. 정인지가 우참찬에서 좌의정으로 뛰어오르고 한명회가 백면으로서 군기사(軍器寺) 녹사(綠事)된 지 이틀 만에 이조참의(吏曹參議)가 된 것 이상일세. 그러니까 자네가 진실로

321) 淸淸白白--: 매우 청렴하고 결백하다.

청백하거든 내일 아침으로 자네 벼슬을 내어놓게.”

이개의 이 말은 참으로 신숙주에게는 아픈 말이었다. 일년 내로 친구를 속이고 아내를 속이고 양심까지 속이고 애를 쓴 것이 무엇 때문인데? 권세 때문인데. 이개의 말은 큰일 날 소리였다.

“자네 말이 옳기는 옳의. 그렇지마는 너무 서생론(書生論)이야.”

하고 신숙주는 이제는 조금도 면난한 빛이 없고 도리어 이개를 지도하는 태도다.

“어찌해 자네 말이 서생론인고 하니 우리가 다 청렴한 듯이 발을 빼고 물러나오면 나라일은 어찌한단 말인가. 영릉, 현릉께서 고명하신 것도 결코 물려나와서 독선기신이나 하라고 하신 뜻은 아닐 것일세. 자네들이나 내나 다 같이 이 몸과 목숨을 나라에 바치지 아니하였나. 한 번 바친 몸과 목숨을 늙어서 폐인이 되거나 죽어서 해골이 되기 전에 다시 찾을 수가 있나. 그것은 도리가 아니야. 하물며 오늘날같이 국가 다사한 날에 우리가 일심의 명예나 안락을 위해서 몸을 피하다니 될 말인가. 백고(伯高)! 자네가 잘못 생각한 말일세. 안 그런가 이 사람 근보(槿甫)?”

신숙주의 말은 과연 당당하다. 과연 충신의 말이요, 국사(國士)의 말이었다.

"옳의, 범옹(泛翁)이, 자네 말이 옳의. 우리가 물러 나와서 쓰겠나. 우리가 나오면 그야말로 권람이 한명회 같은 유의 판이 되게. 안 그런가 백고?"

하고 성삼문은 의심이 다 풀리었다 하는 만족한 표정으로 이개이 동의를 구한다.

그러나 이개도 성삼문 모양으로 그렇게 단순하게 신숙주의 말에 넘어갈 사람은 아니다.

도리어 이 그럴 듯한 신숙주의 말 속에 더욱 가증한 속임이 있는 듯이 깨달았다. 그렇지마는 그것을 폭로하여 뻔뻔한 신숙주가 부끄러워 죽도록 윽박지를 방법이 없는 것이 분하였다. 이개의 해쓱한 얼굴은 더 해쓱하고 여자의 손가락같이 가늘고 흰 손가락들은 흥분으로 떨리었다. 숙주가 싸워 이긴 기쁨으로 빙그레 웃는 낯으로 이개를 보는 것이 더욱 가증하고 분하였다.

"자네 속은 시원하게 알았네."

하고 성삼문은 기쁜 듯이,

"언제는 내가 자네를 의심하였겠나마는 하도 세상에서들 자네가 이번 일에 원흉(元兇)322)이라고 그러니까 자네 입으로 한 마디 안 그렇단 말을 시원히 들어 보려고 왔더니……어, 속이 다 트이는 걸. 안 그런가 백고.”
하고 이개의 팔을 잡아끌며,
“자, 한 잔 더 먹게.”
하고는 자기부터 혼자 잔을 들어 마신다.
“그러며 자네는 벼슬을 내어 놓을 수 없단 말일세 그려?”
하고 이개가 다시 채찍을 들어 신숙주의 피나는 양심을 후려갈긴다.
곤경이 다 풀리었거니 하였던 숙주는 가슴이 꿈쩍하였다. 이 사람이 내가 죽는 양을 보고야 말려는가 하고 잠깐 망연자실 아니할 수 없었다.
“이 사람, 고만하게. 더 말할 것이야 있나.”
하고 성삼문이 민망한 듯이 손으로 이개를 막는 모양을 한다.
이개가 다시 다지는 바람에 신숙주는 몸에 소름이 끼치고 등골에 땀이 흘렀다. 그리고 결코 뜻이 변하지 아니한 것을 중언부언 말하였으나 그 말에는 도시 힘이 없었

---

322) 못된 짓을 한 사람들의 우두머리.

다. 성삼문이 새에 나서서 이개를 무마하여가지고 신숙주 집을 나섰다. 그날 밤 신숙주는 잠을 이루지 못하였다. 그러나 이개의 말과 같이 벼슬을 내어 놓을 생각은 없었다.

이튿날 조회다. 영의정 수양대군 유, 좌의정 정인지, 우의정 한확, 좌찬성 신숙주, 좌참찬 허후 이하로 정부, 삼사, 육조의 백관이 품질 찾아 근정전에 보이었다.

이날 조회에 첫째로 한 일은 수양대군 궁을 호위하는 일이다. 정인지의 상주대로 금군진무(禁軍鎭撫) 두 사람이 갑사(甲士) 오십, 별시위(別侍衛) 오십, 총통(銃筒) 이십, 방패(防牌) 이십으로 수양대군 궁을 호위하기로 되었다. 이것은 황보인, 김종서 등 역적의 잔당(殘黨)이 혹시 수양대군을 엿볼까 하는 근심이 있다는 이유에서 나온 것이다. 기실은 정인지의 수양대군에 대한 충성을 표한 것이다.

둘째 일은 이번 일에 공 있는 사람들을 정란공신(靖亂功臣)이라 하여 정인지 이하 삼십육인에게 일등훈(一等勳), 이등훈(二等勳), 삼등훈(三等勳)으로 나누어 군(君)을 봉한다는 것을 발표한 것이다. 그중에 중요한 사람 몇을 들면,

하동부원군(河東府院君) 정인지(鄭麟趾)
서원부원군(西原府院君) 한확(韓確)
고령부원군(高靈府院君) 신숙주(申叔舟)
길창부원군(吉昌府院君) 권람(權擥)
상당부원군(上黨府院君) 한명회(韓明澮)
인산부원군(仁山府院君) 홍윤성(洪允成)
남양부원군(南陽府院君) 홍달손(洪達孫)
영성부원군(寧城府院君) 최항(崔恒)
한성부원군(韓城府院君) 이계전(李季甸)
강성부원군(江城府院君) 봉석주(奉石柱)
서 부원군(西 府院君) 양정(楊汀)

여기 적힌 이름들은 독자도 벌써 다 아시는 바다. 한명회, 홍윤성, 양정도 인제부터는 부원군 대감이 되었다.

그런데 우스운 것은 박팽년, 성삼문 두 사람이 그날 밤에 집현전 입직을 하였다 하여 정란공신 삼등훈에 들어 군을 봉함을 받은 것이다. 물론 이 두 사람은 한 번도 군 행세를 한 일이 없었고, 또 공신들이 돌아가며 한턱씩 낼 때에는 두 사람은 가난하다는 것을 핑계로 내지를 아니하였다. 그러나 청천벽력으로 한명회, 홍윤성 등과 같이 정란공신 명부에 이름이 오른 것을 볼 때에는 두 사람은 벌린 입이 다물어지지를 아니하였다.

성삼문, 박팽년 두 사람을 정란공신에 집어넣은 것이 수양대군, 정인지 등의 고등정책인 것은 말할 것도 없다. 될 수 있으면 집현전 학사들 중에 누구누구 하는 사람들을 다라도 정란공신 속에 집어넣고 싶었다. 이러하므로 이번 소위 정난의 누명을 조금이라도 감할 수가 있고 적어도 말 많은 사람들의 입을 틀어막을 수가 있는 까닭이었다. 그러나 다른 사람은 핑계가 없었고 성삼문, 박팽년은 그날 밤에 입직했다는 핑계가 있었던 것이다. 또 이 두 사람을 공신에 넣는데 신숙주가 정인지에게 많이 힘을 쓴 것은 사실이다.

삼십육인 정란공신이 탕전에 사은숙배한 뒤에 정인지는 안평대군 용과 전(前) 우의정 전경도(全慶道) 도체찰사(都體察使) 정분에게 사사(賜死)하여야 할 것을 백관의 뜻이라 칭하여 탑전에 아뢰이었다. 그 요지는 이러하다.

안평대군 용은 수악(首惡)[323]이라 종사(宗社)의 대죄인인즉, 비록 지친(至親)이라 할지라도 단정코 용서할 수

323) 악당의 우두머리.

없을 것이요, 또 백관과 민심이 다 이 불공대천지수를 살려 두기를 원치 아니하니 왕은 사정을 버리시고 공론을 좇아 단연히 안평대군을 죽이소서 함이요, 또 전 우의정 정분에 대하여는 정분이 비록 도체찰사로 밖에 있었었으나 황보인, 김종서와 같은 붕당인 것이 의심 없은즉, 그도 죽임이 마땅하다 함이다.

정인지가 충성을 다하는 듯, 죽음을 무릅쓰는 듯, 어린 왕을 효유하는 듯, 위협하는 듯도 수천언을 늘어놓을 때에 백관 중에는 숨소리도 없는 듯하였고, 왕은 다만 어찌할 줄 모르는 듯이 좌우를 돌아보시었다.

안평대군의 목숨이 쇠줄로 되었더라도 견디어날 것 같지 아니하였다. 어리신 왕은 이 사람들이 어찌하여 한사코 안평대군을 죽이고야 말려는고 하고 그 속을 알 수가 없으시었다.

왕은 정인지를 바라보고 다시 마치 동정을 청하는 듯이 수양대군을 바라보았다.

이 경우에 왕이 취할 길이 셋이다. '윤(允)'이라 하거나, 그와 반대로 '불윤(不允)'이라 하거나, 또 '영유보정(令瑈輔政) 군국중사(軍國重事) 실위총치(悉委摠治) 이대여친정지일(以待余親之日)'이라 함과 같이 나라 일은 모두 수양대군에게 위임해 버리었으니 안평대군을 죽이고 살리는 판결을 수양대군에게 밀어버리시든지. 실로 위기일발이다.

이때에 허후가 나섰다.

"좌참찬 허후 아뢰오."

하는 힘 있는 늙은 음성이 조용하던 절 내에 울릴 땡 사라들의 귀와 눈이 다 허후에게로 향하였다.

"저것이 또 무슨 객담을 하려고 나서."

하고 수양대군은 허후를 흘겨보았다. 아무리 하여도 길들일 수 없는 허후가 미웠다.

왕도 눈을 허후에게 돌렸다.

허후는 탑전에 부복하였다.

성삼문, 이개, 박팽년, 유성원, 김질, 하위지 등은 언제나 나설 차비를 하고 뒷줄에서 허후와 함께 가슴을 뛰게 한다.

"상감께옵서 좌의정 정인지를 파직하시와 금부(禁府)로 내려 가루시오!"

이것이 허후의 말 허두다. 누구는 이 말에 놀라지 아니하였으랴마는 그중에도 정인지는 낯빛이 종잇장같이 되었다.

"안평대군 용은 종실의 지친이어늘 정인지는 신자가 되어 지친을 모하하여 골육지변을 일으키려 하니 기죄가 살이옵고, 그뿐 아니라 '안평은 지친이라 불인치법이라 하옵신 전교를 내리신 것이 어저께 일이어늘 이러한 전교가 계실지 하루가 못하여서 또 솔백관계한다 칭하고 지존(至尊)을 번기로 우시게 하니 이는 지존의 말씀을 가벼이 여기고 제 사사로운 뜻을 이루려고 지존을 위협함이오니 더욱 기죄가살(基罪可殺)이옵고, 또 영의정이 자제하거든 좌의정의 몸으로 솔백관계를 한다 하니 이는 관기(官紀)를 문란(紊亂)하는 것이라 역시 기죄가 살이외다. 만일 지금 정인지를 엄벌하시와 그 화근을 끊지 아니하옵시면 위로는 지존과 종실을 업수이여기고, 아래로는 백관을 농락하여 무수부지할 염려가 있사오니 당장에 삭탈관직(削奪官職)하옵시고 금부에 내리어 가두게 하심이 지당한가 하오."

허후의 말은 실로 청천벽력이었다. 사람들은 너무도 그 말이 의외인데 아연하여 다른 자기네의 귀를 의심하였다.

정인지는 돌로 깎아 세운 듯이 가만히 있었다. 오직 그 입술과 손가락이 분한 것으로 파르르 떨릴 뿐이었다.

아무도 감히 말하는 자가 없었다.

이윽히 있다가 왕은,

“안평대군을 죽이는 것이 불가하다고 생각하는 자는 반열 밖에 나서라.”

하시었다. 성삼문, 박팽년, 이개, 유성원, 하위지, 김질, 기건, 이석형, 권절 등 삼십여 인이었다. 애초에 짠 사람은 칠팔 인 밖에 아니 되지마는 나머지 이십여 인은 불기이동으로 의사를 같이한 사람들이다. 허후의 말이 그들을 움직이는데 가장 힘 있는 것은 물론이다.

이렇게 삼십여 인이 정인지를 반대하고 나서보니 조정에는 불온한 기운이 돌았다. 이대로 가다가는 더욱 불온한 일이 생길까 하여 수양대군은 상감 앞으로 가까이 나와,

“고만 파조(罷朝)하시옵고 정인지와 허후가 아뢴 말씀은 파조 후에 재결하심이 지당할까 하오.”

하였다. 왕은 이 자리에서 좀 더 두 파로 하여금 흑백을 다투게 하고 싶으시었으나 군국대사를 전부 위임하신 영의정 수양대군의 말을 모른다 할 수 없으시어 곧 파조하시고 편전으로 입어하시었다.

이리하여 어찌하였으나 정인지의 솔백관계를 복주머

니를 만들기에 성공하였다. 이날에,

"안평대군 용을 강화(江華)에서 교동(郊棟)으로 옮기라."

하시는 전교가 계시었다.

안평대군 부자를 교동(喬棟)으로 옮긴다는 것은 한 구실에 지나지 못하였다. 허후의 야단이 있은 날 정인지는 수양대군을 보고 이렇게 하다가는 큰일 날 뜻을 말하였다. 그 뜻은 이러하다.

지금 수양대군의 신정부(新政府)가 들어선 지 날이 얕고 또 이번 정란에 대하여 민간에 시비가 많을뿐더러 일반 민심은 도리어 황보인, 김종서를 옳게 여기고 안평대군이 그릇도 이 세상을 바로 잡을 유일한 사람인 것같이 생각하니 이때를 당하여 한 가지 믿을 것은 오직 위력뿐이라 무엇이나 한 번 말을 내면 그대로 하고 터럭끝만치라도 어기는 자는 단불용대고 엄벌함으로써 인민으로 하여금 무서워서 감히 입을 벌리지 못하게 함이 아니면 이 구석 저 구석에서 쑥쑥 나오는 수없는 허후를 낱낱이 접응할 수 없다 함이다.

"그러면 어떡헌단 말이요?"

수양대군도 오늘 허후의 변에는 두통이 났다.

"단정코 안평대군에게 사사(賜死)를 하여야지요. 그러고 우선 허후와 그 연루자를 일변 엄벌하고 또 성화같이 내외에 퍼지어 있는 황보인, 김종서의 잔당을 사실(査實)하여서 모조리 소멸(消滅)하여야 하지요. 지금에 순을 자르지 아니하면 나중에 큰 나무를 꺾어야 하게 될 것이외다."

이렇게 정인지의 의견은 심히 고압적 무단적이었다.

"그렇지마는 상감께 윤허가 아니 계시니 어찌하오. 내 생각에는 아직 그대로 두고 후일에 인심이 진정되기를 기다리는 것이 옳을까 하오."

하는 수양대군은 정인지에게 비기어 온건한 의견을 가지었다.

그러나 마침내 정인지의 의견이 채용되어 '군국중사를 다 위임한다'는 구절을 적용하여 재래에 하던 모양으로 일일이 왕에게 묻거나 조정에서 말할 것 없이 수양대군이 옳다고 생각하는 대로 독단하여 행하고 난 뒤에 왕께 그 연유를 아뢰기로 방침을 정하였다. 그렇지 아니하면 허후 같은 자가 말썽 부릴 기회가 많을 것이요, 또 어리신 왕이 못하리라 하시면 억지로 할 수 없을 것이니 차라리 말썽 생길 근본을 끊어버리는 것이 편리하다고 생각한 것이다.

그래서 금부진무 이백순(李伯淳)을 보내어 안평대군에게 약을 내리고 그 아들 의춘군(宜春君) 우직(友直)을 멀리 진도(珍島)로 보내게 하고, 전 우의정 정분(鄭苯)을 낙안(樂安)에, 지정(池淨)은 영암(靈岩)에, 조수량(趙遂良)은 고성(固城)에, 이석정(李石貞)은 연일(延日)에, 안완경(安完慶)은 양산(梁山)에, 유중문(柳仲門)은 거제(巨濟)에, 혹은 유배(流配)하고 혹은 안치(安置)하고 파직(把直)을 당하고 충주(忠州)에 돌아가 있는 교리(敎理) 이현로(李賢老)는 사람을 보내어 죽이고 그 아들 건옥(乾玉), 건철(乾鐵), 건금(乾金) 삼형제를 연좌(緣坐)하고 가족과 가산을 적몰(籍沒)하였다. 이는 독자가 다 아는 바와 같이 맨 처음 대사헌 기건과 함께 수양대군의 말호를 막으려던 죄에 인함이다. 또 동의금(同義禁) 구치관(具致寬)을 보내어 종성부사(鍾城府使) 이경유(李耕蹂)와 그 아들 물금(勿金), 수동(秀同) 형제를 죽이고 또 박호문(朴好問)으로 함길도(咸吉道) 절제사(節制使)를 삼아 본래부터 함길도 절제사로 있던 이징옥(李澄玉)을 죽이려다가 실패하여 이징옥의 난이라는 것이 일어나게 하였다. 이징옥은 김종서가 세종대왕께 거천하여 십팔 세에 함길도 절제사가 된 명장이다.

이런 모든 일을 할 때에 한 번도 조의(朝議)324)에 묻거나 왕의 재가를 받음이 없이 모두 수양대군이 정인지, 한확, 신숙주, 권람, 한명회 등 심복파만 상의하여 처결하고 혹 그 후에 왕이 물으시는 일이면 대강 대강 상주할 뿐이었다.

안평대군을 죽인 죄목 중에 양모를 붙었다는 무섭고 더러운 죄목이 들어 있었다. 안평대군은 그 삼촌, 즉 세종대왕의 아우님 되는 성녕대군의 양자로 들어갔다. 그런데 성녕대군 부인 성씨(成氏)가 대군의 후실이 되어 안평대군과 연치가 상적하고 또 자색이 있으므로 이러한 죄목이 생긴 것이니, 안평대군은 오직 '하늘이 내려다 보소서', 한 마디를 부르짖고 죽었다 한다. 이 일에 대하여 왕이 수양대군에게 그 증거를 물으실 때 더 수양대군은 말이 막히었다.

정인지는 허후 이하 삼십여 인을 엄벌하기를 주장하였으나 수양대군은 이에 반대하여 허후 한 사람은 거제(巨濟)로 귀양보내기로 하고 다른 사람들은 다 용서하여 죄

---

324) 조정의 의논.

를 묻지 않기로 하였다. 이 일은 수양대군의 명성을 대단히 높게 하였다.

안평대군이 더러운 죄를 쓰고 죽었단. 말을 듣고 그 양모 되는 성녕대군 부인도 목을 매어 자진하였다. 안평대군에게 이렇게 말 못할 누명을 씌운 것은 백성들이 누구나 이를 갈고 분하게 여기었다.

안평대군도 죽고 이징옥, 이경유도 죽었으니 이제는 천하태평이었다. 아무도 감히 수양대군의 신정부에 거역할 자가 없었다.

이렇게 되매 수양대군은 정란 사건으로 하여 잃어버렸던 명성을 회복하기로 힘을 썼다.

관기진숙(官記振肅)과 제정쇄신(諸政刷新)--이것은 수양대군이 새로 정사하려는 첫 목표였다. 세종대왕 어우 삼십년, 태종과 문종대왕 삼년간의 거상과 병약으로 미상불 중앙 지방을 물론하고 기강이 해이하고 저우가 직체하여 일대 쇄신을 요구함이 컸었다. 이러한 때를 당하여 수양대군은 자기의 할 일이 어느 곳에 있는 줄을 알았고, 또 정인지, 신숙주가 다 제도(制度)와 행정(行政)에 대하여는 귀재라 할 만한 재주 있는 사람들이었다. 수양대군의 무단적 용단력과 정인지, 신숙주의 행정적 재능과 수완과 또 권람, 한명회 등의 고등정책적 모략과 이렇게 삼함이 갖추므로 불출 삼월에 내외 정치의 면목이 일신하였다. 만일 김종서 여당이라, 안평대군 여당이라 하는 명목으로 많은 사람을 무시로 죽이는 일만 없었더면 전국 백성은 수양대군의 선정을 칭송하고 태평을 구하였을 것이다. 그러나 수양대군에게는 자기가 한 일에 약점이 있기 때문에 다른 일에는 다 냉정하고 공평하려 하면서도 안평대군이나 황보인, 김종서를 변호하는 사람이 있다는 말을 들으면 그만 눈이 뒤집혀 전후를 돌아보지 못하여 반드시 그를 죽여 버린 뒤에야 비위가 가라앉았다.

수양대군은 정치를 새롭게 하는 것 밖에 아무쪼록 왕의 마음을 기쁘게 하려고 애를 썼다. 수양대군은 조카님 되시는 왕께 대항 근래에 깊은 애정까지도 깨달았다. 왕이 다른 사람의 손에 있다고 생각할 때에는 왕까지도 미웠거니와 이제 자기 수중에 있게 된 때에는 왕을 미워하는 마음은 없어지고 어떻게 이 어리신 왕을 잘 보좌하여서 자기가 진실로 주공이 되고 싶었다.

그래서 수양대군은 왕의 뜻을 생각하여 혜빈 양씨로 하여금 무시로 궁중에 들어와 왕의 곁에 있기를 허하였다(그 동안은 임시 혜빈 양씨의 궁중 출입을 금하였었다). 이것은 외로우신 왕에게는 더할 수 없이 기쁜 일이었었다.

둘째로 수양대군은 군국대사를 자기가 다 맡아 하기 때문에 왕에게는 실제 정치의 번거로움과 누를 끼치지 아니하고 공부나 하고 마음대로 노시도록 하였다. 어리신 왕에게는 그것도 기쁜 일이었다. 근래에는 왕이 정전에 출어하는 일조차 별로 없으시었다. 그래서 수양대군을 미워하고 무서워하는 생각도 훨씬 줄었다.

전에는 수양대군이 좋지 아니한 뜻을 품었다는 말과 결코 그를 믿지 말라는 말을 왕에게 은밀히 아뢰는 이도 있었으나 지금은 왕의 주위에는 그런 말 하는 사람도 없었다. 수양대군 정란 후에 제일착으로 궁금을 숙청할 때에 수양대군이 못마땅하게 생각하는 자는 궁녀나 내시를 물론하고 다 내어쫓은 까닭이다. 혜빈 양씨도 그때 통에 출입 금지를 받았다가 이번에 정인지, 한명회 동의 반대함도 듣지 아니하고 다시 출입을 허하였으니 왕의 귀에 수양대군을 반대하는 말이 들어갈 기회가 있다 하면 그것은 혜빈 양씨를 통하여서일 것이다.

셋째로, 수양대군이 왕을 위하여 하려는 일은 왕후를

택하는 것이다. 비록 아직 양암(諒闇)325) 중이라도 왕이 궁중에 외로이 계신 것이 딱하고, 또 하루라도 속히 후사를 얻어야 한다 하여 이 역시 정인지, 한명회 등의 반대함도 불구하고 단행하기로 결심하였다.

전 같으면 국혼(國婚) 문제 같은 큰 문제요, 겸하여 옛 법을 무시하고 양암 중에 하자는 것이니 마땅히 조정의 공의에 내어 놓아야 할 것이요, 그러하면 갑론을박으로 해가 늦도록 다투어 여러 날이 되어도 끝날 줄을 모를 것이요, 그러한 끝에는 조정은 가부 양편으로 잘리어 일종의 정치적, 사상적 당파를 이루어 심각한 싸움을 계수할 것이다. 수양대군은 국인(國人)의 이 흠점을 잘 알기도 하고 목격해 보기도 하였기 때문에 더구나 아무에게도 알리지 아니하고, 심지어 좌우 대신에게도 미리 의논함이 없이 다만 혜빈 양씨에게 알리고는 독단적으로 다 정해버렸다. '조정에서 왕비 책립하기를 여러 날 하여 마지 아니하거늘이라고 실록(實錄)에 있지마는 그것은 다 그럴 듯하게 쓴말에서 지나지 못한다.

갑술년 정원, 왕의 나이 열네 살. 풍저창(豊儲倉) 부사

325) 임금이 부모의 상중에 있을 때 거처하는 방.

송현수의 딸을 왕비로, 김사우(金師禹)의 딸과 권완(權完)의 딸을 후궁(後宮)으로 간택하여 놓았다. 송현수의 딸은 왕보다 한 살이 많아 열다섯 살이었다. 왕비 간택은 수양대군의 부대부인 윤씨가 주장하여 하고 후궁 인선은 혜빈 양씨가 주장하였다.

내일같이 왕후 책립(冊立)의 의를 행하기로 다작정해 놓은 뒤에야 수양대군이 사인(舍人) 황효원(黃孝源)을 좌의정 정인지에게 보내어, '명일 왕후를 세울 터이니 일찍 들어오라'는 뜻을 전하였다.

정인지도 이 일을 몰랐을 까닭이 없다. 전하는 말로 누구누구를 간택하였단 말인지 들어서 알았지마는 설마 사전에 자기에게야 의논하지 아니하랴 하고 기다리고 있었다. 그런데 이 모양으로 다 작정해 놓은 뒤에 '일찍 오라' 하고 부름을 받으니 그는 아니 노할 수 없었다.

"거상 중에 혼인하는 법이 어디 있어? 자네도 유자(儒者)면서 내게 그런 소리를 전하려 다닌단 말인가."

하고 소리소리 질러서 다시 입도 열지 못하게 하였다.

정인지가 이렇게 노한 데는 자기를 무시하였다는 것밖에 또 한 가지 이유가 있었다. 그것은 자기 손녀로 왕후를 삼도록 평소에 생각도 하여 왔고 직접 수양대군에게 말은 못하여도 그러한 눈치는 넉넉히 비추어 두었었다. 자기의 공로를 생각하더라도 그것은 들어주리라고 생각하였던 것이다. 수양대군 편에서도 정인지의 뜻을 잘 알았으나 그에게 국구(國舅)의 권세를 주는 것이 싫어서 모른 체하고 아무쪼록 세력도 없고 또 장차 세력을 잡을 근심도 없는 사람을 택하노라고 송현수의 딸을 택한 것이다.

사인 황효원은 정인지에게 호령을 받고 돌아가서 차마 정인지가 하던 말을 그대로 옮기지는 못하고 다만,

"좌상(左相)이 채신지우(採薪之憂)[326]가 있는가 보아요. 아무 말이 없습니다."

하고 거짓말로 전하였다.

수양대군은 정인지의 뜻을 알고 속으로 웃은 뒤에,

"사재명일(事在明日)이어든 불가불급(不可不急)이야.[327] 자네 다시 가보게. 그러고 이렇게 말하게--혜빈도 어서 납비(納妃)하기를 청하니 아니 좇을 수가 없다고."

하고 다시 황효원을 정인지에게로 보내었다.

효원은 인지에게 수양대군이 시키던 대로 말하고 또

326) '병이 들어 나무랄 할 수 없다'는 뜻으로 자기의 병을 겸손하게 이르는 말.
327) 오늘 일이 있어 긴급하지 않으면 할 수가 없음.

혜빈이 재촉하니 아니 좇을 수 없다는 것을 말하였다.

혜빈이란 말에 인지는 낯을 붉히고 노하였다. 자기가 주장항서 대궐 밖으로 내어쫓았던 것을 수양대군이 자의로 다시 불러들은 것이 분한 까닭이다. 혜빈이 수양대군은 고맙게 생각하리라, 자기만을 원망하리라, 하면 더욱 분하였다. 근래에 수양대군이 매사에 자기를 무시하는 것도 분하였다. 정인지는 사랑이 떠나갈 듯한 음성으로,

"혜빈이란 다 무엇이야. 양씨로 말하면 비록 세종께서 봉빈(封嬪)을 하시었다 하더라도 고시천녀(固是賤女)여든 제가 무엇이라고 국가사에 입을 놀린단 말이야. 양씨 말이 나라일이란 말이야?"

하고 소리를 질렀다.

벼락 맞은 황효원을 물러나 꿇어앉으며,

"소인 가서 무슨 말씀으로 회계(回啓)하오리까."

하고 울려고 들었다.

"내일 일찍 예궐한다고 그러게."

하고 인지는 씩 웃었다.

정인지도 정인지어니와 제일 걱정이 왕이다. 내일로 날짜까지 정한 뒤에 수양대군은 왕께, '종권납비(從權納妃)'하실 것을 아뢰었다. 수양대군의 이 말에 왕은 펄쩍

뛰며,

"숙부, 웬 말이요? 거상 중에 납비가 말이 되오?"
하고 고개를 흔드시었다.

"오월이면 탈상을 할 터인데 무엇이 급하여서."
하고 왕은 거절하시었다.

수양대군은 혜빈과 힘을 합하여 가까스로 왕의 뜻을 움직이었다. 왕은 비록 어리시지마는 효성은 아버지에게서 받은 것이었다.

이리하여 정월 갑술일--이를테면 갑술년 갑술일이다--에 왕은 거상 중이건마는 길복으로 근정전에 출어하시와 왕에게는 종조부되는 효녕대군 보(孝寧大君補=이 양반에 관한 이야기는 이 위에 한번 나온 일이 있다)와 호조판서 조혜(曹惠)를 풍저창(豊儲倉) 부사 송현수의 집에 보내어 그 딸로 왕비를 책립한다는 뜻을 정식으로 전하고 옥책문(玉冊門)을 내리시니 그 글은 이러하였다.

"하늘과 땅이 덕을 합하여 만물을 생성하나니 왕된 이는 하늘을 법받아 반드시 원비를 세우나니 써 종통을 받들고 풍화를 터잡는 바니라. 내 어린 나이로 나라를 이으매 경계함으로 서로 이룰지니 마땅히 내조를 힘입을지라. 이에 널리 좋은 가문을 찾고 두루 아름다운 사람을 구하더니 자(咨)흡다, 너 송씨! 성품이 은유하고 덕이 유한하여 진실로 정위중곤(正位中壼)이라 한 나라의 어미 될만 한지라. 이제 사자를 보내어 옥책보장을 주어서 왕비를 삼노니 오호라 몸이 합하고 즐김을 같이 하여서 종묘를 받들고 관저의 화와 종사의 경이 다 오늘부터 비롯되도다. 삼가지 아니할쏘냐."
이라 하여 왕비 채림이 끝나고 후궁으로 택함이 된 권완의 딸 권씨와 김사우(金師禹)의 딸 김씨도 동시에 궁중에 들어오게 되어 혈혈단신이던 왕은 갑자기 두 가족을 가지게 되고 대군 중에도 외숙되는 예조판서 권자진(權自愼) 외에 이번에 지돈녕(知敦寧)이 된 장인 송현수가 왕의 받드는 사람이 되게 되었다.

왕비 책림과 동시에 문제가 된 것은 '단상(短喪)' 문제다. 단상이라 함은 거상하는 기간을 줄여버리자는 것이다. 상중에 혼인하였으니 벌써 거상은 그만둔 것이라, 이제 다시 거상한다는 것도 더리어 우스우리 아누 탈상해버리고 길복을 입는 것이 옳다 함이다. 문종의 거상이 오월 십사일인즉 아직 다섯 달이 남은 상기를 잘라버리자는 것이다.

이 주장의 중심은 물론 수양대군이다. 수양대군은 형

님 되시는 문종대왕의 삼년 거상에 너무도 효도의 노예가 되어 국정까지도 돌아보지 아니하신 것에 반감을 가지어 일년 거상이면 족하다는 의견을 품고 있었다. 그래서 이 기회를 타서 이 의견을 실행하려 한 것이다.

여기 항의한 것이 예조참의 어효첨(魚孝瞻)이다. 그의 항의하는 요점은,

"왕비를 세움은 종사 대제를 위하여 부득이하여 할지언정 무슨 부득이함이 있어서 단상을 구태여 하랴."

함이었다.

어효첨의 의견이 옳다고 생각하는 이는 많으나 수양대군의 위권이 두려워 감히 입 밖에 내어 말하는 이는 없고, 상중 납비를 그렇게 반대하던 정인지조차 부질없음을 알고 입을 닫치어버리었다. 그뿐더러 어효첨이가 감히 이러한 항의를 하는 것은 그의 상장관되는 예조판서 권자진이 시킨 것이나 아닌가. 왕의 외숙되는 권자진이 어효첨을 시키어서 이 문제를 내어 은연히 수양대군과 자기와 한 번 겨루어 보려는 것이 아닌가 하는 생각이 있기 때문에 강경하게 여러 번 항의함이 있음도 불구하고 어효첨의 말은 마침내 채용되지 아니하였다.

그런 뒤, 한 반년 동안에는 아무 일이 없이 평화로운

날이 계속되었다.

수양대군은 그렇게도 소원이요, 무엇보다도 즐기던 정권을 잡아 마음대로 자기의 수완을 두르되 거칠 것이 없었고, 한명회, 권람, 신숙주, 홍윤성, 이계전 같은 사람들은 모두 정란공신으로 지위와 재산과 노비를 받아 갑자기 부자가 된 가난뱅이 모양으로 영화와 교만을 마음대로 누리게 되었다. 그중에도 한명회는 반년이 못되어 이조참판(吏曹參判)이 되고 홍윤성도 병조참의(兵曹參議)가 되고 이계전은 소원대로 병조판서가 되었다.

그러되 누구 하나 감히 정부를 비방하지 못하고 모두 입을 다물고 있었다.

남은 문제, 소위 '청제용여당(請除瑢餘黨)'이란 것이다. 사헌부와 사간원에서는 밤낮에 생각하는 일이 어찌하면 안평대군의 여당을 찾아내어--찾아낸다는 것보다도 만들어내어 청제용여당이라는 문제로 상소를 할까 함인 듯하였다. 어제는 무슨 장령(掌令), 오늘은 무슨 사간(司諫)하는 작자들이 배운 글재주를 다 짜내어서 '청제용여당'을 부르짖었다. 오직 이 일에 참예하기를 수양대군, 정인지 등이 바라건마는 참예 아니하는 것은 집현전 학사 패들이다. 그들 중에도 '청제용여당'이라는 염불만 부르면 수가 날 줄을 알고 침을 삼키는 자가 없지도 아니하지마는 원체 박팽년, 성삼문, 하위지, 이개, 유서원 등의 세력이 크기 때문에 눌리어서 꿈쩍을 못한 것이다.

안평대군 여당이라 하면 낙안(樂安)에 있는 정분(鄭笨) 거제(巨濟)에 있는 허후(許詡), 진도(珍島)에 있는 의춘군(宜春君) 우직(友直)이다. 허후를 못 먹어 애절을 하는 이는 정인지, 이계전이요, 정분을 없애려고 하는 이는 권람, 한명회요, 안평대군의 아들 되는 우직을 살려 두어서 마음이 아니 놓이는 이는 수양대군 자신이다.

허후에 대하여 수양대군은 까닭 모를 일종의 애착심을 품고 있었다. 원체 수양대군은 인재를 자기 수하에 넣으려는 욕심이 있는 것은 말할 것도 없거니와 특별히 허후에게 대하여서는 아끼는 마음이 있어서 아무리 하여서라도 그를 살려서 자기 사람을 만들고 싶었다.

그러나 정인지는 본디 허후를 미워하였을뿐더러 허후에게 큰 망신을 당한 뒤로부터는 더욱 허후를 하루라도 살려둘 수 없다고 단언하였다. 그래서 허후의 배소(配所)인 거제에 염탐군을 보내어 허후의 일언일동을 염탐케 하고 진즉 허후와 가까이 사귀게 하여 허후의 입에서 수양대군을 원망하거나 모욕하는 말이 나오게 만들기를 힘쓰고 또 시사를 비방하는 시나 편지나 이러한 필적을 얻어 내어 그를 죽일 새 증거를 얻으려 하였다.

이리하여 염탐군에게서는 있는 소리, 없는 소리 허후의 목숨에 관계를 보고가 정인지와 이계전의 손에 들어오고 두어 자, 서너 자 그적거려 버린 꼬깃꼬깃한 수지까지도 허후의 필적이라면 무슨 보물이나 되는 듯이 싸서 거제에서 오는 관문서와 같이 소중하게 정인지, 이계전에게로 보냄이 되었다.

그렇게 원체 근엄한 허후는 남에게 책잡힐 말이나 글을 함부로 하지 아니하였기 때문에 이러한 모든 노력에도 예기한 수확이 없었다.

정분을 죽여야 한다고 권람, 한명회가 주장하는 데는 이유가 있다. 고명 중신 중에 살아남은 자가 정분일뿐더러 정분은 당시의 우의정이었었고 또 정란 당시에 전경도 도체찰사로 밖에 있었은즉, 설사 황보인, 김종서가 죄가 있다 하더라도 정분은 애매하다 하는 민간의 동정을 받을뿐더러 안평대군까지 죽은 오늘날에는 정분은 수양대군을 반대하는 사람들이 떠받들 중심인물될 것이 분명한즉 미리 죽여 버려서 후환이 없게 하자는 것이다.

사실상 정분은 최근 삼사개월 내로 민간에 볼일 듯하

는 동정과 존경을 받게 되었다. 이것은 그의 처지에도 말미암음이어니와 또한 그의 덕행과 절개에도 말미암음이 있다. 그는 수완 있는 사람은 아니다. 덕은 있는 사람이요, 또 마음이 변할 사람은 아니다. 그가 조금만 수양대군에게 호의를 표하면 수양대군은 기쁘게 그를 중용할 것이지마는 그는 그것을 아니한다. 이런 것이 다 그의 명성과 동정의 근원이 되는 것이다.

처음에 정분이 전경도 도체찰사로 전라도, 경상도로 순회하고 회로에 충주(忠州) 지경에 이르러 전 교리 이현로를 만나 서울서 일어난 소식을 자세히 듣고 오늘인가 내일인가 자기의 죽을 날이 앞에 다닥치는 것을 기다리면서 이현로와 동행하여 서울을 향하고 말을 몰았다. 비록 죽음이 앞에 기다린다 하더라도 자기의 할 일은 궐하에 복명하는 것이니 하루라도 중로에서 지체할 수 없다고 생각한 까닭이다.

이현로도 물론 자기의 생명이 남으리라고는 생각지 아니하였다. 평소에 안평대군과 절재 김종서 문하에 다닌 것으로 보든지, 또 수양대군이 궁중에 무상출입하는 것을 불가하다고 극언한 것으로 보든지, 수양대군이 세도만 잡으면 자기의 생명은 없어질 것을 미리 알아차리고 있는 터이다.

한 걸음 한 걸음 서울로 가까이 갈수록 두 사람에게는 죽음이 가까이 오는 것이다. 한 고개 넘고 한 굽이 돌아 두 사람은 말없이 말없이 간다. 멀리 앞에 말 탄 사람만 번뜻 보여도 경관(京官)인가 경관인가 하면서, 충주(忠州)에 이르러 황보인, 김종서 등의 머리를 만났다. 마음 같아서는 이 좋은 친구요, 동류요, 또 충신들의 머리를 안고 울기라도 하고 싶건마는 그러할 수도 없어 오직 고개를 돌리고 늙은 눈에 눈물을 씻을 뿐이었다. 이현로는 소리를 내어 통곡함을 금치 못하였다. 그는 벼슬을 버린 자유의 몸이니 그러할 자유가 있는 것이다.

"이 사람, 이런 일도 있나?"

하고 사람 없는 데를 당도하여서 정분은 이현로를 돌아보았다.

"대감마저 돌아가시면 어리신 상감을 뉘 있어 도웁니까?"

하고 이현로는 다른 말로 대답하였다.

용안역(用安驛) 조금 못 미쳐서 두 사람은 어떤 사람이 산굽이로 말을 달리어 돌아오는 것을 보았다.

"저것이 경관 아닌가?"

하고 정분이 물었다.

"이번에는 짜장 경관인가 보외다."

하고 이현로는 밤을 멈추려 하고 앞을 바라보았다. 검은 전복을 입은 모양이 금부 관원인 듯한 것이다.

"어서 말을 몰아라."

하고 정분은 관노를 재촉하였다. 정분에게는 이현로 외에 사인(舍人), 서리(書吏), 영리(營吏) 등 사오인의 종자(從者)가 있었다. 그들도 다 말없이 앞에 달려오는 인마만 바라보았다.

경관이다 금부도사다 하는 생각들이 번개같이 사람들의 머리로 지나갔다.

이편 사람들의 얼굴이 보일 만하게 가까이 온 때 그 말 탄 사람들 중에서 한 사람이 앞으로 내달아,

"전지(傳旨)야!"

하고 오른 손을 높이 들었다. 보니 그 사람은 전에 정분이 이조판서로 있을 때에 정랑(正郞)을 다니던 사람이었다.

정분은 곧 말에서 내려 전지를 받든 관원을 향하여 두 번 절하고,

"노중에서 죽는 것이 모양이 숭하니 역관(驛館)에 가도 관계치 아니하오?"

하고 물었다. 정분은 자기가 죽음을 받을 줄 믿었던 것이다.

"아니요, 소인은 전지를 받아 대감을 적소(謫所)로 압송하려 왔소이다."

하고 그 말이 매우 공손하였다.

정분은 다시 두 번 절하며,

"그러면 나를 살리시는 것이요?"

하고 말에 올라 말머리를 들이키어 낙안(樂安)으로 향하였다.

경관은 가장 정분에게 친절한 체하고 심복인 체하고 때때로 여러 가지로 조정 일과 수양대군에 관한 말을 물었다. 그 묻는 말이 다 정분의 처지로는 심히 대답하기 어려운 말들이었다. 이것은 물론 정분의 마음을 떠볼고, 또는 그를 죽일 구실을 얻으려고 하는 일이다.

낙안에 온 뒤에도 십여 일 동안이나 경관이 기거를 같이 하면서 교언영색으로 정분에게 여러 말을 물어도 정분은 한 번도 개구를 아니하였다.

이현로는 용안역(用安驛)에서 교살(絞殺)을 당하고 정분만 낙안으로 압송되었다.

낙안서 정분과 같이 기거하기 십여 일에 마침내 경관

은 아무 소득이 없이 서울로 떠나버렸다.

정분은 낙안 배소(配所)에 있는 동안 독서로 소원을 삼았다. 얼마 뒤부터는 탄선(坦鮮)이라는 늙은 중이 와서 동무를 하고 있었다. 이 중이 어떠한 사람인지 알지 못하므로 처음에는 서울서 보낸 염탐군인가 하고 의심하였으나 얼마 아니하여 정분은 그를 믿게 되었다.

정분 내외가 다 칠십이 가까운 노인이요, 또 귀양살이에 노복이 있을 리도 없어서 흔히 탄선이가 물을 긷고 부엌일을 하였다. 정분의 부인은 정경부인의 귀한 몸이지마는 가난한 살림에는 결코 힘 있는 주부가 될 수 없었다.

혹시 지방 사람들이 정분의 처지에 동정하여 생선깨나 닭마리나 가져오는 이도 있고 또 명절이나 잔치가 있을 때에는 동네 늙은이에게 하는 예로 술과 안주로 찾아오는 일도 있으나 그것도 감시하는 관원의 눈에 띄어 군수(郡守)가 알게 되면 재미없는 까닭에 매우 어려웠다. 중 탄선도 행색을 숨기고 머슴 모양으로 있었다.

군수는 아무쪼록 정분을 못 견디게 구는 것이 직책인 줄로 아는 듯하였다. 사흘에 한 번씩 수형리(首刑吏)를 시켜서 정분의 거처하는 곳을 적간(摘奸)[328]하였다. 이것은 정분에게 가장 큰 모욕이었다. 그러고 무시로 사령이 들락날락하였다. 이렇게 정분에게 가혹하게 하는 것이 상관의 비위를 맞춤인 줄을 아는 까닭이다.

정분은 배소에 있는 동안에도 조상의 신주를 만들어 두고 반드시 제사를 궐하지 아니하였다. 그는 별로 능력이 없는 사람이어니와 효성과 충성은 지극하였다. 헌 소반에 밥 한 그릇, 나물국 한 그릇, 술 한 잔, 이러한 재물로라도 정성스럽게 제사를 지내고, 삭망에도 반드시 분향하고 문종대왕의 영연을 향하여 요배하며, 또 국기일(國忌日)에도 반드시 의관을 정제하고 종묘에서 제향 잡술시각을 보아 복향하여 절하기를 잊지 아니하였다.

이렇게 그는 불평도 없이, 원망은 물론 없이 근 일년의 세월이 지나갔다. 이러한 생활이 도리어 사림(士林)과 일반 민중의 존경과 동정을 끌어서 정분의 명성은 정승으로 있을 때보다도 더욱 높아지었다. 이 명성이 정분의 목숨을 재촉한 것이다.

팔월 어느 날, 정경부인의 유일한 말동무 되는 이웃집 노파(그는 기실 정분을 감시하는 사령의 어미다)가 와서 경관(京官)이 내려왔다는 말을 전하였다. 이것은 그 아들

328) 난잡한 죄상이 있는지 없는지를 살피어 조사함.

이 정분에게 동정하여 그 어미를 시켜서 미리 알려주는 것이다. 미리 안대야 무엇하랴마는 그래도 호의다.

이때에 정분은 동네 코 흘리는 아이들을 모아 놓고 글을 가르치고 있었다. 아이들은 이 좋은 늙은이를 즐겨하여 식전부터 이 '서울 영감'의 오막살이에 모여들었다.

정분은 일이 있으니 있다가 오라 하여 아이들을 들려보내고 탄선더러 밥을 지으라 하고 목욕하고 관대를 갖추고 조상에게 하직하는 제사를 지내 뒤에 손수 신주를 다 불살라 버리고 그러한 뒤에는 관음복 벗고 부인더러 우장(雨裝)[329]을 내어라 하여 갈모를 쓰고 유삼을 입고 수건을 들고 단정히 앉아서 관차(官次)가 나오기를 기다렸다.

비도 아니 오는데 우장은 왜 하는가 하고 부인은 수상히 여기었으나 다 무슨 생각하심이 있음이려니 하여 감히 묻지 아니하고 다만 눈물을 머금을 뿐이었다.

이윽고 관차 사오인이,

"정분이 나서라!"

하고 소리를 치며 달려들어 한 놈은 정분의 바른 팔을

329) 비 맞지 않도록 차림, 또는 그 복장. 쓰거나 받는 우산, 도롱이, 길삿갓 등의 제구를 말한다.

잡고 한 놈은 왼팔을 잡고 한 놈은 등을 밀고 한 놈은 앞을 서고 한 놈은 뒤를 지키어서, 가자 빨리 가자 하고 버릇없이 덜렁거렸다.

부인은 참다못하여 정분의 옷소매를 잡고 울며,

"대감 어디로가시오? 칠십 평생에 해로하다가 나를 두고 어디로 가시오?"

하였다.

"조명(朝命)이니 할 수 있소? 나 죽은 뒷일은 부인이 다 알아 하시오."

하고 태연히 말을 하나, 부인의 울음소리가 뒤에 들릴 때마다 가슴이 아니 아플 수가 없었다.

정분이 사령들에게 끌려갈 때에 동네 아이들이 어디를 가느냐고 뒤를 따랐다. 그들은 정든 친구, '서울 영감'을 잃어버리는 것이 아까왔던 것이다.

"언제 와요?"

하고 아이들은 정분이 다시 돌아올 줄만 믿었다.

정 정승이라고 부를 줄 아는 동네 사람들도 문밖에 나와서 허위대가 커다란 노인이 이 별나는 날에 우장을 하고 사령들에게 끌려가는 것을 먼발치에 바라보고 아깝게 여기었다.

"경관이 내려왔대."

"정 정승이 역적에 물려 죽는대."

이만큼은 낙안 백성치고는 아무리 무식한 사람들까지도 알았다. 또 정 정승이 흉악한 사람이 아니요, 도리어 충신이란 것도 누구의 선전인지는 모르나 다들 생각하게 되었다.

"정 정승은 아무 죄도 없대. 김 정승 모양으로 간신한테 물려서 죽는게래."

김 정승이란 김종서를 이름이다.

충신이 간신한테 물려서 죽는다는 것은 전제 군주시대의 공식(公式)이어서 무식한 백성을 사이에도 용이하게 이해함이 되었다.

조그마한 고장이라 정 정승이 객사 앞 장터에서 오늘 죽는다는 말이 한 입 건너 두 입 건너 낙안 읍내와 금촌에 들리자 수백 명 사람이 객사 앞 장터로 모여들었다. 감히 큰 소리로는 말은 못하나 숙덕숙덕하는 소리는 아니 들리는 데가 없었다.

우장을 입은 정분이 사령들에게 끌려 장터 한복판으로 와서 우뚝 섰다. 미시(未時)[330]를 기다리는 것이다.

"정 정승이다!"

"갈모 쓴 이가 정 정승이다, 충신이다."

"충신을 죽이고 천벌이 없을까."

이러한 소박한 분개와 비평이 민중 사이를 돌아간다. 이 백성들은 지난 동짓달에 바로 이 자리에서 황보인, 김종서 등의 순수(循首)[331]를 보았다. 그때에는 창졸간이라 아마 황보인, 김종서가 역적질을 하였나 보다 하였으나 정분이 이 고을에 와 있는 뒤로 각처 선비들이 많이 출입하고 또 민간에서 수양대군 정란 사실의 내용을 어지간히 자세히 알게 되매 백성들의 동정은 황보인, 김종서 등에게로 물려 그들을 충신으로 추앙하고 수양대군과 정인지에게 대하여 격렬한 반감을 가지게 된 것이다. 이러한 감정은 정분에게 향하는 존경과 동정으로 나타난 것이다. 만일 이 민중의 감정을 알아보아 그들을 조직하고 지도하는 자가 있었더면 이 백성은 폭동을 일으켜 정분을 빼앗을는지 모른다. 그러나 그들은 그러할 줄 모르는 백성이었다.

형벌을 행한다는 미시(未時)가 가까우매 사람들은 더욱 많이 모여들었다. 정분은 내려쬐이는 볕 밑에 나무로

330) 오후 1~3시.

331) 참형에 처한 죄인의 머리를 끌고 다니며 백성에게 보이던 일.

깎아 새운 사람 모양으로 갈모를 쓰고 가만히 서 있었다.

군수와 감형관도 백성들 중에 불온한 기운이 있는 줄을 알아 행형(行刑)을 명일로 밀려고 하였다. 겁이 난 것이다. 그러나 정분은 준절하게 거절하였다.

"거 무슨 말이요. 조명(朝命)이 지엄하시거든 어찌 마음대로 기한을 변할 수가 있소. 나는 죽으러 여기 나선 사람이니까 관에 들어가 무엇한단 말이요?"

하루 동안 관에 머물기를 감형관이 청한 까닭이다.

정분의 사색은 추상같았다.332)

감형관(監刑官)은 하릴없이 올개미를 손에 들어 정분의 목에 씌우려 할 때에,

"마지막으로 할 말이 있거든 하라."

하고 정분에게 여유를 주었다.

정분은 감형관의 허락을 얻어 가지고 북으로 서울을 향하여 어리신 상감께 하직하는 절을 하고 다시 눈앞에 지봉(芝峯), 절재(節齋) 같은 먼저 죽은 친구들을 바라보며 한 번 읍하고 난 뒤에 인제는 할 일을 다하였다는 듯이 두 팔을 늘이며 하늘을 우러러 부르짖었다.

332) 호령 다위가 위엄이 있고 서슬이 푸르다.

"자, 그 올개미[333]를 이 목에 씌우라. 죽는 것은 같지마는 절개는 다른 법이야. 내가 만일 이심(貳心)[334]이 있었거든 하늘이 맑은 대로 있으려니와 하늘이 만일 내 충성을 알거든 반드시 이상한 일이 있을 것이야."

정분의 숨이 끊기자 보던 백성들이 통곡을 하고 갑자기 구름이 일어나 소나기가 퍼부어 감형관과 군수가 우산을 받고 뛰어들어갔다.

허후(許詡)와 의춘군(宜春君) 우직(友直)이 죽음을 받은 모양도 정분과 대동소이하였다. 다만 의춘군 우직은 원통하게 죽은 안평대군의 아들인 만큼, 또 인제 겨우 열다섯 살 밖에 아니 되니 어린 소년인 만큼 그가 초립을 쓰고 형장에 나설 때에 보던 사람들이 측은한 눈물을 아니 흘릴 수가 없었다.

정분과 허후와 우직까지 죽으니 인제는 수양대군이 미워하는 사람은 거의 다 죽었다.

이제 수양대군은 왕께 청하여,

"다시는 적도(賊徒)에 관하여 말을 말라."

하는 전교를 내리시게 하였다. 지평, 장령패들이 칭찬 받으

---

333) 올가미.

334) 배반하는 마음.

려는 상소가 귀찮은 까닭도 있거니와 또 금도(襟度)[335]가 넓은 것을 보이려는 수양대군의 정책도 있는 것이다. 아무려나 이 전교가 내리기 때문에 아직 목이 붙어 있는 사람은 제 목이 한참은 견딜 줄을 믿게는 되었다.

이번 수양대군의 정란 통에 원통하게 죽은 사람을 아는 대로 적어 보자.

안평대군(安平大君) 용(瑢)

의춘군 우직(宜春君友直)

황보인(皇甫仁)

황보(皇甫) 석(錫)

황보(皇甫) 흠(欽)

황보(皇甫) 갓난이

황보(皇甫) 경근(京斤)

김종서(金宗瑞)

김(金)승벽(勝癖)

김(金)승규(僧規)

김석대(金石臺)

---

335) 남을 용납할 만한 도량.

- 김(金)목대(木臺)
- 김(金)조동(粗銅)
- 김만동(金萬同)

이양(李穰)

- 이승윤(李承胤)
- 이계조(李繼祖)
- 이소조(李紹祖)
- 이장군(李將軍)
- 이승효(李承孝)

허후(許詡)

정분(鄭苯)

민신(閔伸)

- 민보창(閔甫昌)
- 민보해(閔甫諧)
- 민보흥(閔甫興)
- 민석보(閔釋甫)
- 민(閔)들이(伊)

조극관(趙克寬)

조수량

윤처공(尹處恭)

윤경(尹經)

윤위(尹渭)

윤탁(尹濁)

윤식(尹湜)

윤갯동

윤효동(尹孝同)

이명민(李命敏)

이현로(李賢老)

이건금(李乾金)

이건옥(李乾玉)

이건철(李乾鐵)

이경유(李耕𥈊)

이물금(李勿金)

이수동(李秀同)

원구

조번(藩)

조연동

조향동

조귀동

김연(金衍)--내시

김대정(金大丁)

한숭(韓崧)--내시

이석정(李石貞)

이징옥(李澄玉)

이자원(李滋源)

이윤원(李潤源)

이철동(李鐵同)

이성동(李成同)

안완경(安完慶)

지정(池淨)

지신화(池信和)

하석(河碩)

이보인(李保仁)--이양의 종제

화성군 해(花城君諧)

화산군(火山群) 심(諶)

화능군모(花陵君謀)

화남군 사문(花南君沙門)

화평군 주명(花平君住命)

한산군 이의산(韓山君李義山)

해녕군 우경(海寧君友璥)

김말생(金末生)

  김산호(金珊瑚)

김정(金晶)

  김갯동(金乫同)

박이녕(朴以寧)

  박하(朴夏)

  이차(李差)

  최로(崔老)

  김상충(金尙忠)

  김득천(金得千)

  김복천(金福千)

양옥(梁玉)

조석강(趙石崗)

황귀존(黃貴存)

안막동(安寞同)

  안장손(安長孫)

  안경손(安儆孫)

조완규(趙完圭)

  조순생(調馴生)

  조불련(趙佛連--안평대군의 사위)

고덕칭(高德稱)

황의헌(黃義軒)

  황석동(黃石同)

이식배(李植培)

이귀진(李貴珍)

이은중(李銀仲)

김유덕(金有德)

  김죽(金竹)

김신례(金信禮)

유세(劉世)

강막동(姜寞同)

정효강(鄭孝康)

  정백지(鄭白池)

정효전(鄭孝全)

  정원석(鄭元碩)

박계우(朴季愚)

이름에 한 자 떨어뜨려 쓴 것은 자손을 표한 것이다.

큰글한국문학선집 054-1: 이광수 장편소설

단종애사(고명편·실국편)

1판 1쇄 인쇄_2018년 09월 15일
1판 1쇄 발행_2018년 09월 25일

지은이_이광수
엮은이_글로벌콘텐츠 편집부
펴낸이_홍정표

펴낸곳_글로벌콘텐츠
등 록_제25100-2008-24호
이메일_edit@gcbook.co.kr

공급처_(주)글로벌콘텐츠출판그룹
이사_양정섭 기획·마케팅_노경민 편집디자인_김미미
주소_서울특별시 강동구 풍성로 87-6(성내동) 글로벌콘텐츠
전화_02-488-3280 팩스_02-488-3281
홈페이지_www.gcbook.co.kr

값 38,000원

ISBN 979-11-5852-214-8 04810
ISBN 979-11-5852-213-1 04810(세트)